Walter Immerwahr

Die Kultur und Mythen Arkadiens

Walter Immerwahr

Die Kultur und Mythen Arkadiens

ISBN/EAN: 9783744637503

Hergestellt in Europa, USA, Kanada, Australien, Japan

Cover: Foto ©Andreas Hilbeck / pixelio.de

Weitere Bücher finden Sie auf **www.hansebooks.com**

DIE

KULTE UND MYTHEN ARKADIENS

DARGESTELLT

VON

WALTER IMMERWAHR

I. BAND

DIE ARKADISCHEN KULTE

LEIPZIG

DRUCK UND VERLAG VON B. G. TEUBNER

1891

Vorwort.

Die Forderung einer gewissermaſsen synthetischen, das will sagen, nach einzelnen Landschaften geordneten Darstellung der griechischen Mythologie ist eine in neuerer Zeit so vielseitig erhobene, daſs ein in dieser Richtung unternommener Versuch keiner besonderen Rechtfertigung bedarf. Die Veranlassung, grade Arkadien zum Objecte dieses Versuchs zu machen, boten dem Verfasser einmal eine bereits in weiter zurückliegende Zeit hinaufreichende Beschäftigung mit den Sagen dieser Landschaft, dann aber die unläugbaren Vorteile, welche die centrale Lage Arkadiens für Seitenblicke auf die übrigen peloponnesischen Kulte gewährt. Verfasser hat sich jedoch bemüht, derartige Seitenblicke nicht zu umfangreichen Excursen anwachsen zu lassen, und solche nur da eingeschoben, wo sie für das Verständnis der zu führenden Untersuchung unerläſslich schienen.

Für den vorliegenden ersten, die arkadischen Kulte behandelnden Teil hat Verfasser nicht eine geographische, sondern eine systematische, nach einzelnen Gottheiten geordnete Einteilung vorgezogen. Es wird in Folge dessen jedesmal ein bestimmter Götterdienst durch die einzelnen Stadtgebiete und Landschaften verfolgt. Damit jedoch auch das Gegenbild zu seinem Rechte komme, ist am Schluſs ein Verzeichnis der einzelnen Kultcomplexe mit kurzer Angabe der Belegstellen und der Seitenzahlen der vorangehenden Untersuchung beigefügt.

Die gewählte Methode ist die, daſs jedesmal die gesammten für einen Kult vorhandenen Zeugnisse, als Autorenstellen, Inschriften, Kunstdenkmäler, Münzen — und zwar die ersten beiden Kategorieen in vollem Wortlaut — nach einzelnen Stadtgebieten resp. Landschaften der Uebersichtlichkeit halber alphabetisch geordnet an die Spitze gestellt werden, um alsdann im Zusammenhange besprochen zu werden. Nur so ist nach Ansicht des Verfassers der Leser im Stande, ohne zeitraubende Nachprüfung ein übersichtliches Bild von dem Tatbestand zu gewinnen, welches ihn gegen eine leider nicht allzuseltene, die zweckentsprechenden Zeugnisse geschickt gruppirende, die widerstreitenden in den Schatten stellende Beweisführung schützt. Die Vollständigkeit, welche Verfasser in Bezug auf Schriftquellen und Inschriften zu erreichen soweit als möglich sich bemüht hat, ist für die Münzen nicht angestrebt worden. Denn diese Denkmäler sind zwar das sicherste Zeugnis für das Vorhandensein eines Kultes, dieser Zweck wird jedoch durch die Anführung einiger weniger Exemplare erreicht, während darüber hinaus neue und wichtige Momente auch eine gröfsere Masse nur selten gewährt. Da ferner Verfasser sich auf dem Gebiete des Münzwesens als Laie bekennen mufs, so hat er eigene Beschreibungen nur da gegeben, wo keinen Zweifel zulassende Abbildungen von Münzen vorlagen, in den meisten Fällen jedoch vorgezogen, die Beschreibungen der betreffenden Herausgeber zu citiren. Auf epigraphischem Gebiet ist die Ausbeute leider nur eine geringe, da die Resultate der neuesten Ausgrabungen bei Abschlufs der Arbeit noch nicht verwertbar waren. Eine Abweichung von der im übrigen durchweg befolgten Methode ist nur beim Zeuskult gemacht worden und wird betreffenden Orts motivirt werden.

Berlin, December 1890.

W. Immerwahr.

Inhalt.

DIE ARKADISCHEN KULTE

Polyb. IV 20: *Ἐπειδὴ δὲ κοινῇ τὸ τῶν Ἀρκάδων ἔθνος ἔχει τινὰ παρὰ πᾶσι τοῖς Ἕλλησιν ἐπ' ἀρετῇ φήμην, οὐ μόνον διὰ τὴν ἐν τοῖς ἤθεσι καὶ βίοις φιλοξενίαν καὶ φιλανθρωπίαν, μάλιστα δὲ διὰ τὴν εἰς τὸ θεῖον εὐσέβειαν.*

Zeus.

Unter den arkadischen Zeuskulten überragt der Kult auf dem **Lykaion** an Ansehn sowohl, wie an Umfang des für seine Beurteilung zu Gebote stehenden Materials die übrigen Kulte in so hohem Grade, dafs es als ein zweckloses und die Gesammtdarstellung schädigendes Unternehmen betrachtet werden müfste, wenn wir denselben als gleichberechtigt im Rahmen der übrigen Kulte behandeln wollten, wie es ja sonst im Plane dieser Arbeit liegt. Er soll daher an die Spitze gestellt werden. Aber selbst dann noch ist die Zahl der vorhandenen Zeugnisse eine so grofse, dafs es sich empfiehlt, dieselben nicht nur in Gruppen zu teilen, sondern auch da, wo tatsächliche Bemerkungen zu einzelnen Zeugnissen nötig sind, diese den betreffenden Gruppen sofort folgen zu lassen, die zusammenhängende Besprechung des Kults aber, wie durchweg beabsichtigt, für den Schlufs aufzusparen. In gleicher Weise sollen die Formen des Zeus als Ammon und Serapis gesondert behandelt werden.

A. Der Kult auf dem Lykaion.

I. Das Lokal des Kults.

Paus. VIII 38, 2: *Ἐν ἀριστερᾷ δὲ τοῦ ἱεροῦ τῆς Δεσποίνης τὸ ὄρος ἐστὶ τὸ Λύκαιον· καλοῦσι δὲ αὐτὸ καὶ Ὄλυμπον καὶ Ἱερὰν ἕτεροι τῶν Ἀρκάδων κορυφήν.*[1])

Arkadische Silbermünzen: Zeus Lykaios. Umschrift: *ΑΡΚΑΔΙΚΟΝ* R. Pan. Umschr. *ΟΛΥΜ* vgl. Eckhel D. N. II 293. Overbeck Kunstmythol. II 105 n. 30. E. Curtius bei

1) vgl. Schol. Ap. Rh. I 598. Apollod. II 5, 8.

Pinder u. Friedländer Beitr. z. ä. Münzk. 88 u. Ber. d. Berl. Ak. 1869, 472 f. Zeitschr. f. Num. III 289 ff.

Paus. VIII 38, 7: *Ἔστι δὲ ἐπὶ τῇ ἄκρᾳ τῇ ἀνωτάτω τοῦ ὄρους γῆς χῶμα, Διὸς τοῦ Λυκαίου βωμός, καὶ ἡ Πελοπόννησος τὰ πολλά ἐστιν ἀπ' αὐτοῦ σύνοπτος· πρὸ δὲ τοῦ βωμοῦ κίονες δύο ὡς ἐπὶ ἀνίσχοντα ἑστήκασιν ἥλιον, ἀετοὶ δὲ ἐπ' αὐτοῖς ἐπίχρυσοι τά γε ἔτι παλαιότερα ἐπεποίηντο. ἐπὶ τούτου τοῦ βωμοῦ τῷ Λυκαίῳ Διὶ θύουσιν ἐν ἀποῤῥήτῳ.*

Pind. Ol. XIII 103: *ὅσα τ' Ἀρκὰς ἀνάσσων*
μαρτυρήσει Λυκαίου βωμοῦ ἄναξ.

Plin. n. h. IV 6, 21: Lycaeus, in quo Lycaei Iovis delubrum.

Strabo VIII 388: *τιμᾶται δ' ἐπὶ μικρὸν καὶ τὸ τοῦ Λυκαίου Διὸς ἱερὸν κατὰ τὸ Λύκαιον [μέγιστον] ὄρος.*

Der „arkadische Olympos" war eine den Griechen geläufige Bezeichnung für das *Λύκαιον ὄρος*. Der Berg verdankt diesen Namen wohl ebensosehr seiner die Peloponnes beherrschenden Höhe, wie dem weitberühmten Zeusheiligtum. Die Umschrift *ΟΛΥΜ* der oben erwähnten Silbermünzen wird jetzt ziemlich allgemein auf diese Nebenbezeichnung des Berges gedeutet. Schon Eckhel bezog sie in dieser Weise. Otfried Müller[1]) wollte die Münzen in die Zeit der arkadischen Herrschaft über Olympia (Ol. 104) setzen, worin ihm Raoul-Rochette[2]) beistimmt. Widerlegt hat diese Ansicht E. Curtius[3]). Den Namen des Münzstempelschneiders meinte dagegen Brunn[4]) in der Umschrift zu erkennen. Die Worte des Strabo *ἐπὶ μικρόν*, die bei Manchen Anstoſs erregt haben, und für die *ἐπὶ μακρὸν* vorgeschlagen wurde, scheinen mir recht gut mit der übrigen Beschreibung, die Strabo von dem Arkadien seiner Zeit giebt, im Einklang zu stehen.

---

1) D. d. a. K. 181..
2) Mémoires de Num. et d'Ant. 140 ff.
3) a. a. O. vgl. auch Wieseler zu Müller a. a. O.
4) K. G. II² 298.

II. Ursprung und Alter des Kults.

Marm. Par. Ep. 17: *ἀφ' οὗ [ἐ]ν Ἐλευσῖνι ὁ γυμνικὸς [ἀγὼν ἐτέθη κ]α[ὶ θ]υ[σία βρέφους ἀνθρώπου, κ]αὶ τὰ Λύκαια ἐν Ἀρκαδίᾳ ἐγένετο καὶ [αἱ ἐ]κκ[ηρύξεις τοῦ] Λυκάονος ἐδόθησαν [ἐν] τοῖς Ἑλλ[η]σι[ν ἔτ]η [x.] . . . . βασιλεύοντος Ἀθηνῶν Πανδίονος τοῦ Κέκροπος.*

Paus. VIII 2, 1—2: *Λυκάων δὲ ὁ Πελασγοῦ τοσάδε εὗρεν ἢ ὁ πατήρ οἱ σοφώτερα· Λυκόσουράν τε γὰρ πόλιν ᾤκισεν ἐν τῷ ὄρει τῷ Λυκαίῳ, καὶ Δία ὠνόμασε Λυκαῖον, καὶ ἀγῶνα ἔθηκε Λύκαια. οὐχὶ δὲ τὰ παρ' Ἀθηναίοις Παναθήναια τεθῆναι πρότερα ἀποφαίνομαι· τούτῳ γὰρ τῷ ἀγῶνι Ἀθήναια ὄνομα ἦν, Παναθήναια δὲ κληθῆναί φασιν ἐπὶ Θησέως, ὅτι ὑπὸ Ἀθηναίων ἐτέθη συνειλεγμένων ἐς μίαν ἁπάντων πόλιν. Ὁ δὲ ἀγὼν ὁ Ὀλυμπικός, ἐπανάγουσι γὰρ δὴ αὐτὸν ἐς τὰ ἀνωτέρω τοῦ ἀνθρώπων γένους, Κρόνον καὶ Δία αὐτόθι παλαῖσαι λέγοντες, καὶ ὡς Κούρητες δράμοιεν πρῶτοι, τούτων ἕνεκα ἐκτὸς ἔστω μοι τοῦ παρόντος λόγου. Δοκῶ δὲ ἔγωγε Κέκροπι ἡλικίαν τῷ βασιλεύσαντι Ἀθηναίων καὶ Λυκάονι εἶναι τὴν αὐτὴν κ. τ. λ.*

Aristot. bei Schol. Aristid. p. 105 (Frommel): *Ἡ τάξις τῶν ἀγώνων κατὰ Ἀριστοτέλην γράφεται· Πρῶτα μὲν τὰ Ἐλευσίνια διὰ τὸν καρπὸν τῆς Δήμητρος· δεύτερα δὲ τὰ Παναθήναια ἐπὶ Ἀστέρι τῷ γίγαντι ὑπὸ Ἀθηνᾶς ἀναιρεθέντι· τρίτος, ὃν Ἄργει Δαναὸς ἔθηκε διὰ τὸν γάμον τῶν θυγατέρων αὐτοῦ· τέταρτος δὲ ἐν Ἀρκαδίᾳ τεθεὶς ὑπὸ Λυκάονος, ὃς ἐκλήθη Λύκαια . . . ἕβδομος ὁ Ὀλυμπιακός.*

Schol. Eur. Or. 1647: *Πελασγὸς . . . υἱὸν ἔσχε Λυκάονα, ὃς τὸ τοῦ Λυκαίου Διὸς ἱερὸν εἵσατο ἐν Παῤῥασίᾳ.*

Plin. N. H. VII 205: Ludos gymnicos in Arcadia Lycaon (instituit).

Die Zeitangabe des Pausanias stimmt gut mit der Ueberlieferung des Marmor Parium, und auch Aristoteles unterscheidet sich nur im Ansatz der Panathenaien und der Olympischen Spiele von Pausanias.

Die älteste litterarische Erwähnung des Lykaioskults, die wir besitzen, ist die im vorigen Abschnitt gebrachte Pindarstelle, der sich später noch zwei andere anreihen werden. Doch ist zu bemerken, dafs, wie wir aus Himer. Or. V 3 p. 476 wissen, Alkman einen Hymnos auf den Zeus Lykaios gedichtet hatte.

III. Das Lykaion als arkadisches Nationalheiligtum.

Schol. Dion. Per. 415: *Μετὰ τὸν Ἀρκάδος θάνατον οἱ παῖδες αὐτοῦ τρεῖς ὄντες ἐνείμαντο τὴν ἀρχήν. Ἔλατος μὲν ἔλαχε μοῖραν Ὀρχόμενον .... Ἀφείδας δὲ Τεγέαν .... Ἀζὰν δὲ καὶ τὴν ἀφ' ἑαυτοῦ Ἀζανίαν * * τὸν διὰ παῤῥησίαν, ἐν ᾧ τὸ τοῦ Λυκαίου Διὸς ἱερὸν εἰς τὰς κοινὰς εἰσόδους εἴασαν.*

Paus. V 5, 3: *ἐθέλουσι μὲν δὴ οἱ Λεπρεᾶται μοῖρα εἶναι τῶν Ἀρκάδων, φαίνονται δὲ Ἠλείων κατήκοοι τὸ ἐξ ἀρχῆς ὄντες· .... γενέσθαι δὲ οἱ Λεπρεᾶταί σφισιν ἔλεγον ἐν τῇ πόλει Λευκαίου Διὸς ναὸν καὶ Λυκούργου τάφον καὶ ἄλλον Καύκωνος.*

Polyb. IV 33: *Οἱ γὰρ Μεσσήνιοι πρὸς ἄλλοις πολλοῖς καὶ παρὰ τὸν τοῦ Διὸς τοῦ Λυκαίου βωμὸν ἀνέθεσαν στήλην ἐν τοῖς κατ' Ἀριστομένην καιροῖς, καθάπερ καὶ Καλλισθένης φησί, γράψαντες τὸ γράμμα τοῦτο·*

Πάντως ὁ χρόνος εὗρε δίκην ἀδίκῳ βασιλῆϊ,
εὗρε δὲ Μεσσήνη σὺν Διὶ τὸν προδότην
ῥηϊδίως. Χαλεπὸν δὲ λαθεῖν θεὸν ἄνδρ' ἐπίορκον.
Χαῖρε Ζεῦ βασιλεῦ καὶ σάω Ἀρκαδίαν.

Paus. IV 22, 8: *Τὸν δὲ Ἀριστοκράτην οἱ Ἀρκάδες καταλιθώσαντες τὸν μὲν τῶν ὅρων ἐκτὸς ἐκβάλλουσιν ἄταφον, στήλην δὲ ἀνέθεσαν ἐς τὸ τέμενος τοῦ Λυκαίου λέγουσαν· Πάντως κ. τ. λ.*

Die Notiz des Polybios giebt Jacobs Veranlassung, ein Heiligtum des Zeus Lykaios in Messene anzunehmen. Dafs jedoch das arkadische Stammesheiligtum gemeint ist, beweist die Angabe des Pausanias.

IV. Asyl.

Thuc. V 16, 3: *χρόνῳ δὲ προτρέψαι τοὺς Λακεδαιμονίους φεύγοντα αὐτὸν*[1]) *ἐς Λύκαιον διὰ τὴν ἐκ τῆς Ἀττικῆς ποτε*

1) den Pleistoanax.

μετὰ δώρων δοκήσεως ἀναχώρησιν, καὶ ἥμισυ τῆς οἰκίας τοῦ ἱεροῦ τότε τοῦ Διὸς οἰκοῦντα φόβῳ τῶν Λακεδαιμονίων, ἔτει ἑνὸς δέοντι εἰκοστῷ τοῖς ὁμοίοις χοροῖς καὶ θυσίαις καταγαγεῖν, ὥσπερ ὅτε τὸ πρῶτον Λακεδαίμονα κτίζοντες τοὺς βασιλέας καθίσταντο.[1])

V. Die Spiele.

Pind. Ol. IX 102: τὰ δὲ Παῤῥασίῳ στρατῷ θαυμαστὸς ἐὼν φάνη Ζηνὸς ἀμφὶ πανάγυριν Λυκαίου.

Pind. Nem. X 48: καὶ Λύκαιον παρ' Διὸς θῆκε δρόμῳ σὺν ποδῶν χειρῶν τε νικᾶσαι σθένει.

Kleophanes im Schol. Pind. Ol. IX 143: τὰ δὲ Παῤῥασίῳ στρατῷ· τῷ Ἀρκαδικῷ· ὡς ἐν Ἀρκαδίᾳ τὰ Λύκαια νενικηκότος· ἐν τῇ Ἀρκαδίᾳ γὰρ ἦγοντο τῷ Διὶ τὰ Λύκαια. Κλεοφάνης ἐν τῷ περὶ ἀγώνων.

Schol. Pind. Nem. X 87: ὃν καὶ τὸ Λύκαιον ἔθηκε χαλκὸν παρὰ τῷ τοῦ Διὸς βωμῷ τοῖς δυναμένοις νικῆσαι σὺν ποδῶν δρόμῳ καὶ χειρῶν σθένει, πάλῃ καὶ παγκρατίῳ καὶ πυγμῇ.

Schol. Pind. Ol. VII 153: τελεῖται δὲ ἐν Ἀρκαδίᾳ τὰ Λύκαια ἀνακείμενα τῷ Λυκαίῳ Διί. τὰ δὲ ἔργα τινὲς οὕτως ἀκούουσιν, ἐπειδὴ οἱ αὐτόθι νικῶντες σκεύεσι τιμῶνται.

Polemon im Schol. Pind. Ol. VII 153: Πολέμων ἐν τῷ περὶ τῶν Θήβησιν Ἡρακλείων φησὶ χαλκὸν τὸ ἆθλον εἶναι τοῖς ἐν Ἀρκαδίᾳ Λυκαίοις, ὥστε ἀπὸ κοινοῦ τὰ ἔργα καὶ τὸν χαλκὸν ληπτέον, ὅτε φησὶν ὁ Πίνδαρος· ὅ τ' ἐν Ἄργει χαλκὸς ἔγνω μιν τά τε ἐν Ἀρκαδίᾳ ἔργα καὶ Θήβαις. δίδοται γὰρ ἐν ταύταις τρίπους χαλκοῦς. πολλοὶ δ' ἄγονται ἀγῶνες ἐν Ἀρκαδίᾳ, Λύκαια, Κόρεια κ. τ. λ.

Xen. Anab. I 2, 10: Ἐνταῦθ' ἔμεινεν ἡμέρας τρεῖς· ἐν αἷς Ξενίας ὁ Ἀρκὰς τὰ Λύκαια ἔθυσε καὶ ἀγῶνα ἔθηκε. τὰ δὲ ἆθλα ἦσαν στλεγγίδες χρυσαῖ.

Paus. VIII 38, 5: Ἔστι δὲ ἐν τῷ Λυκαίῳ Πανός τε ἱερὸν καὶ περὶ αὐτὸ ἄλσος δένδρων, καὶ ἱππόδρομός τε καὶ πρὸ αὐτοῦ στάδιον· τὸ δὲ ἀρχαῖον τῶν Λυκαίων ἦγον τὸν ἀγῶνα ἐνταῦθα.

C. I. G. 1515: Λύκαια ἄνδρας δόλιχον.

---

1) vgl. Schol. Ar. nub. 859.

Im Gegensatze zu den Zeugnissen Polemons und der Pindarscholien combinirt Lauer[1]) das *σκεύεσι τιμῶνται* des Schol. Pind. Ol. VII 153 mit den *στλεγγίδες χρυσαῖ* bei Xenophon und stellt die sonderbare Behauptung auf, der Siegespreis hätte stets in letzteren bestanden. Es ist doch wohl klar, daſs ein Preis, den ein Söldnerführer in Kleinasien für Wettkämpfe aussetzt, die er in Erinnerung an die gleichzeitig im Vaterlande stattfindenden Lykaien veranstaltet, unmöglich eine zwingende Analogie für die bei den wirklichen Spielen üblichen Preise abgeben kann, wenn gewichtige Zeugnisse dem widersprechen.

Sehr wichtig ist die an vorletzter Stelle gebrachte Pausaniasnotiz. Sie beweist, daſs vor dem Kulte des Zeus schon ein Dienst des Pan auf dem Lykaion bestanden hat, und daſs die später auf den Zeus übertragenen Spiele älter sind, als der Zeuskult selbst. Weniger Gewicht wird man allerdings der entsprechenden Erscheinung beilegen dürfen, daſs die zahlreichen Autoren, welche die römischen Lupercalien auf die Lykaien zurückbeziehen wollen[2]), stets die dem Pan gewidmeten Lykaien im Auge haben, den Zeuskult aber gar nicht erwähnen. Dieser Umstand wird für die spätere Untersuchung von Wichtigkeit sein und sei darum bereits hier hervorgehoben.

VI. Die Quelle Hagno.

Paus. VIII 38, 3: *τῆς δὲ Ἁγνοῦς ἡ ἐν τῷ ὄρει τῷ Λυκαίῳ πηγή, ἣ κατὰ τὰ αὐτὰ ποταμῷ τῷ Ἴστρῳ πέφυκεν ἴσον παρέχεσθαι τὸ ὕδωρ ἐν χειμῶνι ὁμοίως καὶ ἐν ὥρᾳ θέρους. ἢν δὲ ὁ αὐχμὸς χρόνον ἐπέχῃ πολύν, καὶ ἤδη σφίσι τὰ σπέρματα ἐν τῇ γῇ καὶ τὰ δένδρα αὐαίνηται, τηνικαῦτα ὁ ἱερεὺς τοῦ Λυκαίου Διὸς προσευξάμενος ἐς τὸ ὕδωρ καὶ θύσας ὁπόσα ἐστὶν αὐτῷ νόμος, καθίησι δρυὸς κλάδον ἐπιπολῆς καὶ οὐκ ἐς βάθος τῆς πηγῆς· ἀνακινηθέντος δὲ τοῦ ὕδατος ἄνεισιν ἀχλὺς ἐοικυῖα ὁμίχλῃ· διαλιποῦσα δὲ ὀλίγον γίνεται νέφος*

1) Syst. d. gr. Myth. 184.

2) Plut. Caes. 61. qu. r. 68. Dion. Hal. I 32. Liv. I 5. Varro bei Aug. C. D. XVIII 17.

ἡ ἀχλὺς καὶ ἐς αὐτὴν ἄλλα ἐπαγομένη τῶν νεφῶν ὑετὸν τοῖς Ἀρκάσιν ἐς τὴν γῆν κατιέναι ποιεῖ.

VII. Das Abaton.

Eur. El. 1273:

σὲ δ' Ἀρκάδων χρὴ πόλιν ἐπ' Ἀλφειοῦ ῥοαῖς
οἰκεῖν Λυκαίου πλησίον σηκώματος.

Paus. VIII 38, 6: Τὸ δὲ ὄρος παρέχεται τὸ Λύκαιον καὶ ἄλλα ἐς θαῦμα καὶ μάλιστα τόδε. τέμενός ἐστιν ἐν αὐτῷ Λυκαίου Διός, ἔσοδος δὲ οὐκ ἔστιν ἐς αὐτὸ ἀνθρώποις· ὑπεριδόντα δὲ τοῦ νόμου καὶ εἰσελθόντα ἀνάγκη πᾶσα αὐτὸν ἐνιαυτοῦ πρόσω μὴ βιῶναι.

Hesiod(?) bei Erat. cat. 1: οὖσαν δὲ ἐν τῷ ὄρει θηρευθῆναι[1]) ὑπὸ αἰπόλων τινῶν καὶ παραδοθῆναι μετὰ τοῦ βρέφους τῷ Λυκάονι. μετὰ χρόνον δέ τινα δόξαι εἰσελθεῖν εἰς τὸ τοῦ Διὸς ἄβατον ἱερὸν ἀγνοήσασαν τὸν νόμον· ὑπὸ δὲ τοῦ ἰδίου υἱοῦ διωκομένην καὶ τῶν Ἀρκάδων καὶ ἀναιρεῖσθαι μέλλουσαν διὰ τὸν εἰρημένον νόμον ὁ Ζεὺς διὰ τὴν συγγένειαν αὐτὴν ἐξείλετο καὶ ἐν τοῖς ἄστροις αὐτὴν ἔθηκεν.[2])

Hygin. Astr. II 4: Qui[3]) adolescens factus in silvis cum venaretur, inscius vidit matrem in ursae speciem conversam. quam interficere cogitans persecutus est in Iovis Lycaei templum, quo ei, qui accessisset, mors poena erat Arcadum lege, itaque cum utrumque necesse esset interfici, Iuppiter eorum misertus ereptos inter sidera collocavit ut ante diximus.

Schol. Arat. Phaen. 91: οὗτος δὲ ὁ Ἀρκτοφύλαξ Ἀρκάς ἐστι Διὸς καὶ Καλλιστοῦς παῖς, ὃς ᾤκει τὸ Λύκαιον παρ' αἰπόλῳ τινὶ τραφείς. ὃν λέγεται κινδυνεύοντα σὺν μητρὶ ἀναιρεθῆναι κατὰ τὸν ἐν Λυκαίῳ νόμον, ὁ Ζεὺς ἐλεήσας αὐτὸν κατηστέρισε.

Hygin. Astr. II 1: Quae cum in silva ut fera vagaretur, a quibusdam Aetolorum capta, ad Lycaonem pro munere in Arcadiam cum filio est deducta, ibique dicitur nescia legis in Iovis Lycaei templum se coniecisse; quam confestim filius

---

1) Kallisto.
2) vgl. Schol. Arat. Phaen. 27.
3) Arkas.

est secutus, itaque cum eos Arcades insecuti interficere conarentur, Iuppiter memor peccati ereptam Callisto cum filio inter sidera collocavit.

Schol. Caes. Germ. Arat. 17: Quae dum in montibus vagaretur, a quibusdam pastoribus comprensam cum puero et perductam ad Lycaonem post tempus in Lycaei Iovis templum confugiens, cum eam Arcas filius persequeretur ubi nefas erat intrare, cum ab Arcadibus utrique interfici possent, Iuppiter utrosque caeli astris intulit.

Plut. qu. gr. 39 p. 300C: *καὶ γὰρ ἔλαφος ὁ ἐμβὰς καλεῖται. Διὸ καὶ Κανθαρίωνα τὸν Ἀρκάδα πρὸς Ἠλείους αὐτομολήσαντα πολεμοῦντας Ἀρκάσι καὶ διαβάντα μετὰ λείας τὸ ἄβατον, καταλυθέντος δὲ τοῦ πολέμου φυγόντα εἰς Σπάρτην, ἐξέδοσαν οἱ Λακεδαιμόνιοι τοῖς Ἀρκάσι τοῦ θεοῦ κελεύσαντος ἀποδιδόναι τὸν ἔλαφον.*

Plut. qu. gr. 39 p. 300A: *Διὰ τί τοὺς εἰς τὸ Λύκαιον εἰσελθόντας ἑκουσίως, καταλεύουσιν οἱ Ἀρκάδες· ἂν δ' ὑπ' ἀγνοίας, εἰς Ἐλευθέρας ἀποστέλλουσι; Πότερον ὡς ἐλευθερουμένων αὐτῶν διὰ τὴν ἀπόλυσιν ἔσχεν ὁ λόγος πίστιν, καὶ τοιοῦτόν ἐστι τὸ εἰς Ἐλευθέρας, οἷον τὸ εἰς Ἀμελοῦς χώραν, καὶ τὸ ἥξεις εἰς ἀρέσαντος ἕδος; ἢ κατὰ τὸν μῦθον, ἐπεὶ μόνοι τῶν Λυκάονος παίδων Ἐλευθὴρ καὶ Λέβαδος οὐ μετέσχον τοῦ περὶ τὸν Δία μιάσματος, ἀλλ' εἰς Βοιωτίαν ἔφυγον, καὶ Λεβαδεῦσίν ἐστιν ἰσοπολιτεία πρὸς Ἀρκάδας. Εἰς Ἐλευθέρας οὖν ἀποπέμπουσι τοὺς ἐν τῷ ἀβάτῳ τοῦ Διὸς ἑκουσίως γενομένους. Ἢ ὡς Ἀρχίτιμος ἐν τοῖς Ἀρκαδικοῖς ἐμβάντας τινὰς κατὰ ἄγνοιαν ὑπὸ Ἀρκάδων φησὶ παραδοθῆναι Φλιασίοις, ὑπὸ δὲ Φλιασίων Μεγαρεῦσιν, ἐκ δὲ Μεγαρέων εἰς Θήβας κομιζομένους περὶ τὰς Ἐλευθέρας ὕδατι καὶ βρονταῖς καὶ διοσημείαις ἄλλαις κατασχεθῆναι· ἀφ' οὗ δὴ καὶ τὸν τόπον Ἐλευθέρας ἔνιοί φασιν προσαγορεύεσθαι.*

Paus. VIII 38, 6: *καὶ τάδε ἔτι ἐλέγετο, τὰ ἐντὸς τοῦ τεμένους γενόμενα ὁμοίως πάντα καὶ θηρία καὶ ἀνθρώπους οὐ παρέχεσθαι σκιάν· καὶ διὰ τοῦτο ἐς τὸ τέμενος θηρίου καταφεύγοντος οὐκ ἐθέλει οἱ συνεσπίπτειν ὁ κυνηγέτης, ἀλλὰ ὑπομένων ἐκτὸς καὶ ὁρῶν τὸ θηρίον οὐδεμίαν ἀπ' αὐτοῦ θεᾶται σκιάν. Χρόνον μὲν δὴ τὸν ἴσον ἔπεισί τε ὁ ἥλιος τοῦ ἐν τῷ οὐρανῷ καρκίνου καὶ ἐν Συήνῃ τῇ πρὸ Αἰθιοπίας οὔτε ἀπὸ δένδρων οὔτε ἀπὸ τῶν ζῴων γενέσθαι σκιὰν ἔστι· τὸ δὲ ἐν τῷ Λυκαίῳ τέμενος τὸ αὐτὸ ἐς τὰς σκιὰς ἀεί τε καὶ ἐπὶ πασῶν πέπονθε τῶν ὡρῶν.*

Theopomp. bei Polyb. XVI 12, 7: *ὃ πεποίηκε Θεόπομπος φήσας τοὺς εἰς τὸ τοῦ Διὸς ἄβατον ἐμβάντας κατ' Ἀρκαδίαν ἀσκίους γίγνεσθαι.*

Plut. qu. gr. 39 p. 300 C: *Τὸ μέντοι σκιὰν μὴ πίπτειν ἐπὶ τοῦ ἐμβάντος εἰς τὸ Λύκαιον λέγεται μὲν οὐκ ἀληθῶς, ἔσχηκε δὲ πίστιν ἰσχυράν.*

Schol. Callim. h. I 13: *ὅτι πᾶν ζῷον εἰσιὸν ἐκεῖ μεμολυσμένον ἄγονον ἐγίγνετο, καὶ σκιὰν τὸ σῶμα αὐτοῦ οὐκέτι ἐποίει.*

In den vorstehenden Zeugnissen haben wir zwei Züge auseinanderzuhalten: Die Strafe, welche die erzürnten Gläubigen über den Frevler verhängen, der das Abaton betritt, und die Wundererscheinung, welche die Gottheit selbst bei diesem Vorgange zu Tage treten läfst. Letztere ist als Strafe an und für sich nicht aufzufassen, denn die Angaben, dafs die Betreffenden nach Jahresfrist sterben müssen, oder dafs die Tiere, welche hineingeraten, unfruchtbar werden, charakterisiren sich deutlich als späte Zuthat. Beide Züge bestehen vielmehr gleichberechtigt nebeneinander und sind nicht etwa als frühere oder spätere Version zu betrachten. Dies geht schon daraus hervor, dafs sich keine Contamination beider Züge nachweisen läfst, sondern dafs beide nebeneinander als verschiedene Teile derselben Kultauffassung herlaufen. Natürlich fand die Wundererscheinung schneller ihre Grenze an der wachsenden Aufklärung, als die Heilighaltung des Abaton. Diese Grenze läfst sich ziemlich genau feststellen, da Theopompos den Wunderglauben noch verficht, während Polybios ihn deswegen angreift. Wie weit der andere Brauch hinaufreicht, läfst sich nicht feststellen, da es höchst zweifelhaft ist, ob Hesiod auch noch für die Erzählung vom Abaton die Quelle der Katasterismen ist. Dieselbe gehört vielmehr höchst wahrscheinlich zu der Sternverwandlung, welche sich ausschliefslich in der astronomischen Poesie vorfindet.

Die Erzählung von Eleutherai ist zu unklar, um als einziges Zeugnis einen Anhaltspunkt zu gewähren. Die Bezeichnung Elaphos geht wahrscheinlich auf ein mifsverstandenes, oder in der Abbreviatur nicht mehr verständliches Orakel zurück.

VIII. Menschenopfer und Wolfsverwandlung.

Plato Min. p. 315 c: *ἐπεὶ αὐτίκα ἡμῖν μὲν οὐ νόμος ἐστὶν ἀνθρώπους θύειν ἀλλ' ἀνόσιον, Καρχηδόνιοι δὲ θύουσιν ὡς ὅσιον ὂν καὶ νόμιμον αὐτοῖς, καὶ ταῦτα ἔνιοι αὐτῶν καὶ τοὺς αὑτῶν υἱεῖς τῷ Κρόνῳ, ὡς ἴσως καὶ σὺ ἀκήκοας. καὶ μὴ ὅτι βάρβαροι ἄνθρωποι ἡμῶν ἄλλοις νόμοις χρῶνται, ἀλλὰ καὶ οἱ ἐν τῇ Λυκαίᾳ*[1]) *οὗτοι καὶ οἱ τοῦ Ἀθάμαντος ἔκγονοι οἵας θυσίας θύουσιν Ἕλληνες ὄντες.*

Theophr. bei Porphyr. de abst. II 27: *ἀφ' οὗ μέχρι τοῦ νῦν οὐκ ἐν Ἀρκαδίᾳ μόνον τοῖς Λυκαίοις, οὐδ' ἐν Καρχηδόνι τῷ Κρόνῳ κοινῇ πάντες ἀνθρωποθυτοῦσιν, ἀλλὰ κατὰ περίοδον τῆς τοῦ νομίμου χάριν μνήμης ἐμφύλιον ἀεὶ αἷμα ῥαίνουσι πρὸς τοὺς βωμούς, καίπερ τῆς παρ' αὐτοῖς ὁσίας ἐξειργούσης τῶν ἱερῶν, τοῖς περιῤῥαντηρίοις κηρύγματι εἴ τις αἵματος ἀνθρωπείου μεταίτιος.*[2])

Paus. VIII 38, 7: *ἐπὶ τούτου τοῦ βωμοῦ τῷ Λυκαίῳ Διὶ θύουσιν ἐν ἀποῤῥήτῳ· πολυπραγμονῆσαι δὲ οὔ μοι τὰ ἐς τὴν θυσίαν ἡδὺ ἦν, ἐχέτω δὲ ὡς ἔχει καὶ ὡς ἔσχεν ἐξ ἀρχῆς.*

Paus. VIII 2, 3: *Λυκάων δὲ ἐπὶ τὸν βωμὸν τοῦ Λυκαίου Διὸς βρέφος ἤνεγκεν ἀνθρώπου, καὶ ἔθυσε τὸ βρέφος, καὶ ἔσπεισεν ἐπὶ τοῦ βωμοῦ τὸ αἷμα. καὶ αὐτὸν αὐτίκα ἐπὶ τῇ θυσίᾳ γενέσθαι λύκον φασὶν ἀντὶ ἀνθρώπου.*

Plato rep. 565d: *ἢ δῆλον ὅτι ἐπειδὰν ταὐτὸν ἄρξηται δρᾶν ὁ προστάτης τῷ ἐν τῷ μύθῳ ὃς περὶ τὸ ἐν Ἀρκαδίᾳ τὸ τοῦ Διὸς τοῦ Λυκαίου ἱερὸν λέγεται; Τίς; ἔφη. Ὡς ἄρα ὁ γευσάμενος τοῦ ἀνθρωπίνου σπλάγχνου ἐν ἄλλοις ἄλλων*

---

1) *τῇ Λυκαίᾳ* ist Emendation Boeckhs (in Min. p. 56). Welcker (kl. Sch. III 162) schlägt vor *ἐν Λυκαίῳ*.

2) vgl. Euseb. pr. ev. IV 16 p. 156c.

ἱερείων ἑνὸς ἐγκατατετμημένου, ἀνάγκη δὴ τούτῳ λύκῳ γενέσθαι.

Polyb. VIII 13, 7: *καὶ καθάπερ ἂν ἐγγευσάμενος αἵματος ἀνθρωπείου καὶ τοῦ φονεύειν καὶ παρασπονδεῖν τοὺς συμμάχους, οὐ λύκος ἐξ ἀνθρώπου κατὰ τὸν Ἀρκαδικὸν μῦθον, ὥς φησιν ὁ Πλάτων, ἀλλὰ τύραννος ἐκ βασιλέως ἀπέβη πικρός.*

Isidor. Etym. VIII 9 p. 370: legitur et de sacrificio, quod Arcades deo suo Lycaeo immolabant, ex quo quicumque sumerent, in bestiarum formas convertebantur.

Paus. VIII 2, 6: *λέγουσι γὰρ δὴ ὡς Λυκάονος ὕστερον ἀεί τις ἐξ ἀνθρώπου λύκος γένοιτο ἐπὶ τῇ θυσίᾳ τοῦ Λυκαίου Διός, γένοιτο δὲ οὐκ ἐς ἅπαντα τὸν βίον· ὁπότε δὲ εἴη λύκος, εἰ μὲν κρεῶν ἀπόσχοιτο ἀνθρωπίνων, ὕστερον ἔτει δεκάτῳ φασὶν αὐτὸν αὖθις ἄνθρωπον ἐκ λύκου γενέσθαι, γευσάμενον δὲ ἐς ἀεὶ μένειν θηρίον.*

Paus. VI 8, 2: *Ἐς δὲ πύκτην ἄνδρα, γένος μὲν Ἀρκάδα ἐκ Παῤῥασίων, Δάμαρχον δὲ ὄνομα, οὔ μοι πιστὰ ἦν, πέρα γε τῆς ἐν Ὀλυμπίᾳ νίκης, ὁπόσα ἄλλα ἀνδρῶν ἀλαζόνων ἐστὶν εἰρημένα, ὡς ἐξ ἀνθρώπου μεταβάλοι τὸ εἶδος ἐς λύκον ἐπὶ τῇ θυσίᾳ τοῦ Λυκαίου Διος καὶ ὡς ὕστερον τούτων ἔτει δεκάτῳ γένοιτο αὖθις ἄνθρωπος.*[1])

Varro bei Augustin. C. D. XVIII 17: Hoc Varro ut astruat, commemorat alia non minus incredibilia de maga illa famosissima Circe, quae socios quoque Ulyssis mutavit in bestias, et de Arcadibus, qui sorte ducti transnatabant quoddam stagnum, atque ibi convertebantur in lupos et cum similibus feris per illius regionis deserta vivebant. Si autem carne non vescerentur humana, rursus post novem annos eodem renato stagno reformabantur in homines. Denique etiam nominatim expressit quemdam Demaenetum, cum gustasset de sacrificio, quod Arcades immolato puero deo suo Lycaeo facere solerent, in lupum fuisse mutatum, et anno decimo in figuram propriam restitutum pugilatu sese exercuisse et Olympiaco vicisse certamine.

---

1) vgl. Anth. App. 374.

Plin. VIII 34: Euanthes inter auctores Graecos non spretus tradit Arcades scribere ex gente Anthi cuiusdam sorte familiae lectum ad stagnum quoddam regionis eius duci vestituque in quercu suspenso transnatare atque abire in deserta transfigurarique in lupum et cum ceteris eiusdem generis congregari per annos novem. Quo in tempore si homine se abstinuerit, reverti ad idem stagnum, et cum transnataverit effigiem recipere ad pristinum habitum addito novem annorum senio. Id quoque Fabius, eandem recipere vestem. Mirum est, quo procedit graeca credulitas. Nullum tam impudens mendacium est, ut teste careat. Itaque Agriopas, qui Olympionicas scripsit, narrat Demaenetum Parrhasium in sacrificio quod Arcades Iovi Lycaeo humana etiamtum hostia faciebant, immolati pueri exta degustasse et in lupum se convertisse; eundem decimo anno restitutum athleticae certasse in pugilatu victoremque Olympia reversum.

Es ist leicht erklärlich, dafs ein so aufserordentlicher Vorgang wie ein Menschenopfer die Schriftsteller alter und neuer Zeit stets lebhaft beschäftigt hat.[1]) Besonders die Kirchenväter fanden hier reichen Stoff, während die begleitende Wolfsverwandlung den Freunden paradoxographischer Litteratur ein willkommenes Object sein mufste. Doch sehen wir, dafs auch Männern wie Plato, Theophrast, Polybios der Gegenstand geläufig war. Gerade die unanfechtbaren Zeugnisse dieser letzteren haben nun unter den Forschern moderner Zeit eine Polemik über den Zeitpunkt hervorgerufen, der als abschliefsende Grenze für die Menschenopfer auf dem Lykaion zu betrachten ist. Pausanias drückt sich bekanntlich mit der Herodoteischen Floskel *ἐχέτω δὲ ὡς ἔχει* u. s. w. an der heiklen Frage vorbei, indem er der Vermutung, dafs zu seiner Zeit die Opfer noch bestanden, hinreichend Raum giebt. Und diese Vermutung schien ihre Bestätigung zu finden in den Worten des Porphyrios: *μέχρι τοῦ νῦν*. Daher

1) Von modernen Bearbeitern behandelt den Gegenstand am eingehendsten Suchier: De victimis humanis apud Graecos. Progr. Hanau 1848.

nahmen Stackelberg[1]), Böttiger[2]) und Welcker[3]) eine Fortdauer der Menschenopfer bis ins dritte Jahrhundert nach Christus an. Dieser ungeheuerlichen Annahme hat Bernays[4]) den Boden entzogen durch den Nachweis, dafs die betreffende Porphyriosstelle aus Theophrast entnommen ist. Auf der anderen Seite schlofs man aus dem Ausdruck *ἐν τῷ μύθῳ* bei Plato rep. 565d, dafs schon zu Platos Zeit die Menschenopfer nicht mehr bestanden.[5]) Dafs dieser Ausdruck sich nur auf die Wolfsverwandlung bezieht, wie ja auch aus der entsprechenden Stelle bei Polybios hervorgeht, hat Welcker[6]) gezeigt. Denn wir haben aufser der Nachricht des Theophrast auch noch ein directes Zeugnis des Platon für das Bestehen von Menschenopfern zu seiner Zeit in den Worten leg. 782c: *Τὸ δὲ μὴν θύειν ἀνθρώπους ἀλλήλους ἔτι καὶ νῦν παραμένον ὁρῶμεν πολλοῖς.*

Falls die Stelle bei Augustinus wirklich aus Varro stammt, woran zu zweifeln meines Wissens kein Grund vorliegt, so ist Varro bei seinem bekannten Verhältnis zu Plinius sicher die Quelle für die entsprechenden Erzählungen bei jenem. C. Müller[7]) glaubt in Agriopas denselben Gewährsmann zu entdecken, den Pausanias für seine Erzählung vom Damarchos benutzt. Pausanias nennt nämlich unmittelbar vorher einen Olympionikenschriftsteller Euanoridas. Da nun die älteren Pliniushandschriften Euagriopas haben, hält Müller dies für corrumpirt aus Euanoridas. Da er nun aber zum Beweis für die Möglichkeit dieser Corrumpirung aus dem Index auctorum zum achten Buch citirt: „Euanthe Agrippa, qui *Ὀλυμπιονίκας*“, so wäre es wohl folgerichtig, auch in dem Euanthes, der für die zweite, wie wir aus Varro sehen, nicht erst von Plinius mit der anderen zusammengestellte

1) Apollotempel zu Bassae 121.
2) Kl. Schr. I 151.
3) Kl. Schr. III 162 A. 7.
4) Theophr. 188.
5) vgl. Creuzer Allg. Schulzeitung 1832 S. 34.
6) a. a. O.
7) F. H. G. IV 407.

Erzählung als Gewährsmann genannt wird, diesen selben Euanoridas-Euagriopas-Euanthes Agrippa zu sehen, und nicht das betreffende Fragment, wie Müller tut[1]), dem Neanthes von Kyzikos zuzuschreiben. Ob Augustinus die Gewährsmänner des Varro fortgelassen hat — denn dort finden sich die erwähnten Namen nicht — ob Varro sie selbst gar nicht genannt hat, und wie es sich dann erklärt, daſs Plinius sie nennt, das zu ergründen kann hier nicht unsere Aufgabe sein.

IX. Die Sage vom Lykaon.

Vom Kulte des Zeus Lykaios ist untrennbar die bekannte Parallelsage zum Tantalosmythos, nach welcher Lykaon, der Stifter des Kults, dem Zeus Menschenfleisch zum Mahle vorsetzt. Sie enthält das Aition zum Menschenopfer, welches Pausanias verschweigt, der einfach den Lykaon ein Kind auf dem Altare des Zeus opfern läſst. Es wäre verfehlt, die zahllosen Berichte der Alten über diese Sage hier im Wortlaut wiedergeben zu wollen, besonders da sich dieselben leicht in zwei Gruppen, eine ältere und eine jüngere scheiden lassen.

A. Die Hesiodeische Version: Zeus kommt zum Lykaon. Die übermütigen Söhne desselben wollen ihn auf die Probe stellen und setzen ihm das Fleisch eines geschlachteten Knaben zum Mahle vor. Zeus schleudert den Tisch von sich — Gründungslegende der arkadischen Stadt Trapezus — erschlägt die Frevler mit seinen Blitzen und läſst nicht eher nach, als bis Ge ihn um Schonung anfleht. Die unmittelbare Folge dieses Frevels ist die Deukalionische Flut. (Apd. III 8, 1. Nic. Dam. fr. 43. Suid. s. v. Λυκάων. Eust. ad Il. II 668 p. 302. Tzetz. Lyc. 481. Pseudo-Hecat. bei Nat. Com. IX 9. Hygin. f. 176. Serv. Verg. Ecl. VI 41.)

B. Die Version der hellenistisch-römischen Poesie: 1) Lykaon will den Zeus, der bei ihm als Gast ist, prüfen und setzt ihm das Fleisch getödteter Gastfreunde

1) F. H. G. II 11.

(Geiseln) vor. Zeus setzt das Haus in Brand, Lykaon wird zum Wolf. Als Grund der Strafe wird auch die Verletzung des Gastrechts betont. (Ovid. Met. I 216 ff. Myth. vat. I 17. II 60. Serv. Verg. Aen. I 731. Schol. Stat. Theb. XI 118.) Die Verbindung mit der Deukalionischen Flut wird auch bei dieser Version aufrecht erhalten von Ovid. Met. I 260 und Myth. vat. I 189.

2) Version der astronomischen Poesie: Der Getödtete ist Lykaons eigener Enkel Arkas. (Hygin. Astr. II 4. Schol. Caes. Germ. Arat. 89.) Contaminirt mit der Gründungssage von Trapezus Erat. cat. 8.

3) Version der späten Kaiserzeit: Der Getödtete ist Nyktimos, der Sohn des Lykaon. (Nonn. Dion. XVIII 20. Clem. Al. Protr. II 36. Arnob. IV 24. Tzetz. Lyc. 481.)

Dies sind im Grofsen und Ganzen die beiden Hauptgruppen des Mythos. Dafs bei den späten Mythographen die einzelnen Züge bunt durcheinander gehen, bedarf nicht der besonderen Erwähnung. Beachtenswert ist, dafs die Verbindung mit der Deukalionischen Flut in beiden Versionen aufrecht erhalten wird.

X. Die Zeusgeburt.

Zur Vervollständigung des Bildes vom Zeus Lykaios gehört nun eigentlich noch die Sage, welche die Geburt des Zeus nach dem Lykaion oder dessen Umgebung verlegt. Die Zeugnisse dafür finden sich bei Callim. h. in Iov. I 4 ff. Strabo VIII 348. Paus. VIII 38, 2—3 (vgl. 28, 2. 36, 2. 41, 1). Cicero de nat. deor. III 21. Ampel. 9. Lactant. div. inst. I 11. Clem. Al. Protr. II 28. Eust. ad Dion. Per. 415. Et. M. s. v. *Γεραίστιον*. Steph. B. s. v. *Θαυμάσιον*. Dieser Mythos ist jedoch, wie noch gezeigt werden wird, sehr jungen Ursprungs — erster Gewährsmann ist Kallimachos — daher nicht geeignet, neue oder richtigere Gesichtspunkte für den eigentlichen Zeuskult zu gewähren. Ich ziehe daher vor, um Wiederholungen zu vermeiden, denselben gelegentlich der R h e a k u l t e, von denen er untrennbar ist, zu behandeln.

XI. Die Bedeutung des Kults.

Bisher habe ich mich darauf beschränkt, das Material, welches uns für die Kenntnis des Zeuskults auf dem Lykaion zu Gebote steht, vorzulegen, und dasselbe nur mit einigen erläuternden Anmerkungen versehen, die im Laufe der Untersuchung selbst vielleicht störende Unterbrechungen verursacht hätten. Es handelt sich jetzt darum aus diesem Material das Verständnis für das eigentliche Wesen des Kults zu gewinnen.

Zunächst geht aus den Zeugnissen mit Sicherheit hervor, daſs als Träger des Zeuskults der arkadische Volksstamm der Parrhasier zu erachten ist, ein Name, den die Mythographen aus dem Frevel des Lykaon (*παρβασία*, *παῤῥησία*) zu erklären versuchen. Ueber die Natur dieses Gottes gehen jedoch die Ansichten weit auseinander.

Weitaus die meisten Forscher, die sich mit der Deutung des Zeus Lykaios beschäftigt haben, wollen in demselben den Lichtgott sehen.[1]) Ihre Beweismittel sind folgende: Die beiden adlergekrönten, gegen Sonnenaufgang gerichteten Säulen, von denen Pausanias spricht, sollen auf Sonnendienst deuten. Für eine Lichtgottheit spreche die Sage, daſs jede Creatur ihren Schatten verliert, welche das Abaton betritt. Achaios nenne in seinen, das Menschenopfer behandelnden Azanen[2]) den Zeus *ἀστέροπος*. Dem entsprächen die Worte bei Ampelius 9: Ioves fuere tres, primus in Arcadia Aetheris filius, cui etiam Aetherius cognomen fuit; hic primum solem procreavit. Ebenso die Epitheta „pater Aetherius" (Stat. Silv. III 1) und „Aetherius vindex" (Ovid. Ibis 476). Ferner wird aus dem Namen *Λύκαιος* die Lichtbedeutung gefolgert.

---

1) C. O. Müller Prol. 290 f. Dor. I 305 f. Kruse Hellas I 457. Lobeck Agl. 895. Schwenck Mythol. d. Gr. 177. Rhein. Mus. VI 554. Lauer Syst. d. Myth. 180 ff. Gerhard gr. Myth. I § 195. Welcker Götterl. I 210. Kl. Schr. III 162. Preller in Pauly's Realencycl. IV 589. Gr. Myth. I[4] 127. Maury rélig. de la Grèce I 52. E. Curtius griech. Gesch. I[4] 46.

2) vgl. Welcker gr. Trag. II 963.

Selbst das scharfe Gesicht des Wolfes und seine helle Farbe werden als Lichtsymbole in Anspruch genommen.

Die Haltlosigkeit der meisten dieser Argumente ist bereits von H. D. Müller in seinen Abhandlungen über den Zeus Lykaios nachgewiesen worden. Um von den letztangeführten Deuteleien ganz zu schweigen, so können Beinamen, wie sie die römischen Dichter, oder Ampelius dem Zeus geben, für die Deutung des altarkadischen Kults doch unmöglich in Frage kommen. In dem Asteropos des Achaios liegt, wenn man es wirklich verwerten will, auch nicht mehr, als die Bezeichnung des auf der Bergeshöhe verehrten Gottes. Die Ansicht Otfried Müllers und Kruses, welche aus der Schattenlosigkeit folgerten, dafs dem Abaton das Licht innewohne, haben Lobeck und Welcker selbst widerlegt. Bleiben also nur noch die Säulen übrig. Aus diesen allein aber die Lichtgottheit zu folgern, wird Niemand unternehmen wollen.

Es giebt aber auch einen positiven Grund, der eine Auffassung des Zeus Lykaios als Lichtgottheit unmöglich macht: Auf dem Lykaion wird allerdings eine Lichtgottheit verehrt, nur ist diese nicht der Zeus. Wir sahen, dafs neben und vor dem Zeuskult ein Dienst des Pan dort bestand, in welchem sich auch schon die Lykaien vorfinden. Nun ist aber der Pan und vor allem der Pan Lykaios, wie ziemlich allgemein heut angenommen wird[1]), und was seiner Zeit nachgewiesen werden soll[2]), in seiner ursprünglichen Form dem Helios gleichzusetzen. Hier ist also die Lichtgottheit, und ihr gebühren die Attribute, aus welchen die oben erwähnten Forscher den Charakter des Zeus ableiten wollten. Der Zeus Lykaios kann also kein Lichtgott sein.

Am schärfsten ist, wie schon erwähnt, der eben bekämpften Ansicht H. D. Müller[3]) entgegengetreten. Dieser hält den Zeus für einen chthonischen Gott. Der Gott

1) vgl. dagegen Mannhardt: Wald- und Feldk. II 127 ff. Roscher Selene 149 ff.

2) vgl. das Capitel „Pan“.

3) Ueber den Zeus Lykaios Progr. Göttingen 1851. Myth. d. gr. St. II 81 ff.

Zeus verwandle sich in einen Wolf und tödte und verzehre seinen eigenen Sohn. Der Wolf sei ein Heerdenräuber; die Heerde aber sei das Symbol der fruchtbaren Zeit des Jahres, also stelle der Wolf die unfruchtbare Jahreszeit dar. Diese sei in Arkadien der die Vegetation mordende Hochsommer. Der Mythos stelle daher folgendes dar: Bis zum Eintritt des θέρος sei Zeus der Olympische, oberweltliche, Segen spendende Gott. Sobald die Glut die Vegetation vernichte, werde er zum Wolf, dem Symbole der Unterwelt. Das Abaton sei der Unterwelt gleichzusetzen, in der man zum Schatten wird, also auch keinen Schatten werfen kann. Die Feier der Lykaien wäre dementsprechend auch im Hochsommer anzusetzen.

Wie wir sehen, wird bei dieser Deutung des Kults das Hauptgewicht auf die Verbindung desselben mit dem Hochsommer gelegt. Es sei daher gestattet, gleich hier die Ansichten einiger Forscher anzuführen, die, ohne sich im Uebrigen mit den Müllerschen Ausführungen zu decken, ebenfalls die Hochsommerhypothese zum Ausgangspunkte ihrer Darlegungen machen. Es sind dies Schwenck („den im Sommer durch seine Gluten furchtbar wirkenden Lichtgott sühnte man in alter Zeit in Arkadien durch Menschenopfer"), Nork[1]) (Der Zeus Lykaios ein Repraesentant des Hundssternjahres), Görres[2]) und vor allem Mannhardt. Wenn die genannten Gelehrten nun auch zu sehr verschiedenen Resultaten gelangen, so stehen und fallen diese doch sämmtlich mit der Hochsommerhypothese. Gelingt es daher,

---

1) Myth. II 42.

2) Studien z. gr. Mythol. Berliner Studien f. class. Phil. u. Archäol. X 2 1889. Auffällig berührt in der sehr breiten Behandlung des Lykaonmythos durch Görres der Mangel an Kritik, mit dem sämmtliche Zeugnisse des Altertums als gleichwertig behandelt werden. Die Sage wird als ein überkommenes Ganzes betrachtet, ohne dafs der Versuch gemacht wird, die verschiedenen Gestaltungen, welche die Poesie im Laufe der Zeit dem Mythos gab, zu fixiren. Nur einmal findet sich ein schüchterner Ansatz zu solcher chronologischer Trennung, indem eine Form der Sage als „spätere Fassung" bezeichnet wird (S. 43), und diese ist dann grade die nachweisbar älteste Form des Mythos.

diese als unrichtig zu erweisen, so sind wir einer Widerlegung im Einzelnen überhoben.

Was zunächst die Ausführungen H. D. Müllers anlangt, so ist die Heerde allerdings ein Symbol der Fruchtbarkeit, aber darum doch nicht gleich auch das der fruchtbaren Jahreszeit. In dem waldigen, ackerbaulosen, wasserreichen Lykaiongebiet scheint mir überhaupt der Einflufs des Hochsommers nicht allzuhoch veranschlagt werden zu dürfen. Wenn Müller ferner die 50 Hunde des Aktaion mit den 50 Lykaonsöhnen vergleicht und in ihnen ein Sinnbild der 50 Tage der sommerlichen Hundssternperiode erkennen will, so liegt darin doch wohl eine Ueberschätzung der Bedeutung dieser Zahl. Dieselbe drückt im Allgemeinen nur eine gewisse gröfsere Menge aus, wie die 50 Söhne des Priamos und des Aigyptos, die 50 Danaiden und die 50 Töchter des Thespios beweisen, mit denen Herakles wieder 50 Söhne zeugt. In gleicher Weise repraesentiren die 50 Lykaoniden, die Eponymen der arkadischen Städte, nur das damalige Menschengeschlecht, welches durch die Deukalionische Flut bestraft wird. Denn grade die Pausaniaserzählung, auf die Müller besonderen Wert legt, trägt die Kennzeichen des von ihm sonst so richtig gewürdigten prototypischen Mythos. Was endlich den mit der Quelle Hagno verbundenen Regenkult anlangt, der natürlich ein Hauptargument der Verfechter der Hochsommerhypothese bildet, so werden wir beim Rheakult sehen, dafs derselbe mit dem Kulte des Zeus Lykaios nur unorganisch verknüpft ist und in Wirklichkeit auf einen uralten in dieser Gegend stark verbreiteten Nymphenkult zurückgeht.

Auch die Beweisführung Mannhardts[1]) ist nicht überzeugend. Er nimmt als Abaton den von Pausanias beschriebenen Platz mit den beiden Säulen an und motivirt die Schattenlosigkeit desselben dadurch, dafs dort zur Zeit des Sommersolstitiums ein Schattenwerfen von Gegenständen oder Personen nur in ganz geringem Mafse möglich sei. Es ist

1) Wald- u. Feldk. II 336 ff.

dies eine Euhemeristische Erklärung, die bei Herakleitos oder Palaiphatos nicht verwundern würde. Aufserdem steht sie in directem Widerspruch mit der Angabe des Pausanias, der ja ausdrücklich betont, dafs nicht nur einmal im Jahre, wie in Syene, sondern zu jeder Jahreszeit das Wunder sich ereigne. Da ferner auf diesem Platze der Altar stand, auf dem geopfert wurde, so kann er auch kein Abaton gewesen sein. Schliefslich giebt Mannhardt selbst zu, dafs eine Sonnwendfeier — als solche betrachtet er die Lykaien — zur Mittagsstunde ohne Analogie sei, und anders als zur Mittagsstunde des Sommersolstitiums konnte das Wunder nach seiner Erklärung ja nicht stattfinden.

Dafs nun die Lykaien überhaupt keine Sonnwendfeier gewesen sein können, läfst sich durch folgende Argumentation erweisen. In der oben citirten Stelle aus Xenophons Anabasis wird berichtet, der Arkadier Xenias habe einen dreitägigen Aufenthalt in Peltai dazu benutzt, um die heimischen Lykaien zu feiern. Dies tat er doch wohl um dieselbe Zeit, wo dieses Fest in der Heimat gefeiert wurde. Anderenfalls wäre seine Handlungsweise grade so sinnlos, als wenn z. B. heutzutage eine Schiffsmannschaft in fernen Weltgegenden das heimische Weihnachtsfest etwa im October feiern wollte. Nun bricht Kyros nach übereinstimmender Auffassung der Historiker, und wie aus den Erzählungen bei Xenophon und Diodor mit Gewifsheit sich ergiebt, zu Anfang des Frühlings 401 von Sardes auf. Nach Xenophons Bericht geht er zunächst in drei Tagemärschen bis zum Maiandros, in einem weiteren nach Kolossai. Nach siebentägigem Aufenthalt daselbst marschirt er in drei Tagen nach Kelainai, bleibt dort dreifsig Tage und erreicht dann in zwei Tagemärschen Peltai, wo die erwähnte Feier der Lykaien stattfindet. Dies sind zusammen 46 Tage. Befänden wir uns also um die Zeit des Sommersolstitiums, so müfste der Aufbruch von Sardes erst Anfang Mai erfolgt sein. Nun nimmt aber Ernst Curtius[1]), wie mir scheint

1) Zeittafel z. gr. Gesch. 95.

mit Recht, und ohne meines Wissens Widerspruch gefunden zu haben, als Zeitpunkt dafür bereits den März an. Denn da vom Aufbruch an bis zur Schlacht bei Kunaxa 182 Tage verstreichen, so findet diese im September statt, während sie andererseits erst in den November zu verlegen wäre. Da ferner von der Schlacht bei Kunaxa bis zum Eintritt des Winters in Armenien wiederum drei Monate verstreichen, so würde dieser letztere in den December zu setzen sein, während wir bei Maiaufbruch von Sardes damit bis zum Februar warten müfsten. Ferner: Der Euphrat ist beim Uebergang bei Thapsakos ganz ausnahmsweise so seicht, dafs er von den Kyreern durchwatet werden kann, ein Fall, der nach Angabe der Einwohner gänzlich unerhört war. Da der Uebergang bei Thapsakos etwas über drei Monate nach der Lykaienfeier stattfindet, so befänden wir uns nach unserer Annahme in den ersten Augusttagen, was sehr einleuchtend ist, während wir bei der Annahme des Solstitiums in Peltai bereits in den October kämen, was doch ganz unglaublich ist. Fand also der Aufbruch von Sardes demnach im März statt, so war man in Peltai allerspätestens Mitte Mai, von einer Sonnwend- oder Hochsommerfeier, oder gar von einem „Ernteweihfest“, wie Görres will, kann daher keine Rede sein. Damit fallen alle Schlüsse, die auf die Hochsommerhypothese gebaut sind, in sich zusammen.

Die Deutungen von Creuzer[1]) und Suchier[2]), die im Zeus den Berggeist sahen, führe ich der Vollständigkeit halber an, ebenso wie die von Schwartz[3]), der im Wolf das Symbol des Sieges erkannte.

Den richtigen Weg für die Erklärung des Zeuskults auf dem Lykaion hat Otto Jahn in einer Abhandlung über Lykoros[4]) angedeutet, indem er auf die Aehnlichkeit der Sage vom Parnafs mit der der Parrhasier vom Lykaion

1) Symb. II² 532.
2) De victimis human. apud Gr. 17.
3) De ant. Apoll. nat. Berlin 1843 p. 37 ff.
4) Ber. d. sächs. Ges. d. W. 1847 S. 423.

verwies. Diese Jahnsche Anregung wiederholt C. Robert in einer Anmerkung zu Prellers griechischer Mythologie[1]), ohne jedoch den Gedanken an dieser Stelle zur näheren Ausführung bringen zu können. Dagegen weist er mit Recht auf die wichtige Rolle hin, die der Wolf im Kult des Zeus Lykaios spielt[2]), und die bei der Deutung auf den Lichtgott stark ins Hintertreffen geraten ist. Die Griechen haben unter Lykaion stets nur Wolfsberg verstanden. Dort war der Wolf heimisch, wie die Erzählungen bei Apollodor I 5, 6 und 8 beweisen. Der Wolf aber ist, wie Jahn mit Recht betont und mit Beispielen belegt, und worin ihm auch H. D. Müller beistimmt, das Bild des Flüchtigen, Verbannten.

Vergleichen wir nunmehr, der Anregung Jahns folgend, den Zeus Lykaios mit dem Zeus Lykoreios[3]) vom Parnafs. Deukalion landet, der Flut glücklich entronnen, am Parnafs[4]); Wölfe geleiten die Geretteten zum Gipfel.[5]) Dort angelangt gründet Deukalion das Zeusheiligtum und die Stadt Lykoreia.[6]) Dieser Zeus wird aber *Φύξιος* genannt bei Apollodor I 7, 2 und Schol. Ap. Rh. II 1147. Erst später wird der Kult auf Apollon übertragen.

Die Sage weist also genau dieselben Elemente auf, wie der arkadische Kult: Den Zeuskult auf Bergeshöhe, die Flucht aus der Heimat, den Wolf, die Deukalionische Flut. Und wie am Parnafs Apollon den Zeus verdrängt, so finden wir bei den Zeusverehrenden Parrhasiern einen Apollon Parrhasios.[7]) Nur dafs der Kult vom Parnafs schon die Versöhnung des erzürnten Gottes nach erfolgter Strafe darstellt, während der Lykaonmythos erst das Aition zu dieser Strafe enthält, welche in den Menschenopfern des finsteren Phyxioskults sich ausdrückt.

---

1) Preller gr. Myth. I[4] 145 A. 2.
2) a. a. O. 127 A. 2.
3) Steph. B. s. v. *Λυκώρεια*.
4) Apd. I 7, 2. Schol. Pind. Ol. IX 70. Lucian. Tim. 3.
5) Paus. X 6, 2.
6) Marm. Par. 4. Paus. a. a. O.
7) Paus. VIII 38, 8.

Der Bedeutung des Phyxios entspricht das Asyl[1]), welches der Tempel Flüchtlingen, das Abaton verfolgten Tieren bot, entspricht die Flucht des Mörders als Wolf in zehnjährige Verbannung, entspricht das Menschenopfer als Sühne für die einst von diesem Stamme begangene Freveltat. Wolfsverwandlung und Menschenopfer sind also gleich alt und gleich berechtigt, und nicht etwa ist die erstere als Ablösung des letzteren zu betrachten, wie fälschlich angenommen worden ist. Es ist also klar, daſs der Zeus Lykaios ebenso wie der Zeus Lykoreios als Phyxios aufzufassen ist.

Wir scheinen nun aber auch ein directes Zeugnis für die Richtigkeit dieser Auffassung zu besitzen. Pausanias III 17, 7—9 berichtet die auch von Plutarch mehrfach erwähnte Anekdote von der Ermordung der Kleonike durch Pausanias. Da heiſst es zum Schluſs: *τοῦτο τὸ ἄγος οὐκ ἐξεγένετο ἀποφυγεῖν Παυσανίᾳ καθάρσια παντοῖα καὶ ἱκεσίας δεξαμένῳ Διὸς Φυξίου καὶ δὴ ἐς Φιγαλίαν ἐλθόντι τὴν Ἀρκάδων παρὰ τοὺς ψυχαγωγούς, δίκην δὲ ἣν εἰκὸς ἦν Κλεονίκῃ τε ἀπέδωκε καὶ τῷ θεῷ.* Wenn Pausanias nach Phigalia geht, um den Zeus Phyxios zu versöhnen, so muſs dort ein Kult dieses Gottes bestanden haben, der, nach dem Vorstehenden zu schlieſsen, sich eines ziemlich verbreiteten Rufes erfreuen muſste. Nun wissen wir aber von einem derartigen Kulte in Phigalia nichts; auch Pausanias schweigt darüber in seiner Beschreibung der Stadt. Wohl aber ist Phigalia der Vorort des Lykaiongebiets; es scheint also der Zeus Lykaios in der citirten Erzählung gemeint zu sein. Trifft dies zu, so hätten wir auch für den arkadischen Kult eine directe Bezeichnung des Gottes als Zeus Phyxios.

Zum Schlusse sei noch eine Hypothese über die Schattenlosigkeit des Abaton gestattet. Wir sahen, daſs grade am Lykaion Pan in gleicher Bedeutung wie Helios verehrt wurde. Wie das Auge des Helios den Koreraub entdeckt, so entdeckt Pan die zürnende Demeter in ihrer Höhle bei

---

1) Einen Asylgott Lykoreus erwähnt Piso bei Serv. Verg. Aen. II 761.

Phigalia und verrät ihren Aufenthalt dem Zeus. Die Schattenlosigkeit des Abaton ist nun vielleicht so zu erklären, daſs hierher nicht einmal das Auge des Helios dringt, der Flüchtling also absolut sicher ist. Würde nun die Sage diesen Ort, an den die Sonnenstrahlen nicht dringen, lichtlos nennen, so könnte dies Miſsverständnisse hervorrufen, weil man ihn alsdann sich natürlich finster vorstellen würde, wozu kein zwingender Grund vorliegt. Wenn sie ihn aber schattenlos nennt, so wird sie ihrer Absicht gerecht, denn wo die Strahlen des Helios nicht hindringen, da kann auch nichts Schatten werfen. Es ist dies, wie gesagt, nur eine Hypothese, die keinerlei Ansprüche machen will, und deren Richtigkeit oder Unrichtigkeit für die Bedeutung des Kults selbst unerheblich ist.

B. Die übrigen Zeuskulte.

Alea.

Münzen: Mionnet II 246 n. 23: Jupiter Aetophore assis à droite. Suppl. IV 273 n. 20: Tête barbue de Jupiter à dr. R. Phryxus sur son bélier allant à dr.

Aliphera.

Paus. VIII 26, 6: *καὶ Διός τε ἱδρύσαντο Λεχεάτου βωμὸν ἅτε ἐνταῦθα τὴν Ἀθηνᾶν τεκόντος.*

Kleitor.

Paus. V 23, 7: *Πλησίον δὲ τοῦ Ὑβλαίων ἀναθήματος βάθρον τε πεποίηται χαλκοῦν καὶ ἐπ' αὐτῷ Ζεύς.*[1]) *τοῦτον ὀκτὼ μάλιστα εἶναι ποδῶν καὶ δέκα εἰκάζομεν. οἵτινες δὲ αὐτὸν ἔδοσαν τῷ θεῷ καὶ ὧντινων ἐστιν ἔργον, ἐλεγεῖον γεγραμμένον σημαίνει·*

Κλειτόριοι τόδ' ἄγαλμα θεῷ δεκάταν ἀνέθηκαν
πολλᾶν ἐκ πολίων χερσὶ βιασάμενοι.
*καὶ * * μετρεῖτ' Ἀρίστων ἠδὲ Τελέστας*
αὐτοκασίγνητοι καλὰ Λάκωνες ἔθεν.

---

1) in Olympia.

Kynaitha.

Paus. VIII 19, 1: *Εἰσὶ δέ τινες γένους μὲν καὶ οὗτοι τῶν Ἀρκάδων, ὄνομα δέ σφισι Κυναιθαεῖς, οἳ καὶ ἐν Ὀλυμπίᾳ τὸ ἄγαλμα ἀνέθεσαν τοῦ Διὸς κεραυνὸν ἐν ἑκατέρᾳ ἔχοντα τῇ χειρί.*

Paus. V 22, 1: *παρὰ τοῦτον τὸν βωμὸν βάθρον τε πεποίηται χαλκοῦν καὶ ἄγαλμα ἐπ' αὐτῷ Διός, μέγεθος μὲν ὅσον ἓξ πήχεις, κεραυνὸν δὲ ἐν ἑκατέρᾳ τῇ χειρὶ ἔχει· ἀνέθεσαν δὲ αὐτὸ Κυναιθαεῖς.*

Schol. Lyc. Al. 400: *Δίσκου μεγίστου τάῤῥοθος Κυναιθέως· τοῦ Διός· ἀντὶ γὰρ αὐτοῦ λίθος τῷ Κρόνῳ ἐδόθη. βοηθός — Κυναιθεὺς ἡ εὐθεῖα·* (ὄνομα) *τοῦ Διὸς παρὰ τοῖς Ἀρκάσιν. Διὸς — τοῦ αὐτοῦ κυνηγετικοῦ ἐν τῇ Ἀρκαδίᾳ.*

Tzetz. Lyc. 400: *Κυναιθεὺς ὁ Ζεὺς ἐν Ἀρκαδίᾳ τιμᾶται, ἀγρότιμοι γὰρ καὶ κυνηγετικοὶ οἱ Ἀρκάδες καὶ ἐν ταῖς κυνηλασίαις καὶ ἐν θεύσεσι τῶν κυνῶν ἐτίμων αὐτόν.*

Lykosura.

Paus. VIII 37, 1: *ἰόντων δὲ ἐπὶ τὸν ναὸν στόα τέ ἐστιν ἐν δεξιᾷ καὶ ἐν τῷ τοίχῳ λίθου λευκοῦ τύποι πεποιημένοι καὶ τῷ μέν εἰσιν ἐπειργασμέναι Μοῖραι καὶ Ζεὺς ἐπίκλησιν Μοιραγέτης.*

Mantineia.

Thuc. V 47: *τὰς δὲ ξυνθήκας τὰς περὶ τῶν σπονδῶν καὶ τῶν ὅρκων καὶ τῆς ξυμμαχίας ἀναγράψαι ἐν στήλῃ λιθίνῃ Ἀθηναίους μὲν ἐν πόλει, Ἀργείους δὲ ἐν ἀγορᾷ ἐν τοῦ Ἀπόλλωνος τῷ ἱερῷ, Μαντινέας δὲ ἐν τοῦ Διὸς τῷ ἱερῷ ἐν τῇ ἀγορᾷ.*

Paus. VIII 9, 2: *Μαντινεῦσι δέ ἐστι καὶ ἄλλα ἱερά, τὸ μὲν Σωτῆρος Διὸς τὸ δὲ Ἐπιδώτου καλούμενον· ἐπιδιδόναι γὰρ δὴ ἀγαθὰ αὐτὸν ἀνθρώποις.*

Paus. VIII 12, 1: *Τοῦ τάφου δὲ τοῦ Ἐπαμεινώνδα μάλιστά που σταδίου μῆκος Διὸς ἀφέστηκεν ἱερὸν ἐπίκλησιν Χάρμωνος.*

Bull. de Corr. Hell. II 515: *Διὸς Κεραύνο.*[1])

---

1) vgl. Monum. gr. publ. par l'assoc. pour l'encouragem. des étud. gr. 41 p. 28 ff.

Lebas-Foucart 352p: Phyle *Ὁπλοδμίας* vgl. Methydrion Zeus Hoplosmios.

Münzen: Mionnet II 248 n. 32: Jupiter Aëtophore à g. R. Athena. Journ. of hell. stud. VII 98: Geta. Zeus naked facing, in right long sceptre; left hand on hip.

Megalopolis.

Paus. VIII 30, 2: *Διαιροῦντος δὲ τὴν Μεγάλην πόλιν τοῦ ποταμοῦ τοῦ Ἑλισσόντος . . . ἐν μέρει τῷ πρὸς ἄρκτους, δεξιῷ δὲ κατὰ τὸ μετέωρον τοῦ ποταμοῦ, πεποίηταί σφισιν ἀγορά· περίβολος δέ ἐστιν ἐν ταύτῃ λίθων καὶ ἱερὸν Λυκαίου Διός. ἔσοδος δ' ἐς αὐτὸ οὐκ ἔστι. τὰ γὰρ ἐντός ἐστι δὴ σύνοπτα, βωμοί τέ εἰσι τοῦ θεοῦ καὶ τράπεζαι δύο καὶ ἀετοὶ ταῖς τραπέζαις ἴσοι.*

Paus. VIII 30, 10: *ταύτης τῆς στοᾶς ἐστὶν ἐγγυτάτω ὡς πρὸς ἥλιον ἀνίσχοντα ἱερὸν Σωτῆρος ἐπίκλησιν Διός· κεκόσμηται δὲ πέριξ κίοσι. καθεζομένῳ δὲ τῷ Διὶ ἐν θρόνῳ παρεστήκασι τῇ μὲν ἡ Μεγάλη πόλις, ἐν ἀριστερᾷ δὲ Ἀρτέμιδος Σωτείρας ἄγαλμα. ταῦτα μὲν λίθου τοῦ Πεντελησίου Ἀθηναῖοι Κηφισόδοτος καὶ Ξενοφῶν εἰργάσαντο.*

C. I. G. 1536: . . . . | *καὶ ἐν τᾶι . . . [ὅπ]ως ἐπαύξηται κατὰ π[λεῖστον, ἔδοξε τᾶι π]όλει τιμᾶσαι Φιλο[π]ο[ίμενα Κραύγιδος τ]ιμαῖς ἰσοθέοις [ἀρε]τᾶς [ἕνεκεν καὶ εὐε]ργεσίας· ἱδρύσα[σθαι δὲ εἰς τιμὰν αὐτοῦ ἐ]ν τᾶι ἀγορᾶι τὸ μ[νᾶμα καὶ κτίσαι μετὰ ται]νίας τ[ὰ] ὀ[σ]τ[έα . . .] καὶ βωμὸν κα[τ]α-[σκευάσαι λευκόλιθον ὡς κ]άλλιστον καὶ [βουθυτεῖν ἐν τᾶι ἁμέραι τᾶι Δι]ὸς Σωτῆρος· στεφα[νῶσαι δὲ καὶ αὐτὸν εἰ[κ]όσι χαλκέαι[ς τέσσαρσιν, ὧν στᾶσαι τὰν μὲ]ν μίαν ἐν τ[ῶι θ]εά-[τρωι . . . κολοσσ]ικὰν τ[ὰν δὲ . . .]κον τὰν δὲ ἄλ[λαν ἐν . . . . τ]ὰν δὲ ἄλλ[αν ἐν τῶι γυμνασίωι καὶ ἀνακαρ]ῦξαι ἐν τῶ[ι ἀγῶνι τῶν Σωτηρίων τὸν στ]έφ[ανον κ. τ. λ.*[1])

Paus. VIII 31, 4: *Τοῦ περιβόλου δέ ἐστιν ἐντὸς Φιλίου Διὸς ναός, Πολυκλείτου μὲν τοῦ Ἀργείου τὸ ἄγαλμα, Διονύσῳ δὲ ἐμφερές· κόθορνοί τε γὰρ τὰ ὑποδήματά ἐστιν αὐτῷ,*

---

1) Sehr verstümmelt. vgl. Ross. inscr. in. I 12. Lebas 331. Keil anal. ep. 12. Dittenberger Syll. 210.

καὶ ἔχει τῇ χειρὶ ἔκπωμα, τῇ δὲ ἑτέρᾳ θύρσον, κάθηται δὲ ἀετὸς ἐπὶ τῷ θύρσῳ· καίτοι τοῖς γε ἐς Διόνυσον λεγομένοις τοῦτο οὐχ ὁμολογοῦν ἐστί. τούτου δὲ ὄπισθεν τοῦ ναοῦ δένδρων ἐστὶν ἄλσος οὐ μέγα θριγκῷ περιεχόμενον. ἐς μὲν δὴ τὸ ἐντὸς ἔσοδος οὐκ ἔστιν ἀνθρώποις· πρὸ δὲ αὐτοῦ Δήμητρος καὶ Κόρης ὅσον τε ποδῶν τριῶν εἰσὶν ἀγάλματα.

Lebas. 337: Διὶ Μειλιχίῳ Μίκυλος ἀνέθηκε.

Münzen: Mionnet II 249 n. 37—42 u. 44; Suppl. IV 281 n. 55: Lorbeerbekränzter Zeuskopf n. 1. R. Pan. n. 56: Adler auf Blitz sitzend in Lorbeerkranz. vgl. Zeitschr. f. Num. IX T. II. Cat. Brit. Mus. XXXV 10—13.

Methydrion.

Lebas. 353: Περ[ὶ δὲ τᾶς τραπέζα]ς τᾶς χρυσέ[α]ς τοῦ Διὸς τοῦ Ὁπλοσμίου ἄγ καταθέντες ἐνέχυρα οἱ Μεθυ[δριεῖς οἱ μεταστή]σαντες ε[ἰ]ς Ὀρχομενὸν διείλοντο τὸ ἀργύριον καί τινες αὐτῶν ἀπέ[φυγον, παρέχειν αὐτοὺς ἐ]ὰμ μὴ ἀποδίδωντι τὸ ἀργύριον τοῖς Μεγαλοπολίταις καθὼς ἐ[ψήφισται, τὰμ πό[λιν τὰν Ὀρχομενίων, ὑποδίκους εἶμεν τοὺς μὴ ποιοῦντας τὰ δίκαια.

Psophis.

Paus. V 24, 6: Τούτου δὲ οὐ πόρρω Ζεύς ἐστιν, ὅντινα ἀναθεῖναι Ψωφιδίους ἐπὶ πολέμου κατορθώματι τὸ ἔπος τὸ ἐπ' αὐτῷ γεγραμμένον δηλοῖ.[1])

Tegea.

Paus. VIII 48, 6: Πεποίηται δὲ καὶ Διὸς Τελείου βωμὸς καὶ ἄγαλμα τετράγωνον. περισσῶς γὰρ δή τι τῷ σχήματι τούτῳ φαίνονταί μοι χαίρειν οἱ Ἀρκάδες.

Paus. VIII 53, 9: Τὸ δὲ χωρίον τὸ ὑψηλὸν ἐφ' οὗ καὶ οἱ βωμοὶ Τεγεάταις εἰσὶν οἱ πολλοὶ καλεῖται μὲν Διὸς Κλαρίου, δῆλα δὲ ὡς ἐγένετο ἡ ἐπίκλησις τῷ θεῷ τοῦ κλήρου τῶν παίδων ἕνεκα τοῦ Ἀρκάδος. Ἄγουσι δὲ ἑορτὴν αὐτόθι Τεγεᾶται κατὰ ἔτος.

---

1) in Olympia.

Paus. VIII 53, 6: *Τεγεάταις δὲ . . . ὀνόματα αἱ φυλαὶ παρέχονται Κλαρεῶτις Ἱπποθοῖτις Ἀπολλωνιᾶτις Ἀθανεᾶτις· καλοῦνται δὲ ἀπὸ τοῦ κλήρου, ὃν τοῖς παισὶν Ἀρκὰς ἐποίησεν ὑπὲρ τῆς χώρας, καὶ ἀπὸ Ἱππόθου τοῦ Κερκύονος.*

C. I. G. 1513: *ἐν ἀγ[ῶ]σι τοῖς Ὀλυμπιακοῖς τῷ μεγίστῳ καὶ κεραυνοβόλῳ Διὶ ἀνατεθειμένοις ἐκομίσαντο τού[ς] στεφάνους κ. τ. λ.*[1])

Paus. VIII 53, 11: *Ἐκ Τεγέας δὲ ἰόντι ἐς τὴν Λακωνικὴν ἔστι μὲν βωμὸς ἐν ἀριστερᾷ τῆς ὁδοῦ Πανός, ἔστι δὲ καὶ Λυκαίου Διός· λείπεται δὲ καὶ θεμέλια ἱερῶν.*

Thelpusa.

Münze: Mionnet Suppl. IV 294 n. 123: Jupiter debout à dr. portant sur la main dr. une petite victoire et de la g. une haste.

Trapezus.

Nic. Dam. fr. 39: *Ταχὺ δὲ καὶ τοὺς υἱοὺς ἤθελον, οὓς τότε ὁ μητροπάτωρ*[2]) *ἅμα τῇ θυγατρὶ κυούσῃ θύειν μέλλων Διὶ Ἀκραίῳ εἰς Τραπεζοῦντα μετεπέμψατο.*[3])

Neben dem ganz Arkadien gemeinsamen Kulte auf dem Lykaion spielen die Zeuskulte der einzelnen Städte und Ortschaften eine nur untergeordnete Rolle. Filialkulte des ersteren finden wir zunächst in Megalopolis, wo auch das charakteristische Abaton nicht fehlt, und in der Tegeatis. Auch der Zeus Akraios von Trapezus scheint hierher zu gehören, da die Verehrung auf Bergeshöhe ein wesentliches Merkmal des Lykaioskultes war, und in Trapezus, wie wir sahen, Beziehungen zum Lykaonmythos bestanden.

Bedeutendere Zeuskulte bestanden ferner in den alten Kulturcentren Tegea und Mantineia. Wenn der Zeustempel

---

1) vgl. Hermann gr. Ant. II 258, 12. Curtius Pelop. I 272 A. 27.

2) Kypselos.

3) Nicht berücksichtigt sind bei dem im Vorstehenden gegebenen Material die arkadischen Münzen des achaiischen Bundes, da der auf diesen befindliche Zeus der Zeus Homagyrios der Achaier ist.

auf der Agora zu Mantineia zur Aufbewahrung so wichtiger Urkunden, wie des von Thukydides erwähnten Bündnisvertrages diente, so mufste dieser Kult immerhin zu den vornehmeren der Stadt zählen, besonders da die Argiver denselben Vertrag im Tempel ihres Apollon Lykeios aufstellten, dem bedeutendsten Heiligtum ihrer Stadt.[1]) In der Zeit, welcher die bei Pausanias vorhandenen Angaben angehören, scheint jedoch ein irgendwie bedeutenderer Zeuskult in Mantineia nicht mehr bestanden zu haben. Er nennt nur kurz einen Zeus Soter und Epidotes ohne nähere Ortsangabe, läfst es also zweifelhaft, ob wir in einem dieser beiden den von Thukydides erwähnten Kult wiederzuerkennen haben.

Länger erhielt sich der Kult von Tegea. Auch hier haben wir einen alten Zeusdienst, den des Zeus Klarios, nach dem eine Phyle benannt war, und dem ein Fest gefeiert wurde[2]), also jedenfalls ein bedeutenderes Heiligtum. Die Erklärung, die Pausanias für die Bedeutung des Beinamens giebt, bedarf keiner Erörterung. Die Etymologie von *κλῆρος* benutzt jedoch ebenfalls Boeckh, indem er den Namen der Phyle im Hinblick auf die kretischen Klarotai[3]) von den Bearbeitern der adligen *κλῆροι* herleitet. Vielleicht gehört hierher die Glosse des Hesychios: *κλάρες· αἱ ἐπὶ ἐδάφους ἐσχάραι.*[4]) Richtiger scheint mir aber die Glosse: *κλάροι· κλάδοι* hier heranzuziehen zu sein, denn damit stimmt die Erwähnung des Zeus Klarios bei Aischylos[5]), wo unmittelbar vorher von den *κλάδοι* der Schutzflehenden die Rede ist. Damit würde denn auch die Bedeutung des in Korinth[6]), Kolophon[7]) und anderweitig verehrten Apollon Klarios[8]) stimmen, dessen Beziehung zur Palme (*φοῖνιξ*) aus den

1) Paus. II 19, 3.
2) ob das C. I. G. 1513 erwähnte?
3) vgl. Ephoros bei Athen. VI 263 F.
4) vgl. M. Schmidt dazu.
5) Suppl. 360.
6) Paus. II 2, 8.
7) Strabo XIV 642. Tac. Ann. II 54.
8) vgl. Callim. h. in Ap. 71. Anth. IX 525. Verg. Aen. III 360. Ov. ars am. II 80. Hesych. s. v. Scyl. 98.

angeführten Stellen hervorgeht. Von dem Zeus Klarios, den Eustathios[1]) zusammen mit dem eben erwähnten Apollon in Klaros bei Kolophon nennt, wissen wir zu wenig, um dorther Aufklärung über den arkadischen Kult zu erlangen.[2])

Jüngeren Ursprungs sind die Kulte des Zeus Philios, Meilichios, Charmon; die denn auch ihre Hauptbedeutung in Megalopolis haben. Für die Dionysosartige Bildung der dort befindlichen Statue des jüngeren Polyklet, welche Pausanias erwähnt, finden sich weitere Beispiele in Litteratur und Kunst nicht.[3]) Eine Analogie könnte man vielleicht darin finden, daſs der Priester des Zeus Philios in Athen einen Sitz im Theater hatte.[4]) Ob das Abaton hinter dem Tempel in Megalopolis zum Zeus- oder zum Demeterkult gehört, ist zweifelhaft. Dem Philios entspricht offenbar der Charmon von Mantineia. Ob auch der Epidotes von Mantineia in diese Reihe gehört, läſst sich mit Sicherheit nicht entscheiden. Plutarch[5]) stellt den Epidotes dem Meilichios gegenüber. Einen Zeus Epidotes erwähnt ferner Hesychios s. v. in Lakedaimon. Es scheint dies derselbe zu sein, den Pausanias[6]) als Daimon bezeichnet, welcher den Zorn des Zeus Hikesios über eine Freveltat des Plataiaisiegers Pausanias abwehren soll. Aehnlich ist wohl als Besänftiger der einen Löwen bändigende Hypnos Epidotes von Sikyon zu denken.[7])

Für den Kult des Zeus Moiragetes von Lykosura ist daran zu erinnern, daſs nach dem Mythos des benachbarten Phigalia Zeus die Moiren zur Demeter schickt mit der Auf-

1) ad Dion. Per. 444.

2) vgl. dazu die Schriften von Immisch (Klaros Leipzig 1890) und Buresch (Klaros Leipzig 1890).

3) Das Weihrelief an Zeus Philios bei Schöne gr. Rel. 105 zeigt ganz anderen Typus und stimmt mit den von Overbeck Kunstmyth. II 228 behandelten Münzen v. Pergamos.

4) C. I. A. III 285.

5) c. Epic. 22.

6) III 17, 9. vgl. Immerwahr: Die Lakonika des Paus. Berl. 1889 S. 90.

7) Paus. II 10, 2.

forderung vom Zorne abzulassen, und dafs in Lykosura die betreffende Darstellung sich im Despoinaheiligtum befand. Ein Altar des Zeus Moiragetes befand sich in Olympia.[1])

Die Namen Teleios, Kynaitheus, Lecheates erklären sich ohne Schwierigkeit. Ueber den letzteren werden wir noch bei den Athenakulten zu reden haben.

C. Ammon.

Megalopolis.

Paus. VIII 32, 1: *πλησίον δὲ οἰκίαν, ἰδιώτου κατ' ἐμὲ κτῆμα ἀνδρός, Ἀλεξάνδρῳ τῷ Φιλίππου τὸ ἐξ ἀρχῆς ἐποίησαν. ἔστι δὲ ἄγαλμα Ἄμμωνος πρὸς τῇ οἰκίᾳ, τοῖς τετραγώνοις Ἑρμαῖς εἰκασμένον κέρατα ἐπὶ τῆς κεφαλῆς ἔχον κριοῦ.*

Das Ammonbild von Megalopolis zeigt durch seinen Standort, dafs es der Schmeichelei, die Alexander zum Sohne des Ammon machte, zu Liebe errichtet war.

D. Serapis.

Pheneos.

Münzen: Mionnet II 253 n. 55: Sérapis assis tenant dans la main dr. une patère et dans la g. la haste; à ses pieds Cerbère. Suppl. IV 287 n. 86: Sérapis debout, le modius sur la tête, tenant une patère de la main dr. et la haste de la g.; à ses pieds Cerbère. Plautilla.

Da im Gebiet von Pheneos sich die Styx befindet, so dürfen wir in Uebereinstimmung mit dem Kerberos der Münzen wohl darauf schliefsen, dafs es sich hier um einen Hadeskult handelt.

---

1) Paus. V 15, 5.

Hera.

Heraia.

Paus. VIII 26, 2: *τῆς δὲ Ἥρας τοῦ ναοῦ καὶ ἄλλα ἐρείπια καὶ οἱ κίονες ἔτι ἐλείποντο.*

Münzen: Mionnet Suppl. IV 278 n. 39: Sept. Sev. Femme vêtue d'une tunique debout tenant un sceptre de la main dr. la gauche étendue. Journ. of hell. stud. VII 107: Head of Hera wearing stephane and veil. vgl. Imhoof-Blumer Mon. gr. T. E 7. Cat. of gr. coins in the Brit. Mus. Pelop. XXXIV 1—6.

Mantineia.

Paus. VIII 9, 3: *καὶ Ἥρας πρὸς τῷ θεάτρῳ ναὸν ἐθεασάμην· Πραξιτέλης δὲ τὰ ἀγάλματα αὐτήν τε καθημένην ἐν θρόνῳ καὶ παρεστώσας ἐποίησεν Ἀθηνᾶν καὶ Ἥβην παῖδα Ἥρας.*

Megalopolis.

Paus. VIII 31, 9: *τῆς στοᾶς δὲ ἣν ἀπὸ τοῦ Μακεδόνος Φιλίππου καλοῦσι, ταύτης εἰσὶ δύο ὄπισθε λόφοι οὐκ ἐς ὕψος ἀνήκοντες· ἐρείπια δὲ Ἀθηνᾶς ἱεροῦ Πολιάδος ἐπὶ αὐτῷ, καὶ τῷ ἑτέρῳ ναός ἐστιν Ἥρας Τελείας, ὁμοίως καὶ ταῦτα ἐρείπια.*

Paus. VIII 31, 5: *πρὸ μὲν δὴ τῆς ἐσόδου ξόανά ἐστιν ἀρχαῖα, Ἥρα καὶ Ἀπόλλων τε καὶ Μοῦσαι· ταῦτα κομισθῆναί φασιν ἐκ Τραπεζοῦντος.*

Stymphalos.

Pind. Ol. VI 84:

ματρομάτωρ ἐμὰ Στυμφαλίς, εὐανθὴς Μετώπα
πλάξιππον ἃ Θήβαν ἔτικτεν, τᾶς ἐρατεινὸν ὕδωρ
πίομαι, ἀνδράσιν αἰχματαῖσι πλέκων

ποικίλον ὕμνον. ὄτρυνον νῦν ἑταίρους,
Αἰνέα, πρῶτον μὲν Ἥραν Παρθενίαν κελαδῆσαι
γνῶναι δ' ἔπειτ' ἀρχαῖον ὄνειδος ἀλαθέσιν
λόγοις εἰ φεύγομεν Βοιωτίαν ὗν.

Paus. VIII 22, 2: Ἐν δὲ τῇ Στυμφάλῳ τῇ ἀρχαίᾳ Τήμενόν φασιν οἰκῆσαι τὸν Πελασγοῦ, καὶ Ἥραν ὑπὸ τοῦ Τημένου τραφῆναι τούτου, καὶ αὐτὸν ἱερὰ τῇ θεῷ τρία ἱδρύσασθαι καὶ ἐπικλήσεις τρεῖς ἐπ' αὐτῇ θέσθαι, παρθένῳ μὲν ἔτι οὔσῃ Παιδί, γημαμένην δὲ τῷ Διὶ ἐκάλεσεν αὐτὴν Τελείαν, διενεχθεῖσαν δὲ ἐφ' ὅτῳ δὴ ἐς τὸν Δία καὶ ἐπανήκουσαν ἐς τὸν Στύμφαλον ὠνόμασεν ὁ Τήμενος χήραν. τάδε μὲν ὑπὸ Στυμφαλίων λεγόμενα οἶδα ἐς τὴν θεόν.

Tegea.

Münze. Journ. of hell. stud. VII 113. Sept. Sev. Hera(?) seated holds sceptre and pomegranate.(?)

Trapezus.

Paus. VIII 31, 5. Siehe Megalopolis.

Die hervorragende Stellung, welche Hera in der übrigen Peloponnes einnahm, war in Arkadien durch Artemis und teilweise auch durch Demeter vorweggenommen. Dafs auch die wenigen vorhandenen Kulte als importirt zu betrachten sind, läfst sich teils aus ihrem jungen Ursprung, wie in Megalopolis, teils daraus schliefsen, dafs sie nur an den äufseren Rändern des eigentlichen Arkadiens, wie in dem an Argolis grenzenden Stymphalos und dem halbeleischen Heraia, gefunden werden. Der Ursprung des Kultes von Stymphalos ergiebt sich aus dem zwischen Argos und Nauplia gelegenen Temenion; denn in Argos sowohl wie in Nauplia findet sich ein Kult der Hera Parthenos.[1]) Vereinigung der Hera Parthenos und Teleia finden wir in Hermione[2]) und in Samos[3])

1) Paus. II 38, 2. Schol. Pind. Ol. VI 149.

2) Paus. II 36, 1. Arist. im Schol. Theocr. XV 64. Steph. B. s. v. Ἑρμιών.

3) Schol. Il. XIV 296. Schol. Apoll. Rh. I 187. II 867. Varro bei Lact. I 17, 8.

und auch die Form der Chera scheint in den von Menodotos[1]) geschilderten Samischen *Τόνεια* zum Ausdruck gekommen zu sein.[2]) Auch im Kult von Euboia und Plataiai finden sich ähnliche Bräuche.[3]) Irrtümlich nach dem arkadischen Parthenion verweist die Hera Parthenia von Stymphalos der Scholiast zu Pind. Ol. VI 149.[4])

Da wir in Heraia aufser dem Herakult den Dionysos hervorragend vertreten finden, so dürfen wir den dortigen Kult mit Sicherheit auf eleischen Ursprung zurückführen. Denn in Elis versieht dasselbe Collegium der sechzehn Frauen den Dienst der Hera wie den des Dionysos.[5])

1) bei Athen. XV 672 A.

2) vgl. C. Robert bei Preller gr. Mythol. I⁴ 166 A. 2.

3) Paus. IX 2, 7 ff. Plut. bei Euseb. Pr. ev. III 83 ff. Schol. Pind. Ol. VI 149. Steph. B. s. v. *Κάρυστος*.

4) vgl. Boeckh: Expl. Pind. a. a. O.

5) Paus. V 16, 2 ff. VI 26, 1. Plut. mul. virt. p. 251. Arist. mir. ausc. 123. Theopomp. bei Athen. I p. 34 A. vgl. Weniger: Collegium d. 16 Frauen u. Dionysoskult i. Elis. Progr. Weimar 1883.

Poseidon.

Asea.

Paus. VIII 44, 4: *Ἔστι δὲ ἄνοδος ἐξ Ἀσέας ἐς τὸ ὄρος τὸ Βόρειον καλούμενον, καὶ ἐπὶ τῇ ἄκρᾳ τοῦ ὄρους σημεῖά ἐστιν ἱεροῦ· ποιῆσαι δὲ τὸ ἱερὸν Ἀθηνᾷ τε σωτείρᾳ καὶ Ποσειδῶνι Ὀδυσσέα ἐλέγετο ἀνακομισθέντα ἐξ Ἰλίου.*

Reste des Heiligtums: Leake: Morea III 34, Ross: Reisen 63 f.

Kaphyai.

Paus. VIII 23, 3: *Καφυάταις δὲ ἱερὰ θεῶν Ποσειδῶνός ἐστι καὶ ἐπίκλησιν Κνακαλησίας Ἀρτέμιδος.*

Münzen: Mionnet II 247 n. 27: Julia Domna. Neptune debout, tenant d. la main dr. un dauphin. *ΚΑΦΥΙΑΤΩΝ.* Journ. of Hell. stud. VII T. 13: Poseidon stehend, r. Delphin, l. Dreizack quer v. d. Körper, um d. Unterkörper Himation. vgl. Head: H. N. 374.

Lykosura.

Paus. VIII 37, 10: *Ὑπὲρ δὲ τὸ ἄλσος καὶ Ἱππίου Ποσειδῶνος, ἅτε πατρὸς τῆς Δεσποίνης, καὶ θεῶν ἄλλων εἰσὶ βωμοί.*

Mantineia.

Paus. VIII 10, 1—4: *Ὑπὲρ δὲ τοῦ σταδίου τὸ ὄρος ἐστὶ τὸ Ἀλήσιον, διὰ τὴν ἄλην, ὥς φασι, καλούμενον τῆς Ῥέας, καὶ Δήμητρος ἄλσος ἐν τῷ ὄρει. παρὰ δὲ τοῦ ὄρους τὰ ἔσχατα τοῦ Ποσειδῶνός ἐστι τοῦ Ἱππίου τὸ ἱερὸν οὐ πρόσω σταδίου Μαντινείας. τὰ δὲ ἐς τὸ ἱερὸν τοῦτο ἐγώ τε ἀκοὴν γράφω καὶ ὅσοι μνήμην ἄλλοι περὶ αὐτοῦ πεποίηνται. τὸ μὲν δὴ ἱερὸν τὸ ἐφ' ἡμῶν ᾠκοδομήσατο Ἀδριανὸς βασιλεὺς ἐπιστήσας τοῖς ἐργαζομένοις ἐπόπτας ἄνδρας, ὡς μήτε ἐνίδοι τις ἐς τὸ* ἱερὸν τὸ ἀρχαῖον μήτε τῶν ἐρειπίων τι αὐτοῦ μετακινοῖτο· πέριξ δὲ ἐκέλευε τὸν ναὸν σφᾶς οἰκοδομεῖσθαι τὸν καινόν. τὰ δὲ ἐξ ἀρχῆς τῷ Ποσειδῶνι τὸ ἱερὸν τοῦτο Ἀγαμήδης λέγονται καὶ Τροφώνιος ποιῆσαι, δρυῶν ξύλα ἐργασάμενοι καὶ ἁρμόσαντες πρὸς ἄλληλα· ἐσόδου δὲ ἐς αὐτὸ εἴργοντες ἀνθρώπους ἔρυμα μὲν πρὸ τῆς ἐσόδου προεβάλοντο οὐδέν, μίτον δὲ διατείνουσιν ἐρεοῦν, τάχα μέν που τοῖς τότε ἄγουσι τὰ θεῖα ἐν τιμῇ δεῖμα καὶ τοῦτο ἔσεσθαι νομίζοντες, τάχα δ' ἂν τι μετείη καὶ ἰσχύος τῷ μίτῳ. φαίνεται δὲ καὶ Αἴπυτος ὁ Ἱππόθου μήτε πηδήσας ὑπὲρ τὸν μίτον μήτε ὑποδύς, διακόψας δὲ αὐτὸν ἐσελθὼν ἐς τὸ ἱερόν· καὶ ποιήσας οὐχ ὅσια ἐτυφλώθη τε ἐμπεσόντος ἐς τοὺς ὀφθαλμοὺς αὐτῷ τοῦ κύματος καὶ αὐτίκα ἐπιλαμβάνει τὸ χρεὼν αὐτόν. Θαλάσσης δὲ ἀναφαίνεσθαι κῦμα ἐν τῷ ἱερῷ τούτῳ λόγος ἐστὶν ἀρχαῖος.

Paus. VIII 5, 5: *Αἰπύθῳ δὲ τῷ Ἱππόθου παρελθεῖν ἐς τὸ ἱερὸν τοῦ Ποσειδῶνος τὸ ἐν Μαντινείᾳ τολμήσαντι (ἔσοδος δὲ ἀνθρώποις οὔτε τότε ἐς αὐτὸ ἦν οὔτε ἄχρι ἡμῶν ἔστιν) ἐς τοῦτο ἐσελθόντι τυφλωθῆναι καὶ οὐ μετὰ πολὺ τῆς συμφορᾶς τελευτῆσαί οἱ τὸν βίον ἐγένετο.*

Polyb. IX 8, 11: *ἤδη δὲ τῆς Θηβαίων πρωτοπορείας συναπτούσης πρὸς τὸ τοῦ Ποσειδῶνος ἱερόν, ὃ κεῖται πρὸ τῆς πόλεως ἐν ἑπτὰ σταδίοις, ὥσπερ ἐπίτηδες συνεκύρησεν, ἅμα καὶ τοὺς Ἀθηναίους ἐπιφαίνεσθαι κατὰ τὸν τῆς Μαντινείας ὑπερκείμενον λόφον.*

Polyb. XI 11, 4: *Κατὰ δὲ τὸν αὐτὸν καιρὸν Φιλοποίμην εἰς τρία μέρη διῃρηκὼς τὴν δύναμιν ἐξῆγεν ἐκ τῆς Μαντινείας, κατὰ μὲν τὴν ἐς τὸ Ποσειδῶνος ἱερὸν φέρουσαν τοὺς Ἰλλυριοὺς κ. τ. λ.*

Polyb. XI 11, 6: *παρὰ τὴν τάφρον τὴν φέρουσαν ἐπὶ τοῦ Ποσειδίου διὰ μέσου τοῦ τῶν Μαντινέων πεδίου.*

Polyb. XI 12, 6: *κατὰ τοὺς περὶ τὸ Ποσείδιον τόπους ὄντας ἐπιπέδους καὶ πρὸς ἱππικὴν εὐφυεῖς χρείαν.*

Paus. VIII 10, 8: *φανῆναι δὲ καὶ τὸν Ποσειδῶνα ἀμύνοντά σφισιν[1]) ἔφασαν οἱ Μαντινεῖς καὶ τοῦδε εἵνεκα τρόπαιον ἐποιήσαντο ἀνάθημα τῷ Ποσειδῶνι.*

---

1) Im Kampfe gegen die Lakedaimonier unter Agis, dem Sohne des Eudamidas.

Schol. Pind. Ol. XI 83: ὁ δὲ Δίδυμος οὕτω καθίστησι τὸν λόγον· τὴν Μαντινέαν φησὶν εἶναι ἱερὰν Ποσειδῶνος, καὶ παρατίθεται τὸν Βακχυλίδην λέγοντα οὕτω· Ποσειδάνιον ὡς Μαντινεῖς τριόδοντα χαλκοδαιδάλοισιν ἐν ἀσπίσι φορεῦντες. ἐπίσημον γὰρ εἶναι τῶν ἀσπίδων τὸν Ποσειδῶνος τριόδοντα, ὅτι παρ' αὐτοῖς μάλιστα τιμᾶται ὁ θεός. ἔσται οὖν τὸ σαφὲς οὕτω, καθ' αὑτὸ ἔξωθεν παραλαμβανομένου τοῦ ὀνόματος· ἀν' ἵπποισι δὲ τέτρασιν ἥρως ὁ ἀπὸ Μαντινέας ἐνίκησε. καὶ ἔστιν ἡ Μαντινέα σημεῖον καὶ ἱερὰ τοῦ Ποσειδῶνος. Ἁλιῤῥόθιον γὰρ ἐπιθετικῶς τὸν Ποσειδῶνά φησι κ.τ.λ.

Lebas-Foucart 352k: Ἐπ]ὶ ἱερέως τοῦ Ποσειδῶνος Κορνηλίου Ἐπιτυγχανίωνος, Εὐοδία Συμμάχου Μαντινικὴ Ἐλπίδα τὴν ἰδίαν θυγατέρα καὶ δούλην ἠλευθέρωσεν κ. τ. λ.

Lebas-Foucart 352o: Ἐπὶ ἱερέος τῷ Ποσειδᾶνι Γοργίππου τοῦ τὸ ἕκτον καὶ τεσσαρακοστὸν ἔτος ἱερατεύσοντος, οἱ ἀποκαρυχθέντες ἐλεύθεροι .... (folgen Namen).

Ross. Inscr. in. I 9: Ἐπὶ ἱερέως τοῦ Ποσειδῶνος Ηίου Εὐφροσύνου, ἐπιγνωμονεύοντος δὲ Κελεστινιάνου τοῦ Πύλωνος, Ἀρτέμων Ἀρτέμωνος καὶ Ἑρμείας Ἰουνίου ἠλευθέρωσαν Διδύμην κ. τ. λ.

Vischer: Epigr. arch. Beitr. a. Griechenl. 39: Ἐπὶ ἱερέος τοῦ Ποσιδᾶνος Ἀπολλωνίου, δεκτῆρος δὲ Μάρκου τοῦ Τίτου ἔτους ἑβδόμου καὶ τεσσαρακοστοῦ, διαθήκης ἀναγνωσθείσης γ', μηνὸς τρίτου τριακάδι Πίτυλος Ποσειδίππου ἐφῆκε κ. τ. λ.

Bull. de l'école franç. d'Athènes 1868 p. 5: Phylenname Ποσοιδλίας.

Münzen: Mionnet Suppl. IV 279 n. 43: Neptune assis sur un rocher à gauche, portant d. la m. dr. étendue un dauphin et tenant d. la g. son trident. Journ. of Hell. stud. VII 99: Poseidon naked, striding with trident; sometimes a dragon before him. Auch der Dreizack allein kommt als Münzzeichen vor.

Megalopolis.

Paus. VIII 30, 1: πλησίον δὲ ἤδη τῆς πόλεως Ποσειδῶνός ἐστιν Ἐπόπτου ναός· ἐλείπετο δὲ τοῦ ἀγάλματος ἡ κεφαλή.

Paus. VIII 31, 7: *κεῖται δὲ ἐντὸς τοῦ περιβόλου θεῶν τοσάδε ἄλλων ἀγάλματα τὸ τετράγωνον παρεχόμενα σχῆμα, Ἑρμῆς τε ἐπίκλησιν Ἀγήτωρ καὶ Ἀπόλλων καὶ Ἀθηνᾶ τε καὶ Ποσειδῶν κ. τ. λ.*

Methydrion.

Paus. VIII 36, 2: *Ἔστι δὲ ἐν Μεθυδρίῳ Ποσειδῶνός τε Ἱππίου ναός.*

Orchomenos.

Paus. VIII 13, 2: *θέας δὲ αὐτόθι ἄξια πηγή τε ἀφ' ἧς ὑδρεύονται, καὶ Ποσειδῶνός ἐστι καὶ Ἀφροδίτης ἱερὰ, λίθου δὲ τὰ ἀγάλματα.*

Münzen: Mionnet Suppl. IV 284 n. 70 Julia Domna. Neptune debout, tenant de la m. dr. un dauphin et de la g. un trident.

Pallantion.

Dion. Hal. I 33: *ἀπέδειξαν δὲ καὶ Ποσειδῶνι τέμενος Ἱππίῳ καὶ τὴν ἑορτὴν Ἱπποκράτεια μὲν ὑπ' Ἀρκάδων, Κωνσουάλια δὲ ὑπὸ Ῥωμαίων λεγόμενα κατεστήσαντο, ἐν ᾗ παρὰ Ῥωμαίοις ἐξ ἔθους ἐλινύουσιν ἔργων ἵπποι καὶ ὀρεῖς καὶ στέφονται τὰς κεφαλὰς ἄνθεσι.*

Pheneos.

Paus. VIII 14, 4: *ἐνταῦθα ἐν τῇ ἀκροπόλει ναός ἐστιν Ἀθηνᾶς ἐπίκλησιν Τριτωνίας· ἐρείπια δὲ ἐλείπετο αὐτοῦ μόνα. καὶ Ποσειδῶν χαλκοῦς ἕστηκεν ἐπωνυμίαν Ἵππιος· ἀναθεῖναι δὲ τὸ ἄγαλμα τοῦ Ποσειδῶνος Ὀδυσσέα ἔφασαν. ἀπολέσθαι γὰρ ἵππους τῷ Ὀδυσσεῖ, καὶ αὐτὸν γῆν τὴν Ἑλλάδα κατὰ ζήτησιν ἐπιόντα τῶν ἵππων ἱδρύσασθαι μὲν ἱερὸν ἐνταῦθα Ἀρτέμιδος, καὶ Εὑρίππαν ὀνομάσαι τὴν θεον, ἔνθα τῆς Φενεατικῆς χώρας εὗρε τὰς ἵππους, ἀναθεῖναι δὲ καὶ τοῦ Ποσειδῶνος τὸ ἄγαλμα τοῦ Ἱππίου.*

Phigaleia.

Paus. VIII 42, 1: *Ὅσα μὲν δὴ οἱ ἐν Θελπούσῃ λέγουσιν ἐς μίξιν τὴν Ποσειδῶνός τε καὶ Δήμητρος, κατὰ ταὐτά σφισιν* οἱ Φιγαλεῖς νομίζουσι. τεχθῆναι δὲ ὑπὸ τῆς Δήμητρος οἱ Φιγαλεῖς φασιν οὐχ ἵππον, ἀλλὰ τὴν Δέσποιναν ἐπονομαζομένην ὑπὸ Ἀρκάδων.

Tegea.

Ross: Inscr. ined. I 7: [Π]οσοιδᾶνος Ἑρμ[ᾶνο]ς Ἡρακλέ[ο]ς Χαρ[ί]τ[ων].

Thelpusa.

Paus. VIII 25, 5: πλανωμένῃ γὰρ τῇ Δήμητρι ἡνίκα τὴν παῖδα ἐζήτει, λέγουσιν ἕπεσθαί οἱ τὸν Ποσειδῶνα ἐπιθυμοῦντα αὐτῇ μιχθῆναι, καὶ τὴν μὲν ἐς ἵππον μεταβαλοῦσαν ὁμοῦ ταῖς ἵπποις νέμεσθαι ταῖς Ὄγκου, Ποσειδῶν δὲ συνίησιν ἀπατώμενος καὶ συγγίνεται τῇ Δήμητρι ἄρσενι ἵππῳ καὶ αὐτὸς εἰκασθείς. ..... Paus. VIII 25, 7: Τὴν δὲ Δήμητρα τεκεῖν φασιν ἐκ τοῦ Ποσειδῶνος θυγατέρα, ἧς τὸ ὄνομα ἐς ἀτελέστους λέγειν οὐ νομίζουσι, καὶ ἵππον τὸν Ἀρίονα· ἐπὶ τούτῳ δὲ παρὰ σφίσιν Ἀρκάδων πρώτοις Ἵππιον Ποσειδῶνα ὀνομασθῆναι.

Trikolonos.

Paus. VIII 35, 6: Πόλις δὲ ἦσαν καὶ οἱ Τρικόλωνοί ποτε· μένει δὲ αὐτόθι καὶ ἐς ἡμᾶς ἔτι ἐπὶ λόφου Ποσειδῶνος ἱερὸν καὶ ἄγαλμα τετράγωνον, καὶ δένδρων περὶ τὸ ἱερόν ἐστιν ἄλσος.

Nach der arkadischen Genealogie hinterliefs der gemeinsame Stammesheros Arkas, der Sohn des Zeus und der Kallisto, drei Söhne, unter welche er das Land teilte: Azan, Apheidas und Elatos. Von Elatos heifst es bei Paus. VIII 4, 4: Ἔλατος δὲ ἔσχε τὸ ὄρος τὴν Κυλλήνην, ἔτι τότε οὖσαν ἀνώνυμον· χρόνῳ δὲ ὕστερον μετῴκησεν ὁ Ἔλατος ἐς τὴν νῦν καλουμένην Φωκίδα, καὶ τοῖς τε Φωκεῦσιν ἤμυνεν ὑπὸ Φλεγύων πολέμῳ πιεζομένοις καὶ Ἐλατείας πόλεως ἐγένετο οἰκιστής. Diesen Elatos hat U. v. Wilamowitz in seinem Isyllos einer Beleuchtung unterzogen. Es kann danach kein Zweifel bestehen, dafs der angebliche Arkader Elatos identisch ist mit dem Lapithenfürsten von Larisa, dem Vater des Kaineus und Polyphemos. Ausschlaggebend dafür sind die seiner Zeit noch näher zu beleuchtenden Beziehungen des Elatos zum Asklepioskult durch seinen Sohn Ischys, und vor allem die Stelle bei Diod. IV 70: *διὰ δὲ ταύτην τὴν αἰτίαν τῶν Κενταύρων πανδημεὶ στρατευσάντων ἐπὶ τοὺς Λαπίθας καὶ πολλοὺς ἀνελόντων, τοὺς ὑπολειφθέντας φυγεῖν εἰς Φενεὸν τῆς Ἀρκαδίας κ. τ. λ.* Die gleiche Nutzanwendung wird man schliefslich auch aus der Pausaniasnotiz, die den Arkader Elatos zum Gründer des phokischen Elateia macht, ziehen, wenn man sich der zahlreichen Beispiele erinnert, die H. D. Müller dafür angeführt hat, dafs der Mythos eine Wanderung gewöhnlich in der umgekehrten Richtung darstellt, als wie sie erfolgt ist.[1])

Ohne uns hier auf die bekannte Stammesverwandtschaft von Arkadern und Thessalern überhaupt einlassen zu wollen, mufs doch grade diese lapithische Einwanderung als besonders stark und nachhaltig angesehen werden; denn es heifst nicht nur von den Söhnen des Arkas bei Apollod. III 9, 1: *οὗτοι τὴν γῆν ἐμερίσαντο, τὸ δὲ πᾶν κράτος εἶχεν Ἔλατος*, sondern wir finden auch die Bildsäule dieses im Norden Arkadiens ansässigen und die Thessaler in der arkadischen Genealogie repraesentirenden Fürsten auf dem Markt von Tegea.[2])

Wenn wir also als Hauptwohnstätten der Thessaler in Arkadien die Gegend des Kyllenegebirges constatirt haben, so dürfen wir mit vollem Recht den Poseidon Hippios auf der Akropolis von Pheneos als Thessaler ansprechen, zumal der Elatide Polyphemos auch Sohn des Poseidon genannt wird (Schol. Ap. Rh. I 40), Elatos somit eine Hypostase des Gottes ist. Bestätigt wird dies durch seine Zusammenstellung mit der Artemis Heurippa, deren Attribut am See von Pheneos ebenso das Rofs ist, wie das der Pheraia am Boibeischen See.[3]) Dafs die Verquickung mit

1) vgl. dazu A. Schultz: Phlegyersagen. Jahrb. f. cl. Phil. 1882 S. 345 ff.

2) Paus. VIII 48, 8.

3) vgl. die Münztypen bei Eckhel D. N. 105. Mionnet S. IV 285 n. 76. Journ. of Hell. stud. VII 101. D. d. a. K. II 173.

Odysseus nur zur Erklärung des Namens Heurippa dienen soll, bedarf nicht erst der Erwähnung.[1])

Seine Hauptwurzeln hat jedoch der Poseidonkult nicht hier im Centrum des thessalischen Einflufsgebiets geschlagen, sondern im östlichen Arkadien, vor allem in Mantineia. Die Hauptgottheiten der Tegeatisch-Mantinensischen Landschaft, des Ἀφειδάντειον κλῆρος, sind, wie gelegentlich der Athenakulte ausführlich dargelegt werden soll, Athena und Poseidon. Der beständige Kampf zwischen der den Ackerbau fördernden Sonnenwärme und den wilden Gebirgswassern, die, wenn ihre Abzugskanäle sich verstopfen, die Ebene in einen Sumpf verwandeln, findet seinen Ausdruck in der nebeneinander bestehenden Verehrung von Athena Alea und Poseidon. In Tegea finden wir als Hauptkult den der Athena, in Mantineia ist umgekehrt Poseidon der mächtigere Gott.

Der Kult von Mantineia ist nun von allen der weitaus interessanteste, nicht nur weil wir über ihn die umfänglichsten Berichte[2]) besitzen, sondern weil er alle Ingredienzen

---

1) Derartige überseeische Beziehungen sind übrigens häufig da constatirbar, wo neben Poseidonkulten auch solche der Artemis bestehen. In Asea, wo ebenfalls Odysseus den Poseidonkult gegründet haben soll, wird Artemiskult durch die Inschrift Arch. Ztg. XXXI 10 bezeugt. In Orchomenos, wo Aineias ansässig war (Dion. Hal. I 49. Paus. VIII 12, 8), finden wir neben Poseidon die Artemis Hymnia. Ebenso bestand in Kaphyai, das von Aineias gegründet sein soll (Ariaeth. bei Dion. Hal. I 49. Strabo XII 608. St. B. s. v.), ein starker Artemiskult. Im Allgemeinen ist nun gemeinsame Verehrung von Poseidon und Artemis in der Peloponnes selten. Am bekanntesten ist Poseidons Verehrung mit Artemis Iphigeneia in Hermione, ein Name, der zu den erwähnten überseeischen Beziehungen nicht übel pafst. Denselben Charakter trägt der Beiname Aiginaia der in Sparta zusammen mit Poseidon Hippokurios verehrten Artemis (Paus. III 14, 12). Dies sind jedoch alles Einzelheiten, aus denen einen irgendwie formulirbaren Schlufs zu ziehen vorläufig kaum möglich scheint.

2) Die Angaben des Polybios und des Pausanias über die Lage des Heiligtums gehen etwas auseinander. Nach Pausanias ist das Heiligtum nur 1 Stadion, nach Polybios 7 Stadien von der Stadt entfernt. Nach Pausanias liegt es am Berge, nach Polybios im ebenen, für die Entfaltung der Reiterei besonders geeigneten Felde. Sollte Polybios vielleicht nicht an Ort und Stelle gewesen sein?

der verschiedenen, in Arkadien vorkommenden Formen der Poseidonverehrung in sich vereinigt. Der Poseidonkult war unstreitig der bedeutendste Kult von Mantineia. Seine Priester stellten, wie zahlreiche Inschriften beweisen, noch in der Kaiserzeit die Eponymen. Ebenso wird das Ansehn des Kults dadurch illustrirt, dafs Hadrian den Neubau des Tempels anordnete und mit so grofser Sorgfalt, wie der Bericht des Pausanias lehrt, ausführen liefs.

Suchen wir nun zunächst nach Spuren des thessalischen Einflusses, so finden wir als Erbauer des Heiligtums Agamedes und Trophonios genannt. Agamedes ist der Sohn des Stymphalos, der Enkel des Lapithenfürsten Elatos. Trophonios ist Asklepios in Lebadeia. Nun ist die thessalische Abkunft des Asklepios bekannt; Lebados aber, der Oikist von Lebadeia, wird Arkader und Sohn des Lykaon genannt.[1]) Aber weiter: Saon entdeckt, durch einen Bienenschwarm geführt, das Orakel des Trophonios zu Lebadeia.[2]) Dieser Saon ist offenbar identisch mit dem Saon von Samothrake, den die Römer als Vorbild ihrer Salier betrachten.[3]) Nach Mantineia aber werden wir geführt durch Polemon (fr. 37): Polemo ait Arcada quendam fuisse nomine Salium, quem Aeneas a Mantinea in Italiam deduxerit, qui iuvenes Italicos ἐνόπλιον saltationem docuerit (vgl. Plut. Num. 13). Pindar nennt in Mantineia den Halirrhotios. Dieser wird nach der attischen Sage von Ares am Asklepiosquell erschlagen, weil er dessen Tochter Alkippe vergewaltigt hatte. Die Alkippe identificirt v. Sybel[4]) in ansprechender Weise mit der ursprünglichen Quellnymphe des Asklepieions. Am deutlichsten aber zeigen sich die thessalischen Einflüsse in der Erzählung von der Freveltat des Aipytos. Aipytos ist ein zum Kreise des Hermes gehöriger Heros (vgl. den Hermes Aipytos von Tegea Paus. VIII 47, 4). Er repraesentirt in

1) Plut. qu. gr. 39.

2) Paus. VIII 40, 2.

3) Diod. V 48. Critol. bei Fest. p. 329 (Müller). Serv. Verg. Aen. II 325.

4) Mitt. d. arch. Inst. zu Athen X 97 ff.

der arkadischen Genealogie als Sohn des Elatos die den Thessalern feindlichen Hermesverehrer, die sich an der Kyllene niederlassen.[1]) Wenn nun ein jüngerer Aipytos, der ebenfalls aus dem Hause des Elatos stammt, gewaltsam in den Tempel des thessalischen Poseidon dringt, so charakterisirt dies einfach den Kampf beider Volksstämme. In Mantineia bleibt Poseidon Sieger, denn Aipytos, der Frevler, büfst sein Unterfangen mit Blindheit und Tod.

Gleichzeitig mit dem Frevel des Aipytos wandert Orestes aus Argolis in Arkadien ein.[2]) Vielleicht hilft uns diese Notiz weiter. Wenn wir unser Augenmerk auf die oben entwickelte Naturerklärung des Kults richten, so leitet uns sofort eine Spur nach Argolis. Zwischen Alesion und Artemision erstreckt sich ein versumpftes Thal: *Ἀργὸν πεδίον.*[3]) Dasselbe würde zum See werden, wenn nicht das Wasser einen unterirdischen Abflufs hätte. Dieses hier verschwindende Wasser soll in der Deine, einer an der Küste von Argolis im Meere aufsprudelnden Süfswasserquelle, wieder zu Tage kommen. In diese Quelle wurden von den Argivern Rosse zu Ehren des Poseidon versenkt.[4]) In dem Nachbarthal des *Ἀργὸν πεδίον* befindet sich die Quelle Arne, an welche die Mantinenser die Geburt des Poseidon verlegten.[5]) Dafs der Athenakult dieser Landschaften aus Argolis stammt, wird noch bewiesen werden. Dafs ein Teil der das Land beherrschenden Apheidanten, die Aëropes, aus Troizen stammen, wird sich ebenfalls ergeben. In Troizen aber ist der Mythos vom Streit der Athena und des Poseidon um das Land heimisch.[6]) Also sind jedenfalls auch im Poseidonkult von Mantineia, und damit der benachbarten Landschaften, starke argivische Einflüsse anzunehmen.

Neben diesen beiden, sicher sehr alten Formen des

---

1) Das Nähere darüber findet sich beim Hermeskult.
2) Paus. VIII 5, 4.
3) Paus. VIII 7, 1.
4) Paus. a. a. O.
5) Paus. VIII 8, 2.
6) Paus. II 30, 6.

Poseidonkults, über deren Prioritätsverhältnis untereinander Vermutungen anzustellen aussichtslos wäre — die Bedeutung des Poseidonkults von Mantineia ist nur durch das Zusammenwirken beider Einflüsse erklärlich, da sonst doch wohl Athena in dem Streit um das Land den Sieg davon getragen hätte, wie in Troizen oder Tegea, resp. wie Hera in dem entsprechenden Mythos von Argos[1]) — neben diesen alten Formen finden wir auch die jüngeren Phasen des arkadischen Poseidonkults in Mantineia vertreten.

Hierher gehört zunächst die in letzter Linie auf boiotischen Ursprung zurückgehende Annäherung der Demeter an den Poseidon. Diese hatte in Mantineia ebenfalls am Alesion ihr Heiligtum. Wie die eigentümliche Kultverbindung von Demeter Erinys und Poseidon Hippios zu Stande kommt, wird bei der Besprechung der Demeterkulte ausführlich dargelegt werden.

Aber noch eine letzte Phase hat der arkadische Poseidonkult durchzumachen. Der Berg Alesion, an welchem das Heiligtum des Poseidon in Mantineia lag, soll seinen Namen nach Pausanias von der ἄλη der Rhea haben. Also auch Rhea finden wir hier, wie noch an anderen Orten Arkadiens, mit Poseidon verbunden. Dafs diese Kultform aus der vorigen hervorgegangen ist, und dafs Rhea die Demeter verdrängte, wie Demeter selbst früher Erinys und Athena verdrängt hatte, ist von mir bereits anderen Orts ausführlich begründet worden[2]) und soll gelegentlich der Rheakulte noch einmal auseinandergesetzt werden. Auch diese Kultform findet übrigens in Boiotien ihre erste Vertretung.[3])

Betrachten wir nunmehr, nachdem wir am Kult von Mantineia die Entwicklung des arkadischen Poseidonkultes überhaupt dargestellt haben, die einzelnen Kulte selbst, so

1) Polemon im Schol. Aristid. Panath. p. 188, 3. Paus. II 15, 5 u. 22, 4.

2) Rheasage und Rheakult in Arkadien. Bonner Studien für R. Kekulé 188 ff.

3) vgl. Theseus bei Tzetz. Lyk. 644. Paus. IX 40, 5 u. 41, 6 Schol. Il. II 494. Diod. IV 67 u. A.

finden wir die argivischen Einflüsse neben Mantineia besonders in Tegea, Kaphyai und Asea vertreten. Von Tegea haben wir bereits gesprochen; in Kaphyai finden wir ebenfalls die Erinnerung an den Streit der Athena mit den Poseidonischen Gewalten, denn die Kaphyenser wollen vom Poseidonischen Aigeus aus Attika vertrieben sein und beim Kepheus, dem Sohne des Athenadieners Aleos, Schutz gefunden haben.[1]) Und auch in Asea, das seiner Lage nach zur selben Landschaft gehört, ist die angeblich von Odysseus neben Poseidon gestiftete Athena Soteira der späteren Form der Alea so ähnlich, dafs wir auch diesen Kult zur argivischen Gruppe zählen dürfen.

Die thessalischen Einflüsse zeigen sich natürlich besonders in Pheneos, dem Stammsitze der Elatiden. Hier in der ackerbaulosen Berg- und Seelandschaft haben Athena und Poseidon ihre Rollen vertauscht; hier herrscht die Tritonia, die Wasser-Athena, und der ihr gesellte Hippios ist vor allem der Schutzherr der berühmten Rossezucht von Pheneos und Genosse der Artemis Heurippa, wie schon die Gründungslegende beweist. Dafs dieser thessalische Rossegott allmählich durch den Hermes verdrängt wurde, haben wir schon bemerkt. Dieser letztere Umstand ist denn wohl auch der Grund, dafs in Pheneos der Kult des Poseidon Hippios schliefslich so zu sagen in der Luft schwebt. Denn obwohl auch in Pheneos der boiotische Demeter Erinyskult Fufs gefafst hatte, assimilirt sich ihm hier der Poseidon nicht, sondern er verbleibt in seiner Stellung zwischen Athena Tritonia und Artemis Heurippa.

Entschiedener Genofs der Demeter wird Poseidon dagegen, wie die Zeugnisse lehren, in Thelpusa, Phigaleia, Lykosura, Pallantion.[2])

Die Vereinigung mit Rhea endlich, welche die Demeter verdrängt, findet sich im Gebiet von Mantineia aufser am

1) Paus. VIII 23, 3..

2) Eingehender werden diese Kulte im Capitel „Demeter" behandelt werden.

Alesion noch an der Quelle Arne, an welche die Geburt des Poseidon verlegt wurde[1]), und in Methydrion, wo am Thaumasion ein Rheakult bestand, der ebenfalls als Fortsetzung eines alten Demeterkultes zu betrachten ist.[2])

1) Paus. VIII 8, 2.

2) vgl. Bonner Studien a. a. O. und die Ausführungen z. Rheakult.

Athena.

Alea.

Paus. VIII 23, 1: *Μετὰ δὲ Στύμφαλόν ἐστιν Ἀλέα συνεδρίου μὲν τοῦ Ἀργολικοῦ μετέχουσα καὶ αὕτη, Ἀλεὸν δὲ τὸν Ἀφείδαντος γενέσθαι σφίσιν ἀποφαίνουσιν οἰκιστήν. Θεῶν δὲ ἱερὰ αὐτόθι Ἀρτέμιδός ἐστιν Ἐφεσίας καὶ Ἀθηνᾶς Ἀλέας καὶ Διονύσου ναὸς καὶ ἄγαλμα.*

Inschrift von Tegea, Bull. de Corr. Hell. XIII 281[1]):

Τὸν Ηιερὲν πέντε καὶ εἴκοσι οἷς νέμεν καὶ ζεῦγο-
ς καὶ αἶγα· εἰ δ' ἂν καταλλάσσε, ἰνφορβισμὸν ε̃ναι· τ-
ὸν Ηιερομνάμονα ἰνφορβίεν· εἰ δ' ἂν λευτον μὲ ἰνφ-
ορβίε, Ηεκοτὸν δαρχμὰς ὄφλεν ἴνδαμον καὶ κατάρ-
Ϝον ε̃ναι. — Τὸν Ηιεροθύταν νέμεν ἰν Ἀλέαι ὅ τι ἂν ἀ-
σκεδὲς ε̃, τὰ δ' ἀνασκεθέα ἰνφορβίεν· μεθ' ἑσπερᾶσα-
ι πὰρ ἂν λέγε Ηιεροθύτας, εἰ δ' ἂν ἑσπεράσε, δυόδεκ-
ο δαρχμὰς ὄφλεν ἴνδαμον. — Τᾶς τριπαναγόρσιος τ-
ὰς ὑστέρας τρῖς ἀμέρας νέμεν ὅ τι Ηὰν βόλετοι, ὃς
μὲ ἰν τοῖ περιχόροι· εἰ δ' ἂν ἰν τοῖ περιχόροι, ἰνφο-
ρβίεν. — Ἰν Ἀλέαι μὲ νέμεν μετὰ Ϝαστὸν,
εἰ μὲ ἐπὶ θοίναν Ηίκοντα· τοῖ δὲ ξένοι καταγομέν-
οι ἐξῆναι ἀμέραν καὶ νύκτα νέμεν ἐπιζύγιον· εἰ δ'
ἂν πὰρ τάνυ νέμε, τὸ μὲν μεῖζον πρόβατον δαρχμὰν ὄ-
φλεν τὸ δὲ μεῖον ἰνφορβίεν. — Τὰ Ηιερὰ πρόβατα μὲ
νέμεν ἰν Ἀλέαι πλὸς ἀμέρας καὶ νυκτὸς, εἰ κἂν διε-
λαυνόμενα τύχε· εἰ δ' ἂν νέμε, δαρχμὰν ὄφλεν τὸ πρό-
βατον Ϝέκαστον τὸ μεῖζον, τῶν δὲ μειόνων προβάτο-
ν ὀδελὸν Ϝέκαστον, τᾶν συῶν δαρχμὰν Ϝεκάσταν ε[ἰ
μὲ παρΗεταξαμένος τὸς πεντέκοντα ε̃ τὸς τριακα-

---

1) vgl. Meister, Ber. d. sächs. Ges. d. W. 1889, 71 ff.

σίος. — Εἰ κ'ἐπὶ δόμα πῦρ ἐποίσε, δυόδεκο δαρχμὰς ὄφλεν, τὸ μὲν ἔμισυ τᾶι ϑεῶι, τὸ δὲ ἔμισυ τοῖς Ἱερομνάμονσι. — Εἰ κἂν παραμάξενε ϑυσϑέντα σκέλε.. ō τὰς κακειμέναν κατ' Ἀλέαν τρῖς ὀδελὸς ὄφλε[ν.. τι Ϝεκάσταν, τὸ μὲν ἔμισυ τᾶι ϑεῶι, τὸ δὲ ἔμισ[υ τοῖ-ς Ἱερομνάμονσι. — Τᾶι πανάγορσι τὸς Ἱερο[μνάμονας ἀρτύεν τὰ ἰν ταῖς ἐπολαῖς πάντα . . . . .
ὸς δαμιοργὸ[ς-] Τὸν κόπρον τὸν ἀπυδοσ . . . .
τᾶι Ηεβδομᾶι τὸ Λεσχανασίο μενὸς . . . .
. . ν ὄφλεν. — Τὸν Παναγόρσιον μῖνα το . . . .
. . . . ζεν τοῖς ξένοις εἰ κατάγοιται . . . .
. . . . . εἰ δ' ἀπιόντα εἰ . . . .
. . . . . . ἰ]νδάμοι ἐφεπ . . . .
. . . . αιτοσι . . . .
. . . . νον . . . .

Münzen: Journ. of Hell. stud. VII 103 (Head 374): Head of Athena.

Aliphera.

Paus. VIII 26, 6: *Ἀλιφηρεῦσι δὲ τὸ μὲν ὄνομα τῇ πόλει γέγονεν ἀπὸ Ἀλιφήρου Λυκάονος παιδός, ἱερὰ δὲ Ἀσκληπιοῦ τέ ἐστι καὶ Ἀϑηνᾶς, ἣν ϑεῶν σέβονται μάλιστα, γενέσϑαι καὶ τραφῆναι παρὰ σφίσιν αὐτὴν λέγοντες· καὶ Διός τε ἱδρύσαντο Λεχεάτου βωμὸν ἅτε ἐνταῦϑα τὴν Ἀϑηνᾶν τεκόντος, καὶ κρήνην καλοῦσι Τριτωνίδα, τὸν ἐπὶ τῷ ποταμῷ τῷ Τρίτωνι οἰκειούμενοι λόγον. τῆς δὲ Ἀϑηνᾶς τὸ ἄγαλμα πεποίηται χαλκοῦ, Ὑπατοδώρου ἔργον ϑέας ἄξιον μεγέϑους τε εἵνεκα καὶ ἐς τὴν τέχνην. ἄγουσι δὲ καὶ πανήγυριν ὅτῳ δὴ ϑεῶν, δοκῶ δὲ σφᾶς ἄγειν τῇ Ἀϑηνᾷ. ἐν ταύτῃ τῇ πανηγύρει Μυιάγρῳ προϑύουσιν, ἐπευχόμενοί τε κατὰ τῶν ἱερείων τῷ ἥρωι καὶ ἐπικαλούμενοι τὸν Μυίαγρον· καί σφισι ταῦτα δράσασιν οὐδὲν ἔτι ἀνιαρόν εἰσιν αἱ μυῖαι.*[1])

Polyb. IV 78, 2: *Ὁ δὲ βασιλεὺς ἀποϑέμενος τὴν ἀποσκευήν, καὶ διαβὰς τῇ γεφύρᾳ τὸν Ἀλφειὸν ποταμόν, ὃς ῥεῖ παρ' αὐτὴν τὴν τῶν Ἡραιέων πόλιν, ἧκε πρὸς τὴν Ἀλίφειραν· ἣ κεῖται μὲν ἐπὶ λόφου κρημνώδους πανταχόϑεν, ἔχοντος πλεῖον*

1) vgl. Plin. N. H. X 75. XXIX 106. Ael. n. a. XI 8.

ἢ δέκα σταδίων πρόσβασιν· ἔχει δὲ ἄκραν ἐν αὐτῇ τῇ κορυφῇ τοῦ σύμπαντος λόφου, καὶ χαλκοῦν Ἀθηνᾶς ἀνδριάντα, κάλλει καὶ μεγέθει διαφέροντα. οὗ τὴν μὲν αἰτίαν, ἀπὸ ποίας προθέσεως ἢ χορηγίας ἔλαβε τὴν ἀρχὴν τῆς κατασκευῆς, ἀμφισβητεῖσθαι συμβαίνει καὶ παρὰ τοῖς ἐγχωρίοις· οὔτε γὰρ πόθεν, οὔτε τίς ἀνέθηκεν εὑρίσκεται τρανῶς. τὸ μέντοι γε τῆς τέχνης ἀποτέλεσμα συμφωνεῖται παρὰ πᾶσι, διότι τῶν μεγαλομερεστάτων καὶ τεχνικωτάτων ἔργων ἐστὶν, Ὑπατοδώρου καὶ Σωστράτου κατεσκευακότων.

Reste des Tempels bei Leake: Morea II 72 ff. Ross: Reisen 102 f. E. Curtius: Pelop. I 361 ff.

Leake: Morea II 80: Onyx mit Athenadarstellung und der Umschrift Ἀγησιπολίας.

Asea.

Paus. VIII 44, 4: Ἔστι δὲ ἄνοδος ἐξ Ἀσέας ἐς τὸ ὄρος τὸ Βόρειον καλούμενον, καὶ ἐπὶ τῇ ἄκρᾳ τοῦ ὄρους σημεῖά ἐστιν ἱεροῦ· ποιῆσαι δὲ τὸ ἱερὸν Ἀθηνᾷ τε σωτείρᾳ καὶ Ποσειδῶνι Ὀδυσσέα ἐλέγετο ἀνακομισθέντα ἐξ Ἰλίου.

Reste des Heiligtums bei Leake: Morea III 34. Ross: Reisen 63. E. Curtius: Pelop. I 264.

Athenaion.

Paus. VIII 44, 2: Τὴν δὲ εὐθεῖαν ἰόντι ἐξ Αἱμονιῶν Ἀφροδίσιόν τέ ἐστιν ὀνομαζόμενον καὶ μετ' αὐτὸ ἄλλο χωρίον τὸ Ἀθήναιον· τούτου δὲ ἐν ἀριστερᾷ ναός ἐστιν Ἀθηνᾶς καὶ ἄγαλμα ἐν αὐτῷ λίθου.

Heraia.

Münzen: Athenakopf n. l. Helm mit niedriger Crista. vgl. Mitt. d. arch. Inst. z. Athen VII 377. Ztschr. f. Num. VII 367. Cat. of gr. coins in the Brit. Mus. Pelop. Pl. XXXIV 8, Pl. XXXII 10 (Rev. Artemis).

Kaphyai.

Münzen: Head h. n. 352: Head of Pallas r. in Corinthian helmet (vgl. Cat. of gr. c. in the Brit. Mus. Pelop. Pl. XXXIII 4).

Kleitor.

Paus. VIII 21, 4: *Πεποίηται δὲ καὶ ἐπὶ ὄρους κορυφῇ σταδίοις τριάκοντα ἀπωτέρω τῆς πόλεως ναὸς καὶ ἄγαλμα Ἀθηνᾶς Κορίας.*[1])

Pind. Nem. X 47:

ὅν τε Κλείτωρ καὶ Τεγέα καὶ Ἀχαιῶν ὑψίβατοι πόλιες
καὶ Λύκαιον πὰρ Διὸς θῆκε δρόμῳ σὺν ποδῶν χειρῶν τε
νικᾶσαι σθένει.[2])

Schol. Pind. Ol. VII 153: *πολλοὶ δὲ ἄγονται ἀγῶνες ἐν Ἀρκαδίᾳ, Λύκαια, Κόρεια, Ἀλεαῖα, Ἕρμαια.*

Cicero de nat. deor. III 23, 59: quarta (scil. Minerva) Iove nata et Coryphe, Oceani filia, quam Arcades *Κορίαν* nominant et quadrigarum inventricem ferunt (vgl. Mnaseas bei Harpokration s. v. *Ἱππία Ἀθηνᾶ*, Bekker Anecd. I 350; Suidas s. v. *Ἱππεία Ἀθηνᾶ*, Et. M. 474, 32, Arnob. IV 7, Plut. de Is. et Osir. 76).

Münzen: Cat. of gr. c. in the Brit. Mus. Pelop. 178: Head and neck of bridled horse r. (vor 431). vgl. Pl. XXXIII 8. Ebenda 179: Head of Pallas in closefitting helmet, with cheek-piece turned back. R. Horse with rein loose r. prancing (370—240). vgl. Pl. XXXIII 12 u. 13.

Lykosura.

Paus. VIII 37, 12: *ἐνταῦθα ἔστι μὲν βωμὸς Ἄρεως, ἔστι δὲ ἀγάλματα Ἀφροδίτης ἐν ναῷ, λίθου τὸ ἕτερον λευκοῦ, τὸ δὲ ἀρχαιότερον αὐτῶν ξύλου· ὡσαύτως δὲ καὶ Ἀπόλλωνός τε καὶ Ἀθηνᾶς ξόανά ἐστι· τῇ δὲ Ἀθηνᾷ καὶ ἱερὸν πεποίηται.*

Mainalos.

Paus. VIII 36, 8: *Λείπεται δὲ καὶ αὐτῆς ἔτι ἐρείπια Μαινάλου, ναοῦ τε σημεῖα Ἀθηνᾶς καὶ στάδιον ἐς ἀθλητῶν ἀγῶνα, καὶ τὸ ἕτερον αὐτῶν ἐς ἵππων δρόμον.*

---

1) vgl. Callim. Dian. 234.
2) vgl. aber Boeckh: Expl. Pind. p. 470.

Mantineia.

Paus. VIII 9, 6: σέβουσι δὲ καὶ Ἀθηνᾶν Ἀλέαν καὶ ἱερόν τε καὶ ἄγαλμα Ἀθηνᾶς ἐστιν Ἀλέας αὐτοῖς.

Bull. de l'école franç. d'Athènes 1868, 5: Phyle *ΕΠΑΛΕΑΣ*.

Lebas-Foucart 352d: Ἀθηναία.

Paus. VIII 9, 3: καὶ Ἥρας πρὸς τῷ θεάτρῳ ναὸν ἐθεασάμην· Πραξιτέλης δὲ τὰ ἀγάλματα αὐτήν τε καθημένην ἐν θρόνῳ καὶ παρεστῶσας ἐποίησεν Ἀθηνᾶν καὶ Ἥβην παῖδα Ἥρας.

Münzen: Mionnet II 248 n. 31 (vgl. Suppl. IV 275 n. 46): Athenakopf. R. Dionysos. Suppl. IV 279 n. 43 (vgl. Cat. gr. c. Brit. Mus. Pelop. XXXV 4 u. 6): Behelmter Athenakopf. R. Poseidon. Suppl. IV 279 n. 45 u. 46 (Cat. Brit. Mus. XXXV 5): R. Dreizack. Cat. Brit. Mus. XXXV 1: R. Kallisto.

Megalopolis.

Paus. VIII 31, 9: τῆς στοᾶς δὲ ἣν ἀπὸ τοῦ Μακεδόνος Φιλίππου καλοῦσι, ταύτης εἰσὶ δύο ὄπισθε λόφοι οὐκ ἐς ὕψος ἀνήκοντες· ἐρείπια δὲ Ἀθηνᾶς ἱεροῦ Πολιάδος ἐπὶ αὐτῷ, καὶ τῷ ἑτέρῳ ναός ἐστιν Ἥρας Τελείας κ. τ. λ.

Paus. VIII 36, 5: προελθόντι δὲ οὐ πολὺ ἔστι μὲν γῆς χῶμα Ἀριστοδήμου τάφος, ὃν οὐδὲ τυραννοῦντα ἀφείλοντο μὴ ἐπονομάσαι Χρηστόν, ἔστι δὲ Ἀθηνᾶς ἱερὸν ἐπίκλησιν Μαχανίτιδος, ὅτι βουλευμάτων ἐστὶν ἡ θεὸς παντοίων καὶ ἐπιτεχνημάτων εὑρέτις.

Paus. VIII 32, 4: ἐνταῦθα ἔστι μὲν ἱερὸν Ἀσκληπιοῦ καὶ ἀγάλματα αὐτός τε καὶ Ὑγίεια, εἰσὶ δὲ ὑποκαταβάντι ὀλίγον θεοὶ (παρέχονται δὲ καὶ οὗτοι σχῆμα τετράγωνον, Ἐργάται δέ ἐστιν αὐτοῖς ἐπίκλησις) Ἀθηνᾶ τε Ἐργάνη καὶ Ἀπόλλων Ἀγυιεύς.[1])

Paus. VIII 31, 7: κεῖται δὲ ἐντὸς τοῦ περιβόλου θεῶν τοσάδε ἄλλων ἀγάλματα τὸ τετράγωνον παρεχόμενα σχῆμα, Ἑρμῆς τε ἐπίκλησιν Ἀγήτωρ καὶ Ἀπόλλων καὶ Ἀθηνᾶ τε

1) Zu den Ergatai gehören ferner noch Hermes, Herakles und Eileithyia.

καὶ Ποσειδῶν, ἔτι δὲ Ἥλιος ἐπωνυμίαν Σωτήρ τε εἶναι, καὶ Ἡρακλῆς.

Münzen: Athenakopf. Head h. n. 377.

Orchomenos.

Münze: Behelmter Athenakopf. R. Pan. Arch. Z. 1849 S. 95 n. 35.

Pallantion.

Dion. Hal. I 33: *Ταύτην* (scil. *Νίκην*) *δὲ Ἀρκάδες μυθολογοῦσι Πάλλαντος εἶναι θυγατέρα τοῦ Λυκάονος, τιμὰς δὲ παρ' ἀνθρώπων ἃς ἔχει νῦν Ἀθηνᾶς βουλήσει λαβεῖν, γενομένην τῆς θεοῦ σύντροφον. δοθῆναι γὰρ εὐθὺς ἀπὸ γονῆς τὴν Ἀθηνᾶν Πάλλαντι ὑπὸ Διὸς καὶ παρ' ἐκείνῳ τέως εἰς ὥραν ἀφίκετο τραφῆναι.*[1])

Pheneos.

Paus. VIII 14, 4: *ἔστι δέ σφισιν ἀκρόπολις ἀπότομος πανταχόθεν, τὰ μὲν πολλὰ ἔχουσα οὕτως, ὀλίγα δὲ αὐτῆς καὶ ὠχυρώσαντο ὑπὲρ ἀσφαλείας. ἐνταῦθα ἐν τῇ ἀκροπόλει ναός ἐστιν Ἀθηνᾶς ἐπίκλησιν Τριτωνίας· ἐρείπια δὲ ἐλείπετο αὐτοῦ μόνα.*

Phigalia.

Münzen: Mionnet II 253 n. 57. Julia Domna: Pallas debout une patère dans la m. dr. et la haste dans la g. Suppl. IV 289 n. 93 desgl. Septim. Sever. n. 97 desgl. Caracalla. n. 96 Caracalla. desgl. in d. r. Olivenzweig. n. 99: Caracalla *ΦΙΑΛΕΩΝ* Pallas casquée debout portant sur la m. dr. une petite Victoire et tenant de la g. une haste. Journ. of Hell. stud. VII 111: Julia Domna: Pallas leaning on spear and another figure with both hands extended, probably Demeter; behind the latter altar.

Psophis.

Münzen: Arch. Z. 1849 S. 95 n. 37. Behelmter Athenakopf. R. Hirsch. Ztschr. f. Num. I 122. Behelmter Athenakopf n. r. R. Keule.

---

1) vgl. für die Beziehungen der Athena zum Pallas Cicero de nat. deor. III 23, 59. Clem. Al. Protr. 24 P. Tzetz. Lyc. 355.

Tegea.

A. Der Tempel.

Paus. VIII 4, 8: *Μετὰ δὲ Αἴπυτον ἔσχεν Ἀλεὸς τὴν ἀρχήν· Ἀγαμήδης μὲν γὰρ καὶ Γόρτυς οἱ Στυμφήλου τέταρτον γένος ἦσαν ἀπὸ Ἀρκάδος, Ἀλεὸς δὲ τρίτον ὁ Ἀφείδαντος. Ἀλεὸς δὲ τῇ τε Ἀθηνᾷ τῇ Ἀλέᾳ τὸ ἱερὸν ᾠκοδόμησεν ἐν Τεγέᾳ τὸ ἀρχαῖον, καὶ αὐτῷ κατεσκεύαστο αὐτόθι ἡ βασιλεία.*

Paus. VIII 45, 4—7: *Τεγεάταις δὲ Ἀθηνᾶς τῆς Ἀλέας τὸ ἱερὸν τὸ ἀρχαῖον ἐποίησεν Ἀλεός· χρόνῳ δὲ ὕστερον κατεσκευάσαντο οἱ Τεγεᾶται τῇ θεῷ ναὸν μέγαν τε καὶ θέας ἄξιον· ἐκεῖνο μὲν δὴ πῦρ ἠφάνισεν ἐπινεμηθὲν ἐξαίφνης, Διοφάντου*[1]) *παρ' Ἀθηναίοις ἄρχοντος, ὑστέρῳ δὲ ἔτει τῆς ἕκτης καὶ ἐνενηκοστῆς Ὀλυμπιάδος, ἣν Εὐπόλεμος*[2]) *Ἠλεῖος ἐνίκα στάδιον. Ὁ δὲ ναὸς ὁ ἐφ' ἡμῶν πολὺ δή τι τῶν ναῶν ὅσοι Πελοποννησίοις εἰσὶν ἐς κατασκευὴν προέχει τὴν ἄλλην καὶ ἐς μέγεθος. ὁ μὲν δὴ πρῶτός ἐστιν αὐτῷ κόσμος τῶν κιόνων Δώριος, ὁ δὲ ἐπὶ τούτῳ Κορίνθιος. ἑστήκασι δὲ καὶ ἐκτὸς τοῦ ναοῦ κίονες ἐργασίας τῆς Ἰώνων. ἀρχιτέκτονα δὲ ἐπυνθανόμην Σκόπαν αὐτοῦ γενέσθαι τὸν Πάριον, ὃς καὶ ἀγάλματα πολλαχοῦ τῆς ἀρχαίας Ἑλλάδος, τὰ δὲ καὶ περὶ Ἰωνίαν τε καὶ Καρίαν ἐποίησε. τὰ δὲ ἐν τοῖς ἀετοῖς ἐστιν ἔμπροσθεν ἡ θήρα τοῦ ὑὸς τοῦ Καλυδωνίου· πεποιημένου δὲ κατὰ μέσον μάλιστα τοῦ ὑός, τῇ μέν ἐστιν Ἀταλάντη καὶ Μελέαγρος καὶ Θησεὺς Τελαμών τε καὶ Πηλεὺς καὶ Πολυδεύκης καὶ Ἰόλαος, ὃς τὰ πλεῖστα Ἡρακλεῖ συνέκαμνε τῶν ἔργων. καὶ Θεστίου παῖδες, ἀδελφοὶ δὲ Ἀλθαίας, Πρόθους καὶ Κομήτης· κατὰ δὲ τοῦ ὑὸς τὰ ἕτερα Ἀγκαῖον ἔχοντα ἤδη τραύματα καὶ ἀφέντα τὸν πέλεκυν ἀνέχων ἐστὶν Ἔποχος· παρὰ δὲ αὐτὸν Κάστωρ καὶ Ἀμφιάραος Οἰκλέους, ἐπὶ δὲ αὐτοῖς Ἱππόθους ὁ Κερκύονος τοῦ Ἀγαμήδους τοῦ Στυμφήλου, τελευταῖος δέ ἐστιν εἰργασμένος Πειρίθους. τὰ δὲ ὄπισθε πεποιημένα ἐν τοῖς ἀετοῖς Τηλέφου πρὸς Ἀχιλλέα ἐστὶν ἐν Καΐκου πεδίῳ μάχη.*

Paus. VIII 46, 1: *Τῆς δὲ Ἀθηνᾶς τὸ ἄγαλμα τῆς Ἀλέας τὸ ἀρχαῖον, σὺν δὲ αὐτῇ καὶ ὑὸς τοῦ Καλυδωνίου τοὺς ὀδόντας*

---

1) vgl. Diod. Sic. XIV 82.
2) vgl. Diod. Sic. XIV 54.

ἔλαβεν ὁ Ῥωμαίων βασιλεὺς Αὔγουστος, Ἀντώνιον πολέμῳ καὶ τὸ Ἀντωνίου νικήσας συμμαχικόν, ἐν ᾧ καὶ οἱ Ἀρκάδες πλὴν Μαντινέων ἦσαν οἱ ἄλλοι.

Paus. VIII 46, 4: *Ῥωμαίοις δὲ τῆς Ἀθηνᾶς τὸ ἄγαλμα τῆς Ἀλέας ἐς τὴν ἀγορὰν τὴν ὑπὸ Αὐγούστου ποιηθεῖσαν, ἐς ταύτην ἐστὶν ἰόντι· τοῦτο μὲν δὴ ἐνταῦθα ἀνάκειται ἐλέφαντος διὰ παντὸς πεποιημένον, τέχνη δὲ Ἐνδοίου.*

Paus. VIII 47, 1: *Τὸ δὲ ἄγαλμα ἐν Τεγέᾳ τὸ ἐφ' ἡμῶν ἐκομίσθη μὲν ἐκ δήμου τοῦ Μανθουρέων, Ἱππία δὲ παρὰ τοῖς Μανθουρεῦσιν εἶχεν ἐπίκλησιν, ὅτι τῷ ἐκείνων λόγῳ γινομένης τοῖς θεοῖς πρὸς Γίγαντας μάχης ἐπήλασεν Ἐγκελάδῳ ἵππων τὸ ἅρμα. Ἀλέαν μέντοι καλεῖσθαι καὶ ταύτην ἔς τε Ἕλληνας τοὺς ἄλλους καὶ ἐς αὐτοὺς Πελοποννησίους ἐκνενίκηκε. τῷ δὲ ἀγάλματι τῆς Ἀθηνᾶς τῇ μὲν Ἀσκληπιὸς τῇ δὲ Ὑγίεια παρεστῶσά ἐστι λίθου τοῦ Πεντελησίου, Σκόπα δὲ ἔργα Παρίου.*

Paus. VIII 47, 3: *τῇ θεῷ δὲ ποιηθῆναι τὸν βωμὸν ὑπὸ Μελάμποδος τοῦ Ἀμυθάονος λέγουσιν. εἰργασμέναι δὲ ἐπὶ τῷ βωμῷ Ῥέα μὲν καὶ Οἰνόη νύμφη παῖδα ἔτι νήπιον Δία ἔχουσιν· ἑκατέρωθεν δέ εἰσι τέσσαρες ἀριθμὸν, Γλαύκη καὶ Νέδα καὶ Θεισόα καὶ Ἀνθρακία, τῇ δὲ Ἴδη καὶ Ἁγνὼ καὶ Ἀλκινόη τε καὶ Φρίξα. πεποίηται δὲ καὶ Μουσῶν καὶ Μνημοσύνης ἀγάλματα.*

Strabo VIII 388: *Τεγέα δ' ἔτι μετρίως συμμένει καὶ τὸ ἱερὸν τῆς Ἀλέας Ἀθηνᾶς.*

B. Die Priester.

Sauppe: comm. de tit. Tegeat. (Dittenberger Syll. 317): *[Θ]εὸς τύχη. Ἔδοξε τῆι πόλει τῶν Τεγεατῶν Ἀγήσανδρον Νικοστράτου Θεσσαλὸν ἐξ Σκοτούσσης Τεγεατῶν πρόξενον εἶναι καὶ εὐεργέτην αὐτὸν καὶ ἐγγόνους κ. τ. λ. . . . . προστάται τοῦ δάμου· Λύκιος, Θεόκριτος, Ἀλέξανδρος. στραταγοί· Οἴκιος κ. οἱ λ. ἵππαρχος· Τείσανδρος. γραμματεύς· Ἀγέας. ἱερεὺς τῆς Ἀθηνᾶς· Εὐαίνετος.*

Bull. de l'école franç. d'Athènes 1868 p. 10: *Ἐπὶ Σωστράτωι ἱερεῖ ἔδοξε τῶι δάμωι τῶν Τεγεατῶν Δαμάτριον Δαματρίω*

Αἰτωλὸν πρόξενον εἶναι καὶ εὐεργέταν εἶναι αὐτὸν καὶ ἐγγόνους κ. τ. λ.

Ross Inscr. ined. 1: *Ἐπὶ ἱερέος Ἡρακλείδα, Κλεοπάτρα Σεκούνδου Πολυεύκτου γυνὴ ἱερασαμένα Ἀλέᾳ Ἀθανᾷ καὶ Δάματρι.*

Mitt. d. arch. Inst. z. Athen IV 137 n. 34: Stele. Zwei Frauen. Inschr.:

ΘΑΛΙ · · ΕΦΙΕΡΕΙΑϹ
ΑΡΤΕΜΙΔΙ ΑΘΗΝΑ.

Paus. VIII 47, 3: *ἱερᾶται δὲ τῇ Ἀθηνᾷ παῖς χρόνον οὐκ οἶδα ὅσον τινὰ, πρὶν δὲ ἡβάσκειν καὶ οὐ πρόσω, τὴν ἱερωσύνην.*

Paus. VIII 47, 4: *ἔστι δὲ ἐν τοῖς πρὸς ἄρκτον τοῦ ναοῦ κρήνη καὶ ἐπὶ ταύτῃ βιασθῆναι τῇ κρήνῃ φασὶν Αὔγην*[1]) *ὑπὸ Ἡρακλέους, οὐχ ὁμολογοῦντες Ἑκαταίῳ τὰ ἐς αὐτήν* (vgl. Hecat. bei Paus. VIII 4, 8. Diod. IV 33. Hyg. f. 99).

Eurip. bei Strabo XIII 615: *Εὐριπίδης δὲ ὑπὸ Ἀλέου φησὶ τοῦ τῆς Αὔγης πατρὸς εἰς λάρνακα τὴν Αὔγην κατατεθεῖσαν ἅμα τῷ παιδὶ Τηλέφῳ καταποντωθῆναι, φωράσαντος τὴν ἐξ Ἡρακλέους φθοράν· Ἀθηνᾶς δὲ προνοίᾳ τὴν λάρνακα περαιωθεῖσαν ἐκπεσεῖν εἰς τὸ στόμα τοῦ Καΐκου, τὸν δὲ Τεύθραντα ἀναλαβόντα τὰ σώματα, τῇ μὲν ὡς γαμετῇ χρήσασθαι, τῷ δὲ ὡς ἑαυτοῦ παιδί.*

Clem. Al. Strom. VII 4, 22: *εὖ δὲ καὶ ἡ αὐτὴ δικαιολογουμένη πρὸς τὴν Ἀθηνᾶν ἐπὶ τῷ χαλεπαίνειν αὐτῇ τετοκυίᾳ ἐν τῷ ἱερῷ λέγει·*

σκῦλα μὲν βροτοφθόρα
χαίρεις ὁρῶσ' ἀπὸ νεκρῶν ἐρείπια·
κοὐ μικρά σοι ταῦτ' ἐστίν. εἰ δ' ἐγὼ τέκον
δεινὸν τόδ' ἡγῇ —

Arist. ran. 1078:

ποίων δὲ κακῶν οὐκ αἴτιός ἐστ';[2])
οὐ προαγωγοὺς κατέδειξ' οὗτος
καὶ τικτούσας ἐν τοῖς ἱεροῖς κ. τ. λ.[3])

---

1) Selbstverständlich sind hier nur diejenigen Stellen berücksichtigt, in denen Auge als Priesterin der Alea bezeichnet wird.

2) scil. Euripides.

3) vgl. Schol. Arist. ran. 1078.

Pseudo-Alcidam. I 670: *Ἄλεῳ γὰρ τῷ Τεγέας βασιλεῖ ἀφικομένῳ εἰς Δελφοὺς ἐχρήσθη ὑπὸ τοῦ θεοῦ, ὅτι αὐτῷ ἔκγονος ὑπὸ τῆς θυγατρὸς εἰ γένοιτο, ὑπὸ τούτου δεῖ τοὺς υἱεῖς αὐτοῦ ἀπολέσθαι. ἀκούσας δὲ ταῦτα ὁ Ἄλεως διὰ τάχους ἀφικνεῖται οἴκαδε καὶ καθίστησι τὴν θυγατέρα ἱέρειαν τῆς Ἀθηνᾶς εἰπών, εἴ ποτε ἀνδρὶ συγγενήσεται, θανατώσειν αὐτήν. τύχης δὲ γενομένης ἀφικνεῖται Ἡρακλῆς στρατευόμενος ἐπ' Αὐγείαν εἰς Ἦλιν, καὶ αὐτὸν ξενίζει ὁ Ἄλεως ἐν τῷ ἱερῷ τῆς Ἀθηνᾶς· ἰδὼν δὲ ὁ Ἡρακλῆς τὴν παῖδα ἐν τῷ νεῷ ὑπὸ μέθης συνεγένετο.*

Schol. Callim. h. IV 70: *ἔνθα την Αὔγην τὴν Ἀλεοῦ θυγατέρα ἱέρειαν τῆς Ἀθηνᾶς ἔφθειρεν Ἡρακλῆς.*

Apd. II 7, 4: *παριὼν δὲ Τεγέαν Ἡρακλῆς τὴν Αὔγην Ἀλεοῦ θυγατέρα οὖσαν ἀγνοῶν ἔφθειρεν. ἡ δὲ τεκοῦσα κρύφα τὸ βρέφος κατέθετο ἐν τῷ τεμένει τῆς Ἀθηνᾶς. λοιμῷ δὲ τῆς χώρας φθειρομένης Ἀλεὸς εἰσελθὼν καὶ ἐρευνήσας τὰς τῆς θυγατρὸς ὠδῖνας εὗρε· τὸ μὲν οὖν βρέφος εἰς τὸ Παρθένιον ὄρος ἐξέθετο κ. τ. λ.*

Apd. III 9, 1: *Αὔγη μὲν οὖν ὑφ' Ἡρακλέους φθαρεῖσα κατέκρυψε τὸ βρέφος ἐν τῷ τεμένει τῆς Ἀθηνᾶς, ἧς εἶχε τὴν ἱερωσύνην. ἀκάρπου δὲ τῆς γῆς μενούσης καὶ μηνυόντων τῶν χρησμῶν εἶναί τι ἐν τῷ τεμένει τῆς Ἀθηνᾶς δυσσέβημα, φωραθεῖσα ὑπὸ τοῦ πατρὸς παρεδόθη Ναυπλίῳ ἐπὶ θανάτῳ κ. τ. λ.*

Tzetz. Lyc. 206: *Ὁ δὲ Τήλεφος παῖς ἦν Ἡρακλέους καὶ Αὔγης τῆς Ἀλέου θυγατρὸς τοῦ Τεγεάτου καὶ Νεαίρας, ἥτις Αὔγη τὸ βρέφος ἐν τῷ τεμένει τῆς Ἀθηνᾶς ἔθετο. Λοιμοῦ δὲ κατασχόντος γνοὺς Ἄλεος τὸ βρέφος εἰς τὸ Παρθένιον ὄρος ῥίπτει, θηλάζει δὲ τοῦτο ἔλαφος.*

Christodor. Ecphr. 138 (Anth. II 1):

ἐγγύθι δ' αὐτοῦ
Παλλάδος ἀρήτειρα παρίστατο παρθένος Αὔγη,
φᾶρος ἐπιστείλασα κατωμαδόν· οὐ γὰρ ἐθείρας
κρηδέμνῃ συνέεργεν· ἑὰς δ' ἀνετείνετο χεῖρας
οἷά τε κικλήσκουσα Διὸς γλαυκώπιδα κούρην
Ἀρκαδικῆς Τεγέης ὑπὸ δειράδος.

Seneca, Herc. Oet. 336:

Arcadia nempe virgo Palladios choros
Dum nectit Auge vim stupri passa excidit
Nullamque amoris Hercules retinet notam.

Stat. silv. IV 6, 52: Aut Aleae lucis vidit Tegeaea sacerdos.

Mos. Chor. Prog. (v. Wilamowitz Anal. Eur. 189): Dum in Arcadiae quadam urbe festum Minervae celebraretur, cum eiusdem sacerdote Augea Alei filia choreas in nocturnis sacris agitante rem Hercules habuit etc.

C. Die Feste.

Paus. VIII 47, 4: *Τοῦ ναοῦ δὲ οὐ πόρρω στάδιον χῶμα γῆς ἐστί, καὶ ἄγουσιν ἀγῶνας ἐνταῦθα, [τὸν μὲν] Ἀλεαῖα ὀνομάζοντες ἀπὸ τῆς Ἀθηνᾶς, τὸν δὲ Ἁλώτια, ὅτι Λακεδαιμονίων το πολὺ ἐν τῇ μάχῃ ζῶντας εἷλον.*

Pind. Nem. X 47:

ὅν τε Κλείτωρ καὶ Τεγέα καὶ Ἀχαιῶν ὑψίβατοι πόλιες
καὶ Λύκαιον παρ' Διὸς θῆκε δρόμῳ σὺν ποδῶν χειρῶν τε
νικᾶσαι σθένει.

Schol. Pind. Ol. VII 153: *πολλοὶ δ' ἄγονται ἀγῶνες ἐν Ἀρκαδίᾳ, Λύκαια, Κόρεια, Ἀλεαῖα, Ἕρμαια.*

C. I. G. 1515: *Ἀλεαῖα ἄνδρας δόλιχον.*

Archaeol. Intelligenzbl. d. allgem. Litteraturztg. Halle 1838 S. 324: *καρῦξαι δὲ καὶ ἐν τῷ ἀγῶνι τῶν Ἀλεαίων, ὅτι ὁ σύνοδος τῶν γερόντων στεφανο[ῖ Ἰσαγέ]νη Βα[θυκλ]έος χρυσῷ στεφάνῳ κ. τ. λ.*

D. Anathemata.

Herod. I 66: *Ταῦτα ὡς ἀπενειχθέντα ἤκουσαν οἱ Λακεδαιμόνιοι Ἀρκάδων μὲν τῶν ἄλλων ἀπείχοντο, οἱ δὲ πέδας φερόμενοι ἐπὶ Τεγεήτας ἐστρατεύοντο, χρησμῷ κιβδήλῳ πίσυνοι, ὡς δὴ ἐξανδραποδιεύμενοι τοὺς Τεγεήτας. ἑσσωθέντες δὲ τῇ συμβολῇ ὅσοι αὐτῶν ἐζωγρήθησαν, πέδας τε ἔχοντες τὰς ἐφέροντο αὐτοὶ καὶ σχοίνῳ διαμετρησάμενοι τὸ πεδίον το Τεγεητέων ἐργάζοντο. αἱ δὲ πέδαι αὗται, ἐν τῇσι ἐδεδέατο, ἔτι καὶ ἐς ἐμὲ ἦσαν σόαι ἐν Τεγέῃ περὶ τὸν νηὸν τῆς Ἀλέης Ἀθηναίης κρεμάμεναι.*

Herod. IX 70: *πρῶτοι δὲ ἐσῆλθον Τεγεῆται ἐς τὸ τεῖχος, καὶ τὴν σκηνὴν τὴν Μαρδονίου οὗτοι ἦσαν οἱ διαρπάσαντες, τά τε ἄλλα ἐξ αὐτῆς καὶ τὴν φάτνην τῶν ἵππων ἐοῦσαν χαλκέην πᾶσαν καὶ θέης ἀξίην. τὴν μὲν νῦν φάτνην ταύτην τὴν Μαρδονίου ἀνέθεσαν ἐς τὸν νηὸν τῆς Ἀλέης Ἀθηναίης Τεγεῆται, τὰ δὲ ἄλλα ἐς τὠυτό, ὅσαπερ ἔλαβον, ἐσήνεικαν τοῖσι Ἕλλησι.*

Paus. VIII 47, 2: *Ἀναθήματα δὲ ἐν τῷ ναῷ τὰ ἀξιολογώτατα, ἔστι μὲν τὸ δέρμα ὑὸς τοῦ Καλυδωνίου*[1]*), διεσήπετο δὲ ὑπὸ τοῦ χρόνου καὶ ἐς ἅπαν ἦν τριχῶν ἤδη ψιλόν, εἰσὶ δὲ αἱ πέδαι κρεμάμεναι, πλὴν ὅσας ἠφάνισεν αὐτῶν ἰός, ἃς γε ἔχοντες Λακεδαιμονίων οἱ αἰχμάλωται τὸ πεδίον Τεγεάταις ἔσκαπτον. κλίνη δὲ ἱερὰ τῆς Ἀθηνᾶς καὶ αὐτῆς εἰκὼν γραφῇ μεμιμημένη, Μαρπήσσης τε ἐπίκλησιν Χήρας γυναικὸς Τεγεάτιδος ἀνάκειται τὸ ὅπλον.*

Paus. VIII 5, 3: *Ἰλίου δὲ ἁλούσης ὁ τοῖς Ἕλλησι κατὰ τὸν πλοῦν τὸν οἴκαδε ἐπιγενόμενος χειμὼν Ἀγαπήνορα καὶ τὸ Ἀρκάδων ναυτικὸν κατήνεγκεν ἐς Κύπρον, καὶ Πάφου τε Ἀγαπήνωρ ἐγένετο οἰκιστὴς καὶ τῆς Ἀφροδίτης κατεσκευάσατο ἐν Παλαιπάφῳ τὸ ἱερόν. τέως δὲ ἡ θεὸς παρὰ Κυπρίων τιμὰς εἶχεν ἐν Γολγοῖς καλουμένῳ χωρίῳ. χρόνῳ δὲ ὕστερον Λαοδίκη γεγονυῖα ἀπὸ Ἀγαπήνορος ἔπεμψεν ἐς Τεγέαν τῇ Ἀθηνᾷ τῇ Ἀλέᾳ πέπλον· τὸ δὲ ἐπὶ τῷ ἀναθήματι ἐπίγραμμα καὶ αὐτῆς Λαοδίκης ἅμα ἐδήλου τὸ γένος·*

Λαοδίκης ὅδε πέπλος· ἑᾷ δ' ἀνέθηκεν Ἀθηνᾷ
Πατρίδ' ἐς εὐρύχορον Κύπρου ἀπὸ ζαθέας.

Anyte Anth. VI 153:

Βουχανδὴς ὁ λέβης· ὁ δὲ θεὶς Ἐριασπέδα υἱός,
Κλεύβοτος· ἁ πάτρα δ' εὐρύχορος Τεγέα·
τ' Ἀθάνᾳ δὲ τὸ δῶρον· Ἀριστοτέλης δ' ἐπόησεν
Κλειτόριος, γενέτᾳ ταὐτὸ λαχὼν ὄνομα.

Bull. d. I. 1865 p. 131: Bronzestatuette aus Tegea. Athena langgewandet mit Helm. Inschr.:

ΑΝΕΘΕΚΕΝΤΑΘΕΝΑΙΑΙ.[2])

---

1) vgl. Callim. Dian. 219.

2) Ueber die Deposition von Geldern im Tempel der Alea durch Lakedaimonier vgl. Roehl I. G. A. 68. Posidon. bei Athen. VI 233 F.

E. Das Asyl.

Paus. III 7, 9: *Λεωτυχίδης δὲ ἀντὶ Δημαράτου γενόμενος βασιλεὺς μετέσχε μὲν Ἀθηναίοις καὶ Ἀθηναίων τῷ στρατηγῷ Ξανθίππῳ τῷ Ἀρίφρονος τοῦ ἔργου τοῦ πρὸς Μυκάλῃ, ἐστράτευσε δὲ ὕστερον τούτων καὶ ἐπὶ τοὺς Ἀλευάδας ἐς Θεσσαλίαν. καί οἱ καταστρέψασθαι Θεσσαλίαν πᾶσαν ἐξὸν ἅτε ἀεὶ νικῶντι ἐν ταῖς μάχαις, δῶρα ἔλαβε παρὰ τῶν Ἀλευαδῶν. ὑπαγόμενος δὲ ἐν Λακεδαίμονι ἐς δίκην ἔφυγεν ἐθελοντὴς ἐς Τεγέαν. καὶ ὁ μὲν αὐτόθι τὴν Ἀθηνᾶν τὴν Ἀλέαν ἱκέτευε, Λεωτυχίδου δὲ ὁ μὲν παῖς Ζευξίδαμος κ. τ. λ.*[1])

Paus. II 17, 7: *Ἔστι δὲ ὑπὲρ τὸν ναὸν τοῦτον τοῦ προτέρου ναοῦ θεμέλιά τε καὶ εἰ δή τι ἄλλο ὑπελείπετο ἡ φλόξ. κατεκαύθη δὲ τὴν ἱέρειαν τῆς Ἥρας Χρυσηΐδα ὕπνου καταλαβόντος, ὅτε ὁ λύχνος ὁ πρὸ τῶν στεφανωμάτων ἥπτετο. Καὶ Χρυσηῒς μὲν ἀπελθοῦσα ἐς Τεγέαν τὴν Ἀθηνᾶν τὴν Ἀλέαν ἱκέτευεν· κ. τ. λ.*[2])

Paus. III 5, 6: *Τότε δὲ ἐν αἰτίᾳ ποιουμένων τῶν πολιτῶν τὴν βραδυτῆτα αὐτοῦ τὴν ἐς Βοιωτίαν οὐχ ὑπέμεινεν* (scil. Pausanias) *ἐσελθεῖν ἐς δικαστήριον, Τεγεᾶται δὲ αὐτὸν τῆς Ἀθηνᾶς ἱκέτην ἐδέξαντο τῆς Ἀλέας. ἦν δὲ ἄρα τὸ ἱερὸν τοῦτο ἐκ παλαιοῦ Πελοποννησίοις πᾶσιν αἰδέσιμον καὶ τοῖς αὐτόθι ἱκετεύουσιν ἀσφάλειαν μάλιστα παρείχετο· ἐδήλωσάν τε οἵ τε Λακεδαιμόνιοι τὸν Παυσανίαν καὶ ἔτι πρότερον τούτου Λεωτυχίδην καὶ Ἀργεῖοι Χρυσίδα καθεζομένους ἐνταῦθα ἱκέτας, οὐδὲ ἀρχὴν ἐξαιτῆσαι θελήσαντες.*

Plut. Lys. 30: *Τοιαύτης δὲ τῷ Λυσάνδρῳ τῆς τελευτῆς γενομένης παραχρῆμα μὲν οὕτως ἤνεγκαν οἱ Σπαρτιᾶται βαρέως, ὥστε τῷ βασιλεῖ κρίσιν προγράψαι θανατικήν· ἣν οὐχ ὑποστὰς ἐκεῖνος ἐς Τεγέαν ἔφυγε, κἀκεῖ κατεβίωσεν ἱκέτης ἐν τῷ τεμένει τῆς Ἀθηνᾶς.*[3])

F. Phyle.

Paus. VIII 53, 6: *Τεγεάταις δὲ τοῦ Ἀγυιέως τὰ ἀγάλματα τέσσαρά εἰσιν ἀριθμὸν ὑπὸ φυλῆς ἓν ἑκάστης ἱδρυμένον·*

1) vgl. Herod. VI 72.
2) vgl. aber Thuc. IV 133.
3) vgl. Xen. Hell. III 5, 25.

ὀνόματα δὲ αἱ φυλαὶ παρέχονται Κλαρεῶτις, Ἱπποθοΐτις, Ἀπολλωνιᾶτις, Ἀθανεᾶτις.

C. I. G. 1513: *Ἐπ' Ἀθαναίαν πολῖται.*

Lebas-Foucart 338b: *Ἀθαναιᾶτις.*

Lebas-Foucart 338c: *Ἐπ' Ἀθ]αναίαν.*

G. Athena Poliatis.

Paus. VIII 47, 5: *Τεγεάταις δέ ἐστι καὶ ἄλλο ἱερὸν Ἀθηνᾶς Πολιάτιδος· ἑκάστου δὲ ἅπαξ ἔτους ἱερεὺς ἐς αὐτὸ ἔσεισι. τὸ τοῦ ἐρύματος ἱερὸν ὀνομάζουσι, λέγοντες, ὡς Κηφεῖ τῷ Ἀλεοῦ γένοιτο δωρεὰ παρὰ Ἀθηνᾶς ἀνάλωτον ἐς τὸν πάντα χρόνον εἶναι Τεγέαν· καὶ αὐτῷ φασιν ἐς φυλακὴν τῆς πόλεως ἀποτεμοῦσαν τὴν θεὸν δοῦναι τριχῶν τῶν Μεδούσης.*

Apd. II 7, 3: *καὶ παραγενόμενος εἰς Ἀρκαδίαν ἠξίου* (scil. Herakles) *Κηφέα μετὰ τῶν παίδων ὧν εἶχεν εἴκοσι συμμαχεῖν. δεδιὼς δὲ Κηφεὺς μὴ καταλιπόντος αὐτοῦ Τεγέαν Ἀργεῖοι ἐπιστρατεύσωνται, τὴν στρατείαν ἠρνεῖτο. Ἡρακλῆς δὲ παρ' Ἀθηνᾶς λαβὼν ἐν ὑδρίᾳ χαλκῇ βόστρυχον Γοργόνος Ἀερόπῃ τῇ Κηφέως θυγατρὶ δίδωσιν εἰπών, ἐὰν ἐπίῃ στρατὸς τρὶς ἀνασχούσης ἐκ τῶν τειχῶν τὸν βόστρυχον καὶ μὴ προϊδούσης τροπὴν τῶν πολεμίων ἔσεσθαι.*

C. I. G. 1520: ... *θηκε[ν] Ϝαστυόχῳ.*

H. Verschiedenes.

Herodian. bei Steph. B. s. v. *Ἀλέα· ἀλέα ἐπὶ τῆς θερμασίας καὶ ὁπότε δηλοῖ τὴν φυγὴν βαρύνεται, ἐπὶ δὲ τῆς Ἀθηνᾶς ὀξύνεται.*

Monumentalreste: Leake: Morea I 90 ff. Ross: Reisen 67 ff. Welcker: a. D. I 199. Jahn: arch. Aufs. 165 ff. Curtius: Pelop. I 255 ff. Milchhöfer: Mitt. d. arch. Inst. z. Athen V 52 f. Treu: A. Z. 1880 S. 98 ff. Dörpfeld: Mitt. d. arch. Inst. z. Athen VIII 274 ff. Graef: Mitt. d. arch. Inst. z. Rom IV 207 ff.

Münzen: Leake Eur. Sup. 147: Athena in langem Chiton mit Speer und Schild. — Athenakopf. R. Eule. *ΑΘΑΝΑ ΑΛΕΑ*. Mionnet II 255 n. 65—67. Suppl. IV 292 n. 119: Athenakopf n. r. II n. 69: Athenakopf n. r. R. Wölfin ein

Kind säugend (desgl. n. 70 u. Suppl. IV n. 117. 118). II n. 71: R. Krieger (desgl. Suppl. IV n. 112). II n. 72: *ΤΕΓΕΑΤΑΝ* Mars et Pallas debout, se donnant la main; au milieu d'eux une petite figure présentant un vase à Pallas. R. Aleos (desgl. n. 73). II n. 68: Pallas debout tournée à dr., à ses pieds une petite figure lui présente un vase. R. Artemis. Suppl. IV 116: R. Demeter. Suppl. IV n. 115: *ΤΕΓΕΑΤΑΝ* Minerve casquée debout tournée à dr. tenant la haste de la m. g. et tendant la dr. à une jeune fille debout devant elle. R. Apollon. Journ. of Hell. stud. VII 113: Athene handing to Sterope as priestess the hair of Medusa, which the latter receives in a vessel. — Same scene in the presence of Cepheus, who receives the hair from the goddess.[1]) Mitt. d. arch. Inst. z. Athen VII 2. Gorgoneion. R. Eule. vgl. noch A. Z. 1848 S. 277 T. 18 u. 19. Cat. of gr. coins in the Brit. Mus. Pelop. XXXVII 6—21. Head h. n. 380 ff.

Teuthis.

Paus. VIII 28, 4: *Τῇ χώρᾳ δὲ τῇ Θεισόᾳ προσεχὴς κώμη Τεῦθίς ἐστι· πάλαι δὲ ἦν πόλισμα ἡ Τεῦθις. ἐπὶ δὲ τοῦ πολέμου τοῦ πρὸς Ἰλίῳ ἰδίᾳ παρείχοντο οἱ ἐνταῦθα ἡγεμόνα· ὄνομα δὲ αὐτῷ Τεῦθιν, οἱ δὲ Ὄρνυτόν φασιν εἶναι. ὡς δὲ τοῖς Ἕλλησιν οὐκ ἐγίνετο ἐπίφορα ἐξ Αὐλίδος πνεύματα, ἀλλὰ ἄνεμος σφᾶς βίαιος ἐπὶ χρόνον εἶχεν ἐγκλείσας, ἀφίκετο ὁ Τεῦθις Ἀγαμέμνονι ἐς ἀπέχθειαν καὶ ὀπίσω τοὺς Ἀρκάδας ὧν ἦρχεν ἀπάξειν ἔμελλεν. ἐνταῦθα Ἀθηνᾶν λέγουσι Μέλανι τῷ Ὤπος εἰκασμένην ἀποτρέπειν τῆς ὁδοῦ Τεῦθιν τῆς οἴκαδε. ὁ δὲ, ἅτε οἰδοῦντος αὐτῷ τοῦ θυμοῦ, παίει τὴν θεὸν τῷ δόρατι ἐς τὸν μηρὸν, ἀπήγαγε δὲ καὶ ἐκ τῆς Αὐλίδος ὀπίσω τὸν στρατόν. ἀναστρέψας δὲ ἐς τὴν οἰκείαν τὴν θεὸν ἔδοξεν αὐτὴν τετρωμένην φανῆναί οἱ τὸν μηρόν. τὸ δὲ ἀπὸ τούτου κατέλαβε Τεῦθιν φθινώδης νόσος, μόνοις δὲ Ἀρκάδων τοῖς ἐνταῦθα οὐκ ἀπεδίδου καρπὸν οὐδένα ἡ γῆ. χρόνῳ δὲ ὕστερον ἄλλα τε ἐχρήσθη σφίσιν ἐκ Δωδώνης ὁποῖα δρῶντες ἱλάσασθαι τὴν θεὸν ἔμελλον, καὶ ἄγαλμα ἐποιήσαντο Ἀθηνᾶς*

---

1) Identisch mit Mionnet II 256 n. 72?

ἔχον τραῦμα ἐπὶ τοῦ μηροῦ. τοῦτο καὶ αὐτὸς τὸ ἄγαλμα εἶδον, τελαμῶνι πορφυρῷ τὸν μηρὸν κατειλημένον.

Polemon bei Clem. Al. Protr. 31: *Πολέμων δὲ καὶ τὴν Ἀθηνᾶν ὑπὸ Ὀρνύτου τρωθῆναι λέγει* (vgl. Arnob. IV 25).

Unter den arkadischen Athenakulten nimmt der altberühmte Kult der Alea von Tegea eine so hervorragende Stellung ein, dafs es sich empfiehlt, diesen zum Ausgangspunkt zu nehmen. Die Bedeutung des Namens Alea hat von jeher eine Streitfrage gebildet. Während der erste Bearbeiter der Athenakulte, Emil Rückert, darin den Begriff der Zuflucht und Abwehr erkannte[1]), sah C. O. Müller in der Alea die Verkörperung der fruchtbaren Sonnenwärme.[2]) Für beide Auffassungen sprechen gute Gründe. Für die Rückertsche das Asyl, das der Tempel seit uralten Zeiten bot, das *ἔρυμα* der Gorgonenlocke im Tempel der Poliatis, die Meister mit Recht für nicht verschieden von der Alea erklärt[3]), die Aufhängung der Fesseln der gefangenen Spartaner im Tempel u. A. m. Für die andere Ansicht läfst sich anführen: Die von der zürnenden Göttin verhängte Unfruchtbarkeit des Bodens, der Name der doch wohl als Hypostase der Göttin aufzufassenden Priesterin Auge; dementsprechend ferner der Umstand, dafs das Grab der den gleichbedeutenden Namen Maira tragenden Gattin des Tegeates, der Mutter des Skephros und Leimon, deren auf den Kampf zwischen Sonnenwärme und Wasser bezüglichen Mythos[4]) Paus. VIII 53, 1 berichtet, sich bei der Quelle Alalkomenias im Gebiet von Mantineia befand, wo gleichfalls die Alea verehrt wurde.[5])

Beide Bedeutungen kommen meiner Ansicht nach der Alea zu. Allerdings wird die eine als ältere, die andere als

---

1) Der Dienst der Athena. Hildburghausen 1829.

2) Kl. Schr. II 134 ff. vgl. Proculus in Hesiod. opp. 491: *ἀλέα δὲ ἡ θέρμη ἡ περὶ τὸν ἥλιον, κυρίως ὕπαιθρος τόπος ὑπὸ ἡλίου θερμαινόμενος. Μένανδρος ἀλέας Ἀθήνας* (Menand. fr. 462a Mein.).

3) Ber. d. sächs. Ges. d. W. 1889 S. 71 ff.

4) vgl. darüber die Kulte der Letoiden.

5) vgl. Paus. VIII 12, 7. VIII 48, 6.

jüngere aufzufassen sein. Athena ist hier im fruchtbaren Ἀφειδάντειος κλῆρος[1]) zunächst als Schützerin des Ackerbaus aufzufassen, als die gedeihliche Sonnenwärme, welche die sumpfige Ebene entwässert. Daher ein fortwährender Kampf mit den Poseidonischen Gewalten, der sich in den nebeneinanderbestehenden Kulten beider Gottheiten wiederspiegelt. Denn in Tegea bestand ein inschriftlich beglaubigter[2]) Poseidonkult, und in Mantineia, der zweiten Kultstätte der Alea, war Poseidon der an erster Stelle verehrte Gott, dessen Priester die Eponymen stellten. Eine Münze von Mantineia zeigt im Avers Athena, im Revers Poseidon.[3]) Athena- und Poseidonkulte finden wir ferner nebeneinanderbestehend in Asea, Kaphyai, Lykosura, Megalopolis, Orchomenos, Pallantion und Pheneos. Wenn die Göttin zürnt, dann gewinnen die Poseidonischen Gewalten die Oberhand: Auge, die Frevlerin, wird dem Poseidonischen Nauplios übergeben, als Unfruchtbarkeit das Land befällt. Der Mythos von Kaphyai läfst die Einwohner aus Attika stammen, die, vom Poseidonischen Aigeus vertrieben, beim Kepheus, dem Sohne des Aleos, in Arkadien eine Zuflucht fanden. Hier haben wir bereits den Begriff des ἔρυμα: die Zuflucht vor den feindlichen Gewässern, bald vor den menschlichen Feinden. Dieser Uebergang wurde beschleunigt durch die Einführung des Demeterkultes, durch welchen Athena aus ihren Functionen als Göttin des Ackerbaus verdrängt wurde. Ein Merkmal der neuen Anschauungen ist das Verschwinden der Athena Hippia, die, aus dem Demos des Manthyreis geholt, in Tegea bald in der Alea aufgeht[4]), während sie in Kleitor nur noch als Koria bekannt ist.

Diese Umwandlung des Kults ist natürlich zum guten

---

1) vgl. Ap. Rhod. I 162. Paus. VIII 4, 3.

2) Ross: Inscr. ined. 7.

3) Millingen: Anc. coins IV 23.

4) Der Lokalmythos weifs bezeichnender Weise den Namen Hippia nur noch aus der jüngeren, kriegerischen Bedeutung der Alea heraus zu erklären: weil nämlich Athena den Enkelados im Streitwagen angegriffen habe.

Teil auf Rechnung auswärtiger Einflüsse zu schreiben. Besonders auffällig sind im Aleakult die Uebereinstimmungen mit dem durch den Perseusmythos illustrirten Athenakulte von Argos. Die Aehnlichkeit des Auge- und des Danaemythos springt in die Augen. Dazu kommt der in die Augesage hineingreifende argivische Nauplios. Den Altar der Alea hat der argivische Melampus errichtet. In Tegea wird eine Locke der Medusa als Schutzheiligtum der Stadt verwahrt. Auf dem Markte von Argos liegt das Gorgonenhaupt vergraben. Die Statue der Alea steht zwischen Asklepios und Hygieia. Nach dem argivischen Mythos hat Asklepios von Athena das sowohl Todte zum Leben erweckende, wie Leben vernichtende Gorgonenblut erhalten.[1]) Bezeichnend ist schliesslich, dafs Il. *Δ* 8. *E* 908 die Athena Alalkomeneis mit der Hera Argeie zusammen genannt wird. Der Tegeatische Kult scheint also von dem argivischen Athenakult, der sich in der Perseussage ausdrückt, abhängig zu sein.

Prüfen wir die Richtigkeit dieser Vermutung nunmehr an der Hand der Genealogie. Von den drei Arkassöhnen Elatos, Apheidas und Azan haben wir den ersten als Vertreter des thessalischen Stamms bereits kennen gelernt. Von Apheidas sagt Pausanias (VIII 4, 3): *Ἀφείδας δὲ Τεγέαν καὶ τὴν προσεχῆ ταύτης ἔλαχεν, ἐπὶ τούτῳ δὲ καὶ ποιηταὶ καλοῦσιν Ἀφειδάντειον κλῆρον τὴν Τεγέαν.*[2]) Dies die gesammtarkadische Version. Die Tegeatische Lokaltradition lautet jedoch anders: Paus. VIII 45, 1: *Τεγεᾶται δὲ ἐπὶ μὲν Τεγεάτου τοῦ Λυκάονος τῇ χώρᾳ φασὶν ἀπ' αὐτοῦ γενέσθαι μόνῃ τὸ ὄνομα, τοῖς δὲ ἀνθρώποις κατὰ δήμους εἶναι τὰς οἰκήσεις, Γαρεάτας καὶ Φυλακεῖς καὶ Καρυάτας τε καὶ Κορυθεῖς, ἔτι δὲ Πωταχίδας καὶ Οἰάτας, Μανθυρεῖς τε καὶ Ἐχευήθεις· ἐπὶ δὲ Ἀφείδαντος βασιλεύοντος καὶ ἔνατός σφισι δῆμος προσεγένετο Ἀφείδαντες.* Die Apheidanten sind also ein jüngerer, zugewanderter Stamm. Aus dem älteren Demos der Manthyreis stammte bekanntlich das Bild der Athena

1) vgl. Apd. III 10, 3. Eur. Ion 628.
2) vgl. Ap. Rhod. I 162.

Hippia, welche später zur Alea wurde. Der „kriegerische Stamm der Apheidanten"[1]) also scheint den Begriff der „Abwehr"-Athena mitgebracht zu haben. Wer sind nun die Apheidanten? Zunächst finden wir in Athen ein Geschlecht Ἀφειδαντίδαι[2]), deren Stammvater der König Apheidas, der vorletzte Theseide ist. Ferner heifst es bei Steph. B. s. v. Ἀφείδαντες· μοῖρα Μολοσσῶν, ἀπὸ Ἀφείδαντος βασιλέως. Zu dem arkadischen und attischen König kommt also noch ein Molosser Apheidas. Zwischen diesen drei Stämmen bestehen allerlei Beziehungen. Pausanias (VII 25, 1) bringt ein Orakel, das den Athenern unter König Apheidas von Dodona aus gegeben wurde. Dodona aber liegt im Molosserlande. Beziehungen zwischen Molossern und Arkadern deutet Ovid in seiner Version des Lykaonmythos an:

Met. I 226: Nec contentus eo, missi de gente Molossa
Obsidis unius iugulum mucrone resolvit.

Hier handelt es sich zwar um den Sagenkreis der Azanen, aber auch diese finden wir im attischen Demos Azenia. Weiter: Der Theseide Apheidas wird von seinem Bruder Thymoitas erschlagen; unter diesem kommen die Neleiden ins Land.[3]) Der Gegner des Nestor aber, der Arkader Ereuthalion, wird Sohn des Apheidas genannt.[4]) Sowohl die attischen wie die arkadischen Apheidanten stehen also im feindlichen Gegensatz zu den Neleiden.

Damit ist jedoch noch nichts gewonnen; verfolgen wir also die Apheidanten weiter. Des Apheidas Sohn ist Aleos, der Gründer der Stadt Tegea, eine offenbar nur dem Kultnamen Alea zu Liebe erfundene Figur. Bei Kepheus hingegen, dem Sohne des Aleos, treten schon wieder die attischen Beziehungen hervor. Er nimmt die von Aigeus vertriebenen Attiker in Kaphyai auf.[5]) Sein Sohn Thespeios ist Gründer

1) E. Curtius Pelop. I 251.

2) C. I. A. II 785. vgl. Töpffer: Attische Genealogie Berlin 1889 S. 169 f.

3) Demon bei Athen. III 96 D.

4) Schol. Il. IV 319.

5) Paus. VIII 23, 3.

von Thespiai im Schol. Il. II 498, während dieser Thespeios sonst als Sohn des Erechtheus[1]), oder des Pandioniden Teuthras[2]) gilt. Sehr wichtig aber ist es, dafs wir bei Kepheus direct argivische Beziehungen constatiren können, denn er erhält von Athena die Gorgonenlocke. Hierbei ist daran zu erinnern, dafs auch im Perseusmythos ein Kepheus als Vater der Andromeda eine Rolle spielt. Noch deutlicher treten diese Beziehungen zu Argolis beim Sohne des Kepheus, Aeropos[3]), hervor. Aeropos ist nach Herod. VIII 137 ein Temenide, der mit zwei Brüdern von Argos nach Illyrien floh, von dort nach Makedonien ging, wo sie Begründer der Dynastie wurden. In Folge dessen kennt Hesych s. v. ein Geschlecht der Aeropes in Makedonien. Daneben aber sagt er: *Ἀέροπες· ἔθνος Τροιζῆνα κατοικοῦντες*. Aus Troizen aber stammen die Theseiden, zu denen die Apheidanten so zahlreiche Beziehungen haben. Wenn nun Aerope Gemahlin des Atreus heifst, wenn diese vorher, grade wie Auge, dem Nauplios wegen eines ähnlichen Vergehens zur Bestrafung übergeben wurde[4]), wenn des Aeropos Sohn Echemos im Bunde mit Atreus den Hyllos erschlägt[5]), wenn endlich ein König Pheidon von Argos nach Tegea flieht, so kann wohl kein Zweifel mehr daran bestehen, dafs die Tegeatischen Apheidanten aus Argolis stammen. Ihre Beziehungen zu Attika sind dadurch erklärt. Was den Molosserzweig anlangt, so läfst sich für dessen Bestimmung vielleicht der Zug der Aeropes nach Illyrien verwerten.

Da nun die Apheidanten die Träger des Kults der kriegerischen Athena Alea sind, da diese Apheidanten aus Argolis stammen, so ist damit der Beweis erbracht, dafs der Kult der Athena Alea in seiner später allgemein gültigen Form argivischen Ursprungs ist. Die Annahme

---

1) Diod. IV 29 u. A.

2) Steph. B. s. v. *Θεσπεία*.

3) Eine Tochter Aerope erwähnt Apollod. II 7, 3.

4) Soph. Ai. 1295 ff. u. Schol. Soph. Ai. 1297.

5) Herod. IX 26. Paus. VIII 5, 1. 45, 2. Diod. IV 58. Schol. Pind. Ol. X 79 u. A.

Meisters[1]), dafs zur Zeit der oben im Wortlaut gebrachten Inschrift Alea der Vorort einer Amphiktyonie war, welche den Tegeatischen und die verwandten Kulte vereinigte, ist sehr wahrscheinlich, doch geht daraus nicht hervor, dafs der Kult von Alea auch der älteste gewesen ist, wie Meister anzunehmen scheint. In diesen Kreis würden alsdann noch die Kulte von Mantineia, wo die Athena ebenfalls als Alea verehrt wurde, und von Kaphyai, der Gründung des Aleossohnes Kepheus, zu beziehen sein, während in Kleitor, dessen Athena Koria, wie die Zeugnisse lehren, ebenfalls als Hippia zu betrachten ist, der Entwicklungsgang des Kults doch ein etwas anderer gewesen zu sein scheint. Davon später mehr.

Auf ein ganz anderes Gebiet führt uns die Verehrung der Athena als Tritonia, wie wir sie in Pheneos und Aliphera fanden. Die Athena Tritonia ist, wie Th. Bergk[2]) nachgewiesen hat, die am heiligen Tritonflusse[3]) geborene Zeustochter. In Confundirung mit dem jüngeren Mythos von der Geburt der Athena aus dem Haupte des Zeus finden wir daher in Aliphera neben einer Quelle Tritonis einen Kult des Zeus Lecheates, des „Kindbetters".[4]) Umgekehrt wird die *κορυφαγενὴς Ἀθηνᾶ*[5]) zur Tochter der Okeanostochter Koryphe gemacht. Da diese nun nach Cicero[6]) bei den Arkadern als *Κορία* verehrt wurde, so haben wir auch die Athena Koria von Kleitor in diesen Kreis zu ziehen[7]), welche ebenso wie die Tritonia von Pheneos und Aliphera auf Bergeshöhe ihren Tempel hatte. Da aber in der Koria von Kleitor, wie wir sahen, ursprünglich eine Hippia steckt, so

---

1) a. a. O.

2) Jahrb. f. cl. Phil. N. F. VI 1860 S. 289 ff. 377 ff.

3) vgl. Chrysipp. bei Galen. de plac. Hipp. et Plat. III p. 273. Apollod. II 3, 6.

4) Pape-Benseler: Wörterb. d. griech. Eigenn. s. v.

5) vgl. Plut. de Is. et Osir. 75.

6) de nat. deor. III 59.

7) Athena Koresia in Korion auf Kreta St. B. s. v. *Κόριον*. *Κόρη* in Athen vgl. Plato legg. 706 B.

mufs die Hippia als gleichbedeutend mit der Tritonia aufgefafst werden.

Der Kult der Wasser-Athena führt uns nach Boiotien. Bei Alalkomenai im Gebiete von Haliartos befand sich der Tritonflufs, an den der boiotische Mythos die Geburt der Athena verlegte.[1]) Die Gründerin des Orts soll eine Tochter des Ogyges gewesen sein. Diese Ogygestochter ist aber bekanntlich identisch mit der Athena Onka von Theben. Die Zusammengehörigkeit der Kulte von Haliartos und Theben wird bestätigt durch die bei Haliartos befindliche Quelle Tilphusa, die gleich dem Kulte im arkadischen Thelpusa auf die Erinys Tilphossa[2]) von Theben hinweist. Aber auch direct mit Pheneos wird Haliartos verbunden durch den Demeterkult. In Haliartos wird der höchste Schwur bei den Praxidikai geleistet[3]), Wesen, die offenbar aus dem Kulte der Thebanischen Demeter Thesmophoros entnommen sind. In Pheneos gilt als höchster Schwur der beim Petroma der Demeter.[4]) Derselbe Einflufs des Thebanischen Kultcomplexes zeigt sich auch in Pallantion, denn die Katharoi, welche Pausanias[5]) dort in directem Anschlufs an den Demeterkult erwähnt, und bei denen gleichfalls geschworen wird, sind doch sicher derselben Kategorie zuzuweisen, wie das Petroma von Pheneos und die Praxidikai von Haliartos.

Der Thebische Dreiverein — Athena Onka, Demeter Thesmophoros, Erinys Tilphossa — fafste natürlich den lokalen Besonderheiten entsprechend nicht überall gleichmäfsig Wurzel. Während in Thelpusa die Verehrung der Erinys Tilphossa und Demeter Thesmophoros deutlich beglaubigt ist, findet sich von der Athena Onka nur noch eine schwache Spur in dem später dem Apollon geheiligten Onkeion.[6]) Im wasserreichen Pheneos dagegen erhielt die Wasser-

1) Paus. IX 33, 7.
2) vgl. Schol. Soph. Ant. 126.
3) Paus. IX 33, 2.
4) Paus. VIII 15, 1.
5) Paus. VIII 44, 5.
6) vgl. darüber die Besprechung der Demeterkulte.

Athena ihr Heiligtum auf der Akropolis neben dem Poseidon Hippios.

Diese boiotischen Einflüsse kreuzen sich nun aber mit anderen, die, an und für sich schwer definirbar, als charakteristisches Merkmal eine Verbindung des Athenakults mit dem Trojanischen Kriege aufweisen. Odysseus gründet nach der Heimkehr von Ilios das Athenaheiligtum von Asea. Teuthis-Ornytos will nicht am Zuge gegen Troja teilnehmen und gerät dadurch in Conflict mit der Athena. In Pheneos treffen wir den Palladienräuber Dardanos[1]), den Stifter der troischen Dynastie, denn es heifst bei Serv. Verg. Aen. III 167: Graeci et Varro humanarum rerum Dardanum non ex Italia, sed de Arcadia urbe Pheneo oriundum dicunt. Und seine Gemahlin ist Chryse, die mit Athena zusammen aufgewachsene Tochter des Pallas aus Pallantion, die ihm als Mitgift die Palladien bringt.[2]) Alle diese Züge weisen nach dem nördlichen Kleinasien hin; im Hinblick auf das Palladion aber dürfen wir den directen Ursprung dieser arkadischen Kultgruppe wohl näher suchen, nämlich in dem mit der Diomedessage verknüpften Athenakult von Argos, von welchem diese Kulte ebenso abhängig erscheinen, wie der Aleakult von dem argivischen Perseus-Athenakult.[3])

Braucht man auch nicht so weit zu gehen, in den Palatischen Felsen, wohin Eumedes das Palladion bringt[4]), Pallantion zu erkennen, so sind doch auch andere, einen derartigen Zusammenhang zwischen Argos und den arkadischen Athenakulten andeutende Züge vorhanden. So heifst es bei Festus p. 269: Tubilustria, quibus diebus ascriptum in fastis est, cum in atrio Sutorio agna tubae lustrantur. ab eis tubis

1) Mnaseas bei Steph. B. s. v. Δάρδανος. vgl. für die hier aufgeführten Züge die Anmerkung zu S. 41.

2) Dion. Hal. I 68.

3) Dafs grade diese Einflüsse mit den Thebanischen sich verschmelzen, wird nicht weiter befremden, wenn man den argivischen Ursprung der Kadmeionen bedenkt und sich der Version der Sage erinnert, welche den Dardanos zusammen mit der Harmonia nach Samothrake fliehen läfst, wo Kadmos die Letztere heiratet (Mnaseas a. a. O.).

4) Callim. h. V 35 ff.

appellant, quod genus lustrationis ex Arcadia Pallanteo translatum esse dicunt. Eine Athena Σάλπιγξ aber erwähnt in Argos Paus. II 21, 3. Wenn wir nun auch grade bei dem Kulte von Pallantion mit grofser Vorsicht verfahren müssen, da die ausschliefslich römische Tradition, die wir über denselben besitzen, als äufserst tendenziös gefärbt zu betrachten ist, so verdienen solche auffällige Uebereinstimmungen doch registrirt zu werden.

Wir haben also folgende Gruppen, beziehungsweise Entwicklungsphasen im arkadischen Athenakult zu unterscheiden:

I. Einen alten, in seinem Ursprunge nicht mehr deutlich nachweisbaren, vermutlich aber mit der unter II B zu nennenden Gruppe nahe verwandten Kult der Athena, dessen Spuren in Kleitor und im Tegeatischen noch erkennbar waren, und der die Göttin als Hippia bezeichnete.

II. Dieser alte Kult wird durch von auswärts her sich geltend machende Einflüsse umgestaltet, und zwar:

A. Durch den aus Argolis einwandernden, den argivischen Perseus-Athenakult mit sich führenden Stamm der Apheidanten zur Athena Alea. Hierher gehören die Kulte von Tegea, Mantineia, Alea und Kaphyai.

B. Durch boiotische Einflüsse, den Kult der Athena Tritonia, in Pheneos, Aliphera, Kleitor; vielleicht auch in Thelpusa und Pallantion.

C. Durch den argivischen Diomedes-Athenakult, dessen Merkmale sich in der Verbindung mit dem Trojanischen Krieg in Pheneós, Pallantion, Teuthis und Asea zeigten.

Dem Ursprunge nun wiederum der Kulte von Argos und Theben nachzugehen, kann hier natürlich nicht unsere Aufgabe sein. Dafs andrerseits im Laufe der Zeit eine Vermischung sämmtlicher Kultgruppen eintrat, braucht kaum betont zu werden. Ist schon die Verbindung mit Poseidon, welcher der Tritonia und der Hippia ebenso homogen ist, wie der Alea, allen Gruppen gemeinsam, so finden wir eine directe Vermengung der beiden ersten Kultgruppen z. B. in Kleitor. Die Athena Koria war, wie wir sahen, der Tritonia gleichzusetzen. Die oben unter Kleitor angeführten Zeugnisse beweisen aber auch, dafs sie identisch mit der Hippia von Tegea ist.[1]) Diese Vereinigung zweier ursprünglich einander fremden Kultbegriffe illustrirt trefflich die Notiz des Et. M. p. 474, 33: Ἱππία· ἐκλήθη οὕτως ἡ Ἀθηνᾶ, ἐπεὶ ἐκ τῆς κεφαλῆς τοῦ Διὸς μεθ' ἵππων ἀνήλατο, ὡς ὁ ἐπ' αὐτῇ ὕμνος δηλοῖ. Fanden wir in Tegea ferner die Athena Alea mit Asklepios, Hygieia und Eileithyia[2]) vereint, so treffen wir genau den gleichen Kultcomplex auch in Kleitor an.[3]) In dem zur dritten Gruppe gehörigen Teuthis straft Athena mit Unfruchtbarkeit und Krankheit, wie die Alea von Tegea. In Pheneos wird schliefslich durch Alalkomenai die Brücke zur Alea geschlagen.

Ueber die zu keiner der bisher aufgestellten Gruppen bezogenen arkadischen Athenakulte läfst sich wenig sagen, da wir fast nur durch Münztypen von ihrem Vorhandensein unterrichtet sind. In Mainalos läfst die Erwähnung von Pferderennen in Verbindung mit dem Athenakult auf Verehrung der Hippia schliefsen. Die Kulte der Athena Polias, Ergane und Machanitis in Megalopolis sind nichts specifisch Arkadisches, sondern als gemeingriechisches Gut zu betrachten.

1) vgl. besonders die Münztypen.
2) Auge ἐν γόνασι Paus. VIII 48, 7.
3) vgl. Paus. VIII 21, 3.

Hermes.

Akakesion.

Paus. VIII 36, 10: Ὑπὸ τούτῳ δὲ τῷ λόφῳ πόλις τε ἦν Ἀκακήσιον, Ἑρμοῦ τε Ἀκακησίου λίθου πεποιημένον ἄγαλμα καὶ ἐς ἡμᾶς ἐστιν ἐπὶ τοῦ λόφου· τραφῆναι δὲ Ἑρμῆν παῖδα αὐτόθι καὶ Ἄκακον τὸν Λυκάονος γενέσθαι οἱ τροφέα Ἀρκάδων ἐστὶν ἐς αὐτὸν λόγος.

Paus. VIII 3, 2: ἀπὸ τούτου δὲ τοῦ Ἀκάκου καὶ Ὅμηρος λόγῳ τῷ Ἀρκάδων ἐς Ἑρμῆν ἐποίησεν ἐπίκλησιν.

Hom. Il. XVI 184:

αὐτίκα δ' εἰς ὑπερῷ' ἀναβὰς παρελέξατο λάθρῃ
Ἑρμείας ἀκάκητα, πόρεν δέ οἱ ἀγλαὸν υἱόν κ. τ. λ.[1])

Eratosth. bei Cramer Anecd. Paris. III 21: Ὡς μὲν Ἐρατοσθένης φησὶν ἀπὸ Ἀκακησίου ὄρους οὕτω λέγεται ὁ Ἑρμῆς.[2])

Schol. Il. V 422: Οὐδ' ὡς Ἐρατοσθένης παρήκουσεν Ὁμήρου εἰπόντος „Ἑρμείας ἀκάκητα" ἤγουν ἀπὸ Ἀκακησίου ὄρους, ἀλλ' ὁ μηδενὸς κακοῦ μεταδοτικός. ἐπεὶ καὶ δοτὴρ ἑάων.[3])

Callim. Dian. 142:

ἔνθα τοι ἀντιόωντες ἐνὶ προμολῇσι δέχονται
ὅπλα μὲν Ἑρμείης ἀκακήσιος.

Schol. Callim. Dian. 142: Ἀκακήσιος ἀπὸ ὄρους Ἀρκαδίας, ἢ ὁ μηδενὸς κακοῦ παραίτιος ὤν.

Basilis.

Münzen: Mionnet Suppl. IV 274 n. 23. Sestini Mus. Font. T. I 27: Hermeskopf mit Petasos und Kerykeion n. r. R. Füllhorn.

---

1) vgl. Od. XXIV 10. Hesiod bei Strabo I 42.
2) vgl. Schol. Od. XXIV 10.
3) vgl. Et. M. 547. Schol. Il. XVI 185.

Hermupolis (?).

Steph. B. s. v. *Αἰγύπτου πόλις* .... *καὶ ζ' ἐν Ἀρκαδίᾳ.*

Κυλλήνη ὄρος.

Hom. Od. XXIV 1:

Ἑρμῆς δὲ ψυχὰς Κυλλήνιος ἐξεκαλεῖτο
ἀνδρῶν μνηστήρων.

Hom. hymn. III 1:

Ἑρμῆν ὕμνει Μοῦσα Διὸς καὶ Μαιάδος υἱὸν
Κυλλήνης μεδέοντα καὶ Ἀρκαδίης πολυμήλου,
ἄγγελον ἀθανάτων ἐριούνιον, ὃν τέκε Μαῖα,
νύμφη ἐυπλόκαμος, Διὸς ἐν φιλότητι μιγεῖσα,
αἰδοίη· μακάρων δὲ θεῶν ἠλεύαθ' ὅμιλον,
ἄντρου ἔσω ναίουσα παλισκίου, ἔνθα Κρονίων
νύμφῃ ἐυπλοκάμῳ μιγέσκετο νυκτὸς ἀμολγῷ,
ὄφρα κατὰ γλυκὺς ὕπνος ἔχοι λευκώλενον Ἥρην,
λήθων ἀθανάτους τε θεοὺς θνητούς τ' ἀνθρώπους.
ἀλλ' ὅτε δὴ μεγάλοιο Διὸς νόος ἐξετελεῖτο,
τῇ δ' ἤδη δέκατος μεὶς οὐρανῷ ἐστήρικτο,
καὶ τότ' ἐγείνατο παῖδα πολύτροπον, αἱμυλομήτην,
ληιστῆρ', ἐλατῆρα βοῶν, ἡγήτορ' ὀνείρων,
νυκτὸς ὀπωπητῆρα, πυληδόκον, ὃς τάχ' ἔμελλεν
ἀμφανέειν κλυτὰ ἔργα μετ' ἀθανάτοισι θεοῖσιν.
ὃς καὶ ἐπειδὴ μητρὸς ἀπ' ἀθανάτων θόρε γυίων,
οὐκέτι δηρὸν ἔκειτο μένων ἱερῷ ἐνὶ λίκνῳ,
ἀλλ' ὅ γ' ἀναΐξας ζήτει βόας Ἀπόλλωνος
οὐδὸν ὑπερβαίνων ὑψηρεφέως ἄντροιο.
ἔνθα χέλυν εὑρὼν ἐκτήσατο μυρίον ὄλβον·
Ἑρμῆς τοι πρώτιστα χέλυν τεκτήνατ' ἀοιδόν· κ. τ. λ.

V. 63:

καὶ τὴν μὲν κατέθηκε φέρων ἱερῷ ἐνὶ λίκνῳ,
φόρμιγγα γλαφύρην· ὁ δ' ἄρα κρειῶν ἐρατίζων
ἆλτο κατὰ σκοπίην εὐώδεος ἐκ μεγάροιο
ὁρμαίνων δόλον αἰπὺν ἐνὶ φρεσίν, οἷά τε φῶτες
φηληταὶ διέπουσι μελαίνης νυκτὸς ἐν ὥρῃ.
Ἠέλιος μὲν ἔδυνε κατὰ χθονὸς Ὠκεανόνδε
αὐτοῖσίν θ' ἵπποισι καὶ ἅρμασιν· αὐτὰρ ἄρ' Ἑρμῆς

Πιερίης ἀφίκανε θέων ὄρεα σκιόεντα,
ἔνθα θεῶν μακάρων βόες ἄμβροτοι αὖλιν ἔχεσκον
βοσκόμεναι λειμῶνας ἀκηρασίους, ἐρατεινούς.
τῶν τότε Μαιάδος υἱός, ἐύσκοπος Ἀργειφόντης,
πεντήκοντ' ἀγέλης ἀπετάμνετο βοῦς ἐριμύκους.
πλανοδίας δ' ἤλαυνε διὰ ψαμαθώδεα χῶρον
ἴχνι' ἀποστρέψας· δολίης δ' οὐ λήθετο τέχνης
σάνδαλα δ' εὖτ' ἔῤῥιψεν ἐπὶ ψαμάθοις ἁλίῃσιν,
ἄφραστ' ἠδ' ἀνόητα διέπλεκε θαυματὰ ἔργα
συμμίσγων μυρίκας καὶ μυρσινοειδέας ὄζους.
τῶν τότε συνδήσας νεοθηλέος ἄγκαλον ὕλης
ἀβλαύτοις ὑπὸ ποσσὶν ἐδήσατο σάνδαλα κοῦφα
αὐτοῖσιν πετάλοισι ὁδοιπορίην ἀλεείνων,
οἷά τ' ἐπειγόμενος δολίην ὁδόν, ἀλλοτροπήσας.
τὸν δὲ γέρων ἐνόησε δέμων ἀνθοῦσαν ἀλωὴν
ἱέμενον πεδίονδε δι' Ὀγχηστὸν λεχεποίην·
τὸν πρότερος προσέφη Μαίης ἐρικυδέος υἱός·
Ὦ γέρον, ὅστε φυτὰ σκάπτεις ἐπικαμπύλος ὤμους,
ἦ πολυοινήσεις, εὖτ' ἂν τάδε πάντα φέρῃσι.
καί τε ἰδὼν μὴ ἰδὼν εἶναι καὶ κωφὸς ἀκούσας,
καὶ σιγᾶν . . . .
. . . . . . ὅτε μή τι καταβλάπτῃ τὸ σὸν αὐτοῦ.
Τόσσον φὰς ἔσσευε βοῶν ἴφθιμα κάρηνα.
πολλὰ δ' ὄρη σκιόεντα καὶ αὐλῶνας κελαδεινους
καὶ πεδί' ἀνθεμόεντα διήλασε κύδιμος Ἑρμῆς.
ὀρφναίη δ' ἐπίκουρος ἐπαύετο δαιμονίη νύξ,
ἡ πλείων, τάχα δ' ὄρθρος ἐγίγνετο δημιοεργύς·
ἣ δὲ νέον σκοπιὴν προσεβήσατο δῖα Σελήνη,
Πάλλαντος θυγάτηρ Μεγαμηδείδαο ἄνακτος.
τῆμος ἐπ' Ἀλφειὸν ποταμὸν Διὸς ἄλκιμος υἱὸς
Φοίβου Ἀπόλλωνος βοῦς ἤλασεν εὐρυμετώπους. κ. τ. λ.

V. 138:

αὐτὰρ ἐπεί τοι πάντα κατὰ χρέος ἤνυσε δαίμων,
σάνδαλα μὲν προέηκεν ἐς Ἀλφειὸν βαθυδίνην·
ἀνθρακιὴν δ' ἐμάρανε, κόνιν δ' ἀμάθυνε μέλαιναν
παννύχιος· καλὸν δὲ φόως ἐπέλαμπε Σελήνης.
Κυλλήνης δ' αἶψ' αὖτις ἀφίκετο δῖα κάρηνα

ὄρθριος, οὐδέ τί οἱ δολιχῆς ὁδοῦ ἀντεβόλησεν
οὔτε θεῶν μακάρων οὔτε θνητῶν ἀνθρώπων,
οὐδὲ κύνες λελάκοντο· Διὸς δ' ἐριούνιος Ἑρμῆς
δοχμωθεὶς μεγάροιο διὰ κλήιθρον ἔδυνεν
αὔρῃ ὀπωρινῇ ἐναλίγκιος, ἠΰτ' ὀμίχλη.
ἐσσυμένως δ' ἄρα λίκνον ἐπῴχετο κύδιμος Ἑρμῆς·
σπάργανα δ' ἀμφ' ὤμοις εἰλυμένος, ἠΰτε τέκνον
νήπιον, ἐν παλάμῃσι παροιγνὶς λαῖφος ἀθύρων
κεῖτο, χέλυν ἐρατὴν ἐπ' ἀριστερὰ χειρὸς ἐέργων.

Hom. hymn. XIX 30:

Καί ῥ' ὅγ' ἐς Ἀρκαδίην πολυπίδακα μητέρα μήλων
ἐξίκετ, ἔνθα τέ οἱ τέμενος Κυλληνίου ἐστίν.[1])

Alcaeus bei Hephaest. 79 (fr. 5 B.): *Χαῖρε Κυλλάνας ὁ μέδεις σὲ γάρ μοι.*[2])

Hipponax bei Tzetz. Lyc. 219 (fr. 1 B.): *Μαίας παῖδα Κυλλήνης πάλμυν.*

Hipponax bei Tzetz. Lyc. 855 (fr. 16 B.): *Ἑρμῆ, φίλ' Ἑρμῆ, Μαιαδεῦ, Κυλλήνειε.*

Hipponax bei Priscian. de metr. 247 (fr. 20 B.): *Κυλλήνιε Μαιάδος Ἑρμῆ.*

Simonides bei Tzetz. Lyc. 219:

Μαιάδος Ὀρείης ἑλικοβλεφάροιο γένεθλον·
Αὕτη γὰρ Κυλλήνης ἐν ὄρεσι θεὸν τέχ' Ἑρμῆν.

Pind. Ol. VI 77:

εἰ δ' ἐτητύμως ὑπὸ Κυλλάνας ὄροις, Ἀγησία, μάτρωες ἄνδρες
ναιετάοντες ἐδώρησαν θεῶν κάρυκα λιταῖς θυσίαις
πολλὰ δὴ πολλαῖσιν Ἑρμᾶν εὐσεβέως, ὃς ἀγῶνας ἔχει
μοῖράν τ' ἀέθλων.
Ἀρκαδίαν τ' εὐάνορα τιμᾷ.

Soph. Oed. r. 1104:

εἴθ' ὁ Κυλλάνας ἀνάσσων
εἴθ' ὁ Βακχεῖος θεός κ. τ. λ. (vgl. d. Schol.).

---

1) vgl. Hom. hymn. XVIII 1.

2) Daſs der betr. Hymnos des Alkaios den Rinderdiebstahl behandelte, beweist Paus. VII 20, 4. Eine Nachbildung desselben sehen wir vielleicht bei Hor. Od. I 10.

Anth. VI 92 (Phil. Thess.):

Αὐλὸν καμινευτῆρα τὸν φιλήνεμον
ῥίνην τε κνησίχρυσον ὠκυδήκτορα,
καὶ τὸν δίχηλον καρκίνον πυραγρέτην,
πτωκὸς πόδας τε τούσδε λειψανηλόγους,
ὁ χρυσοτέκτων Δημοφῶν Κυλληνίῳ
ἔθηκε, γήρᾳ κανθὸν ἐξοφωμένος.

Anth. XI 274:

Εἰπέ μοι εἰρομένῳ, Κυλλήνιε, πῶς κατέβαινεν
Λολλιανοῦ ψυχὴ δῶμα τὸ Φερσεφόνης;
θαῦμα μέν, εἰ σιγῶσα· τυχὸν δέ τι καί σε διδάσκειν
ἤθελε· φεῦ, κείνου καὶ νέκυν ἀντιάσαι.

Nonn. Dion. 48, 710:

εἰ δὲ λέχος σύλησεν ἐμὸν Κυλλήνιος Ἑρμῆς,
Ἀρκαδίην προθέλυμνον ἐμοῖς βελέεσσιν ὀλέσσω.

Nonn. Dion. 13, 277:

ἔνδιον Ἑρμείαο λιπὼν Κυλλήνιον ἕδρην.

Verg. Aen. VIII 139:

Vobis Mercurius pater est, quem candida Maia
Cyllenae gelido conceptum vertice fudit.[1])

Schwarzfig. Vase Mon. d. I. IX 55: *Ἑρμῆς εἰμι ὁ Κυλλήνιος.*

Theophr. h. pl. IX 15, 7: *τὸ δὲ μῶλυ περὶ Φενεὸν καὶ ἐν τῇ Κυλλήνῃ· φασὶ δ' εἶναι καὶ ὅμοιον, ᾧ ὁ Ὅμηρος[2]) εἴρηκε.*

Philosteph. im Schol. Pind. Ol. VI 144: *Φιλοστέφανος δὲ ἐν τῷ περὶ Κυλλήνης φησὶ Κυλλήνην καὶ Ἑλίκην θρέψαι* (scil. *Ἑρμῆν*).

Artemidor. I 43, 6: *εἶδον δὲ καὶ ἐν Κυλλήνῃ γενόμενος Ἑρμοῦ ἄγαλμα οὐδὲν ἄλλο ἢ αἰδοῖον δεδημιουργημένον λόγῳ τινὶ φυσικῷ.*

Schol. Pind. Ol. VI 129: *Κυλλήνη ὄρος Ἀρκαδίας ἱερὸν Ἑρμοῦ.*

Schol. Il. II 603: *Κυλλήνη ὄρος ὑψηλὸν τῆς Ἀρκαδίας, καὶ πόλις οὖσα παρ' αὐτῷ ὁμώνυμος, ἐν ᾧ ὄρει δοκεῖ Ἑρμῆς*

---

1) vgl. Lucan. IX 661. Mart. IX 34, 6. Mart. Cap. I 724. VI 705.
2) Od. X 302 ff.

γεγενῆσθαι ἐκ Μαίας τῆς Ἄτλαντος θυγατρὸς καὶ Διός· ὅθεν καὶ Κυλλήνιον τὸν θεόν φασιν.

Schol. Od. XXIV 10: *Κυλλήνιος ὁ τιμώμενος ἐν Κυλλήνῃ· ἔστι δὲ ὄρος Ἀρκαδίας.*

Schol. Arist. ran. 1266: *τὸ δὲ Ἑρμᾶν μὲν τίομεν λέγουσιν οἱ Ἀρκάδες διὰ ταῦτα· ἐν τῇ Κυλλήνῃ, ἥ ἐστιν ὄρος Ἀρκαδίας, ἐτιμᾶτο ὁ Ἑρμῆς· διὰ γοῦν τὴν ἐξ ἀμνημονεύτων χρόνων τιμὴν ὡς πρόγονος τούτοις ἐδόκει.*

Gemin. elem. astr. I 14: *οἱ γοῦν ἐπὶ τὴν Κυλλήνην ἀναβαίνοντες ὄρος ἐν τῇ Πελοποννήσῳ ὑψηλότατον καὶ θύοντες τῷ καθοσιωμένῳ ἐπὶ τῆς κορυφῆς τοῦ ὄρους Ἑρμῇ, ὅταν πάλιν δι' ἐνιαυτοῦ ἀναβαίνοντες τὰς θυσίας ἐπιτελῶσιν, εὑρίσκουσι καὶ τὰ μηρία καὶ τὴν τέφραν τὴν ἀπὸ τοῦ πυρὸς ἐν τῇ αὐτῇ τάξει μένουσαν, ἐν ᾗ καὶ κατέλιπον, καὶ μήθ' ὑπὸ πνευμάτων μήθ' ὑπὸ ὄμβρων ἠλλοιωμένα· διὰ τὸ πάντα τὰ νέφη καὶ τὰς τῶν ἀνέμων συστάσεις ὑποκάτω τῆς τοῦ ὄρους κορυφῆς συνίστασθαι.*[1])

Apollod. III 10, 2: *Μαῖα μὲν οὖν ἡ πρεσβυτάτη Διὶ συνελθοῦσα ἐν ἄντρῳ τῆς Κυλλήνης Ἑρμῆν τίκτει* (es folgt der Mythos vom Rinderdiebstahl).

Paus. VIII 17, 1: *Μετὰ δὲ τοῦ Αἰπύτου τὸν τάφον ὄρος τε ὑψηλότατον ὀρῶν τῶν ἐν Ἀρκαδίᾳ Κυλλήνη καὶ Ἑρμοῦ Κυλληνίου κατεῤῥιμμένος ναός ἐστιν ἐπὶ κορυφῆς τοῦ ὄρους. δῆλα δέ ἐστιν ἀπὸ Κυλλῆνος τοῦ Ἐλάτου τῷ τε ὄρει τὸ ὄνομα καὶ ἡ ἐπίκλησις γεγενημένη τῷ θεῷ. τοῖς δὲ ἀνθρώποις τὸ ἀρχαῖον, ὁπόσα καὶ ἡμεῖς καταμαθεῖν ἐδυνήθημεν, τοσάδε ἦν ἀφ' ὧν τὰ ξόανα ἐποιοῦντο, ἔβενος, κυπάρισσος, αἱ κέδροι, τὰ δρύϊνα, ἡ μῖλαξ, ὁ λωτός· τῷ δὲ Ἑρμῇ τῷ Κυλληνίῳ τούτων μὲν ἀπὸ οὐδενός, θύου δὲ πεποιημένον τὸ ἄγαλμά ἐστιν. ὀκτὼ δὲ εἶναι ποδῶν μάλιστα αὐτὸ εἰκάζομεν.*

Paus. VIII 17, 5: *ἔχεται δὲ ἄλλο ὄρος Κυλλήνης Χελυδόρεα, ἔνθα εὑρὼν χελώνην Ἑρμῆς ἐκδεῖραι τὸ θηρίον καὶ ἀπ' αὐτῆς λέγεται ποιήσασθαι λύραν.*[2])

Luc. Iup. Trag. 42: *Καὶ Κυλλήνιοι Φάλητι* (*θύοντες*).

---

1) vgl. Plutarch bei Philop. in Ar. meteor. I p. 82.

2) vgl. Ov. am. III 147: testudo Cyllenaea u. Apd. III 10, 2.

Luc. dial. deor. 22: *Οὐχ ὁ Κυλλήνιος Ἑρμῆς ὢν τυγχάνεις;*

Schol. Luc. Icarom. 34: *ὁ Κυλλήνιος Ἑρμῆς ὁ ἐν Κυλλήνῃ τιμώμενος.*

Philostr. vita Apoll. VI 20: *καὶ φαλλοῦ καὶ τοῦ ἐν Κυλλήνῃ εἴδους.*

Hygin. f. 225: Lycaon Pelasgi filius templum Mercurio Cyllenio in Arcadia fecit.

Myth. vat. II 4, 1: Iuppiter cum Maia Atlantis Arcadici filia concubuit; unde natus est Mercurius in Cyllene Arcadiae monte.[1])

Steph. B. s. v. *Κυλλήνη· καὶ Κύλλιος λέγεται Ἑρμῆς κατὰ συγκοπὴν τοῦ Κυλλήνιος.*[2])

Et. M. s. v. *Κυλλήνιος· Ὁ ἐν Κυλλήνῃ ὄρει τῆς Ἀρκαδίας τιμώμενος· Κυλλήνη δὲ Ἀρκαδίας ἱερὸν Ἑρμοῦ καὶ Ἀπόλλωνος.*

Suid. s. v. *Κυλλήνη· ὄνομα πόλεως· καὶ Κυλλήνιος ὁ Ἑρμῆς.*

Hippol. ref. haer. V 8: *ἕστηκε δὲ ἀγάλματα δύο ἐν τῷ Σαμοθράκων ἀνακτόρῳ ἀνθρώπων γυμνῶν ἄνω τεταμένας ἐχόντων τὰς χεῖρας ἀμφοτέρας ἐς οὐρανὸν καὶ τὰς αἰσχύνας ἄνω ἐστραμμένας καθάπερ ἐν Κυλλήνῃ τὸ τοῦ Ἑρμοῦ.*

Eust. Od. p. 1951: *Κυλλήνιος ὁ Ἑρμῆς μυθικῶς μὲν ἀπὸ Κυλλήνης, ἥτις ὄρος ἐστὶν Ἀρκαδίας, σταδίων ἐννέα Ὀλυμπιακῶν παρὰ πόδας ὀγδοήκοντα, καθά φασιν ἱστορεῖν Ἀπολλόδωρον, ὀνομασθὲν ἀπὸ Κυλλήνης ἡρωΐδος τινός. περιᾴδεται δὲ διαφερόντως ἐν τοῖς περὶ τὸ τοιοῦτον ὄρος τιμᾶσθαι τὸν Ἑρμῆν κἀκεῖθεν σχεῖν τὸ λεχθὲν ἐπίθετον.*

Kynosura.

Steph. B. s. v. *Κυνόσουρα· ἄκρα Ἀρκαδίας, ἀπὸ Κυνοσούρου τοῦ Ἑρμοῦ.*

Megalopolis.

Paus. VIII 30, 6: *Ἑρμοῦ δὲ Ἀκακησίου πρὸς αὐτῇ ναὸς κατεβέβλητο, καὶ οὐδὲν ἐλείπετο, ὅτι μὴ χελώνη λίθου.*

---

1) vgl. Myth. vat. I 119. III 9, 7.

2) vgl. Eustath. ad Il. II 603 p. 300, 34.

Paus. VIII 32, 2: *τὸ δὲ τῶν Μουσῶν Ἀπόλλωνός τε ἱερὸν καὶ Ἑρμοῦ κατασκευασθέν σφισιν ἐν κοινῷ παρείχετο ἐς μνήμην θεμέλια οὐ πολλά.*

Paus. VIII 32, 3: *Ἡρακλέους δὲ κοινὸς καὶ Ἑρμοῦ πρὸς τῷ σταδίῳ ναὸς μὲν οὐκέτι ἦν, μόνος δέ σφισι βωμὸς ἐλείπετο.*

Paus. VIII 31, 6: *Ἀγάλματα δὲ ἐν τῷ ναῷ (τῆς Ἀφροδίτης) Δαμοφῶν ἐποίησεν, Ἑρμῆν ξύλου καὶ Ἀφροδίτης ξόανον.*

Paus. VIII 32, 4: *εἰσὶ δὲ ὑποκαταβάντι ὀλίγον θεοί, παρέχονται δὲ καὶ οὗτοι σχῆμα τετράγωνον, Ἐργάται δέ ἐστιν αὐτοῖς ἐπίκλησις, Ἀθηνᾶ τε Ἐργάνη καὶ Ἀπόλλων Ἀγυιεύς. τῷ δὲ Ἑρμῇ καὶ Ἡρακλεῖ καὶ Εἰλειθυίᾳ πρόσεστιν ἐξ ἐπῶν τῶν Ὁμήρου φήμη, τῷ μὲν Διός τε αὐτὸν διάκονον εἶναι καὶ ὑπὸ τὸν Ἅιδην ἄγειν τῶν ἀπογινομένων τὰς ψυχάς, Ἡρακλεῖ δὲ ὡς πολλούς τε καὶ χαλεποὺς τελέσειεν ἄθλους· Εἰλειθυίᾳ δὲ ἐποίησεν ἐν Ἰλιάδι ὠδῖνας γυναικῶν μέλειν.*

Paus. VIII 31, 7: *Κεῖται δὲ ἐντὸς τοῦ περιβόλου θεῶν τοσάδε ἄλλων ἀγάλματα, τὸ τετράγωνον παρεχόμενα σχῆμα, Ἑρμῆς τε ἐπίκλησιν Ἀγήτωρ κ. τ. λ.*

Paus. VIII 34, 6: *καὶ ἀπ' αὐτῆς στάδια εἴκοσί ἐστιν ἐπὶ τὸ Ἑρμαῖον, ἐς ὃ Μεσσηνίοις καὶ Μεγαλοπολίταις εἰσὶν ὅροι· πεποίηνται δὲ αὐτόθι καὶ Ἑρμῆν ἐπὶ στήλῃ.*

Paus. VIII 35, 2: *Φαιδρίου δὲ ὡς πέντε ἀπέχει καὶ δέκα σταδίους κατὰ Δέσποιναν ὀνομαζόμενον Ἑρμαῖον, ὅροι Μεσσηνίων πρὸς Μεγαλοπολίτας καὶ οὗτοι, καὶ ἀγάλματα οὐ μεγάλα Δεσποίνης τε καὶ Δήμητρος, ἔτι δὲ καὶ Ἑρμοῦ πεποίηται καὶ Ἡρακλέους, δοκεῖν δέ μοι καὶ τὸ ὑπὸ Δαιδάλου ποιηθὲν τῷ Ἡρακλεῖ ξόανον ἐν μεθορίῳ τῆς Μεσσηνίας καὶ Ἀρκάδων ἐνταῦθα εἱστήκει.*

Methydrion.

Theopomp. bei Porphyr. de abst. II 16: *Τὸν δὲ Κλέαρχον φάναι ἐπιτελεῖν καὶ σπουδαίως θύειν ἐν τοῖς προσήκουσι χρόνοις, κατὰ μῆνα ἕκαστον ταῖς νουμηνίαις στεφανοῦντα καὶ φαιδρύνοντα τὸν Ἑρμῆν καὶ τὴν Ἑκάτην, καὶ τὰ λοιπὰ τῶν ἱερῶν, ἃ δη τοὺς προγόνους καταλιπεῖν, καὶ τιμᾶν λιβανωτοῖς καὶ ψαιστοῖς καὶ ποπάνοις.*

Nonakris.

Lycophr. 680: *Νωνακριάτης τρικέφαλος φαιδρὸς θεός.*

Tzetz. Lyc. 680: *Νωνακρία γὰρ πόλις Ἀρκαδίας, ἔνθα τιμᾶται ὁ Ἑρμῆς.*

Steph. B. s. v. *Νώνακρις· Νωνακριάτης, ὁ Ἑρμῆς.*

Pallantion.

Paus. VIII 43, 2: *Φασὶ δὲ γενέσθαι καὶ γνώμην καὶ τὰ ἐς πόλεμον ἄριστον τῶν Ἀρκάδων ὄνομα Εὔανδρον, παῖδα δὲ αὐτὸν νύμφης τε εἶναι, θυγατρὸς τοῦ Λάδωνος, καὶ Ἑρμοῦ.*

Dion. Hal. I 31, 1: *Μετὰ δὲ οὐ πολὺν χρόνον στόλος ἄλλος Ἑλληνικὸς εἰς ταῦτα τὰ χωρία τῆς Ἰταλίας κατάγεται, ἑξηκοστῷ μάλιστα ἔτει πρότερον τῶν Τρωικῶν, ὡς αὐτοὶ Ῥωμαῖοι λέγουσιν, ἐκ Παλλαντίου πόλεως Ἀρκαδικῆς ἀναστάς. ἡγεῖτο δὲ τῆς ἀποικίας Εὔανδρος Ερμοῦ λεγόμενος καὶ νύμφης τινὸς Ἀρκάσιν ἐπιχωρίας, ἣν οἱ μὲν Ἕλληνες Θέμιν εἶναι λέγουσι καὶ θεοφόρητον ἀναφαίνουσιν, οἱ δὲ τὰς Ῥωμαϊκὰς συγγράψαντες ἀρχαιολογίας τῇ πατρίῳ γλώσσῃ Καρμέντην ὀνομάζουσιν· εἴη δ' ἂν Ἑλλάδι φωνῇ Θεσπιωδὸς τῇ νύμφῃ τοὔνομα· τὰς μὲν γὰρ ᾠδὰς καλοῦσι Ῥωμαῖοι κάρμινα, τὴν δὲ γυναῖκα ταύτην ὁμολογοῦσι δαιμονίῳ πνεύματι κατάσχετον γενομένην τὰ μέλλοντα συμβαίνειν τῷ πλήθει δι' ᾠδῆς προλέγειν.*[1])

Pheneos.

Paus. VIII 14, 10: *θεῶν δὲ τιμῶσιν Ἑρμῆν Φενεᾶται μάλιστα καὶ ἀγῶνα ἄγουσιν Ἕρμαια, καὶ ναός ἐστιν Ἑρμοῦ σφίσι καὶ ἄγαλμα λίθου· τοῦτο ἐποίησεν ἀνὴρ Ἀθηναῖος Εὔχειρ [ὁ] Εὐβουλίδου. ὄπισθεν δέ ἐστι τοῦ ναοῦ τάφος Μυρτίλου, τοῦτον Ἑρμοῦ παῖδα εἶναι Μυρτίλον λέγουσιν Ἕλληνες, ἡνιοχεῖν δὲ αὐτὸν Οἰνομάῳ.*[2])

Polemon. Schol. Pind. Ol. VII 153: *πολλοὶ δὲ ἄγονται ἀγῶνες ἐν Ἀρκαδίᾳ, Λύκαια, Κόρεια, Ἀλεαῖα, Ἕρμαια.*

---

1) Heroische Verehrung des Euandros in Pallantion bezeugt Paus. VIII 44, 5.

2) vgl. Soph. El. 508 u. d. Schol. dazu, Paus. V 1, 7. Schol. Ap. Rh. I 752. Dio Chrys. 32 p. 385 M. u. A.

Schol. Pind. Ol. VI 144: ἐναγωνίου δὲ ὄντος τοῦ θεοῦ φησιν ὅτι οἱ περὶ τὸν Ἀγησίαν διὰ τὴν συγγένειαν, ἐπειδὴ καὶ ὁ Ἑρμῆς ἐν Ἀρκαδίᾳ, εἰκότως νικῶσιν.

Inschr. Arch. Z. 1877 S. 47:

καὶ μὰν καὶ Λουσοί με κατέστεφον ἠδ' Ἐπίδαυρος
καὶ Φένεος Νεμέα τ' ἴαχον ἀθλοφόρον.

Paus. V 27, 8: Ὁ δὲ Ἑρμῆς ὁ τὸν κριὸν φέρων ὑπὸ τῇ μασχάλῃ καὶ ἐπικείμενος τῇ κεφαλῇ κυνῆν καὶ χιτῶνά τε καὶ χλαμύδα ἐνδεδυκὼς, οὐ τῶν Φόρμιδος ἔτι ἀναθημάτων ἐστὶν, ὑπὸ δὲ Ἀρκάδων ἐκ Φενεοῦ δέδοται τῷ θεῷ. Ὀνάταν δὲ τὸν Αἰγινήτην σὺν δὲ αὐτῷ Καλλιτέλην ἐργάσασθαι λέγει τὸ ἐπίγραμμα· δοκεῖν δέ μοι τοῦ Ὀνάτα μαθητὴς ἢ παῖς ὁ Καλλιτέλης ἦν.

Kaibel epigr. gr. 781, 11:

ἀλλ' ἀσινὴς ἔρχευ καὶ ἀπ' Ἀρκαδίης τεμενουρὸν
Ἑρμῆν οὐ μέμψει τρηχέος ἐχ Φενεοῦ.

Cic. de nat. deor. III 56: quintus (Mercurius), quem colunt Pheneatae, quod Argum dicitur interemisse ob eamque causam Aegyptum profugisse atque Aegyptiis leges et litteras tradidisse.

Paus. VIII 16, 1: τοῦ Γεροντείου δὲ ἐν ἀριστερᾷ διὰ τῆς Φενεατικῆς ὁδεύοντι ὄρη Φενεατῶν ἐστὶ Τρίκρηνα καλούμενα, καί εἰσιν αὐτόθι κρῆναι τρεῖς· ἐν ταύταις λοῦσαι τεχθέντα Ἑρμῆν αἱ περὶ τὸ ὄρος λέγονται Νύμφαι, καὶ ἐπὶ τούτῳ τὰς πηγὰς ἱερὰς Ἑρμοῦ νομίζονται.

Imhoof-Blumer: Monn. gr. 205 A. 74: Eberkopf aus Bronze in Winterthur mit der Inschrift: *ΕΡΜΑΝΟΣ ΦΕΝΕΟΙ.*

Münzen: Mionnet II 252 n. 52: *ΦΕΝΕΩΝ · ΑΡΚΑΣ* Mercure marchant à gauche tenant dans la main dr. son caducée et portant sur le bras gauche la penula et un jeune enfant.[1]) R. Demeter. 4tes Jahrh. (vgl. Suppl. IV 285 n. 77). Journ. of Hell. stud. VII 101. Hermes wearing petasos and chlamys seated on rock. holds in right caduceus, left rests on rock. 4tes Jahrh. Mionnet Suppl. IV 285 n. 78: Tête de Mercure à dr. avec le pétase attaché par derriere. R. bélier

1) vgl. Apollod. III 8, 2. Hyg. f. 224.

(vgl. Arch. Z. IV 301 n. 48). Mitt. d. arch. Inst. z. Athen I 173 (Pellerin Recueil de méd. de peuples et de villes III T. 117, 12): Hermeskopf mit Petasos. R. weidendes Pferd *ΕΠΙ ΙΕΡΕΩΣ-ΕΡΜΑΞΟΟΥ.* Mionnet: Suppl. IV 252 n. 88: Plautilla. *ΦΕΝΕΑΤΩΝ* Mercure nu debout à g. tenant de la main dr. une bourse et de la g. son caducée et la penula; devant un terme. n. 83: Caracalla: *ΦΕΝΕΑΤΩΝ* Mercure nu debout tenant de la main g. un caducée et le strophium, et la dr. au dessus d'un autel. Journ. of Hell. stud. VII 101: Terme-like figure of Hermes clad in himation and holding caduceus in r. hand; end of garment wrapped round l. arm. vgl. noch Leake Eur. Sup. 140. Cat. of gr. coins in the Brit. Mus. Pelop. 193 ff. XXXVI 1—7. Friedländer u. v. Sallet: das kgl. Münzkab. II 153.

Phigalia.

Paus. VIII 39, 6: *Ἐν δὲ τῷ γυμνασίῳ τὸ ἄγαλμα τοῦ Ἑρμοῦ ἀμπεχομένῳ μὲν ἔοικεν ἱμάτιον, καταλήγει δὲ οὐκ ἐς πόδας, ἀλλὰ ἐς τὸ τετράγωνον σχῆμα.*

Münzen: Journ. of Hell. stud. VII 110: Terme-like figure of Hermes clad in himation and holding caduceus in r. hand; end of garment wrapped round l. arm. vgl. Mionnet Suppl. IV 290 n. 100. Leake Eur. Sup. 90.

Stymphalos.

Aesch. Psychagog. bei Arist. ran. 1266: *Ἑρμᾶν μὲν πρόγονον τίομεν γένος οἱ περὶ λίμναν.*[1])

Tegea.

Paus. VIII 47, 4: *ἀπωτέρω δὲ τῆς κρήνης ὅσον σταδίοις τρισίν ἐστιν Ἑρμοῦ ναὸς Αἰπύτου.*

Kirchhoff Gesch. d. gr. Alph.[3] 149: *Ποσειδᾶνος, Ἑρμᾶ[νο]ς Ἡρακλέ[ο]ς Χαρ[ί]τ[ων].*

Lebas-Foucart 345e: *Ἑρμῇ χαῖρε.*

---

1) vgl. Schol. Arist. ran. 1266.

Thelpusa.

Münze: Journ. of Hell. stud. VII 106: Hermes holds purse and caduceus. Geta.

Arkadien wurde von den Alten als der Hauptsitz des Hermeskultes betrachtet: Keine der Geburtslegenden des Gottes hat ähnliche Popularität erlangt, wie die vom Berge Kyllene. Da aber bekanntlich die Bedeutung eines Kultes keine Rückschlüsse auf sein Alter gestattet, und da ein Land, welches die Geburtsstätte eines Gottes zu sein sich rühmt, durchaus nicht auch der ursprüngliche Stammsitz seiner Verehrer zu sein braucht, so wollen wir uns zunächst einmal diese arkadischen Hermesdiener etwas genauer ansehn.

Wie gelegentlich der Poseidonkulte schon angedeutet worden ist, hat sich in Arkadien ein starker thessalischer Volksstamm niedergelassen. Diese Thessaler werden in der arkadischen Genealogie durch Elatos vertreten, der neben Apheidas und Azan zum Sohne des Arkas gemacht wurde. Dieser Elatos, dessen Name seine Herkunft deutlich beweist[1]), erhält bei der Teilung des Landes die Gegend des Kyllenegebirges[2]), also grade die Hauptstätte des Hermeskults. Hier also hatte sich die Hauptmasse der eingewanderten Thessaler niedergelassen. Die Macht dieser Einwanderer zeigen die Worte Apollodors (III 9, 1): οὗτοι τὴν γῆν ἐμερίσαντο, τὸ δὲ πᾶν κράτος εἶχεν Ἔλατος.

Haben nun die Thessaler den in ihrem Gebiet heimischen Hermeskult mitgebracht, oder gehört derselbe dem dort vor ihnen ansässigen Volksstamme an, oder endlich, wurde er erst später von dritter Seite eingeführt?

Zur Beantwortung dieser Frage mufs zunächst untersucht werden, ob in Thessalien selbst ein alter bedeutender Hermeskult bestand. Wir wissen von einem thessalischen

---

1) Er soll auch der Gründer des phokischen Elateia gewesen sein und dort die Phlegyer bekämpft haben, während er doch offenbar selbst den Phlegyern nahe steht.

2) Paus. VIII 4, 4.

Monat Hermaios[1]), doch findet sich ein solcher auch in Boiotien[2]), wo sicher bedeutender Hermeskult bestand, kann also importirt sein. Dann hören wir von verschiedenen thessalischen Hermessöhnen[3]), doch brauchen solche in die Genealogieen verflochtenen Göttersöhne noch keinen alten Kult zu verbürgen. Noch weniger ist auf die erst von Propertius überlieferte Sage von der Liebe des Hermes zur Brimo am Boibeischen See[4]) zu geben. Denn die Stütze, welche ein alter Hermeskult in Pherai durch die Worte des Kallimachos fr. 117: *Ἑρμᾶς ὅ περ Φεραῖος αἰνέαι θεός* erhalten würde, wird dadurch wieder beseitigt, dafs eventuell *Φαραῖος* zu lesen ist, womit dann das achaiische Pharai, wo ein starker Hermeskult bestand[5]), gemeint wäre. Wenn der homerische Hymnos die Sage vom Rinderraube nach Pierien verlegt, so geschieht dies, weil dort der Sitz des Apollon ist. Auch die Inschriften bieten schliefslich nur geringe Ausbeute für die Constatirung des Hermeskults. Wenn also auch in Thessalien ein verhältnismäfsig starker Hermeskult bestand, so war derselbe doch keineswegs so bedeutend, um an und für sich zu dem Schlusse zu zwingen, die thessalischen Einwanderer hätten diesen Kult nach Arkadien mitgebracht.

Im Gegenteil scheint ein gewisser Gegensatz zwischen den Hermesverehrern und den Thessalern in Arkadien zu bestehen. Betrachten wir zur Erläuterung dieses Umstandes einmal die arkadische Genealogie etwas genauer: Dem Elatos werden von den verschiedenen Quellen im Ganzen fünf Söhne zugewiesen: Aipytos, Pereus, Kyllen, Ischys und Stymphalos. Diese Namen sind sämmtlich sehr durchsichtig. Zunächst sind Kyllen und Stymphalos nachträglich zurechtgemachte Eponymen, scheiden also von vorn herein aus. Ischys ist aus dem Asklepioskult herüber genommen und dient zur

---

1) Bischoff Leipz. Stud. VII 328 ff.

2) Plut. fr. comm. Hes. 29. Procl. in Hes. opp. 502. Bischoff a. a. O. 343.

3) Il. XVI 179 ff. Apoll. Rh. I 51 ff.

4) Prop. II 2, 11.

5) Paus. VII 22, 2 ff.

Erklärung der von den Thessalern eingeführten Verehrung dieses Gottes in Arkadien. Pereus ist nur seiner Tochter Neaira halber eingeschoben, welche den Aleos, den Sohn des Apheidas, heiratet und so zur Vermittelung zwischen den Thessalern und den Apheidanten von Tegea dient. Nach einer anderen Version[1]) heiratet jedoch Neaira nicht den Aleos, sondern den Autolykos, einen Sohn des Hermes. Damit werden wir zur Erkenntnis des Charakters des letzten Elatossohnes, des Aipytos, übergeleitet. Dieser ist nämlich ebenfalls eine Hypostase des Hermes, wie die Verehrung des Hermes Aipytos in Tegea beweist. Sein Grab im Kyllenegebirge nennt schon die Ilias.[2]) Dieser Aipytos vertritt also die Hermesverehrer in der Genealogie. Dafs er aber ebensowenig ein echter Sohn des thessalischen Elatos ist, wie dieser einer des arkadischen Arkas war, beweist der Umstand, dafs er, resp. seine Nachfolger, sich den Thessalern mehrfach unangenehm erweisen. So bestand in Mantineia ein, wie wir sahen, von den Thessalern stark beeinflufster Kult des Poseidon Hippios, dessen Tempel nicht betreten werden durfte und durch einen Faden abgesperrt war. Diesen Faden durchschneidet der König Aipytos und dringt in den Tempel. Zur Strafe blendet ihn der Salzquell im Tempel, und er stirbt.[3]) Dieser Aipytos ist der zweite seines Namens. Denn während Aipytos I anscheinend kinderlos stirbt, und das Elatidengeschlecht sich durch Stymphalos mit den gut thessalischen Namen Agamedes, Kerkyon und Hippothoos fortpflanzt, taucht als Sohn dieses Hippothoos wieder ein Aipytos auf. Da dieser Aipytos offenbar dem thessalischen Kult feindlich ist, so bedeutet sein Erscheinen in der Genealogie ein Ueberwiegen der Hermesverehrer über die Thessaler, welche also keinesfalls identisch sein können. Da ferner der erste Aipytos an der Kyllene begraben liegt, der zweite aber König in Mantineia ist, so beweist dies ein Fortschreiten des Kults, resp. seiner Verehrer, in der Richtung Kyllene-Mantineia.

1) Paus. VIII 4, 6.
2) Il. II 603.
3) Paus. VIII 10, 3.

Dies Uebergewicht der Hermesdiener dauert jetzt an, wenn auch Aipytos vorläufig bestraft wird, und zeigt sich deutlich in der immer gröſseren Bedeutung des Kyllenischen Hermes im eigentlichen Thessalergebiet. Denn obgleich auch in Pheneos ein alter thessalischer Kult des Poseidon Hippios auf der Burg bestand, zeigen die Münzen von Pheneos als Gegenbild des Hermes ein weidendes Pferd. Der Thessalergott ist also aus seinem ureigensten Gebiet verdrängt.

Die Aipytiden führen uns nun in grader Linie nach Messenien, dessen Königsgeschlecht sie bilden. Der Sohn Aipytos des Zweiten, Kypselos, vermählt seine Tochter Merope mit dem Messenier Kresphontes. Aus dieser Ehe geht wieder ein Aipytos hervor, der Eponymos der messenischen Dynastie.[1]) Bemerkenswert ist aber, daſs schon ein Neleide Aipytos als Oikist von Priene figurirt.[2]) In Messenien besteht nun ein alter und hochbedeutender Hermeskult: In Andania finden wir Verehrung von Apollon Karneios und Hermes neben Demeter und Kore.[3]) In Messene und auf Ithome ist Hermeskult bezeugt.[4]) In Pharai wird als Eponymos ein Sohn des Hermes verehrt.[5]) Vor allem aber gehört der älteste Hermesmythos vom Diebstahl der Rinder des Apollon nach Messenien. Hierher, nach Pylos, bringt der Gott die Rinder.[6]) Hier nur hat der Raub der Rinder des Sonnengottes Sinn, denn hier wird Apollon neben Hermes verehrt, während in Arkadien Pan der Sonnengott ist, und Apollon diese Bedeutung dort wohl nie gehabt hat. In Messenien sind auch wohl die *Βάττου σκοπιαὶ*[7]) mit der Sage

1) vgl. Paus. IV 3, 6 ff.

2) Paus. VII 2, 10. Strabo XIV 633.

3) Paus. IV 1, 8. IV 33, 4. Dittenberger Syll. 388.

4) Paus. IV 32, 1. IV 33, 3.

5) Paus. IV 30, 2. vgl. C. I. G. 1461.

6) Wenn H. D. Müller (Myth. d. gr. St. II 269 ff.) meint, der Dichter des homerischen Hymnos habe Pylos willkürlich genannt in Erinnerung an den Melampusmythos, der hier heimisch ist, so widerlegt sich dies dadurch, daſs, wie wir oben sahen, ein Neleide den charakteristischen Hermesnamen Aipytos trägt.

7) Antonin. Lib. 23 (Nikander).

vom geschwätzigen Alten zu suchen, welche der homerische Hymnos nach dem boiotischen Onchestos verlegt. Beziehungen des messenischen Hermeskults zum boiotischen finden sich übrigens auch in der Sage vom Methapos, der den Kult von Andania, wie den von Theben, eingerichtet haben soll.[1])

Haben wir somit die Uebereinstimmung des messenischen und des nordarkadischen Hermeskultes constatirt, so gilt es jetzt die Zwischenglieder festzustellen, welche diese Wanderung des Kults vermittelt haben. Da finden wir zunächst in der von Pindar Ol. VI überlieferten Euadnesage den Aipytos in Phaisana am Alpheios lokalisirt. Und zwar ist dies unser Aipytos I, denn Pindar nennt ihn Sohn des Elatos und weifs von seiner Uebersiedelung nach Nordarkadien, da er als Nachkommen der Euadne die Iamiden von Stymphalos feiert. Wieder ein Zeichen, wie wenig dieser Aipytos mit dem Thessaler Elatos zu tun hat. Euadne, die dem Aipytos zur Pflege übergeben ist, wird von Apollon Mutter des Iamos. Wir haben also hier wieder dieselbe Verbindung von Apollon und Hermes, wie im Mythos vom Rinderdiebstahl. Da Aipytos nach Delphi geht, um den Apollon wegen der Schwangerschaft der Euadne zu befragen, so dürfen wir uns nicht wundern, wenn wir diesem jüngeren Zug des Mythos entsprechend ein Heiligtum des Apollon Pythios in der Pheneatis antreffen werden.[2]) Die Gegend von Phaisana identificirt Boeckh[3]) mit Recht mit der von Pausanias[4]) erwähnten Aipytis[5]), die sich von der messenischen Grenze bis zum Alpheios erstreckte. In der Aipytis finden wir wiederum auch Apollonverehrung an den Quellen des Karnion.[6])

Eine zweite Uebergangsbrücke zwischen Messenien und Arkadien bildet das Lykaiongebiet. Hier haben wir Akakesion mit einer selbstständigen Geburtslegende des Hermes.

---

1) Paus. IV 1, 7.
2) Paus. VIII 15, 5. Plut. ser. num. vind. 12.
3) Expl. Pind. p. 157.
4) Paus. VIII 34, 5. vgl. 27, 4.
5) vgl. C. O. Müller: Dorier I 373.
6) Paus. VIII 34, 5.

Daneben finden wir den Kult des Apollon Pythios oder Parrhasios, der seinerseits wieder in Beziehungen zum Apollon Epikurios von Phigalia steht.[1]) Dieses abgeschiedene Bergland besafs eine besondere Kraft, fremde Kulte aufzusaugen und ihnen sein Lokalgepräge aufzudrücken. Wie es aus den von Messenien kommenden Hermes- und Apollonkulten einen Hermes Akakesios und einen Apollon Parrhasios macht, so geht aus dem gleichfalls messenischen Kult der grofsen Göttinnen hier die selbstständige Figur der Despoina hervor. Und damit stimmt das Nebeneinanderbestehen der doch auf sehr verwandter Grundlage beruhenden Zeuskulte vom Lykaion und von Ithome.

Vom Alpheios aus können wir den Hermeskult durch Elis verfolgen. Vermitteln hier schon die Iamiden die Verbindung mit Nordarkadien, so bildet einen zweiten Anknüpfungspunkt der Hermessohn Myrtilos, der Wagenlenker des Oinomaos, dessen Grab in Pheneos war. In Olympia finden wir den Kult durch einen gemeinsamen Altar des Hermes und des Apollon repraesentirt.[2]) Die Beziehungen zu Pheneos illustrirt ferner der von den Pheneaten nach Olympia geweihte Hermes Kriophoros, den wir oben kennen lernten. Noch deutlicher spricht schon durch den Ortsnamen der Kult im elischen Kyllene.[3]) Da ist es denn höchst bezeichnend, dafs nach Pausanias VIII 4, 4 die arkadische Kyllene noch namenlos war, als Elatos dies Gebiet erhielt, und dafs die Verfasser der arkadischen Genealogie, denen die Herkunft des Hermeskultes nicht mehr erinnerlich war, einen besonderen Kyllen als Sohn des Elatos einschieben mufsten.

Von Elis gelangt der Hermeskult nach Achaia, wo der Hermeskult von Pharai dem der gleichnamigen messenischen Stadt entspricht, und wo die Bildsäule des Gottes ein Weihgeschenk des Messeniers Simylos ist.[4])

Damit wäre denn die Wanderung des Hermeskults von

---

1) Paus. VIII 38, 8. C. I. G. 1534.
2) Paus. V 14, 8. Herodor. im Schol. Pind. Ol. V 10.
3) Paus. VI 26, 5 u. A.
4) Paus. VII 22, 2 ff.

Elis und Messenien nach Nordakadien in ihren einzelnen Etappen klargelegt. Dafs dieselbe nicht etwa in umgekehrter Richtung erfolgt ist, das beweisen die Gräber des Aipytos und des Myrtilos in der Pheneatis und das Nichtbestehen des Namens Kyllene in Arkadien zur Zeit des Elatos. Aus dem Gesagten geht aber auch hervor, dafs die Einwanderung der Hermesdiener entschieden jünger sein mufs, als die der Thessaler, deren Kulte von ihnen teilweise verdrängt wurden. Der schon vorhandenen thessalischen Genealogie fügen sie ihren Aipytos ein, und die arkadische Genealogie beherrschen sie von Aipytos II an vollständig. Denn auch über den Osten Arkadiens breiten sie sich aus, wie die Sage vom König Aipytos in Mantineia und die Verehrung des Hermes Aipytos in Tegea beweisen. In der Genealogie drückt sich dies so aus, dafs nach den Apheidantischen Königen Aleos, Lykurgos, Echemos und Agapenor, die in Tegea residiren, Hippothoos, der Vater des zweiten Aipytos, König der Arkader wird. Auch hier ist also der Hermeskult bedeutend jünger, als der einheimische Athenakult. Wir haben also hier wiederum einen Beweis für die Tatsache, dafs das Alter der Ueberlieferung — hier der homerische Hymnos — durchaus nicht im gleichen Verhältnis zum Alter des Kults steht, wie immer noch vielfach fälschlich angenommen wird. Vielleicht erlauben schliefslich die hier aufgezeigten messenischen Einflüsse einen Rückschlufs auf das Bündnis zwischen den Messeniern und den Arkadern in den messenischen Kriegen.

Hier mufs die Untersuchung auf einen Augenblick Halt machen. Ich habe bisher mit Absicht vermieden, auf die heutzutage wohl allgemein recipirte, nach Otfried Müllers Vorgang von H. D. Müller[1]) nachgewiesene Tatsache einzugehen, dafs Hermes und Demeter die Stammesgötter der argivischen Kadmeionen sind, welche aus Thessalien nach Theben gelangen und dort — wie die neuere Forschung gezeigt hat — durch Zusammentreffen mit thrakischen Aonen und tyrsenischen Pelasgern den Thebischen Kultcomplex

1) Myth. d. gr. St. II 269 ff.

bilden. Die Südargiver hingegen läfst H. D. Müller schon vorher sich von den Kadmeionen trennen und durch Boiotien und Megaris in die Peloponnes ziehen. Sein Hauptargument dafür besteht darin, dafs sich die Kennzeichen der Religionsmischung mit den tyrsenischen Pelasgern, speciell die Kabiren, in Argolis nicht nachweisen lassen. Die Hermeskulte in der übrigen Peloponnes erklärte er als Ueberreste versprengter Teile dieser Südargiver. Da wir nun aber ohne Rücksicht auf diese letztere Hypothese an die Untersuchung der Hermeskulte gegangen sind, und da diese Untersuchung ein ununterbrochenes, etappenmäfsiges Fortschreiten des Hermeskultes aus Messenien durch Elis, Achaia, das Kyllenegebiet bis nach Ostarkadien hin ergeben hat, so mufs diese Hypothese von versprengten südargivischen Haufen als beseitigt gelten. Da nun nicht wohl anzunehmen ist, dafs die Südargiver von Messenien her in die Peloponnes gelangt sind, so kommen dieselben hier wohl überhaupt nicht in Frage, besonders, wenn, wie wir gleich sehen werden, die Mischung mit aonisch-tyrsenischen Elementen bei unseren Kulten sehr wohl constatirbar ist. Wo in aller Welt kommt also dieser Argiverstamm her? Denn wenn auch eine Rückverfolgung des Hermeskults bis in seine Uranfänge hier unmöglich unsere Aufgabe sein kann, und wenn auch unser Verfahren im vorliegenden Fall in keiner Weise ein Praecedens für die Behandlung der anderen arkadischen Kulte abgeben soll und darf, so mufs doch zu einer so gewichtigen Tatsache, wie die H. D. Müllerschen Ergebnisse, die mit den unsrigen in Widerspruch zu stehen scheinen, Stellung genommen werden.

Einen Versuch zu einer Verbindung der Kyllenischen Hermeskulte mit den Nordagivern hat bereits Tümpel[1]) gemacht. Seine Argumentation ist folgende: Die mit Kadmeischen Elementen verschmolzenen tyrsenischen Pelasger kommen auf ihrer — zuletzt von O. Crusius[2]) in übersichtlichster Weise dargestellten — Wanderung von Theben nach

1) Jahrb. f. cl. Phil. CXXXVII 58 ff.

2) Beitr. z. gr. Myth. u. Religionsgesch. Progr. d. Leipziger Thomasschule 1886.

Samothrake und den nördlichen Teilen des Aigaiischen Meeres zunächst nach Attika. Hier findet sich neben anderen Merkmalen ihrer Anwesenheit ein Kult der Aphrodite *Κωλιάς* am gleichnamigen Vorgebirge.[1]) Dem entspricht ein Kult am Hymettos, dem eigentlichen Sitze der tyrsenischen Pelasger in Attika[2]), wo in einer Grotte *Κύλλου πήρα* eine Aphrodite *Κυλία* oder *Καλία* verehrt wurde.[3]) Diese *Κυλία* will Tümpel nun an der Kyllene wiederfinden. Im Kult des elischen sowohl wie der arkadischen Kyllene, sagt er, wird ein Phallos verehrt, das ausdrückliche Kennzeichen der pelasgischen Hermesstatuen bei Herodot.[4]) Im elischen Kyllene ist mit diesem Phalloskult ein Aphroditekult verbunden.[5]) Also ist eine solche Kultverbindung auch in Arkadien vorauszusetzen. Bestätigt wird diese Annahme dadurch, dafs Samon, der Oikist von Samothrake, Sohn des Hermes und der Nymphe *Κυλληνὶς Ῥήνη* genannt wird.[6]) Beachtenswert ist ferner die Notiz, dafs Pelasger unter Euandros an der arkadischen Kyllene wohnen und sich vor den Tyrrhenern in Italien niederlassen.[7]) Wenn H. D. Müller und Crusius das Phallossymbol für südargivisch, der Stiergestalt des südargivischen Hermes entsprechend, erklären, so meint Tümpel, dasselbe sei, da es in Thessalien nicht nachweisbar ist, der Vereinigung der Kadmeionen mit den Tyrsenern, d. h. einem der Aphrodite gepaarten Kabeiros zuzuschreiben. Dem möchte ich hinzufügen, dafs wir Kabiren doch offenbar in den Katharoi im Demeterkult von Pallantion[8]), der Vaterstadt des Euandros, zu erkennen haben.

Durch die Ausführungen Tümpels ist jedenfalls der

---

1) Schol. Ar. nub. 52. Hesych. s. v. *Κωλιάς*.

2) Hecat. bei Herod. VI 137.

3) Aristoph. fr. 273. Hesych., Phot., Suid. s. v. *Κύλλου πήρα*. Hesych. s. v. *Κίλλεια*. Zenob. II 37.

4) Herod. II 52.

5) Paus. VI 26, 5.

6) Dion. Hal. I 61.

7) Eust. zu Dion. Per. 347. Euandros selbst wird Sohn des Hermes und einer Tochter des Ladon genannt. Paus. VIII 43, 2.

8) Paus. VIII 44, 5.

Beweis erbracht, daſs die auſserargolischen Hermeskulte der Peloponnes mit den Südargivern nichts zu tun haben. Wie aber ist die Anknüpfung an die Kadmeionen-Tyrsenergruppe zu denken, da deren Wanderung doch über Attika nach Samothrake etc. geht?

Hier sei einer Hypothese die Beantwortung gestattet: Ein Teil der Kadmeionen gelangt nach Illyrien, denn Kadmos und Harmonia leben dort als Herrscher der Encheleer und beschlieſsen daselbst ihr Leben, indem sie sich in Schlangen verwandeln.[1]) Damit befinden wir uns an den Küsten des ionischen Meeres, wie in Messenien. Da berührt es nun auffällig, daſs nach der Erzählung des Pausanias Aipytos der Erste in der arkadischen Kyllene an einem Schlangenbiſs seinen Tod findet und an Ort und Stelle begraben wird.[2]) Wo aber sind die Verbindungsstationen? Sie liefert uns die andere Stammeshälfte, die tyrsenischen Pelasger. Am Vorgebirge Aktion wird Aphrodite Aineias verehrt; ebenso auf Zakynthos.[3]) Die Burg von Zakynthos heiſst Psophis.[4]) Im arkadischen Psophis herrscht starker Aphroditekult, angeblich vom sicilischen Eryx aus begründet.[5]) Eryx aber ist die Hauptstadt der sicilischen Elymer[6]), und Elymos ist uns als König der Tyrsener bekannt.[7]) Ebenso wollen die Elymer aus der Troas stammen, wo bekanntlich tyrsenische Pelasger sich niedergelassen haben. Zakynthos, der Oikist der gleichnamigen Insel, wird Psophidier aus Arkadien genannt.[8]) Dieser Zakynthos ist ein Sohn des Dardanos.[9]) Dardanos aber war, wie wir schon bei den Athenakulten sahen, in Pheneos ansässig.[10]) Damit wären wir also wieder an der arkadischen

1) Apollod. III 5, 4. Hyg. f. 6 u. A.
2) Paus. VIII 4, 7.
3) Dion. Hal. I 50. 53.
4) Paus. VIII 24, 3.
5) Paus. VIII 24, 2.
6) Thuc. VI 2, 6.
7) Steph. B. s. vv. *Αἰάνη* u. *Ἐλυμία*.
8) Paus. VIII 24, 3.
9) Dion. Hal. I 50. Paus. a. a. O.
10) Serv. Verg. Aen. III 167.

Kyllene angelangt. Wenn wir nun die Ortsnamen Patrai am Lychnidossee, wo nach Polybios[1]) Encheleer safsen, Kyllene in Aitolien, Pharai in Boiotien finden, so dürfen wohl auch diese Uebereinstimmungen mit den peloponnesischen Namen hier Erwähnung finden. Weiter aber auf diese Hypothese, die eben absolut nichts anderes als eine solche sein soll, einzugehen, verbietet uns der schon mehr als zulässig überschrittene Rahmen der hier zu führenden Untersuchung.

Gehen wir nunmehr zur Betrachtung der einzelnen Kulte, wie sie sich im Laufe der Zeit entwickelt haben, über. Im Hermes will bekanntlich Roscher[2]) den Windgott erkennen, und der „Hohlberg" Kyllene mit seinem über die Wolken emporragenden Gipfel, von dem die Winde die Asche der Opfertiere nicht forttragen, scheint ja zu dieser Auffassung ganz gut zu passen. Man mag nun über den Wert der physikalischen Mythendeutung denken wie man will, jedenfalls ist dieser vorgeblich ursprüngliche Charakter des Gottes in Arkadien nicht mehr zu erkennen. Schon der Mythos vom Rinderdiebstahl zeigt den Gott in seiner für das ältere Arkadien typischen Form als Heerdengott. Denn wenn man auch die Heerden des Apollon oder des Helios als die Wolken am Himmel deuten will[3]), so sieht doch schon der homerische Hymnos in dem betreffenden Mythos, wie H. D. Müller[4]) und Plew[5]) nachgewiesen haben, nur noch den Streit und die Aussöhnung der beiden Heerden beschützenden Götter Hermes und Apollon um den gemeinschaftlichen Besitz.

In Arkadien allerdings kam Hermes als Heerdengott zunächst mit Pan, der hier die Stelle des Helios einnahm, in Conflict. Die spätere Sage sucht dies dadurch zu vermitteln, dafs sie Hermes zum Vater des Pan macht.[6])

1) Pol. V 108.

2) Hermes der Windgott Leipzig 1878. Nektar u. Ambrosia Leipzig 1883 S. 1 ff. Lexikon d. gr. u. röm. Mythol. I 2360 ff.

3) Roscher Hermes d. Windg. 42.

4) Myth. d. gr. St. II 275.

5) Jahrb. f. cl. Phil. 1870 S. 667 ff.

6) Luc. dial. deor. 22 u. A.

So finden wir den Hermes als Heerdengott im Kult von Pheneos. Und zwar erstreckte sich seine Fürsorge nicht nur auf das eigentliche Zuchtvieh, sondern die Tierwelt überhaupt war ihm heilig. Denn auf den Münzen von Pheneos findet sich neben dem Widder das weidende Pferd, und auch der Eber war, wie wir oben sahen, ihm heilig.

Im südlichen Arkadien hingegen, wo Pan als Heerdengott sich nicht so leicht verdrängen liefs, scheint die nicht minder altertümliche Bedeutung des Hermes als Enodios und Agetor die vorherrschende gewesen zu sein. So fanden wir sein Bild mehrfach mit kleinen Heiligtümern verbunden als Grenzzeichen in der Megalopolitis. In Megalopolis selbst hatte er ein Heiligtum als Agetor, und auch seine Zugehörigkeit zu den Ergatai daselbst scheint durch die Zusammenstellung mit dem Apollon Agyieus auf diese Bedeutung hinzuweisen. Allerdings könnte man durch die Zusammenstellung mit Eileithyia[1]) auch an Hermes Kurotrophos denken, als welcher der Gott in Pheneos verehrt wurde. Die Münzbilder zeigen ihn den kleinen Arkas tragend, welchen Zeus nach der Verwandlung der Kallisto der Maia zur Erziehung gegeben hatte.[2])

Als Agonios finden wir den Hermes in Phigalia, wo sein Bild im Gymnasion stand. Die gleiche Verehrung genofs er gemeinsam mit Herakles in Megalopolis beim Stadion und in Tegea. Vor allem ist hier aber wieder Pheneos zu nennen, der Sitz der Hermesspiele, über welche wir leider nur ganz unzureichende Nachrichten aus dem Altertum besitzen.

Als Gott der Musik zeigt den Hermes die nordarkadische Sage, welche ihn auf dem Berge Chelydorea die Lyra erfinden läfst. Auch in Megalopolis besafs er in dieser Eigenschaft ein gemeinsames Heiligtum mit Apollon und den Musen.

Dafs der Name Akakesios rein lokal aufzufassen ist, wurde schon oben betont. Es ist dies um so wahrscheinlicher, als der gleiche Name nach Megalopolis durch den

1) Vereinigung von Apollon, Hermes und Eileithyia finden wir auch im Euadnemythos.

2) Apollod. III 8, 2. Hyg. f. 224.

Synoikismos übertragen erscheint. Die antiken Erklärer versuchten diesen Beinamen mit dem *ἀκάκητα* Homers zu identificiren, und Kallimachos sagt direct Hermes Akakesios in der Bedeutung von *ἀκάκητα*. Da der Kult von Akakesion sicher messenischen Ursprungs ist und sich in unmittelbarer Nachbarschaft des gleichfalls messenischen Kultes der grofsen Göttinnen von Lykosura befindet, so wäre allerdings nicht unmöglich, dafs Hermes in den uns leider nicht genügend bekannten messenischen Mysterien einen derartigen Namen hatte und diesen Namen auf den Ort seiner Verehrung übertrug. Die Deutung des Pausanias auf einen gewissen Akakos dürfen wir wohl übergehen. Interessant ist allerdings bei dieser Version, dafs Hermes durch die Verbindung mit einem Lykaonsohne mit der Genealogie des in Megalopolis vereinigten arkadischen *Κοινόν* verknüpft wird, die als Gegensatz zur Arkasgenealogie der nordarkadischen Separatisten aufkam.[1]) Vielleicht ist die ganze Geburtslegende von Akakesion nur als Gegengewicht gegen die nordarkadische Kyllenegeburt erfunden. Immerhin ein bedeutsames Zeichen für das hohe Ansehn des Hermeskults in ganz Arkadien.

In Kultvereinigung mit Hermes haben wir bereits die grofsen Göttinnen und Apollon angetroffen. Während der Zusammenhang der ersteren mit unserm Gott keiner Erörterung bedarf, scheint die gemeinsame Verehrung von Hermes und Apollon zuletzt auf argolischen Ursprung zurückzugehen. Denn in Argolis und Messenien fafste neben dem argivischen Hermes der Apollon der Dryoper festen Fufs. Wieviel jedoch auch auf dorische Rechnung hier zu setzen ist, läfst sich schwer bestimmen. Ebenso erklärlich wie die gemeinsame Verehrung mit den grofsen Göttinnen erscheint nach den früheren Ausführungen die Kultvereinigung von Hermes und Aphrodite in Megalopolis. Doch scheint dieser Kult nicht alten Ursprungs zu sein, — wie wir ihn denn auch nicht zur Bestimmung des Aphroditekultes auf Kyllene verwertet haben — sondern Thebanischen Einflüssen sein Dasein zu verdanken.

---

1) vgl. darüber Weil: Zeitschr. f. Numism. IX 18 ff.

In jüngerer Zeit scheint diese Kultvereinigung[1]) lediglich erotischen Charakter gehabt zu haben, wie der ebenfalls mit Aphrodite zusammen verehrte Hermes ἐπιθαλαμίτης auf Euboia[2]) und der attische Hermes ψιθυρίστης[3]) beweisen.

In chthonischer Bedeutung endlich zeigt den Hermes seine Verbindung mit Hekate in Methydrion, mit der er an den νουμηνίαι verehrt wurde.

Ueber die mütterliche Abstammung des Hermes und über die Maiasage, die wir hier gänzlich unberücksichtigt gelassen haben, wird gelegentlich der arkadischen Mythen zu reden sein. Schliefslich sei noch erwähnt, dafs der Gegensatz zu Poseidon sich auch in Olympia vorfindet, wo Myrtilos dem durch sein Widderopfer als Poseidonverehrer sich charakterisirenden Oinomaos gegenübersteht.[4])

---

1) Eine Zusammenstellung von gemeinsamen Hermes- und Aphroditekulten giebt C. Robert in Prellers gr. Myth. I⁴ 387 A. 4.

2) Hesych. s. v.

3) Dem. 59, 39.

4) vgl. Februarsitzung d. arch. Ges. zu Berlin 1891.

Demeter und Kore.

Basilis.

Paus. VIII 29, 5: *Τοῦ δὲ χωρίου τοῦ ὀνομαζομένου Βάθους σταδίους ὡς δέκα ἀφέστηκε καλουμένη Βασιλίς· ταύτης ἐγένετο οἰκιστὴς Κύψελος ὁ Κρεσφόντῃ τῷ Ἀριστομάχου τὴν θυγατέρα ἐκδούς· ἐπ' ἐμοῦ δὲ ἐρείπια ἡ Βασιλὶς ἦν καὶ Δήμητρος ἱερὸν ἐν αὐτοῖς ἐλείπετο Ἐλευσινίας.*

Nikias bei Athen. XIII p. 609E: *Οἶδα δὲ καὶ περὶ κάλλους γυναικῶν ἀγῶνά ποτε διατεθέντα. περὶ οὗ ἱστορῶν Νικίας ἐν τοῖς Ἀρκαδικοῖς διαθεῖναί φησιν αὐτὸν Κύψελον, πόλιν κτίσαντα ἐν τῷ πεδίῳ περὶ τὸν Ἀλφειόν· εἰς ἣν κατοικίσαντα Παῤῥασίων τινὰς τέμενος καὶ βωμὸν ἀναστῆσαι Δήμητρι Ἐλευσινίᾳ, ἧς ἐν τῇ ἑορτῇ καὶ τὸν τοῦ κάλλους ἀγῶνα ἐπιτελέσαι· καὶ νικῆσαι πρῶτον αὐτοῦ τὴν γυναῖκα Ἡροδίκην. Ἐπιτελεῖται δὲ καὶ μέχρι νῦν ὁ ἀγὼν οὗτος· καὶ αἱ ἀγωνιζόμεναι γυναῖκες χρυσοφόροι ὀνομάζονται.*

Kaphyai.

Münzen: Prokesch-Osten Ined. 1854 p. 44: Demeter stehend mit Mohnköpfen und Kornähren. Mionnet Suppl. IV 276 n. 31: Caracalla. Cérès vêtue d'une longue robe, marchant, tenant un flambeau dans la main droite (vgl. aber Journ. of Hell. stud. VII 104 Artemis).

Kleitor.[1])

Paus. VIII 21, 3: *Κλειτορίοις δὲ τὰ ἱερὰ τὰ ἐπιφανέστατα Δήμητρος τό τε Ἀσκληπιοῦ, τρίτον δέ ἐστιν Εἰλειθυίας κ. τ. λ.*

---

1) Ueber das arkadische Fest der Koreia (Schol. Pind. Ol. VII 153) vgl. Boeckh Expl. Pind. p. 470.

Münzen: Journ. of Hell. stud. VII 102: Julia Domna. Demeter standing holds patera and long sceptre. R. Head of Domna as Demeter holding cornucopiae.

Lykosura.

Paus. VIII 36, 10—37, 10: Ἀπὸ δὲ Ἀκακησίου τέσσαρας σταδίους ἀπέχει τὸ ἱερὸν τῆς Δεσποίνης. πρῶτα μὲν δὴ αὐτόθι Ἡγεμόνης ναός ἐστιν Ἀρτέμιδος καὶ χαλκοῦν ἄγαλμα ἔχον δᾷδας· ποδῶν ἓξ εἶναι μάλιστα αὐτὸ εἰκάζομεν. Ἐντεῦθεν δὲ ἐς τὸν ἱερὸν περίβολον τῆς Δεσποίνης ἐστὶν ἔσοδος· ἰόντων δὲ ἐπὶ τὸν ναὸν στοά τέ ἐστιν ἐν δεξιᾷ, καὶ ἐν τῷ τοίχῳ λίθου λευκοῦ τύποι πεποιημένοι, καὶ τῷ μέν εἰσιν ἐπειργασμέναι Μοῖραι καὶ Ζεὺς ἐπίκλησιν Μοιραγέτης, δευτέρῳ δὲ Ἡρακλῆς τρίποδα Ἀπόλλωνα ἀφαιρούμενος· ὁποῖα δὲ ἐς αὐτοὺς ἐπυνθανόμην κ. τ. λ. ... ἐν δὲ τῇ στοᾷ τῇ παρὰ τῇ Δεσποίνῃ μεταξὺ τῶν τύπων τῶν κατειλεγμένων πινάκιόν ἐστι γεγραμμένον, ἔχον τὰ ἐς τὴν τελετήν. Νύμφαι δέ εἰσι καὶ Πᾶνες ἐπὶ τῷ γ' τύπῳ, ἐπὶ δὲ τῷ τετάρτῳ Πολύβιος ὁ Λυκόρτα· καί οἱ ἐπίγραμμά ἐστιν ἐξ ἀρχῆς τε μὴ ἂν σφαλῆναι τὴν Ἑλλάδα, εἰ Πολυβίῳ τὰ πάντα ἐπείθετο, καὶ ἁμαρτούσῃ δι' ἐκείνου βοήθειαν αὐτῇ γενέσθαι μόνου. πρὸ δὲ τοῦ ναοῦ Δήμητρί τέ ἐστι βωμὸς καὶ ἕτερος Δεσποίνῃ, μετ' αὐτὸν δὲ μεγάλης Μητρός. Θεῶν δὲ αὐτὰ τὰ ἀγάλματα Δέσποινα καὶ ἡ Δημήτηρ τε καὶ ὁ θρόνος ἐν ᾧ καθέζονται καὶ τὸ ὑπόθημα τὸ ὑπὸ τοῖς ποσίν ἐστιν ἑνὸς ὁμοίως λίθου· καὶ οὔτε τῶν ἐπὶ τῇ ἐσθῆτι οὔτε ὁπόσα εἴργασται περὶ τὸν θρόνον οὐδέν ἐστιν ἑτέρου λίθου προσεχὲς σιδήρῳ καὶ κόλλῃ, ἀλλὰ τὰ πάντα ἐστὶν εἷς λίθος. οὗτος οὐκ ἐσεκομίσθη σφίσιν ὁ λίθος, ἀλλὰ κατὰ ὄψιν ὀνείρατος λέγουσιν αὐτὸν ἐξευρεῖν ἐντὸς τοῦ περιβόλου τὴν γῆν ὀρύξαντες. τῶν δὲ ἀγαλμάτων ἐστὶν ἑκατέρου μέγεθος κατὰ τὸ Ἀθήνησιν ἄγαλμα μάλιστα τῆς Μητρός. Δαμοφῶντος δὲ καὶ ταῦτα ἔργα. ἡ μὲν οὖν Δημήτηρ δᾷδα ἐν δεξιᾷ φέρει, τὴν δὲ ἑτέραν χεῖρα ἐπιβέβληκεν ἐπὶ τὴν Δέσποιναν· ἡ δὲ Δέσποινα σκῆπτρόν τε καὶ τὴν καλουμένην κίστην ἐν τοῖς γόνασιν ἔχει· τῇ δὲ ἔχεται τῇ δεξιᾷ τῆς κίστης. τοῦ θρόνου δὲ ἑκατέρωθεν Ἄρτεμις μὲν παρὰ τὴν Δήμητρα ἕστηκεν *ἀμπεχομένη δέρμα ἐλάφου καὶ ἐπὶ τῶν ὤμων φαρέτραν ἔχουσα, ἐν δὲ ταῖς χερσὶ τῇ μὲν λαμπάδα ἔχει, τῇ δὲ δράκοντας δύο· παρὰ δὲ τὴν Ἄρτεμιν κατάκειται κύων οἷαι θηρεύειν εἰσὶν ἐπιτήδειοι. Πρὸς δὲ τῆς Δεσποίνης τῷ ἀγάλματι ἕστηκεν Ἄνυτος σχῆμα ὡπλισμένου παρεχόμενος. φασὶ δὲ οἱ περὶ τὸ ἱερὸν τραφῆναι τὴν Δέσποιναν ὑπὸ τοῦ Ἀνύτου καὶ εἶναι τῶν Τιτάνων καλουμένων καὶ τὸν Ἄνυτον κ. τ. λ. . . . . τὰ δὲ ἐς Κούρητας, οὗτοι γὰρ ὑπὸ τῶν ἀγαλμάτων πεποίηνται, καὶ τὰ ἐς Κορύβαντας ἐπειργασμένους ἐπὶ τοῦ βάθρου, γένος δὲ οἶδε ἀλλοῖον καὶ οὐ Κούρητες, τὰ ἐς τούτους παρίημι ἐπιστάμενος. Τῶν δὲ ἡμέρων οἱ Ἀρκάδες δένδρων ἁπάντων πλὴν ῥοιᾶς ἐσκομίζουσιν ἐς τὸ ἱερόν. ἐν δεξιᾷ δὲ ἐξιόντι ἐκ τοῦ ναοῦ κάτοπτρον ἡρμοσμένον ἐστὶν ἐν τῷ τοίχῳ· τοῦτο ἤν τις προσβλέπῃ τὸ κάτοπτρον ἑαυτὸν μὲν ἤτοι παντάπασιν ἀμυδρῶς ἢ οὐδὲ ὄψεται τὴν ἀρχὴν, τὰ δὲ ἀγάλματα τῶν θεῶν καὶ αὐτὰ καὶ τὸν θρόνον ἔστιν ἐναργῶς θεάσασθαι. Παρὰ δὲ τὸν ναὸν τῆς Δεσποίνης ὀλίγον ἐπαναβάντι ἐν δεξιᾷ Μέγαρόν ἐστι καλούμενον, καὶ τελετήν τε δρῶσιν ἐνταῦθα καὶ τῇ Δεσποίνῃ θύουσιν ἱερεῖα οἱ Ἀρκάδες πολλά τε καὶ ἄφθονα· θύει μὲν δὴ αὐτῶν ἕκαστος ὅ τι κέκτηται· τῶν ἱερείων δὲ οὐ τὰς φάρυγγας ἀποτέμνει, ὥσπερ ἐπὶ ταῖς ἄλλαις θυσίαις, κῶλον δὲ ὅ τι ἂν τύχῃ, τοῦτο ἕκαστος ἀπέκοψε τοῦ θύματος. Ταύτην δὲ μάλιστα θεῶν σέβουσιν οἱ Ἀρκάδες τὴν Δέσποιναν, θυγατέρα δὲ αὐτὴν Ποσειδῶνός φασιν εἶναι καὶ Δήμητρος· ἐπίκλησις ἐς τοὺς πολλούς ἐστιν αὐτῇ Δέσποινα, καθάπερ καὶ τὴν ἐκ Διὸς Κόρην ἐπονομάζουσιν, ἰδίᾳ δέ ἐστιν ὄνομα Περσεφόνη, καθὰ Ὅμηρος καὶ ἔτι πρότερον Πάμφως ἐποίησαν· τῆς δὲ Δεσποίνης τὸ ὄνομα ἔδεισα ἐς τοὺς ἀτελέστους γράφειν. Ὑπὲρ δὲ τὸ καλούμενον Μέγαρόν ἐστιν ἄλσος τῆς Δεσποίνης ἱερὸν θριγκῷ λίθων περιεχόμενον· ἐντὸς δὲ αὐτοῦ δένδρα καὶ ἄλλα καὶ ἐλαία καὶ πρῖνος ἐκ ῥίζης μιᾶς πεφύκασιν· τοῦτο οὐ γεωργοῦ σοφίας ἐστὶν ἔργον. ὑπὲρ δὲ τὸ ἄλσος καὶ Ἱππίου Ποσειδῶνος ἅτε πατρὸς τῆς Δεσποίνης καὶ θεῶν ἄλλων εἰσὶ βωμοί· τῷ τελευταίῳ δὲ ἐπίγραμμά ἐστι θεοῖς αὐτὸν τοῖς πᾶσιν εἶναι κοινόν.*

Paus. VIII 27, 6: *Λυκοσουρεῦσι δὲ καὶ ἀπειθήσασιν*

ἐνέμετο ὅμως παρὰ τῶν Ἀρκάδων αἰδὼς Δήμητρός τε εἵνεκα καὶ Δεσποίνης ἐλθόντας ἐς τὸ ἱερόν.

Paus. VIII 10, 10: *Λεωκύδους δὲ τοῦ Μεγαλοπολιτῶν ὁμοῦ Λυδιάδῃ στρατηγήσαντος πρόγονον ἔνατον Ἀρκεσίλαον οἰκοῦντα ἐν Λυκοσούρᾳ λέγουσιν οἱ Ἀρκάδες ὡς ἴδοι τὴν ἱερὰν τῆς καλουμένης Δεσποίνης ἔλαφον πεπονηκυῖαν ὑπὸ γήρως· τῇ δὲ ἐλάφῳ ταύτῃ ψάλιόν τε εἶναι περὶ τὸν τράχηλον καὶ γράμματα ἐπὶ τῷ ψαλίῳ·*

Νεβρὸς ἐὼν ἑάλων ὅτ' ἐς Ἴλιον ἦν Ἀγαπήνωρ.

Reste des Tempels: *Δελτίον* 1889 S. 122, 159, 170, 202.

Münzen: Leake, Num. Hell. Eur. 38, hält den Frauenkopf der Rückseite der gesammtarkadischen Münzen (vgl. Zeitschr. f. Num. IX T. II 3) für Despoina; E. Curtius, bei Pinder u. Friedländer Beitr. 89, für Artemis Hymnia. vgl. Head h. n. 372.

Mantineia.

Paus. VIII 9, 2: *ἔστι δὲ καὶ Διοσκούρων καὶ ἑτέρωθι Δήμητρος καὶ Κόρης ἱερόν· πῦρ δὲ ἐνταῦθα καίουσι, ποιούμενοι φροντίδα μὴ λάθῃ σφίσιν ἀποσβεσθέν.*

Lebas-Foucart 352 h:

Ἀγαθᾶι τύχαι

Ἐπεὶ Νικίππα[1]) *Πασία ἀπὸ προγόνων ὑπάρ-*
χουσα φιλοδόξων καὶ αὐτὰ τειρεῖν ἐξελομέ-
να τὰν τῶν προγόνων ἀρετὰν ἐτήρησαν οὐ μόνον τὰ πρὸς
τοὺς ἀνθρώπους δίκαια ἀλλὰ καὶ τὰ πρὸς τοὺς θεοὺς εὐ[σεβῶ]ς
διακειμένα καὶ τι[μ]ῶσα πάντας [τοὺς θεούς, τὰν δὲ θεὸ]ν ἐμ-
παντὶ καιρῶι θεραπεύουσα καὶ συνευκ[ο]σμ[οῦ]σα τοῖς ἀεὶ γι-
νομένοις ἱε[ρεῦσι]ν ὥ[ν παρ]έχει ἑκάστοις [χρείας πρ]ὸς τὰν
τᾶς θε-
οῦ τιμὰν καὶ κ[όσμησι]ν ἀπρο[φ]ασίστως [ὑπηρετοῦσα καὶ]
ἐν τῶι πέμ-
πτωι καὶ ὀγδοηκοστῶι ἔτει, μηνὸς . . . . . . ὑπογυίου
οὔσας τᾶς τῶν Κοραγίων[2]) *θυσίας καὶ [πομπὰς] μελλόντων ἐπι-*

---

1) vgl. Paus. VIII 9, 6.
2) vgl. Hesych. s. v. *Κοραγεῖν*.

τελεῖσθαι τῶν περὶ τὰν θεὸν μυστικῶν [τῶν ? ἀρρή]των ἐμφανισάντων τῶν ἱερέων [ὑ]πεδέξατο Νικίππα τὰν λειτουργίαν ἀνεπικωλύτως καὶ ἐποιήσατο πᾶσαν [δα]πάν[αν ἀ]φειδῶς καὶ ἐκ[τε νῶς ἂν ἔδε[ι εἴ]ς τ[ε] τὰν θεὸν καὶ τὰν σύνοδον, ἄγαγε δὲ καὶ τὰν πομπὰν τῶν Κοραγίων ἐπισάμως καὶ μεγαλοπρεπῶς καὶ ἔθυε τᾶι θε[ῶι] καὶ ἐκαλλιέρει ὑπὲρ τὰν σύνοδον ἀξίως αὐσαυτᾶς καὶ τᾶς συνόδου προσεπέδωκε δὲ καὶ εἰς κατεπειγουσαν χρείαν δ[ρ]αχ[μ]ὰς ὀγδοήκοντα, εἰσήνεγκε δὲ καὶ τᾶι θεῶι πέπλο[ν] καὶ ἐσκέπασεν καὶ εὐσχημόνισεν τὰ περὶ τὰν θεὸν ἄρρητα μυστήρια, [ὑ]πεδέξατο δὲ καὶ τὰν θεὸν εἰς τὰν ἰδίαν οἰκίαν, καθὼς ἐστιν ἔθος τοῖς [ἀ]εὶ γινομένοις ἱερεῦσιν, ἐποίησε δὲ καὶ τὰ νομιζόμενα ἐν τοῖς τριακοστοῖς τᾶι ἀνοίξει τοῦ ναοῦ μεγαλομερῶς, προενοήθη δὲ καὶ ἃς προσεδεῖτο ὁ ναὸς [ο]ἰκοδομᾶς· διὰ οὖν ταῦτα ἔδοξε τᾶι συνόδωι τῶν Κοραγῶν ἐπαινέσαι Νικίππαν ἐφ' ἇι ἔχει φιλανθρωπίαι καὶ τᾶι πρὸς τοὺς θεοὺς εὐσεβείαι καὶ τᾶι πρὸς τὰν σύνοδον εὐνοίαι, καλεῖν δὲ αὐτὰν καὶ ἐπὶ τὰ ἱερὰ τοὺς ἀεὶ ὑποδεχομένους καθὼς καὶ τοὺς λοιποὺς τοὺς τὰν σύνοδον τετιμακότας ἐν ταῖς αὐταῖς ἁμέραις, πέμπειν δὲ αὐτᾶι καὶ αἶσαν ὡσαύτως· ε[ἰ δέ τ]ις μὴ καλέσει τῶν ὑποδεχομένων κα .... ιωμα καὶ ἐπαναγκαζέσθω καλεῖν [καὶ ζαμιούσ]θω ὁ τούτων τι μὴ ποιήσας [δραχμαῖς ....]α· ἔστω δὲ καὶ ὑπεύθυνος Νι[κίππαι ὡς κατ]αλύων τὰ δεδομένα αὐταῖ [ὑπὸ τᾶς συνόδου] τίμια, ἵνα τούτων συντελ[ουμένων φ]αίνηται ἁ σύ[νοδος εὐχάριστος οὖ]σα ἔχουσά τ]ε καὶ περὶ τῶν μελλόντων ἀγαθὰς ἐ[λ]πίδας· καταστασάτωσαν δὲ οἱ ἱερεῖς τοὺς ἀναγράψοντας τοῦδε τοῦ δόγματος τὸ ἀντίγραφον ἐν στάλαι λιθίναι καὶ ἀναθήσοντας ἐν τῶι ἐπιφανεστάτωι τοῦ ἱεροῦ τόπωι· ὁμοίως δὲ καὶ εἰς τὰν κοινὰν πινακίδα κατέσταθεν Ἀλεξίνικος Ἀλέξωνος, Θυωνίδας Θυωνί-

δα, Σιμίας Ἀνθεμοκρίτου, Ἀρίσταρχος Μενίππου, Φιλήσιος Σαμίδα, Ἀλκαμένης Μανδρηκίδα, Αἴθων Φιλοσθένεος, Μηνᾶς Μηνᾶ.

Lebas-Foucart 352 i:

Ἐπειδὴ [Φαηνὰ Δαματρίου Ἀντιγονικὰ εὔνους ὑπάρ-] χουσα καὶ εὐσεβὴς ἀνέστραπταί τε καλῶς ἐν ὅλῳ τῷ βίῳ κ[αὶ εὐσεβῶς πρὸς πάντας μὲν τοὺς θεούς, μάλιστα δὲ πρός τε τὰν Δάματρα καὶ τὰν Κόραν καὶ τὰς ἱερείας τὰς Δάματρος φανεράν τε πεποίηκε τὰν ἰδίαν μεγαλοψυχίαν καὶ ἐκτένειαν εἰς τὸ θεῖον· ἱερίτευχε γὰρ τᾷ Δάματρι μεγαλοπρεπῶς, οὐδένα λόγον δαπάνας ποιουμένα οὔτε εἰς αὐτὰν τὰν θεὸν, οὔτε εἰς τὰς καθηκούσας ἀντ' ἐνιαυτοῦ τᾷ θεῷ λειτουργίας, οὔτε εἰς τὰς ἱερείας· παρέσχηται δὲ καὶ ταῖς ἀεὶ ἀντιτυγχανο[ύσαις ἱερείαις εὔχρηστον αὑσαυτὰν καὶ τὸν ἴδιον βίον ἀπροφάσιστον ὑπηρετοῦσα πρὸς πᾶσαν λειτουργίαν καὶ δαπάναν τὰν ἀνήκουσαν εἰ[ς] τε τὰν θεὸν καὶ τὰς ἱερείας· οὐ μόνον δὲ ἐν τούτοις εὐεργετικῶς ἀνέστραπται, ἀλλὰ καὶ μετὰ τὸ ἱεριτεῦσαι οὐ διαλέλοιπε εὐεργετοῦσα δείπνοις τε μεγαλομερέσι καὶ ταῖς ἄλλαις εὐεργεσίαις τε καὶ δαπάναις ταῖς εἰς τὰν θεὸν γενομέναις καὶ εἰς τὰς ἱερείας, εἰσενήνεκται δὲ καὶ ἄλλαν μείζω φιλανθρωπίαν αἰώνιον εἴς τε τὰν θεὸν καὶ τὰς ἱερείας· τὰς γὰρ ἀντ' ἐνιαυτοῦ γεν[ομένας δαπάνας [ἀ]π' αὐτᾶς ἐντέτελται ἐπιτελεῖν ἀντ' αὑσα[υτᾶς, ἐάν τι ἀνθρώπινον πάθῃ τὰς ἐγγόνους αὐτᾶς Θεοδώραν τε τὰν θυγατέρα καὶ Φαηνὰν Δαμασίλα τὰν τᾶς θυγατρὸ[ς θυγατέρα ὅπως ἁ ἐκτένεια αὐτᾶς εἴς τε τὰν θεὸν καὶ τὰ[ς ἱερείας αἰωνίου μνείας τυγχάνουσα διατελεῖ, οὐ μόνον δ[ὲ ἐν τοῖς προγεγραμμένοις εὐεργατήμασιν ἀνέστραπται φιλοδόξως, ἀλλὰ ἐπὶ μεῖζον αὔξεσθαι θέλουσα τάν τε θεὸν καὶ τὰν σύνοδον τᾶν ἱερειᾶν ἀνάκειχε δραχμὰς ἑκατὸν εἴκοσι εἴς τε τὰν τοῦ μεγ[άρ]ου ἐπισκειὰν καὶ εἰς ἄλλαν χρείαν, ἃν ἂν δόξῃ ταῖς ἱερείαις ἁ ἀνατεθεῖσα [τ]αύτας δωρεὰς εὔχρηστος εἶναι, ὅπως οὖν καὶ ἁ σύνοδος φαίνηται τᾶν ἱερειᾶν τᾶς Δάματρος εὐχάριστος οὖσα καὶ μναμονεύουσα τῶν εἰς αὐτὰν ἀναστρεφομένων καλῶς καὶ ἐνδόξως, ἔδοξε τῷ κοινῷ τᾶν ἱερειᾶν ἐπαινέσαι Φαηνὰν Δαματρίου Ἀντιγονικὰν ἐπί τε τᾷ καλοκαγαθίᾳ καὶ εὐεργε-

σία, τᾷ ἔσχηκε εἴς τε τὰν θεὸν καὶ τὰς ἱερείας, καλεῖν τε αὐτὰν ἐπὶ τὰ ἱερὰ διὰ παντὸς ἐν ταῖς γενομέναις ἀντ' ἐνιαυτοῦ θυσίαις τε καὶ σιταρχίαις ἀνακαλούσας τὰς ἀεὶ ἀντιτυγχανούσας ἱερείας τε καὶ σιτάρχους· τὸ κοινὸν τᾶν ἱερειᾶν τᾶς Δάματρος ἐπὶ τὰ ἱερὰ καλεῖ Φαηνὰν Δαματρίου τὰν αὐτᾶν εὐεργέτιν· δίδοσθαι δὲ αὐτᾷ διὰ βίου ἱερὰ τὰ εἰθισμένα, ἀναγράψαι δὲ τὸ ψήφισμα τοῦτο εἰς στάλαν λιθίναν καὶ ἀναθεῖναι εἰς τὸ Κοράγιον, καθὼς ἔδοξε τοῖς ἄ[ρχουσι καὶ συνέδροις τοῖς ἐν τῷ τρίτῳ καὶ ἑκατοστῷ ἔτ[ει. Εἰ δέ τις μὴ καλέσει ἐπὶ τὰ ἱερά, εἰ μὴ δώσει τὰ προγεγρα[μμένα ἱερά, ὑπόδικος ἔστω καὶ ἔνδεικτος ποτὶ δραχμὰ[ς ἑκατὸν αὐτᾷ τε καὶ τοῖς ἐγγόνοις αὐτᾶς.

Leake: Morea I 112: Demeterherme Inschr.: *Χριωνὶς Δάματρι.*

Paus. VIII 10, 1: *Ὑπὲρ δὲ τοῦ σταδίου τὸ ὄρος ἐστὶ τὸ Ἀλήσιον διὰ τὴν ἄλην, ὥς φασι, καλούμενον τὴν Ῥέας, καὶ Δήμητρος ἄλσος ἐν τῷ ὄρει. παρὰ δὲ τοῦ ὄρους τὰ ἔσχατα τοῦ Ποσειδῶνός ἐστι τοῦ Ἱππίου τὸ ἱερὸν οὐ πρόσω σταδίου Μαντινείας.*

Paus. VIII 8, 1: *Μετὰ δὲ τὰ ἐρείπια τῆς Νεστάνης ἱερὸν Δήμητρός ἐστιν ἅγιον, καὶ αὐτῇ καὶ ἑορτὴν ἀνὰ πᾶν ἔτος ἄγουσιν οἱ Μαντινεῖς.*

Reste dieses Heiligtums: Ann. d. I. XXXIII 27.

Megalopolis.

Paus. VIII 31, 1: *Τὸ δὲ ἕτερον πέρας τῆς στοᾶς παρέχεται τὸ πρὸς ἡλίου δυσμῶν περίβολον θεῶν ἱερὸν τῶν μεγάλων· αἱ δέ εἰσιν αἱ μεγάλαι θεαὶ Δημήτηρ καὶ Κόρη, καθότι ἐδήλωσα ἤδη καὶ ἐν τῇ Μεσσηνίᾳ συγγραφῇ· τὴν Κόρην δὲ Σώτειραν καλοῦσιν οἱ Ἀρκάδες. ἐπειργασμέναι δὲ ἐπὶ τύπων πρὸ τῆς ἐσόδου τῇ μὲν Ἄρτεμις, τῇ δὲ Ἀσκληπιός ἐστι καὶ Ὑγίεια. Θεαὶ δὲ αἱ μεγάλαι Δημήτηρ μὲν λίθου διὰ πάσης, ἡ δὲ Σώτειρα τὰ ἐσθῆτος ἐχόμενα ξύλου πεποίηται· μέγεθος δὲ ἑκατέρας πέντε που καὶ δέκα εἰσὶ πόδες. τά τε ἀγάλματα * * * καὶ πρὸ αὐτῶν κόρας ἐποίησεν οὐ μεγάλας, ἐν χιτῶσί τε καθήκουσιν ἐς σφυρά, καὶ ἀνθῶν ἀνάπλεων ἑκατέρα τάλαρον ἐπὶ τῇ κεφαλῇ φέρει· εἶναι δὲ θυγατέρες τοῦ Δαμο-*

φῶντος λέγονται. τοῖς δὲ ἐπανάγουσιν ἐς τὸ θειότερον δοκεῖ σφᾶς Ἀθηνᾶν τε εἶναι καὶ Ἄρτεμιν τὰ ἄνθη μετὰ τῆς Περσεφόνης συλλεγούσας. ἔστι δὲ καὶ Ἡρακλῆς παρὰ τῇ Δήμητρι μέγεθος μάλιστα πῆχυν κ. τ. λ.

Paus. VIII 31, 5: τούτου δὲ ὄπισθε τοῦ ναοῦ δένδρων ἐστὶν ἄλσος οὐ μέγα θριγκῷ περιεχόμενον· ἐς μὲν δὴ τὸ ἐντὸς ἔσοδος οὐκ ἔστιν ἀνθρώποις, πρὸ δὲ αὐτοῦ Δήμητρος καὶ Κόρης ὅσον τε ποδῶν τριῶν εἰσὶν ἀγάλματα.

Paus. VIII 31, 7: Ἑστήκασι δὲ καὶ ἀνδριάντες ἐν οἰκήματι Καλλιγνώτου τε καὶ Μέντα καὶ Σωσιγένους τε καὶ Πώλου· καταστήσασθαι δὲ οὗτοι Μεγαλοπολίταις λέγονται πρῶτον τῶν μεγάλων θεῶν τὴν τελετὴν, καὶ τὰ δρώμενα τῶν ἐν Ἐλευσῖνί ἐστι μιμήματα.

Paus. VIII 31, 8: Ὠικοδόμηται δὲ καί σφισιν ἱερὸν μεγέθει μέγα καὶ ἄγουσιν ἐνταῦθα τὴν τελετὴν ταῖς θεαῖς. Τοῦ ναοῦ δὲ τῶν μεγάλων θεῶν ἐστὶν ἱερὸν ἐν δεξιᾷ καὶ Κόρης· λίθου δὲ τὸ ἄγαλμα ποδῶν ὀκτὼ μάλιστα· ταινίαι δὲ ἐπέχουσι διὰ παντὸς τὸ βάθρον. ἐς τοῦτο τὸ ἱερὸν γυναιξὶ μὲν τὸν πάντα ἐστὶν ἔσοδος χρόνον, οἱ δὲ ἄνδρες οὐ πλέον ἢ ἅπαξ κατὰ ἔτος ἕκαστον ἐς αὐτὸ ἐσίασι.

Paus. VIII 36, 6: μετὰ τοῦτό ἐστι Δήμητρος καλουμένης ἐν ἕλει ναός τε καὶ ἄλσος· τοῦτο σταδίοις πέντε ἀπωτέρω τῆς πόλεως, γυναιξὶ δὲ ἐς αὐτὸ ἔσοδος ἔστι μόναις.

Paus. VIII 35, 2: Φαιδρίου δὲ ὡς πέντε ἀπέχει καὶ δέκα σταδίους κατὰ Δέσποιναν ὀνομαζόμενον Ἑρμαῖον· ὅροι Μεσσηνίων πρὸς Μεγαλοπολίτας καὶ οὗτοι, καὶ ἀγάλματα οὐ μεγάλα Δεσποίνης τε καὶ Δήμητρος ἔτι δὲ καὶ Ἑρμοῦ πεποίηται κ. τ. λ.

Pallantion.

Paus. VIII 44, 5: Ἐν δὲ Παλλαντίῳ ναός τε καὶ ἀγάλματα λίθου Πάλλαντος, τὸ δὲ ἕτερόν ἐστιν Εὐάνδρου· καὶ Κόρης τε τῆς Δήμητρος ἱερὸν καὶ οὐ πολὺ ἀπωτέρω Πολυβίου σφίσιν ἀνδριάς ἐστι. τῷ λόφῳ δὲ τῷ ὑπὲρ τῆς πόλεως ὅσα ἀκροπόλει τὸ ἀρχαῖον ἐχρῶντο· λείπεται δὲ καὶ ἐς ἡμᾶς ἔτι ἐπὶ κορυφῇ τοῦ λόφου θεῶν ἱερόν· ἐπίκλησις μὲν δή ἐστιν αὐτοῖς Καθαροί, περὶ μεγίστων δὲ αὐτόθι καθεστη-

κασιν οἱ ὅρκοι· καὶ ὀνόματα μὲν τῶν θεῶν οὐκ ἴσασιν, ἢ καὶ εἰδότες οὐκ ἐθέλουσιν ἐξαγορεύειν, Καθαροὺς δὲ ἐπὶ τοιῷδε ἄν τις κληθῆναι τεκμαίροιτο, ὅτι αὐτοῖς οὐ κατὰ ταὐτὰ ὁ Πάλλας ἔθυσε, καθὰ καὶ ὁ πατήρ οἱ τῷ Λυκαίῳ Διΐ.

Dion. Hal. I 33: *ἱδρύσαντο δὲ καὶ Δήμητρος ἱερὸν καὶ τὰς θυσίας αὐτῇ διὰ γυναικῶν τε καὶ νηφαλίους ἔθυσαν, ὡς Ἕλλησι νόμος, ὧν οὐδὲν ὁ καθ' ἡμᾶς ἤλλαξε χρόνος. ἀπέδειξαν δὲ καὶ Ποσειδῶνι τέμενος Ἱππίῳ καὶ τὴν ἑορτὴν Ἱπποκράτεια μὲν ὑπ' Ἀρκάδων, Κωνσουάλια δὲ ὑπὸ Ῥωμαίων λεγόμενα κατεστήσαντο, ἐν ᾗ παρὰ Ῥωμαίοις ἐξ ἔθους ἐλινύουσιν ἔργων ἵπποι καὶ ὀρεῖς καὶ στέφονται τὰς κεφαλὰς ἄνθεσι.*

Pheneos.

Paus. VIII 14, 12—15, 4: *Φενεάταις δὲ καὶ Δήμητρός ἐστιν ἱερὸν ἐπίκλησιν Ἐλευσινίας, καὶ ἄγουσι τῇ θεῷ τελετήν, τὰ [ἐν] Ἐλευσῖνι δρώμενα καὶ παρὰ σφίσι τὰ αὐτὰ φάσκοντες καθεστηκέναι· ἀφικέσθαι γὰρ αὐτοῖς Ναὸν κατὰ μάντευμα ἐκ Δελφῶν, τρίτον δὲ ἀπόγονον Εὐμόλπου τοῦτον εἶναι τὸν Ναόν. Παρὰ δὲ τῆς Ἐλευσινίας τὸ ἱερὸν πεποίηται Πέτρωμα καλούμενον, λίθοι δύο ἡρμοσμένοι πρὸς ἀλλήλους μεγάλοι. ἄγοντες δὲ παρὰ ἔτος ἥντινα τελετὴν μείζονα ὀνομάζουσι, τοὺς λίθους τούτους τηνικαῦτα ἀνοίγουσι, καὶ λαβόντες γράμματα ἐξ αὐτῶν ἔχοντα ἐς τὴν τελετὴν καὶ ἀναγνόντες ἐς ἐπήκοον τῶν μυστῶν κατέθεντο ἐν νυκτὶ αὖθις τῇ αὐτῇ. Φενεατῶν δὲ οἶδα τοὺς πολλοὺς καὶ ὀμνύντας ὑπὲρ μεγίστων τῷ Πετρώματι. καὶ ἐπίθημα ἐπ' αὐτῷ περιφερές ἐστιν, ἔχον ἐντὸς Δήμητρος πρόσωπον Κιδαρίας· τοῦτο ὁ ἱερεὺς περιθέμενος τὸ πρόσωπον ἐν τῇ μείζονι καλουμένῃ τελετῇ ῥάβδοις κατὰ λόγον δή τινα τοὺς ὑποχθονίους παίει. Φενεατῶν δέ ἐστι λόγος καὶ πρὶν ἢ Ναὸν ἀφικέσθαι καὶ ἐνταῦθα Δήμητρα πλανωμένην· ὅσοι δὲ Φενεατῶν οἴκῳ τε καὶ ξενίοις ἐδέξαντο αὐτήν, τούτοις τὰ ὄσπρια ἡ θεὸς τὰ ἄλλα, κύαμον δὲ οὐκ ἔδωκέ σφισι. κύαμον μὲν οὖν ἐφ' ὅτῳ μὴ καθαρὸν εἶναι νομίζουσιν ὄσπριον, ἔστιν ἱερὸς ἐπ' αὐτῷ λόγος. οἱ δὲ τῷ Φενεατῶν λόγῳ δεξάμενοι τὴν θεόν, Τρισαύλης καὶ Δαμιθάλης, ἐποιήσαντο μὲν Δήμητρος ναὸν Θεσμίας ὑπὸ τῷ ὄρει τῇ Κυλλήνῃ, κατεστήσαντο δὲ αὐτῇ καὶ τελετὴν ἥντινα καὶ νῦν ἄγουσιν. ὁ δὲ ναὸς οὗτος τῆς Θεσμίας σταδίους πέντε μάλιστά που καὶ δέκα ἐστὶν ἀπωτέρω τῆς πόλεως.*

Conon. narr. XV: *Ἡ ιε' περὶ Φενεατῶν καὶ Δήμητρος καὶ Κόρης, ἣν Πλούτων ἁρπάσας καὶ λαθὼν τὴν μητέρα εἰς τὰ κάτω βασίλεια ἤγαγε· καὶ ὡς Φενεάταις μηνύσασι Δήμητρι τὸ χωρίον, δι' οὗ ἡ κάθοδος, ἦν δέ τι χάσμα ἐν Κυλλήνῃ, ἄλλα τε ἀγαθὰ ἐχαρίσατο καὶ μηδέποτε ὑπεριδεῖν ἑκατὸν ἄνδρας Φενεατῶν ἐν πολέμῳ πεσεῖν.*

Aelian. n. a. X 40: *Δημήτηρ δὲ ἄρα τὸ ὕδωρ ἀνῆκε τοῦτο πλησίον Φενεοῦ, τὴν δὲ αἰτίαν εἶπον ἀλλαχόθι.*

Ptol. Heph. III bei Phot. bibl. cod. 190: *ὅτι περὶ τοῦ ἐν Ἀρκαδίᾳ Στυγὸς ὕδατος οὕτω φασίν, ὡς Δημήτηρ πενθοῦσα τὴν θυγατέρα, ἐπεὶ Ποσειδῶν αὐτὴν ἐν κατηφείᾳ οὖσαν ἐπείρα εἰς ἵππον αὐτὴν μετεμόρφωσε χαλεπήνασα, ἐλθοῦσα δ' ἐπὶ τὴν πηγὴν καὶ θεασαμένη τὴν μορφὴν ἐστύγησέ τε καὶ τὸ ὕδωρ μέλαν ἐποίησε.*

Münzen: Mionnet II 252 n. 50: Tête de Proserpine couronnée d'épis à gauche. R. Boeuf marchant à droite, sur le flanc caducée *ΦΕΝΙΚΟΝ*. n. 51 u. 52: Tête de Cérès couronnée d'épis à dr. R. Hermes den kleinen Arkas tragend. Arch. Z. 1849 S. 95 n. 36 (Zeitschr. f. Num. IX pl. II 8): Aehrenbekränzter Kopf der Persephone (oder Demeter) n. l. R. Kerykeion.

Phigalia.

Paus. VIII 42, 1—7: *Τὸ δὲ ἕτερον τῶν ὀρῶν τὸ Ἐλάϊον ἀπωτέρω μὲν Φιγαλίας ὅσον τε σταδίοις τριάκοντά ἐστι· Δήμητρος δὲ ἄντρον αὐτόθι ἱερὸν ἐπίκλησιν Μελαίνης. Ὅσα μὲν δὴ οἱ ἐν Θελπούσῃ λέγουσιν ἐς μίξιν τὴν Ποσειδῶνός τε καὶ Δήμητρος*[1]), *κατὰ ταὐτά σφισιν οἱ Φιγαλεῖς νομίζουσι. τεχθῆναι δὲ ὑπὸ τῆς Δήμητρος οἱ Φιγαλεῖς φασιν οὐχ ἵππον, ἀλλὰ τὴν Δέσποιναν ἐπονομαζομένην ὑπὸ Ἀρκάδων· τὸ δὲ ἀπὸ τούτου λέγουσι θυμῷ τε ἅμα ἐς τὸν Ποσειδῶνα αὐτὴν καὶ ἐπὶ τῆς Περσεφόνης τῇ ἁρπαγῇ πένθει χρωμένην μέλαιναν ἐσθῆτα ἐνδῦναι καὶ ἐς τὸ σπήλαιον τοῦτο ἐλθοῦσαν ἐπὶ χρόνον ἀπεῖναι πολύν. ὡς δὲ ἐφθείρετο μὲν πάντα ὅσα*

1) vgl. Paus. VIII 25, 4 ff.

ἡ γῆ τρέφει, τὸ δὲ ἀνθρώπων γένος καὶ ἐς πλέον ἀπώλλυτο ὑπὸ τοῦ λιμοῦ, θεῶν μὲν ἄλλων ἠπίστατο ἄρα οὐδεὶς ἔνθα ἀπεκέκρυπτο ἡ Δημήτηρ· τὸν δὲ Πᾶνα ἐπιέναι μὲν τὴν Ἀρκαδίαν καὶ ἄλλοτε αὐτὸν ἐν ἄλλῳ θηρεύειν τῶν ὀρῶν, ἀφικόμενον δὲ καὶ πρὸς τὸ Ἐλάϊον κατοπτεῦσαι τὴν Δήμητρα, σχήματός τε ὡς εἶχε καὶ ἐσθῆτα ἐνεδέδυτο ποίαν· πυθέσθαι δὴ τὸν Δία ταῦτα παρὰ τοῦ Πανός, καὶ οὕτως ὑπ' αὐτοῦ πεμφθῆναι τὰς Μοίρας παρὰ τὴν Δήμητρα· τὴν δὲ πεισθῆναί τε ταῖς Μοίραις καὶ ἀποθέσθαι μὲν τὴν ὀργήν, ὑφεῖναι δὲ καὶ τῆς λύπης. Σφᾶς δὲ ἀντὶ τούτων φασὶν οἱ Φιγαλεῖς τό τε σπήλαιον νομίσαι τοῦτο ἱερὸν Δήμητρος καὶ ἐς αὐτὸ ἄγαλμα ἀναθεῖναι ξύλου· πεποιῆσθαι δὲ οὕτω σφίσι τὸ ἄγαλμα· καθέζεσθαι μὲν ἐπὶ πέτρᾳ, γυναικὶ δὲ ἐοικέναι τἄλλα πλὴν κεφαλήν· κεφαλὴν δὲ καὶ κόμην εἶχεν ἵππου, καὶ δρακόντων τε καὶ ἄλλων θηρίων εἰκόνες προσεπεφύκεσαν τῇ κεφαλῇ· χιτῶνα δὲ ἐνεδέδυτο καὶ ἐς ἄκρους τοὺς πόδας· δελφὶς δὲ ἐπὶ τῆς χειρὸς ἦν αὐτῇ, περιστερὰ δὲ ἡ ὄρνις ἐπὶ τῇ ἑτέρᾳ. ἐφ' ὅτῳ μὲν δή οἱ τὸ ξόανον ἐποιήσαντο οὕτως ἀνδρὶ οὐκ ἀσυνέτῳ γνώμην, ἀγαθῷ δὲ καὶ τὰ ἐς μνήμην, δῆλά ἐστι· Μέλαιναν δὲ ἐπονομάσαι φασὶν αὐτὴν ὅτι καὶ ἡ θεὸς μέλαιναν τὴν ἐσθῆτα εἶχε. τοῦτο μὲν δὴ τὸ ξόανον οὔτε ὅτου ποίημα ἦν, οὔτε ἡ φλὸξ τρόπον ὅντινα ἐπέλαβεν αὐτὸ μνημονεύουσιν. Ἀφανισθέντος δὲ τοῦ ἀρχαίου Φιγαλεῖς οὔτε ἄγαλμα ἄλλο ἀπεδίδοσαν τῇ θεῷ, καὶ ὁπόσα ἐς ἑορτὰς καὶ θυσίας τὰ πολλὰ δὴ παρῶπτό σφισιν, ἐς ὃ ἡ ἀκαρπία ἐπιλαμβάνει τὴν γῆν, καὶ ἱκετεύσασιν αὐτοῖς χρᾷ τάδε ἡ Πυθία·

Ἀρκάδες Ἀζᾶνες βαλανηφάγοι οἳ Φιγάλειαν
Νάσσασθ' ἱππολεχοῦς Δηοῦς κρυπτήριον ἄντρον,
Ἥκετε πευσόμενοι λιμοῦ λύσιν ἀλγινόεντος,
Μοῦνοι δὶς νομάδες, μοῦνοι πάλιν ἀγριοδαῖται.
Δηὼ μέν σε ἔπαυσε νομῆς, Δηὼ δὲ νομήων
Ἑλκησισταχύων, καὶ ἀναστοφάγον πάλι θῆκε,
Νοσφισθεῖσα γέρα προτέρων τιμάς τε παλαιάς.
Καί σ' ἀλληλοφάγον θήσει τάχα καὶ τεκνοδαίτην,
Εἰ μὴ πανδήμοις λοιβαῖς χόλον ἱλάσασθε,
Σήραγγός τε μυχὸν θείαις κοσμήσετε τιμαῖς.

ὡς δὲ οἱ Φιγαλεῖς ἀνακομισθὲν τὸ μάντευμα ἤκουσαν, τά τε ἄλλα ἐς πλέον τιμῆς ἢ τὰ πρότερα τὴν Δήμητρα ἦγον καὶ Ὀνάταν τὸν Μίκωνος Αἰγινήτην πείθουσιν ἐφ' ὅσῳ δὴ μισθῷ ποιῆσαί σφισιν ἄγαλμα Δήμητρος. τοῦ δὲ Ὀνάτα τοῦτον Περγαμηνοῖς ἐστιν Ἀπόλλων χαλκοῦς, θαῦμα ἐν τοῖς μάλιστα μεγέθους τε ἕνεκα καὶ ἐπὶ τῇ τέχνῃ. τότε δὴ ὁ ἀνὴρ οὗτος ἀνευρὼν γραφὴν ἢ μίμημα τοῦ ἀρχαίου ξοάνου, τὰ πλείω δέ, ὡς λέγεται, καὶ κατὰ ὀνειράτων ὄψιν, ἐποίησε χαλκοῦν Φιγαλεῦσιν ἄγαλμα, γενεᾷ μάλιστα ὕστερον τῆς ἐπὶ τὴν Ἑλλάδα ἐπιστρατείας τοῦ Μήδου.

Paus. VIII 42, 11: *Ταύτης μάλιστα ἐγὼ τῆς Δήμητρος ἕνεκα ἐς Φιγαλίαν ἀφικόμην καὶ ἔθυσα τῇ θεῷ καθὰ καὶ οἱ ἐπιχώριοι νομίζουσιν οὐδὲν, τὰ δὲ ἀπὸ τῶν δένδρων τῶν ἡμέρων τά τε ἄλλα καὶ ἀμπέλου καρπὸν καὶ μελισσῶν τε κηρία καὶ ἐρίων τὰ μὴ ἐς ἐργασίαν πω ἥκοντα, ἀλλὰ ἔτι ἀνάπλεα τοῦ οἰσύπου, [ἃ] τιθέασιν ἐπὶ τὸν βωμὸν ᾠκοδομημένον πρὸ τοῦ σπηλαίου· θέντες δὲ καταχέουσιν αὐτῶν ἔλαιον. ταῦτα ἰδιώταις τε ἀνδράσι καὶ ἀνὰ πᾶν ἔτος Φιγαλέων τῷ κοινῷ καθέστηκεν ἐς τὴν θυσίαν· ἱέρεια δέ σφισίν ἐστιν ἡ δρῶσα, σὺν δὲ αὐτῇ καὶ τῶν ἱεροθυτῶν καλουμένων ὁ νεώτατος· οἱ δέ εἰσι τῶν ἀστῶν τρεῖς ἀριθμόν. Ἔστι δὲ δρυῶν τε ἄλσος περὶ τὸ σπήλαιον καὶ ὕδωρ ψυχρὸν ἄνεισιν ἐκ πηγῆς. τὸ δὲ ἄγαλμα τὸ ὑπὸ τοῦ Ὀνάτα ποιηθὲν οὔτε ἦν κατ' ἐμέ, οὔτε εἰ ἐγένετο ἀρχὴν Φιγαλεῦσιν, ἠπίσταντο οἱ πολλοί. τῶν δὲ ἐντυχόντων ἡμῖν ἔλεγεν ὁ πρεσβύτατος, γενεαῖς πρότερον τρισὶν ἢ κατ' αὐτὸν ἐμπεσεῖν ἐς τὸ ἄγαλμα ἐκ τοῦ ὀρόφου πέτρας, ὑπὸ τούτων δὲ καταγῆναι καὶ ἐς ἅπαν ἔφασκεν αὐτὸ ἀφανισθῆναι· καὶ ἔν γε τῷ ὀρόφῳ δῆλα καὶ ἡμῖν ἔτι ἦν καθὰ ἀπεῤῥώγεσαν αἱ πέτραι.*

Paus. VIII 5, 8: *ἐπὶ δὲ Σίμου τοῦ Φιάλου βασιλεύοντος ἠφανίσθη Φιγαλεῦσιν ὑπὸ πυρὸς τῆς Μελαίνης Δήμητρος τὸ ἀρχαῖον ξόανον. ἐσήμαινε δ' ἄρα οὐ μετὰ πολὺ ἔσεσθαι καὶ αὐτῷ Σίμῳ τοῦ βίου τὴν τελευτήν.*

Münzen: Journ. of Hell. stud. VII 111. n. 15: Julia Domna. Demeter veiled, facing, right hand extended, in left sceptre, over-dress over both arms. n. 16: Caracalla. Demeter veiled standing left, holds in right hand poppy head (?), left rests on her side. n. 17: M. Aurel. Demeter standing veiled, holds in r. long sceptre, left wrapped in mantle. n. 18: Julia Domna. Demeter facing, veiled and clad in chiton, holds in each hand ears of corn. (?)

Zur Topographie vgl. Ann. d. I. XXXIII 57.

Tegea.

Paus. VIII 53, 7: *ἔστι δὲ καὶ Δήμητρος ἐν Τεγέᾳ καὶ Κόρης ναός, ἃς ἐπονομάζουσι Καρποφόρους κ. τ. λ.*

Paus. VIII 53, 7: *τούτου δέ ἐστιν οὐ πόρρω Διονύσου τε ἱερὰ δύο καὶ Κόρης βωμός.*

Paus. VIII 54, 5: *κατὰ δὲ τὴν εὐθεῖαν αἵ τε δρῦς εἰσι πολλαὶ καὶ Δήμητρος ἐν τῷ ἄλσει τῶν δρυῶν ναὸς ἐν Κορυθεῦσι καλουμένης· πλησίον δὲ ἄλλο ἐστὶν ἱερὸν Διονύσου Μύστου.*

C. I. G. 1518: Statue mit der Inschrift: *ἁ πόλις Δάματρι.* (vgl. aber Lebas-Foucart 352 c.)

Lebas-Foucart 337 i: *Ἐπὶ ἱερέος Ἡρακλείδα Κλεοπάτρα Σεκούνδου Πολυεύκτου γυνὴ ἱερασαμένα Ἀλέᾳ Ἀθάνᾳ καὶ Δάματρι.*

Votivrelief an Hades, Kore und Demeter: Mitt. d. arch. Inst. z. Athen V 69. Arch. Z. 1883 S. 225.

Weihgeschenke an Demeter und Kore (Bronzen und Terracotten in grofser Anzahl) vgl.: Ἐφ. ἀρχ. 1862 p. 241. Bull. d. I. 1862 p. 85. Arch. Anz. 1863 S. 91. Nuove Memorie 1865 p. 72 ff. Gaz. arch. 1878 p. 42 ff. Mitt. d. arch. Inst. z. Athen IV 168 ff. Ein bei Hagios Sostis (Tegea) gefundener Demeter- oder Korekopf ist publicirt Gaz. des Beaux-Arts XXI 109.

Thelpusa.

Paus. VIII 25, 4: *μετὰ δὲ Θέλπουσαν ἐπὶ τὸ ἱερὸν τῆς Δήμητρος ὁ Λάδων κάτεισι τὸ ἐν Ὀγκείῳ· καλοῦσι δὲ Ἐρινὺν οἱ Θελπούσιοι τὴν θεόν, ὁμολογεῖ δέ σφισι καὶ Ἀντίμαχος ἐπιστρατείαν Ἀργείων ποιήσας ἐς Θήβας· καί οἱ τὸ ἔπος ἔχει·*

Δήμητρος τόθι φασὶν Ἐρινύος εἶναι ἕδεθλον.

ὁ μὲν δὴ Ὄγκος Ἀπόλλωνός ἐστι κατὰ τὴν φήμην καὶ ἐν τῇ Θελπουσίᾳ περὶ τὸ χωρίον ἐδυνάστευε τὸ Ὄγκειον. Τῇ θεῷ δὲ Ἐρινὺς γέγονεν ἐπίκλησις· πλανωμένῃ γὰρ τῇ Δήμητρι ἡνίκα τὴν παῖδα ἐζήτει, λέγουσιν ἕπεσθαί οἱ τὸν Ποσειδῶνα ἐπιθυμοῦντα αὐτῇ μιχθῆναι, καὶ τὴν μὲν ἐς ἵππον μεταβαλοῦσαν ὁμοῦ ταῖς ἵπποις νέμεσθαι ταῖς Ὄγκου, Ποσειδῶν δὲ συνίησιν ἀπατώμενος καὶ συγγίνεται τῇ Δήμητρι ἄρσενι ἵππῳ καὶ αὐτὸς εἰκασθείς· τὸ μὲν δὴ παραυτίκα τὴν Δήμητρα ἐπὶ τῷ συμβάντι ἔχειν ὀργίλως, χρόνῳ δὲ ὕστερον τοῦ τε θυμοῦ παύσασθαι καὶ τῷ Λάδωνι ἐθελῆσαί φασιν αὐτὴν λούσασθαι. ἐπὶ τούτῳ καὶ ἐπικλήσεις τῇ θεῷ γεγόνασι, τοῦ μηνίματος μὲν εἵνεκα Ἐρινὺς, ὅτι τῷ θυμῷ χρῆσθαι καλοῦσιν ἐρινύειν οἱ Ἀρκάδες[1]), Λουσία δὲ ἐπὶ τῷ λούσασθαι τῷ Λάδωνι. τὰ δὲ ἀγάλματά ἐστι τὰ ἐν τῷ ναῷ ξύλου, πρόσωπα δέ σφισι καὶ χεῖρες ἄκραι καὶ πόδες εἰσὶ Παρίου λίθου· τὸ μὲν δὴ τῆς Ἐρινύος τήν τε κίστην καλουμένην ἔχει καὶ ἐν τῇ δεξιᾷ δᾷδα, μέγεθος δὲ εἰκάζομεν ἐννέα εἶναι ποδῶν αὐτήν· ἡ Λουσία δὲ ποδῶν ἓξ ἐφαίνετο εἶναι. ὅσοι δὲ Θέμιδος καὶ οὐ Δήμητρος τῆς Λουσίας τὸ ἄγαλμα εἶναι νομίζουσι, μάταια ἴστωσαν ὑπειληφότες. Τὴν δὲ Δήμητρα τεκεῖν φασὶν ἐκ τοῦ Ποσειδῶνος θυγατέρα, ἧς τὸ ὄνομα ἐς ἀτελέστους λέγειν οὐ νομίζουσι, καὶ ἵππον τὸν Ἀρίονα· ἐπὶ τούτῳ δὲ παρὰ σφίσιν Ἀρκάδων πρώτοις Ἵππιον Ποσειδῶνα ὀνομασθῆναι.

Hesych. s. v. *Λουσία· Δημήτηρ παρὰ Τελφουσίοις.*

Schol. Lyc. 1040: *πόλις ἐν Ἀρκαδίᾳ (Τέλφουσα), ἔνθα τιμᾶται ἡ Ἐριννύς.*

Schol. Lyc. 1225: *Ἐριννὺς δὲ ἡ Δημήτηρ τιμᾶται ἐν Ὄγκαις πόλει Ἀρκαδίας.*

Tzetz. Lyc. 153: *Καὶ Καλλίμαχος Ἐριννὺν καλεῖ τὴν Δήμητρα λέγων·*

Τὴν μὲν ὅγ' ἐσπέρμηνεν Ἐρινύϊ Τιλφουσσαίῃ.

καὶ Ἐριννὺς μὲν λέγεται ἢ παρὰ τὸ τὰς ἀρὰς ἀνύειν καὶ πληροῦν ἢ παρὰ τὸ ἐν τῇ ἔρᾳ καὶ ἐν τῇ γῇ ναίειν ὡς καὶ τὸ Ἐνναία, ἢ ὅτι Ἐριννύϊ ὁμοιωθεῖσα μίγνυται Ποσειδῶνι καὶ γεννᾷ τὸν Ἀρείονα ἵππον. Λέγουσι γὰρ ὅτι Ποσειδῶνος ἐρασθέντος τῆς Δήμητρος αὐτὴ εἰς ἵππον μεταβληθεῖσα καὶ

---

1) vgl. Et. M. p. 374.

μεταξὺ ἀγέλης ἱππικῆς εἰσφρήσασα τοὺς ἵππους ἐτάραξε διὰ τὸ ἀθρόον ξένην ἵππον ἐπιστῆναι. Ἔφη οὖν ὁ ἱπποφορβός, πόθεν αὕτη ἡ ἐριννύς; Ἐντεῦθεν οὖν Ἐριννύς, ἀλλὰ καὶ Ἀρκάδες οὕτως αὐτὴν τιμῶσιν. (vgl. Tzetz. Lyc. 1040 u. 1225.)

Zum Mythos vgl. Antimachos bei Paus. VIII 25, 9. Schol. Il. Ψ 346. Apd. III 6, 8. Hesych. s. v. *Ἀρείων*. Schol. Anth. gr. I 48 p. 90. Ovid. Met. VI 119. Stat. Theb. VI 301. Philarg. Verg. Georg. III 122. Quint. Smyrn. IV 569 u. A.

Paus. VIII 25, 2: *Καὶ ἐπὶ Δήμητρος ἱερὸν κάτεισιν (ὁ Λάδων) Ἐλευσινίας. τὸ δὲ ἱερὸν τοῦτο ἔστι μὲν Θελπουσίων ἐν ὅροις, ἀγάλματα δὲ ἐν αὐτῷ, ποδῶν ἑπτὰ οὐκ ἀποδέον ἕκαστον, Δήμητρός ἐστι καὶ ἡ παῖς καὶ ὁ Διόνυσος, τὰ πάντα ὁμοίως λίθου.*

Münzen: Zeitschr. f. Num. I 125 (T. IV 7): Kopf der Demeter Erinys mit Ohrgehängen und Halsband n. r. die Haare schlangenartig gelockt. R. Das Rofs Areion frei rechtshin sprengend. Darüber *ΕΡΙΩΝ*. Journ. of Hell. stud. VII 106: Head of Demeter adorned with necklace ending in horse's head. R. *ΕΡΙΩΝ*. The horse Arion running bridled. vgl. Arch. Anz. 1847 S. 36*. Bull. d. I. 1848 p. 136. Imhoof-Blumer monn. gr. 209.

Trapezus.

Paus. VIII 29, 1: *Καὶ αὖθις ἐπὶ τὸν Ἀλφειὸν ἐν ἀριστερᾷ καταβαίνοντι ἐκ Τραπεζοῦντος οὐ πόρρω τοῦ ποταμοῦ Βάθος ἐστὶν ὀνομαζόμενον, ἔνθα ἄγουσι τελετὴν διὰ ἔτους τρίτου θεαῖς μεγάλαις.*

Zoitia.

Paus. VIII 35, 7: *μένει δὲ ἐν Ζοιτίᾳ Δήμητρος ναὸς καὶ Ἀρτέμιδος.*

Ohne Ortsangabe.

Herod. II 171: *καὶ τῆς Δήμητρος τελετῆς πέρι, τὴν οἱ Ἕλληνες θεσμοφόρια καλέουσι, καὶ ταύτης μοι πέρι εὔστομα κείσθω, πλὴν ὅσον αὐτῆς ὁσίη ἐστὶ λέγειν. αἱ Δαναοῦ θυγατέρες ἦσαν αἱ τὴν τελετὴν ταύτην ἐξ Αἰγύπτου ἐξαγα-*

γοῦσαι καὶ διδάξασαι τὰς Πελασγιώτιδας γυναῖκας· μετὰ δὲ ἐξαναστάσης πάσης Πελοποννήσου ὑπὸ Δωριέων ἐξαπώλετο ἡ τελετή, οἱ δὲ ὑπολειφθέντες Πελοποννησίων καὶ οὐκ ἐξαναστάντες Ἀρκάδες διέσωζον αὐτὴν μοῦνοι.

Apollodor. bei Steph. B. s. v. *Ἀρκαδία· Ἀπολλόδωρος ἐν τῷ περὶ θεῶν ἑκκαιδεκάτῳ βιβλίῳ περὶ Δήμητρός φησιν, ὅτι Ἀρκάδια τῇ Δήμητρι μέλλοντες θύειν οἱ ἄνθρωποι, ταύτην γὰρ τὴν θυσίαν συνεστήσαντο μετὰ τὸν πρῶτον σπόρον, ὅτι αὐτοῖς ἐκ τῆς γῆς ἔμολεν ὁ καρπὸς εἰς τροφὴν καὶ σπόρον. καὶ οὕτω τὰ Ἀρκάδια τιμῆς χάριν.*

Für die Kenntnis des Demeterkults steht uns durch Nachrichten und Funde ein so reichhaltiges Material aus dem Altertum zu Gebote, wie für keinen anderen arkadischen Götterdienst. Wenn es trotzdem nicht gelingen will, dieses Material für die Klarlegung auch der feineren Verästelungen der einzelnen Kulte völlig auszunutzen, so liegt dies daran, daſs durch das Zusammentreffen verschiedener Kultgruppen, die spätere Verquickung der alten Kultformen mit dem mächtigen Eleusinischen Kult und die Rücksicht auf den compilatorischen Charakter der Ueberlieferung unseres Hauptgewährsmannes Pausanias die sichere Entscheidung darüber, welcher Kultgruppe das ursprüngliche Besitzrecht an den einzelnen, uns so zahlreich überlieferten Bräuchen zuzusprechen ist, fast unmöglich gemacht wird.

Der Ausdruck „Kultgruppen" könnte befremdlich erscheinen, wenn wir uns die Analogie der soeben behandelten Hermeskulte vor Augen halten. Denn da Demeter als demselben Stamm angehörige weibliche Gottheit von Hermes untrennbar erscheint, der Hermeskult aber in durchaus einheitlicher Form in Arkadien auftritt, so ist zunächst nicht zu ersehen, wo die Berechtigung, von Kultgruppen beim Demeterkulte zu reden, sich herschreibt. Die Sache liegt jedoch beim Demeterkult längst nicht so einfach, wie beim Hermeskult, da es sich hier nicht nur um einen neu eingeführten, sondern auch um einen auf bereits vorhandene Kultformationen gepfropften Götterdienst handelt. Wir werden also gut daran tun, von der Analogie des Hermeskults und seiner im vorigen Capitel verfolgten Wanderung von Messenien bis zur Kyllene und weiter vorläufig abzusehen.

Unter den oben zusammengestellten Zeugnissen erwecken das besondere Interesse zunächst diejenigen, welche die Demeter als Erinys, oder als — wie sofort ersichtlich — die gleiche Bedeutung in sich schliefsende Melaina zeigen. Dafs die Demeter Erinys von Thelpusa ursprünglich identisch mit der boiotischen Erinys Tilphossa ist, hat bereits Otfried Müller[1]) erkannt. Erinys Tilphossa ist in Theben die Stammesgöttin der thrakischen Aonen und als solche dem Ares als Gattin gepaart.[2]) Sie wird in Theben durch die Aphrodite der tyrsenischen Pelasger verdrängt[3]) und erscheint im Aphrodisischen Dreiverein von Theben als Aphrodite Apostrophia, wie Tümpel erkannt hat.[4]) Wenn wir sie in Thelpusa mit Demeter verschmolzen finden, so ist hier an Stelle der tyrsenischen Aphrodite ein siegreiches Ueberwiegen der Kadmeiergöttin Demeter zu erkennen. Denn dafs wir in Thelpusa wirklich den Thebischen Kultcomplex vor uns haben, beweisen die Spuren der Athena Onka im Namen des später dem Apollon geweihten Onkeion, die Angabe, dafs der Thebanische Ismenios ursprünglich Ladon hiefs[5]), und das Vorkommen des Namens Ladon als Drachenname.[6])

Soweit wäre also Alles in schönster Ordnung. Nun ist doch aber im aonischen Kult Ares der Gatte der Erinys Tilphossa.[7]) Seinen Namen finden wir ja auch im Rosse Areion von Thelpusa wieder. Wie kommt nun Poseidon dazu, in Thelpusa als Gatte der Demeter und Vater des

1) C. O. Müller: Eumen. 168 ff.

2) vgl. Tümpel: Ares und Aphrodite. Leipzig 1880. (11. Supplbd. der Jahrb. f. cl. Phil.)

3) vgl. O. Crusius: Beitr. z. griech. Mythol. Progr. d. Leipziger Thomasschule 1886.

4) a. a. O.

5) vgl. Paus. IX 10, 6.

6) Ueber Ladon als Drachenname vgl. Tümpel a. a. O. 639 ff.

7) Schol. Soph. Ant. 126.

Areion zu figuriren? Man hat sich über diese Schwierigkeit damit hinwegzuhelfen gesucht, dafs ja auch Ares als Hippios Verehrung fand[1]) wie Poseidon, dafs er aber in dieser Eigenschaft an den in Arkadien viel mächtigeren Poseidon Hippios seine Rolle abgeben mufste, besonders da dieser in Arkadien der ständige Genosse der Demeter ist. Das heifst, die gestellte Frage mit einem neuen Problem beantworten; denn wie kommt Poseidon zur Demeter, da deren Genosse doch Hermes ist? Die Sache wird dadurch nicht besser, dafs Tümpel, dem die Schwächen der eben angeführten Argumentation nicht entgangen sind, durch eine übrigens in ihren Voraussetzungen von Crusius[2]) als falsch erwiesene etymologische Betrachtung den Areion von Ares ganz zu trennen sucht. Wenn Poseidon in Kultverbindung mit Demeter oder Erinys erscheint, während doch die diesen Gottheiten entsprechenden männlichen Götter Hermes und Ares sind, so ergiebt sich nach den von uns bisher befolgten mythologischen Principien das Postulat: Es mufs ein Stamm gesucht werden, dessen Gott Poseidon ist, und der durch directe Berührung mit den Demeter- oder Erinysverehrern diesen seinen Gott übermittelt hat.

Da die Erinysverehrung offenbar die frühere Phase darstellt, so beginnen wir mit dieser. Die Erinysverehrer sind in Boiotien die thrakischen Aonen. Diese sind höchst wahrscheinlich identisch mit den Abanten, deren thrakische Abkunft Aristoteles[3]) und der Name der Nymphe Aba[4]), der Mutter des Eponymos der thrakischen Stadt Ergiske bezeugen. Denn Chalkodon, der sich durch seinen Namen deutlich mit den aus der Saat der Drachenzähne hervorgegangenen ehernen Sparten identificirt, — der Drache ist Sohn des Ares und der Erinys Tilphossa[5]) — ist Sohn des Abas und König der Abanten auf Euboia; und dieser Chal-

1) vgl. Paus. V 15, 4.
2) Jahrb. f. cl. Phil. 123 S. 289 ff.
3) bei Strabo X 445.
4) Harpocr. s. v. Ἐργίσκη. Et. M. 369. 54.
5) Schol. Soph. Ant. 126.

kodon soll vom Thebanischen Amphitryon getötet worden sein.[1]) In Arkadien finden wir nun nicht nur im Erinyskult die deutlichen Spuren dieser Aonen oder Abanten, sondern auch Chalkodon selbst ist dort lokalisirt; denn es heifst bei Pausanias VIII 15, 5: *Ἔστι δὲ αὐτόθι* (in der Pheneatis) *καὶ ἡρώων μνήματα ὅσοι σὺν Ἡρακλεῖ στρατείας ἐπὶ Ἠλείους μετασχόντες οὐκ ἀπεσώθησαν οἴκαδε ἐκ τῆς μάχης. τέθαπται δὲ Τελαμὼν ἐγγύτατα τοῦ ποταμοῦ τοῦ Ἀροανίου ἀπωτέρω μικρὸν ἢ ἔστι τὸ ἱερὸν τοῦ Ἀπόλλωνος, Χαλκώδων δὲ οὐ πόῤῥω κρήνης καλουμένης Οἰνόης.* Pausanias kann sich zwar nicht recht erklären, wie Telamon und Chalkodon hierher kommen, mit der Tradition der Pheneaten stimmt aber gut, dafs Chalkodon auch unter den Freiern der Hippodameia genannt wird.[2])

Die arkadischen Erinysverehrer wurden nun, wie wir oben sahen, Azanen genannt. Azan ist einer der drei Söhne des Arkas. Sein Sohn Kleitor residirt in Lykosura und gründet später Kleitor.[3]) Diese Azanen sind offenbar also ein dritter Name für Aonen und Abanten. Eine Bestätigung dafür giebt die Einschiebung eines Azeus in die Minyergenealogie als Vater des Aktor, mit dessen Tochter Astyoche Ares den Askalaphos und Ialmenos zeugt.[4]) Man beachte ferner den Demos Azenia in Attika, wo die Aonen-Abanten ja auch Fufs gefafst hatten. Wir haben also als Wohnsitze dieser Azanen-Aonen-Abanten vorläufig das westliche Arkadien, nämlich Pheneos, Kleitor, Thelpusa, Phigalia und Lykosura zu betrachten, in welch letzteren beiden Orten sie die Nachbarn der Parrhasier sind.

Die zweite Frage geht nun dahin, ob sich aufserhalb Arkadiens Kultverbindung von Erinys und Poseidon findet. Die boiotische Erinysverehrung schlofs sich in typischer Weise an einen kalten Quell in einer Höhle an. Dementsprechend finden wir in Phigalia die Höhle und den kalten

1) Plut. amator. 3. Paus. VIII 15, 6. IX 17, 12.
2) Paus. VI 21, 7. Im Schol. Pind. Ol. I 114, 127 heifst er Chalkon.
3) Paus. VIII 4, 3 ff.
4) Paus. IX 37, 7.

Quell der Demeter Melaina, die Styx in der Pheneatis, die Ladonschlucht bei Thelpusa. Nun heifst es bei Steph. Byz. s. v. *Δελφοί· πόλις ἐπὶ τοῦ Παρνασσοῦ πρὸς τῇ Φωκίδι, ἔνθα τὸ ἄδυτον ἐκ Πεντελησίων κατεσκεύασται λίθων, ἔργον Ἀγαμήδους καὶ Τροφωνίου. ἔστι καὶ Δελφοῦσσα τοῦ τόπου κρήνη. τὸ ἐθνικὸν ὁμωνύμως τῇ πόλει. τὸ θηλυκὸν Δελφίς. καὶ κτητικὸν Δελφικός. ἐκλήθησαν δὲ Δελφοὶ ὅτι Ἀπόλλων συνέπελυσε δελφῖνι εἰκασθείς· καὶ ἵδρυται Ἀπόλλωνι ἱερόν. ἔστι καὶ Δελφουσία πόλις Ἀρκαδίας, ὡς Ἀνδροτίων ἐν β' Ἀτθίδος.* In Delphoi wurde in vorapollinischer Zeit die Ge verehrt, welche später den Namen Themis erhielt.[1]) Es kann auch ohne den ausdrücklichen Hinweis des Stephanos kein Zweifel daran bestehen, dafs wir hier denselben Kult vor uns haben, wie im arkadischen Thelpusa, wo ja ebenfalls die Demeter auch den Namen Themis führte. Nun ist aber der Genosse der Ge-Themis in Delphoi Poseidon, der mit ihr ein gemeinsames Orakel besafs.[2]) Dafs dieser Poseidon hier echt ist, beweist der Umstand, dafs Trophonios und Agamedes seinen Tempel bauten, grade wie den Tempel des thessalischen Poseidon Hippios in Mantineia.[3]) Des thessalischen Poseidon? Ganz recht, wir hatten ja den Poseidon als Gott der an der Kyllene ansässigen lapithischen Elatiden kennen gelernt. Nun beachte man die Erzählung bei Diodor. IV 33: *μετὰ δὲ ταῦτα Ἡρακλῆς μὲν ἐπανελθὼν εἰς Πελοπόννησον ἐστράτευσεν ἐπ' Αὐγέαν διὰ τὴν ἀποστέρησιν τοῦ μισθοῦ. γενομένης δὲ μάχης πρὸς τοὺς Ἠλείους, τότε μὲν ἄπρακτος ἐπανῆλθεν εἰς Ὤλενον πρὸς Δεξαμενόν· τῆς δὲ τούτου θυγατρὸς Ἱππολύτης συνοικιζομένης Ἀζᾶνι συνδειπνῶν Ἡρακλῆς καὶ θεασάμενος ἐν τοῖς γάμοις ὑβρίζοντα τὸν Κένταυρον Εὐρυτίωνα καὶ τὴν Ἱππολύτην βιαζόμενον ἀπέκτεινεν.* Eurytion? So hiefs doch jener Kentaur, der die Lapithin Hippodameia, die Braut des Peirithoos, entführen wollte. Also ist Hippolyte ebenfalls eine Lapithin. Also heiratet Azan, der Eponymos der thrakisch-arkadischen

1) Paus. X 5, 6.
2) Musaios bei Paus. X 5, 6. Paus. X 24, 4. Hesych. s. v. πυρκόοι.
3) Paus. X 5, 13. VIII 10, 3.

Azanen eine Lapithin. Also haben wir hier ein Merkmal einer Stammesverschmelzung zwischen Erinysverehrenden Azanen und Poseidonverehrenden Lapithen. Also beruht die Kultverbindung von Erinys und Poseidon auf dem Zusammentreffen dieser beiden Stämme. Da sich diese Kultverbindung aber schon in Delphoi und Olenos vorfindet, so kann sie nicht erst in Arkadien erfolgt sein, sondern wahrscheinlich haben sich die Thessaler und der aus Boiotien westwärts abziehende Thrakerstamm auf der grofsen Phokischen Völkerstrafse getroffen.[1])

Die dritte Phase ist die Kultvereinigung Demeter-Poseidon. Die Erinys-Themis erscheint in Thelpusa in doppelter Gestalt: als Demeter Erinys und als Demeter Lusia. Der letztere Name wird durch das entsühnende Bad im Ladon zu erklären versucht. Eine solche Entsühnung finden wir auch in dem auf der Grenze von Kleitor und Pheneos gelegenen Orte Lusoi. Dort entsühnt Melampus die Proitiden.[2]) Melampus ist Pylier. Von Pylos aus haben wir den Hermeskult verfolgt. Demeter ist von Hermes untrennbar. Hier also haben wir die Spur des von Messenien her zugewanderten Hermes-Demeterkults. Denn wie Demeter, so tritt auch Hermes in den Kultkreis von Thelpusa ein: Euandros, der Heros von Pallantion, wird Sohn des Hermes und der mit mantischer Kunst begabten Ladontochter Themis genannt.[3])

Jetzt noch in aller Kürze ein Wort über die in den Kultcomplex dieser Gruppe hineinspielenden Götter Apollon und Athena. Athena Onka-Tritonia-Koria fanden wir in Thelpusa, Pheneos, Kleitor; sie ist die Göttin der vor den Aonen in Boiotien ansässigen Ektenen, die als identisch mit den Temmikern anzusehen sind.[4]) Wie die Aonen ihren

---

1) Nähere Ausführungen finden sich Arch. Anz. 1891 S. 39 f.

2) Callim. Dian. 233 ff. Polyb. IV 18, 10. Paus. VIII 18, 7.

3) Dion. Hal. I 31. Paus. VIII 43, 2. Plut. quaest. rom. 56. Serv. Verg. Aen. VIII 336.

4) Paus. IX 5, 1. Strabo VII 321. St. B. s. v. *Τέμμιξ*. Schol. Eur. Rhes. 509. Hesych. s. v. *Τερμέρια κακά* (vgl. a. Et. M.). Theognost. p. 27, 12.

Kult in Boiotien bestehen lassen, so bringen sie ihn höchst wahrscheinlich auch nach Arkadien mit, wie wir denn auch einige Kulte im Capitel „Athena“ als boiotisch bezeichnet haben.

Die Anwesenheit des Apollon erklärt sich einfach durch die Verbindung mit Delphoi. Wie Apollon in Delphoi das Manteion der Themis und des Poseidon verdrängt, so folgt er natürlich auch nach Arkadien nach, ohne doch hier zu ähnlichem Ansehn zu gelangen. So werden wir ihn im Onkeion zu Thelpusa, in der Pheneatis, in Phigalia und Lykosura meist unter dem Namen Pythios finden, also grade an den Stätten der hier behandelten Kultgruppe.

Die Kultsage von Thelpusa selbst schliefslich trägt alle Züge des aitiologischen Mythos und ist in verhältnismäfsig späte Zeit zu setzen.

Dem Thelpusaiischen Kulte am ähnlichsten giebt sich der von Phigalia. Auch hier wird das Zürnen der Demeter der Vergewaltigung durch Poseidon zugeschrieben. Aber hier hat sich die ursprüngliche Form des Kults noch mehr verwischt, als in Thelpusa; wir finden dafür Spuren des Lokalcolorits — die Entdeckung der Demeter durch den Pan Lykaios — und vor allem die weit stärkere Einwirkung des aus Messenien eingeführten Demeterkults. Der Name Erinys ist hier völlig verschwunden und besteht nur noch anklangsweise in dem Epitheton Melaina, wie wir ja auch eine Aphrodite Melanis in Thespiai[1]) und Melangeia[2]) als Nachfolgerin einer Apostrophia-Erinys finden. Ebensowenig weifs man in Phigalia etwas von der Geburt des Areion. Ob eine Spur derselben in dem rossköpfigen Kultbild zu finden ist, mufs angesichts dieser berüchtigten Pausaniasnotiz dahingestellt bleiben, doch spricht alle Wahrscheinlichkeit dafür. Die Attribute der Drachen und des Delphins würden ja auch vortrefflich für die Erinys Tilphossa passen. An Stelle des Areion bringt in Phigalia die Demeter eine

1) Paus. IX 27, 5.
2) Paus. VIII 6, 5.

Tochter zur Welt, was auch in der Thelpusaiischen Legende so nebenher erwähnt wird, dort also erst wieder als Rückwirkung des Phigalensischen Kults zu betrachten ist. Denn diese Tochter, die Despoina, ist eine selbstständige Schöpfung des Demeterkults im Lykaiongebiet, auf die wir noch kommen werden.

Phigalos, der Oikist und Eponymos von Phigalia, ist zugleich Mitgründer von Pallantion.[1]) Euandros, den bekannten Heros von Pallantion, haben wir bereits als Sohn des Hermes und der Ladontochter Themis kennen gelernt. Die Beziehungen zu Phigalia und Thelpusa wären also gegeben. Und so finden wir denn auch in Pallantion gemeinsame Verehrung von Demeter und Poseidon Hippios. Auf den ursprünglich boiotischen Charakter des Kults weisen die Katharoi, bei denen die Pallantier ihren höchsten Schwur abgaben. Dieselben entsprechen offenbar den Praxidikai vom Tilphossion bei Haliartos, welchen die gleiche Function als Schwurgottheiten eigentümlich war.[2]) Die Kadmeionischen Einflüsse sehen wir ferner darin, dafs nach Pallantion Iasion, der Bruder des Dardanos, gehört, welcher mit diesem das Palladion nach Samothrake bringt, und im dortigen Kult der Geliebte der Demeter ist.[3])

Dardanos führt uns nach Pheneos. Poseidon und Athena haben wir hier bereits kennen gelernt. Die Demeter Thesmophoros ist unschwer in der Thesmia zu erkennen. Die Erinys Tilphossa hat sich verwischt. Diese letztere hat nun Tümpel[4]) nach dem Vorgange von Stoll[5]), Preller[6]) und H. D. Müller[7]), wie mir scheint mit Recht, in der Eleusinia wiedererkannt. Hier wäre also zur Zeit des

1) Paus. VIII 8, 1.

2) Paus. IX 33, 3.

3) vgl. Diod. V 48. Strabo VII 331, 50. Dion. Hal. I 61. Serv. Verg. Aen. III 15. 167. Steph. B. s. v. Δάρδανος.

4) a. a. O. 658 ff.

5) Stoll: Ueber die ursprüngl. Bedeutung des Ares. 1855.

6) Preller: Demeter und Persephone 147.

7) H. D. Müller: Myth. d. gr. St. II 147.

Ueberwiegens des Kults von Eleusis unter späterem attischen Einflufs der ohnehin schwache Erinyskult, der sich hier nicht einmal den Poseidon assimiliren konnte, in einen Kult der Demeter Eleusinia übergegangen. Da wir jedoch den Eleusiniakult im südlichen Arkadien als ein specielles Characteristicum messenischen Einflusses noch kennen lernen werden, so ist trotz der attisch-eleusinischen Kultlegende von Pheneos doch auch die Möglichkeit vorhanden, dafs hier im Hauptsitze der messenischen Hermesdiener auch dieser specifisch messenische Demeterkult sich einbürgerte. Für das einstmalige Vorhandensein einer Erinys spricht jedenfalls, dafs neben dem Eleusiniatempel jenes Petroma gelegen war, das im Schwur der Pheneaten dieselbe Rolle spielte, wie die Katharoi in Pallantion und die Praxidikai in Haliartos. Schliefslich mag noch erwähnt werden, dafs nach dem Glauben der Alten der Ladon seinen Ursprung im See von Pheneos hatte, dessen unterirdischen Abflufs er bildete, um erst später wieder im Gebiete von Kleitor zu Tage zu treten.[1] Es würde dann in Pheneos noch der Kult der Demeter Kidaria übrig bleiben. Derselbe gehört einem anderen Kultgebiete an und soll später besprochen werden.

Da also die Vereinigung von Demeter und Poseidon Hippios das charakteristische Kennzeichen der bisher behandelten Kultgruppe war, so sind auch die Kulte vom Alesion bei Mantineia und von Lykosura in diesen Kreis zu beziehen. Besonderes Interesse verdient nun der Kult des Lykaiongebiets, weil er ein neues, ganz selbstständiges Reis getrieben hat: den Despoinakult. Lykosura war, wie wir oben sahen, die Residenz der Azanischen Könige; andrerseits war das Lykaiongebiet der äufserste gegen Messenien vorgeschobene Posten. Hier also mufsten die Gegensätze am heftigsten aufeinander prallen. War in Phigalia noch der Erinyskult unleugbar mächtiger, so sehen wir in Lykosura den umgekehrten Fall. Von der ursprünglichen Vorstellung bleibt hier nur noch der ja auch schon auf einem

---

1) Strabo VIII 389. Paus. VIII 20, 1 u. A.

Compromifs beruhende Name Despoina, der aber hier schon direct mit Persephone identificirt wird, und das bescheidene Plätzchen, welches der Poseidon Hippios im Kult von Lykosura einnimmt. In allem Uebrigen weisen die Bräuche wie die Gestaltung der Götterbilder völlig auf das messenische Vorbild hin. Dabei bleibt es aber nicht. In diesem abgeschiedenen Gebirgswinkel wirkt, wie wir schon in Phigalia sahen, das Lokalcolorit mächtig auf den von aufsen eingeführten Kult ein. Dies zeigt sich in der Beigesellung des Titanen Anytos und vor allem in der Verbindung der Despoina mit der Figur der Artemis. Als Propylaia-Hegemone finden wir die Artemis sowohl im Kulte der *Μεγάλαι θεαί* von Megalopolis, als in Eleusis. In Lykosura tritt sie aber direct neben das Götterbild der Despoina, was ja schliefslich in ihrer Form als Hekate nichts übermäfsig Auffälliges bieten würde. Neben den Hekatesymbolen der Fackel und der Schlangen hat sie aber hier bereits Nebris, Köcher und Jagdhunde. Kurz Despoina und Artemis nähern sich immer mehr, so dafs schliefslich eine Ideenverschmelzung sich einstellt, wie sie in der Sage von der heiligen Hindin der Despoina zu Tage tritt. Ueber die näheren Formen des Despoinakultes Vermutungen aufzustellen, ist angesichts der aus den augenblicklichen Ausgrabungen im Despoinaheiligtum zu erwartenden Inschriften zwecklos. Im Uebrigen hat der Despoinakult eine Verbreitung über das Lykaiongebiet hinaus nicht gefunden; ein fernerer Beweis für die streng lokalen Voraussetzungen, die ihn ermöglichten. Für das Ansehen, das er sich trotzdem zu erringen wufste, spricht die Ausdehnung des Heiligtums, die Bezeichnung der Despoina als höchste arkadische Gottheit bei Pausanias, und das Vertretensein des Kults in Olympia.[1])

Sahen wir bisher den aus Messenien eingeführten Demeterkult in mehr oder weniger starker Bedeutung auf einen schon vorhandenen Erinyskult gepfropft, so bestehen natürlich daneben auch Neugründungen, in denen sich der neu ein-

1) Paus. V 15, 4—10.

geführte Kult selbstständig und ohne sich an bereits vorhandene Kultformationen anzulehnen entwickelte. Diese jetzt zu behandelnde Gruppe verehrt die Demeter mit Vorliebe als Eleusinia, besonders aber Demeter und Kore als *Θεαὶ μεγάλαι*.

Den arkadischen Eleusiniakult scheint nun Johannes Toepffer[1]) auf attischen Ursprung zurückführen zu wollen. Er nimmt an, dafs der peloponnesische Eleusiniakult „in uralte, wohl noch vordorische Zeit zurückreicht", und findet grade auffällige Zeugnisse für frühe Wechselbeziehungen zwischen Attika und Arkadien. Arkas hätte von Triptolemos den Ackerbau gelernt.[2]) Seine Gemahlin Metaneira würde Tochter des Krokon genannt.[3]) Apheidas und Azen wären in die attische wie in die arkadische Genealogie verflochten und seien in beiden Landschaften eponyme Heroen.[4]) Diese Beziehungen hätten jedenfalls lange vor der Gründung Eleusinischer Filialen in der Peloponnes bestanden. Wenn nun auch der von Toepffer als Beispiel herangezogene Kult von Pheneos höchst wahrscheinlich, wie wir oben sahen, grade zu diesen Eleusinischen Filialen zu rechnen ist, denn er soll ja von dem Eumolpiden Naos, den man sich auf Befehl von Delphoi hin verschrieb, begründet sein, und wenn auch die Sagen vom Arkas und seiner Gattin Metaneira deutlich den Stempel später Eleusinischer Erfindung tragen, also in die gleiche Kategorie fallen, so hat doch Toepffer die übrigen auffälligen Züge richtig erkannt. Wir haben die Erklärung für dieselben bei der Betrachtung der Apheidanten und der Aonen gefunden.[5]) Nur haben sie absolut nichts mit dem Demeterkulte zu tun; denn der Ursprung der arkadischen Eleusiniakulte läfst sich auf anderem Wege mit Sicherheit constatiren.

---

1) Attische Genealogie. Berlin 1889. S. 102 f.

2) Paus. VIII 4, 1.

3) Apollod. III 9, 1. vgl. das attische Geschlecht der Krokoniden.

4) vgl. den attischen König Apheidas, das attische Geschlecht der Ἀφειδαντίδαι, den attischen Demos Azenia.

5) vgl. oben S. 65 f. u. 115.

Der älteste Kult der Demeter Eleusinia in Arkadien stammt nach arkadischer Ueberlieferung (Nikias) aus der Zeit der Einwanderung der Dorier in die Peloponnes. Kypselos, der Schwiegervater des Kresphontes, der Grofsvater des Aipytos, des Begründers des messenischen Königshauses der Aipytiden, hat ihn in Basilis begründet. Sein Ursprung aus Messenien, wo der bedeutendste und älteste Kult der *Θεαὶ μεγάλαι* in der Peloponnes bestand[1]), ist damit gesichert. Es stimmt dies vollständig mit unseren bei der Betrachtung des Hermeskults gewonnenen Ergebnissen überein, denn die beiden einzigen Kulte, die wir in Basilis kennen, sind die des Hermes[2]) und der Demeter. Was im Kult von Basilis der Schönheitswettkampf zu bedeuten hat, ob er überhaupt in wirklich enger Beziehung zum Demeterkult steht, läfst sich nicht ergründen. Wir finden die hier behandelte Form des Kults vorwiegend im südlichen Arkadien. Von dem Basilis benachbarten Trapezus wissen wir nur, dafs dort ein Kult der *Θεαὶ μεγάλαι* mit einem trieterischen Feste bestand. In Megalopolis befand sich neben einem bedeutenden Kult der messenischen *Θεαὶ μεγάλαι* ein Eleusinischer Filialkult, für den besondere Gründer namhaft gemacht werden. Das Charakteristische dieser Kultgruppe ist, dafs ausschliefslich Frauen den Dienst der Göttinnen versehen, während Männer manchmal überhaupt keinen Zutritt zum Heiligtum haben. Dafs man sich in Megalopolis wie auch in Lykosura für die Ausführung der Götterbilder eines messenischen Künstlers, Damophons, bediente, ist vielleicht mehr wie ein blofser Zufall. Ueber die Rückwirkungen auf das Lykaiongebiet haben wir bereits gesprochen.

Von den bisher gefundenen beiden Kultgruppen wurde, wie wir sahen, der Osten Arkadiens, vor allem Tegea und Mantineia, kaum berührt. Ueber den Kult von Tegea sind wir, abgesehen von den spärlichen Nachrichten des Pausanias hauptsächlich durch monumentale Funde unter-

1) vgl. Paus. IV 1, 5 ff.

2) vgl. Mionnet Suppl. IV 274 n. 23. Sestini Mus. Font. I 27.

richtet. Da ist vorerst ein Votivrelief, welches Hades sitzend neben den stehenden Göttinnen Demeter und Kore darstellt. Rechts von den Gottheiten sieht man zwei Adorantinnen, darunter eine Hydrophore. Da sich auch unter den in Tegea gefundenen Bronzen und Terracotten zahlreiche Hydrophoren gleicher Darstellungsweise vorfinden, so hat Milchhöfer[1]) mit Recht angenommen, dafs hier ein Heiligtum der chthonischen Gottheiten vorhanden war, und dasselbe mit dem von Pausanias erwähnten Tempel der *Καρποφόροι* aus zwingenden topographischen Gründen identificirt. Den Beinamen *Καρποφόρος* hat Demeter auch in Epidauros.[2]) *Πολύκαρπος* wird sie im Kult von Hermione angeredet.[3]) In Hermione aber bestand ein berühmter Kult der Demeter Chthonia.[4]) Dieser Kult von Hermione hat sich über einen Teil der Peloponnes verbreitet. So ist nach des Pausanias ausdrücklichem Bericht der Kult der Chthonia von Sparta von Hermione abhängig.[5]) Danach dürfen wir eine gleiche Abhängigkeit für die Kulte der Chthonia in Asine[6]), Epidauros[7]), Gythion[8]) und vielleicht auch den von Pylos[9]) voraussetzen. Tegea fügt sich dieser Reihe[10]) natürlich an. Dafür spricht auch die Inschrift, welche von einer gemeinsamen Verehrung der Athena Alea und der Demeter meldet. Vereinigung von Athena und Demeter Chthonia findet sich nämlich auch im

1) Mitt. d. arch. Inst. z. Athen V 69 ff. vgl. Arch. Z. 1883 S. 225.

2) 'Εφ. ἀρχ. 1883 p. 153 (50).

3) Aristokles bei Aelian. nat. an. XI 4.

4) Paus. II 35, 4–8. C. I. G. 1194, 1197, 1198. Lebas-Foucart 159 a.

5) Paus. III 14, 5.

6) C. I. G. 1193.

7) a. a. O.

8) Relief. Arch. Z. 1883 T. 13, 1 Text S. 225 ff. Mitt. d. arch. Inst. z. Athen II 378 ff. n. 193.

9) Strabo VIII 344.

10) Ein auffälliger Zufall will es, dafs in der Inschrift von Epidauros Menodoros, ein Sohn des Agathokles, der Weihende ist, während auf dem Relief von Gythion der Inschrift gemäfs ein ?sikrates seine Tochter Agathokleia den Göttinnen weiht.

Kult von Hermione.[1]) Dafs aber die Spuren des Tegeatischen Athenakults nach Hermione weisen, haben wir bereits gezeigt. Uebrigens ist der Kult von Hermione als selbstständig und nicht etwa — trotz mannigfacher Aehnlichkeiten — als vom Eleusinischen Kult abhängig zu betrachten; denn Lasos dichtete einen Hymnos auf die Demeter von Hermione, in welchem er die Kore als Meliboia anredet.[2])

Dem Kulte von Tegea — der zweite Kult von Tegea, in welchem Demeter gemeinsam mit Dionysos Mystes verehrt wurde, ergiebt sich von selbst als Eleusinischer Filialkult grade wie die entsprechende Kultvereinigung in Thelpusa — schliefst sich der von Mantineia an. Die beiden grofsen Inschriften von Mantineia bezeugen das Vorhandensein zweier Kulte. Denn in der einen ist von einem Collegium von Priesterinnen die Rede, während in der anderen das Dekret zu Ehren der Nikippa von männlichen Priestern verfafst ist. Diese letzteren, *ἡ σύνοδος τῶν Κοραγῶν*, scheinen den bedeutenderen Kult zu repraesentiren, denn auch die Priesterinnen des anderen Kults lassen ihr Ehrendekret im Koragion aufstellen, gemäfs einem Beschlusse der *ἄρχοντες* und *σύνεδροι*. Dieser Priesterinnenkult ist nun wohl mit dem schon besprochenen Kulte vom Alesion zu identificiren, der Kult der Koragien wird dagegen zur Hermionensischen Gruppe zu zählen sein, da Kore ja in den der ersten Gruppe angehörigen Kulten keine Rolle spielt. Im Kult von Hermione verrichtete zwar die höchste heilige Handlung auch eine Frau, das eigentliche Collegium aber setzte sich aus Priestern zusammen.[3]) Das Fest der Chthonia von Hermione enthielt als Hauptmoment eine feierliche *πομπή*, gradeso wie die Koragia von Mantineia. Und was ausschlaggebend ist: Nikippa wird in der Inschrift von Mantineia besonders belobt, weil sie die Göttin selbst in ihr eigenes Haus aufgenommen habe; also offenbar eine symbolische

---

1) Paus. II 35, 8.
2) Athen. XIV 624 E.
3) Paus. II 35, 5.

Handlung. In der Kultlegende von Hermione aber hat Chthonia, die Tochter des Kolontas, die Demeter gegen den Willen ihres Vaters ins Haus aufnehmen wollen und, als ihren Vater die Strafe ereilte, den Kult von Hermione begründet.[1])

Alle diese Züge finden sich nun ebenfalls in dem schon kurz berührten Kulte der Demeter Kidaria zu Pheneos. Auch hier ist es ein Priester, der die Kulthandlung verrichtet und die ὑποχθόνιοι anruft. Auch hier haben wir die Sage von der Aufnahme der Demeter ins Haus durch Trisaules und Damithales. Und die Verhüllung des Hauptes, welche der Name Kidaria ausdrückt, paſst sehr wohl für die Demeter Chthonia. Auch dieser Kult wäre demnach der Hermionensischen Gruppe beizurechnen.

Im Kulte von Kleitor wird Demeter neben Asklepios und Eileithyia verehrt. Es geht jedoch aus der Notiz bei Pausanias nicht genügend hervor, ob damit eine Kultvereinigung dieser Gottheiten gemeint ist. Gemeinsame Verehrung von Demeter Chthonia und Asklepios findet sich sowohl in Hermione[2]), wie in Epidauros[3]), und auch Eileithyia[4]) hatte eine Kultstätte in Hermione.[5]) Da wir aber Kleitor als einen Hauptsitz der Azanen kennen gelernt haben, so muſs die Frage, welcher Gruppe der dortige Kult zuzurechnen ist, unentschieden bleiben.

Wenn wir schlieſslich den nur durch eine Münze bekannten Kult von Kaphyai wegen der bisher durchgängig befundenen Kultverwandtschaft dieses Kantons mit Tegea der Hermionensischen Gruppe zuteilen, und den Kult von Zoitia wegen allzu wenig genügender Berichte über denselben auſser

---

1) Paus. a. a. O.

2) C. I. G. 1198.

3) Ἐφ. ἀρχ. 1883 p. 25.

4) In Tegea fanden wir den Dienst des Asklepios und der Eileithyia mit dem Kulte der Athena Alea verbunden; gemeinsame Verehrung der Alea mit der Demeter bezeugte aber die oben erwähnte Inschrift.

5) Paus. II 35, 11. Lebas-Foucart 159 d.

Betracht lassen — die Lage von Zoitia in der Nähe von Basilis und Megalopolis würde für die Zugehörigkeit zur messenischen Gruppe sprechen —, so hätten wir sämmtliche uns bekannte Kulte der Demeter in Arkadien im Rahmen der im Laufe der Untersuchung festgestellten Hauptgruppen untergebracht. Diese Gruppirung ist kurz wiederholt folgende:

I. Azanische Gruppe (Demeter Erinys): Thelpusa, Phigalia, Pheneos, Pallantion, Mantineia (Alesion), Kleitor (?).

II. Messenische Gruppe (Demeter Eleusinia — *Θεαὶ μεγάλαι*): Basilis, Trapezus, Megalopolis.

III. Hermionensische Gruppe (Demeter Chthonia): Tegea, Mantineia (Koragia), Pheneos (Kidaria), Kaphyai, Kleitor (?).

IV. Der Kult des Lykaiongebiets (Despoina): Lykosura, Phigalia.

V. Eleusinische Filialkulte: Thelpusa, Megalopolis, Tegea, Pheneos.

Apollon.

Charisia.

Münze: Millingen p. 52 Pl. III 7. Mionnet Suppl. IV 277 n. 33: Apollonkopf n. r. R. Wolf nach rechts schreitend.

Kaphyai.

Münze: Journ. of Hell. stud. VII 104: Septim. Sever. Apollo naked, facing, holds in right hand branch, in left, which rests on tripod, a scroll.

Kyllene.

Et. M. s. v. *Κυλλήνιος· Κυλλήνη δὲ Ἀρκαδίας, ἱερὸν Ἑρμοῦ καὶ Ἀπόλλωνος.*

Lykaion.

Paus. VIII 38, 8: *Ἔστι δὲ ἐν τοῖς πρὸς ἀνατολὰς τοῦ ὄρους Ἀπόλλωνος ἱερὸν ἐπίκλησιν Παῤῥασίου· τίθενται δὲ αὐτῷ καὶ Πύθιον ὄνομα. ἄγοντες δὲ τῷ θεῷ κατὰ ἔτος ἑορτὴν θύουσι μὲν ἐν τῇ ἀγορᾷ κάπρον τῷ Ἀπόλλωνι τῷ Ἐπικουρίῳ, θύσαντες δὲ ἐνταῦθα αὐτίκα τὸ ἱερεῖον κομίζουσιν ἐς τὸ ἱερὸν τοῦ Ἀπόλλωνος τοῦ Παῤῥασίου σὺν αὐλῷ τε καὶ πομπῇ καὶ τά τε μηρία ἐκτεμόντες καίουσι καὶ δὴ καὶ ἀναλίσκουσιν αὐτόθι τοῦ ἱερείου τὰ κρέα.*

C. I. G. 1534: *ἀφ' ἑσπ[έρας ἐπ]ὶ τὰν ἀπὸ τοῦ Πυτίου τον ῥοῦν ἕως εἰς τὸν κοιλαγ[γί]ταν. εἶτ' ἐν τῷ κοιλαγγίτ[ᾳ] εἰς τὰν ὁδὸν τὰν ἐπὶ Λυκόσουραν· ἀπὸ δὲ ἄρκτου τὰν [ὁδὸν τὰ]ν εἰς τὰν Ἰκετείαν, καὶ ἀπὸ τ[ᾶ]ς Ἰκετείας ἕως ε[ἰς τὰν ὁδὸν] τὰν διὰ τοῦ Πυτίου καὶ τὰ[ν] ὁδ[ὸ]ν [τὰν] ἐπὶ τὰς πέ[τρας] κ. τ. λ.*

Lykosura.

Paus. VIII 37, 12: *ὡσαύτως δὲ καὶ Ἀπόλλωνός τε καὶ Ἀθηνᾶς ξόανά ἐστι.*

Mainalos (?).

Perses Anth. VI 112:

Τρεῖς ἄφατοι κεράεσσιν ὑπ' αἰθούσαις τοι, Ἄπολλον,
ἄγκεινται κεφαλαὶ Μαιναλίων ἐλάφων,
ἃς ἕλον ἐξ ἵππων γυγερῷ χέρε Δαΐλοχός τε
καὶ Προμένης, ἀγαθοῦ τέκνα Λεοντιάδου.

Mantineia.

Ann. d. I. XXXIII 39: *Ἀπόλλωνι καὶ συνμάχων δεκόταν.*

Paus. VIII 9, 1: *Ἔστι δὲ Μαντινεῦσι ναὸς διπλοῦς μάλιστά που κατὰ μέσον τοίχῳ διειργμένος· τοῦ ναοῦ δὲ τῇ μὲν ἄγαλμά ἐστιν Ἀσκληπιοῦ, τέχνη Ἀλκαμένους, τὸ δὲ ἕτερον Λητοῦς ἐστὶν ἱερὸν καὶ τῶν παίδων· Πραξιτέλης δὲ τὰ ἀγάλματα εἰργάσατο τρίτῃ μετὰ Ἀλκαμένην ὕστερον γενεᾷ· τούτων πεποιημένα ἐστὶν ἐπὶ τῷ βάθρῳ Μοῦσα καὶ Μαρσύας αὐλῶν.*

Bull. de corr. Hell. XII pl. 1—3: Relief aus Mantineia: Apollon, Marsyas, Musen.[1])

Münzen: Journ. of Hell. stud. VII 98: Julia Domna. Apollo facing clad in citharoedic dress, r. hand extended, l. holds lyre, which rests on pillar. (Cat of. gr. c. in the Brit. Mus. XXXV 7 u. 8.)

Megalopolis.

Paus. VIII 32, 3: *τὸ δὲ τῶν Μουσῶν Ἀπόλλωνός τε ἱερὸν καὶ Ἑρμοῦ κατασκευασθέν σφισιν ἐν κοινῷ παρείχετο ἐς μνήμην θεμέλια οὐ πολλά· ἦν δὲ καὶ τῶν Μουσῶν μία ἔτι καὶ Ἀπόλλωνος ἄγαλμα κατὰ τοὺς Ἑρμᾶς τοὺς τετραγώνους τέχνην.*

---

1) vgl. Ravaisson C. R. des séances de l'acad. des inscr. et belles lettres 1888 p. 83. Löschcke Jahrb. d. arch. Inst. III 192. Furtwängler Berl. phil. Wschr. 1888 Sp. 1482. Overbeck Ber. d. sächs. Ges. d. W. 1888 S. 284 ff.

Paus. VIII 32, 5: *ἔστι δὲ καὶ ἄλλο ὑπὸ τὸν λόφον τοῦτον Ἀσκληπιοῦ Παιδὸς ἱερόν· τούτου μὲν δὴ τὸ ἄγαλμα ὀρθὸν πεποίηται πηχυαῖον μάλιστα, Ἀπόλλωνος δὲ ἐν θρόνῳ κάθηται ποδῶν ἓξ οὐκ ἀποδέον μέγεθος.*

Paus. VIII 32, 4: *εἰσὶ δὲ ὑποκαταβάντι ὀλίγον θεοί, παρέχονται δὲ καὶ οὗτοι σχῆμα τετράγωνον, Ἐργάται δέ ἐστιν αὐτοῖς ἐπίκλησις, Ἀθηνᾶ τε Ἐργάνη καὶ Ἀπόλλων Ἀγυιεύς.*

Paus. VIII 31, 7: *Κεῖται δὲ ἐντὸς τοῦ περιβόλου θεῶν τοσάδε ἄλλων ἀγάλματα, τὸ τετράγωνον παρεχόμενα σχῆμα, Ἑρμῆς τε ἐπίκλησιν Ἀγήτωρ καὶ Ἀπόλλων καὶ Ἀθηνᾶ τε καὶ Ποσειδῶν, ἔτι δὲ Ἥλιος ἐπωνυμίαν ἔχων Σωτήρ τε εἶναι καὶ Ἡρακλῆς.*

Paus. VIII 31, 3: *κεῖται δὲ τράπεζα ἔμπροσθεν*[1]*), ἐπειργασμέναι τε ἐπ' αὐτῇ δύο τέ εἰσιν Ὧραι καὶ ἔχων Πὰν σύριγγα καὶ Ἀπόλλων κιθαρίζων.*

Paus. VIII 31, 5: *πρὸ μὲν δὴ τῆς ἐσόδου*[2]*) ξόανά ἐστιν ἀρχαῖα, Ἥρα καὶ Ἀπόλλων τε καὶ Μοῦσαι· ταῦτα κομισθῆναί φασιν ἐκ Τραπεζοῦντος.* (vgl. S. 134.)

Paus. VIII 30, 3: *ἔστι δὲ πρὸ τοῦ τεμένους τούτου*[3]*) χαλκοῦν ἄγαλμα Ἀπόλλωνος θέας ἄξιον, μέγεθος μὲν ἐς πόδας δώδεκα, ἐκομίσθη δὲ ἐκ τῆς Φιγαλέων συντέλεια ἐς κόσμον τῇ Μεγάλῃ πόλει. Τὸ δὲ χωρίον ἔνθα τὸ ἄγαλμα ἵδρυτο ἐξ ἀρχῆς ὑπὸ Φιγαλέων ὀνομάζεται Βᾶσσαι· τῷ θεῷ δὲ ἡ ἐπίκλησις ἠκολούθηκε μὲν ἐκ τῆς Φιγαλέων, ἐφ' ὅτῳ δὲ ὄνομα ἔσχεν Ἐπικούριος δηλώσει μοι τὰ ἐς Φιγαλέας τοῦ λόγου.*

Paus. VIII 34, 5: *ἐς δὲ τὸν Γαθεάταν πρότερον ἔτι κάτεισιν ὁ Καρνίων. τούτῳ μὲν δὴ αἱ πηγαὶ γῆς εἰσὶ τῆς Αἰπυτίδος ὑπὸ τοῦ Ἀπόλλωνος τοῦ Κερεάτα τὸ ἱερόν.*

Münzen: Mionnet II 250 n. 43: Tête laurée d'Apollon à gauche (vgl. Suppl. IV 281 n. 54) n. 45: Sept. Sever. Apollon nu debout, tourné à g. et appuyé sur une colonne. Journ.

---

1) Im Tempel der *Θεαὶ μεγάλαι*.
2) des Aphroditetempels.
3) des Zeus Lykaios.

of Hell. stud. VII 108: Sept. Sev. Apollo naked laur. standing, leaning on column, holds branch in right and bow in left. (V 5.) (vgl. Mionnet Suppl. IV 282 n. 60: Caracalla.)

Orchomenos.

Münzen: Mionnet Suppl. IV 283 n. 64: Sept. Sev. *ΟΡΧΩ-ΜΕΝΙΩΝ* Apollon debout en habit de femme appuyé sur un trépied. vgl. Vaillant 85. Hardouin Op. sel. p. 129. Journ. of Hell. stud. VII 100. Head h. n. 378.

Pallantion.

Münzen: Cat. of gr. coins in the Brit. Mus. Pelop. 192: Head of Apollo r. laur. (4. Jahrh. vgl. XXXV 21).

Pheneos.

Paus. VIII 15, 5: *Ἐς δὲ Πελλήνην ἐκ Φενεοῦ καὶ ἐς Αἴγειραν ἰόντι Ἀχαιῶν πόλιν, πέντε που προεληλυθότι καὶ δέκα σταδίους Ἀπόλλωνός ἐστι Πυθίου ναός. ἐρείπια δὲ ἐλείπετο αὐτοῦ μόνα καὶ βωμὸς μέγας λίθου λευκοῦ. Ἐνταῦθα ἔτι καὶ νῦν Ἀπόλλωνι Φενεᾶται καὶ Ἀρτέμιδι θύουσιν, Ἡρακλέα ἑλόντα Ἦλιν τὸ ἱερὸν λέγοντες ποιῆσαι.*

Plut. ser. num. vind. 12: *Ἆρ' οὖν οὐκ ἀτοπώτερος τούτων ὁ Ἀπόλλων, εἰ Φενεάτας ἀπόλλυσι τοὺς νῦν ἐμφράξας τὸ βάραθρον καὶ κατακλύσας τὴν χώραν ἅπασαν αὐτῶν, ὅτι πρὸ χιλίων ἐτῶν, ὥς φασιν, ὁ Ἡρακλῆς ἀνασπάσας τὸν τρίποδα τὸν μαντικὸν εἰς Φενεὸν ἀπήνεγκε.*[1])

Münze: Mionnet Suppl. IV 285 n. 75: Tête laurée d'Apollon à dr. R. weidendes Pferd.

Phigalia.

Paus. VIII 41, 7: *Περιέχεται δὲ ἡ Φιγαλία ὄρεσιν, ἐν ἀριστερᾷ μὲν ὑπὸ τοῦ καλουμένου Κωτιλίου, τὰ δὲ ἐς δεξιὰν ἕτερον προβεβλημένον ἐστὶν αὐτῆς ὄρος τὸ Ἐλάϊον· ἀπέχει δὲ τῆς πόλεως ἐς τεσσαράκοντα τὸ Κωτίλιον μάλιστα σταδίους· ἐν δὲ τῷ αὐτῷ χωρίον τέ ἐστι καλούμενον Βᾶσσαι καὶ*

1) vgl. Paus. VIII 14, 2. Diod. IV 33. Aristot. de mirab. aud. 58.

ὁ ναὸς τοῦ Ἀπόλλωνος τοῦ Ἐπικουρίου, λίθου καὶ αὐτὸς καὶ ὁ ὄροφος. ναῶν δὲ ὅσοι Πελοποννησίοις εἰσί, μετά γε τον ἐν Τεγέᾳ προτιμῷτο οὗτος ἂν τοῦ λίθου τε ἐς κάλλος, καὶ τῆς ἁρμονίας εἵνεκα. τὸ δὲ ὄνομα ἐγένετο τῷ Ἀπόλλωνι ἐπικουρήσαντι ἐπὶ νόσῳ λοιμώδει, καθότι καὶ παρ' Ἀθηναίοις ἐπωνυμίαν ἔλαβεν Ἀλεξίκακος ἀποτρέψας καὶ τούτοις τὴν νόσον.[1]) ἔπαυσε δὲ ὑπὸ τὸν Πελοποννησίων καὶ Ἀθηναίων πόλεμον καὶ τοὺς Φιγαλέας, καὶ οὐκ ἐν ἑτέρῳ καιρῷ· μαρτύρια δὲ αἵ τε ἐπικλήσεις ἀμφότεραι τοῦ Ἀπόλλωνος ἐοικός τε ὑποσημαίνουσαι καὶ Ἰκτῖνος ὁ ἀρχιτέκτων τοῦ ἐν Φιγαλίᾳ ναοῦ γεγονὼς τῇ ἡλικίᾳ κατὰ Περικλέα καὶ Ἀθηναίοις τὸν Παρθενῶνα καλούμενον κατασκευάσας. ἐδίδαξε δὲ ὁ λόγος ἤδη μοι τὸ ἄγαλμα εἶναι τοῦ Ἀπόλλωνος Μεγαλοπολιτῶν ἐν τῇ ἀγορᾷ.[2])

Reste des Tempels: v. Stackelberg: Apollontempel von Bassae.

Tegea.

Paus. VIII 53, 1: τῷ δὲ Ἀπόλλωνι οἱ Τεγεᾶται τῷ Ἀγυιεῖ τὰ ἀγάλματα ἐπ' αἰτίᾳ φασὶν ἱδρύσασθαι τοιᾷδε· Ἀπόλλωνα καὶ Ἄρτεμιν ἐπὶ πᾶσαν λέγουσι χώραν τιμωρεῖσθαι τῶν τότε ἀνθρώπων, ὅσοι Λητοῦς ἡνίκα εἶχεν ἐν τῇ γαστρὶ πλανωμένης καὶ ἀφικομένης ἐς τὴν γῆν ἐκείνην οὐδένα ἐποιήσαντο αὐτῆς λόγον. ὡς δὲ ἀρὰ ἐς τὴν Τεγεατῶν ἐληλυθέναι τοὺς θεοὺς ἐνταῦθα υἱὸν Τεγεάτου Σκέφρον προσελθόντα τῷ Ἀπόλλωνι ἐν ἀπορρήτῳ διαλέγεσθαι πρὸς αὐτόν· Λειμὼν δὲ, ἦν δὲ καὶ ὁ Λειμὼν οὗτος Τεγεάτου τῶν παίδων, ὑπονοήσας ἔγκλημα ἔχειν ἐς ἑαυτὸν τὰ ὑπὸ Σκέφρου λεγόμενα, ἀποκτίννυσιν ἐπιδραμὼν τὸν ἀδελφόν. καὶ Λειμῶνα μὲν τοξευθέντα ὑπὸ Ἀρτέμιδος περιῆλθεν αὐτίκα ἡ δίκη τοῦ φόνου· Τεγεάτης δὲ καὶ Μαιρὰ τὸ μὲν παραυτίκα Ἀπόλλωνι καὶ Ἀρτέμιδι θύουσιν, ὕστερον δὲ ἐπιλαβούσης ἀκαρπίας ἰσχυρᾶς ἦλθε μάντευμα ἐκ Δελφῶν Σκέφρον θρηνεῖν. καὶ ἄλλα τε ἐν τοῦ Ἀγυιέως τῇ ἑορτῇ δρῶσιν ἐς τιμὴν τοῦ Σκέφρου, καὶ ἡ τῆς Ἀρτέμιδος ἱέρεια διώκει τινὰ ἅτε αὐτὴ τὸν Λειμῶνα ἡ Ἄρτεμις.

---

1) vgl. Paus. I 3, 4. VI 24, 6.

2) vgl. Paus. VIII 30, 3 oben unter Megalopolis.

Paus. VIII 53, 6: *Τεγεάταις δὲ τοῦ Ἀγυιέως τὰ ἀγάλματα τέσσαρά εἰσιν ἀριθμὸν, ὑπὸ φυλῆς ἓν ἑκάστης ἱδρύμενον. ὀνόματα δὲ αἱ φυλαὶ παρέχονται Κλαρεῶτις, Ἱπποθοῖτις, Ἀπολλωνιᾶτις, Ἀθανεᾶτις.*

C. I. G. 1513: Phyle *Ἀπολλωνιᾶτις.*

Paus. VIII 53, 7: *τούτου δέ ἐστιν οὐ πόῤῥω Διονύσου τε ἱερὰ δύο καὶ Κόρης βωμὸς καὶ Ἀπόλλωνος ναὸς καὶ ἄγαλμα ἐπίχρυσον. Χειρίσοφος δὲ ἐποίησε, Κρὴς μὲν γένος, ἡλικίαν δὲ αὐτοῦ καὶ τὸν διδάξαντα οὐκ ἴσμεν.*

Paus. VIII 54, 5: *μετὰ δὲ ἐκτραπεῖσιν ἐς ἀριστερὰ*[1]) *ὅσον στάδιον Ἀπόλλωνος ἐπίκλησιν Πυθίου καταλελυμένον ἐστὶν ἱερὸν καὶ ἐρείπια ἐς ἅπαν.*

Paus. X 9, 5: *Ἐφεξῆς δὲ*[2]) *Τεγεατῶν ἀναθήματα ἀπὸ Λακεδαιμονίων Ἀπόλλων ἐστὶ καὶ Νίκη, καὶ οἱ ἐπιχώριοι τῶν ἡρώων, Καλλιστώ τε ἡ Λυκάονος καὶ Ἀρκὰς ὁ ἐπώνυμος τῆς γῆς καὶ οἱ τοῦ Ἀρκάδος παῖδες Ἔλατος καὶ Ἀφείδας καὶ Ἀζὰν ἐπὶ δὲ αὐτοῖς Τρίφυλος κ. τ. λ. Ταῦτα μὲν δὴ οἱ Τεγεᾶται ἔπεμψαν ἐς Δελφοὺς Λακεδαιμονίους ὅτε ἐπὶ σφᾶς ἐστρατεύσαντο, αἰχμαλώτους ἁλόντες.*

Mitt. d. arch. Inst. zu Athen XIV 17:

Πύθι' Ἄπολλον [ἄν]αξ, τά[δ' ἀγάλματ' ἔ]δω[κεν ἀπαρχάς
αὐτόχθων ἱερᾶς λαὸς ἀ[π' Ἀρκαδί]ας·
Νίκην Καλλιστώ τε Λυκάν[ιδα] τῆι πο[τ' ἐμίχθη
Ζεύς, ἱεροῦ δὲ γένους Ἀρκ[άδ'] ἔφυσε κό[ρον.
ἐκ τοῦ δ' ἦν Ἔλατος καὶ Ἀφε[ίδ]ας ἠδὲ κ[αὶ Ἀζάν,
τοὺς δ' Ἐρατὼ νύμφα γείνατ' ἐν Ἀρκαδί[αι·
Λαοδάμεια δ' ἔτικτε Τρίφυλον, παῖς Ἀ[μύκλαντος
Γογγύλου ἐκ κούρας δ' ἦν Ἀμιλοῦς Ἔρα[σος·
τῶνδε σοὶ ἐκγενέται Λακεδαίμονα δη[ιώσαντες
Ἀρκάδες ἔστησαν μνῆμ' ἐπιγινομένοις.

Dittenberger Syllog. 1 (Inschrift der Schlangensäule zu Delphoi[3]): *Ἀπόλονι θ[ε]ο[ι] στάσαντ' ἀ]ν[άθε]μ' ἀ[π]ὸ [Μέδον] Λακ[εδ]α[ι]μόν[ιοι] Ἀθ[α]ν[α]ῖ[ο]ι Κορίνθιοι Τεγεάτ[αι] κ. οἱ. λ.*

---

1) am Weg nach Argos.
2) in Delphoi.
3) vgl. Herod. IX 18. Thuc. I 132. Paus. X 13, 9.

Münze: Mionnet Suppl. IV 293 n. 115: Tête laurée d'Apollon à gauche avec carquois derrière le dos. R. Athena.

Thelpusa.

Paus. VIII 25, 11: *ὁ δὲ Λάδων τῆς Ἐρινύος τὸ ἱερὸν ἀπολιπὼν ἐν ἀριστερᾷ παρέξεισιν ἐν ἀριστερᾷ μὲν τοῦ Ἀπόλλωνος τοῦ Ὀγκειάτου τὸν ναὸν κ. τ. λ.*

Paus. VIII 25, 4: *Ὁ μὲν δὴ Ὄγκος Ἀπόλλωνός ἐστι κατὰ τὴν φήμην καὶ ἐν τῇ Θελπουσίᾳ περὶ τὸ χωρίον ἐδυνάστευε τὸ Ὄγκειον.*

Antimachos bei Paus. VIII 25, 9:

Ἄδρηστος Ταλαῶ υἱὸς Κρηθηϊάδαο
πρώτιστος Δαναῶν εὐαινέτω ἤλασεν ἵππω
Καιρόν τε κραιπνὸν καὶ Ἀρείονα Θελπουσαῖον
τόν ῥά τ' Ἀπόλλωνος σχεδὸν ἄλσεος Ὀγκαίοιο
αὐτὴ γαῖ' ἀνέδωκε, σέβας θνητοῖσιν ἰδέσθαι.

Trapezus.

Paus. VIII 31, 5: siehe oben S. 130 unter Megalopolis.

Ohne Ortsangabe.

Aristoteles (?) bei Clem. Al. Protr. II 28: *Ἀπόλλωνα .... τέταρτον τὸν Ἀρκάδα τὸν Σιληνοῦ· νόμιος οὗτος κέκληται παρ' Ἀρκάσιν.*

Cic. de nat. deor. III 37: quartus in Arcadia, quem Arcades *Νόμιον* appellant, quod ab eo se leges ferunt accepisse.[1])

Der Apollonkult bietet der Untersuchung insofern Schwierigkeiten, als er, obwohl immer wieder eingeführt, doch in Arkadien nie so recht heimisch geworden ist. In Folge dessen besafsen die schon bestehenden Kulte den neu eingeführten gegenüber nur geringe Widerstandskraft, so dafs es schwer ist, aus dem Mischbilde, welches die Ueberlieferung darbietet, die einzelnen Entwicklungsphasen herauszuschälen.

---

1) vgl. Lucan. IX 661.

Die Bedeutung des Sonnengottes, die ja auch im übrigen Griechenland in historischer Zeit nirgends mehr nachzuweisen ist, hat Apollon in Arkadien wohl nie gehabt. Diesen Platz nahm Pan ein. So scheint die älteste Form seiner Verehrung die als Nomios gewesen zu sein, welche noch in einzelnen Zügen erkennbar ist. Sie zeigt sich in den Heerden des Onkos von Thelpusa, dem Beinamen Kereatas in der Aipytis, dem Eberopfer an den Parrhasios, dem weidenden Pferd auf den Apollonmünzen von Pheneos. Aber in dem durch den Mythos vom Rinderdiebstahl veranschaulichten Streite mit dem anderen Heerdengotte Hermes zieht Apollon in Arkadien wenigstens sicher den Kürzeren. So waren dem Apollonkulte in Arkadien die Bedingungen zur Lebensfähigkeit von vornherein abgeschnitten, und was sich später noch vorfindet, ist meist nur der Abglanz mächtiger fremder Kulte.

Wir haben bereits zweimal Gelegenheit gehabt, einen Seitenblick auf die arkadischen Apollonkulte zu werfen: Beim Hermeskult und beim Demeterkulte. Beim Hermeskult deutete alles auf eine von Messenien herkommende Einführung des Apollonkultes hin, während wir beim Demeterkulte durch die Verwandtschaft des Erinys-Poseidonkultes mit dem Delphischen Kultcomplex zu der Erkenntnis gelangten, dafs die Apollonkulte der hierher gehörigen Kultstätten eben auch das Spiegelbild der entsprechenden Vorgänge in Delphoi boten. Merkwürdigerweise handelt es sich in beiden Fällen um dieselben Kulte, nämlich den Onkeiatas von Thelpusa[1]), den Pythios von Pheneos und den vom Lykaion. Der scheinbare Widerspruch, der hierin liegt, löst sich jedoch leicht, wenn wir, wie oben schon angedeutet, ein prius und ein posterius annehmen. Der Abglanz der Delphischen Verhältnisse gewann Körperlichkeit durch die directe Zuwanderung von Apollonverehrern.

---

1) Der Ursprung des Onkeiatas wird gesichert durch den Vergleich mit dem Thebischen Apollon Ismenios (Herod. I 52 u. A.). Denn der Ismenos hiefs ursprünglich Ladon (Paus. IX 10, 6).

Die Mehrzahl der peloponnesischen Kulte des Apollon *Πυθαεύς* wird ausdrücklich als abhängig von dem altberühmten Kulte des Apollon *Πυθαεύς* in Argos, des Dryopergottes, bezeichnet. So die Kulte von Epidauros[1]), Asine[2]), Hermione[3]), Thornax resp. Amyklai.[4]) Nach Messenien gelangte der Kult jedenfalls viel früher, als durch die bekannte von den Lakedaimoniern bewirkte Ansiedlung der von den Argivern vertriebenen Asinaier daselbst. Denn erstens kennen wir auch in Lakonien ein zwischen Gythion und Tainaron gelegenes Asine[5]), und dann ist die Stellungnahme der Asinaier in den messenischen Kriegen sehr beachtenswert. Sie, die sich mit ihren argivischen Stammesgenossen verfeindet und den Schutz der Lakedaimonier angerufen haben, müssen nun auch wider ihren Willen zunächst mit gegen die Messenier ziehen.[6]) Aber schon im Beginn des zweiten Krieges heifst es: *Ἀσιναίοις δὲ ὅρκοι πρὸς ἀμφοτέρους ἦσαν.*[7]) Dieses Verhalten wird von den Messeniern so anerkannt, dafs bei der Wiederherstellung Messeniens durch Epameinondas die Asinaier im Vollbesitze ihres Landes bleiben.[8]) Dafs auch die messenischen Asinaier den Apollon als ihren Hauptgott verehrten[9]), wird ausdrücklich bestätigt.

Aber auch in Arkadien finden wir die Dryoper. So soll nach Aristoteles[10]) Dryops, der Sohn des Arkas, die Asinaier in der Peloponnes angesiedelt haben. Andere nennen den Dryops Sohn des Lykaon oder des Apollon und der

---

1) Thuc. V 53.

2) Diod. IV 37. Paus. II 36, 5.

3) Paus. II 35, 2.

4) Diod. XII 78. vgl. Paus. III 10, 8.

5) vgl. Strabo VIII 363. Thuc. IV 54. Polyb. V 19. St. B. s. v. *Ἀσίνη*; wahrscheinlich ist dies Asine identisch mit dem von Paus. III 24, 6 erwähnten Las. vgl. E. Curtius Pelop. II 274.

6) Paus. IV 8, 3.

7) Paus. IV 15, 8.

8) Paus. IV 27, 8.

9) Paus. IV 34, 11.

10) bei Strabo VIII 373.

Lykaontochter Dia.[1]) Der Stammheros wird also als Arkader bezeichnet. Die Vermittelung mit den arkadischen Pandienern wird dadurch erzielt, dafs Hermes mit einer Tochter des Dryops den Pan erzeugt.[2]) Besonders am Lykaion finden wir also die Spuren. Nun haben wir beim Zeuskult auf die Analogie zwischen dem Zeus Lykaios und dem Zeus Lykoreios vom Parnafs, welcher später Apollon Lykoreios wird, aufmerksam gemacht. Die Apollon verehrenden Dryoper, welche Asine gründen, kommen aber vom Parnafs und werden directe Nachbarn der Lykoreiten[3]) genannt. Den Apollon Parrhasios, den Nachbarn des Zeus Lykaios, werden wir also ebenfalls als Dryoper anzusehen haben.

Die Dryopstochter, mit der Hermes den Pan erzeugt, wird an der Kyllene lokalisirt.[4]) In Pheneos soll nun der Apollonkult von Herakles nach seinem siegreichen Zuge gegen Elis gegründet worden sein. Zur Erklärung dieser Tatsache müssen wir auf den Mythos von Asine etwas näher eingehen. Die Asinaier wollen Dryoper sein, die ursprünglich am Parnafs gewohnt hätten. Dort wären sie von Herakles im Kampfe besiegt und dem Delphischen Apollon als Sklaven überbracht worden. Auf Geheifs des Gottes aber brachte sie Herakles nach der Peloponnes. Dieser Version widersprechen die Asinaier selbst insofern, als sie nicht nach Delphoi gebracht, sondern in die Berge geflohen und dann zur See nach Argos gegangen sein wollen, wo ihnen Eurystheus auf ihre Bitten Schutz gewährt habe.[5]) Es zeigt sich also directe Feindschaft gegen Herakles. Die Asinaier verehren nun nicht nur den Apollon als höchsten Gott, sondern nennen auch ihren Stammheros Dryops Sohn des Apollon. Feindschaft zwischen Apollon und Herakles

1) Schol. Ap. Rh. I 1218. Tzetz. Lyc. 480.
2) Hom. hymn. XIX 34.
3) Paus. IV 34, 9.
4) Hom. hymn. XIX 30 ff.
5) Paus. IV 34, 9 ff..

ist aber etwas gänzlich Singuläres und findet sich nur in in einem einzigen Zuge der Sage: im Dreifuſsraub. Die Sage vom Dreifuſsraub aber ist, wie wir oben sahen, in Pheneos lokalisirt. Die Version, daſs Herakles den Kult des Apollon Pythios in Pheneos gründet, bedeutet also die spätere Versöhnung der Gegensätze grade so, wie die von den Asinaiern verworfene Form der Sage, daſs Herakles sie als Kriegsgefangene zum Apollon gebracht, und dieser sie freigelassen habe.

Direct argivischen Ursprung dürfen wir wohl für den Apollonkult von Tegea annehmen, wo der Apollon als Pythios und Agyieus verehrt wurde, und eine Phyle nach ihm hieſs. In der Legende vom Skephros, welche von E. Curtius mit Recht auf die Entwässerung der Ebene gedeutet wird, zeigt sich ein eigentümlicher Gegensatz zum Athenakult. Denn diese Function kam ja, wie wir gesehen haben, vor allem der Athena Alea zu. Derselbe Gegensatz zeigt sich in der Anknüpfung der Legende an die Lykaongenealogie des arkadischen *κοινόν* durch Tegeates, während der Kult der Athena Alea untrennbar mit der Arkasgenealogie durch die Apheidanten verbunden war. Schon daſs Apollon hier im Verein mit Artemis auftritt, zeigt den Unterschied von den bisher behandelten Kulten. Alt wird in der ganzen Erzählung nur der Brauch der Verfolgung im Artemiskulte sein; alles übrige ist hinzugedichtet. Wie vollends grade der Kult des Apollon Agyieus zu dieser Stiftungslegende kommen soll, erscheint völlig unerfindlich.

Nach Epidauros weisen die Kulte, welche den Apollon als Heilgott verehren. Gemeinsame Verehrung des Apollon und Asklepios wie in Epidauros[1]), finden wir in Mantineia und Megalopolis. Die Verehrung des Epikurios in Phigalia und später in Megalopolis scheint nach der Notiz des Pausanias auf einen bestimmten historischen Anlaſs des

---

1) vgl. Paus. II 27, 6. Ἐφ. ἀρχ. 1883 p. 31 (13), p. 91 (32), p. 197 (59), p. 237 (61). 1884 p. 26 (67).

fünften Jahrhunderts zurückzugehn. Der Kult trat in innige Vereinigung mit dem alten Apollon Parrhasios, obschon er ursprünglich wohl wenig genug mit diesem gemein gehabt haben mag.

Als Gott der Musik endlich finden wir den Apollon in Mantineia, Trapezus und Megalopolis im Verein mit den Musen, Pan oder Hermes. Man sieht, auch hier wieder Neues mit alten Kultelementen vermischt.

Artemis.

Alea.

Paus. VIII 23, 1: *Μετὰ δὲ Στυμφαλόν ἐστιν Ἀλέα συνεδρίου μὲν τοῦ Ἀργολικοῦ μετέχουσα καὶ αὕτη, Ἀλεὸν δὲ τὸν Ἀφείδαντος γενέσθαι σφίσιν ἀποφαίνουσιν οἰκιστήν. θεῶν δὲ ἱερὰ αὐτόθι Ἀρτέμιδός ἐστι Ἐφεσίας καὶ Ἀθηνᾶς Ἀλέας καὶ Διονύσου ναὸς καὶ ἄγαλμα. τούτῳ παρὰ ἔτος Σκιέρειαν ἑορτὴν ἄγουσι, καὶ ἐν Διονύσου τῇ ἑορτῇ κατὰ μάντευμα ἐκ Δελφῶν μαστιγοῦνται γυναῖκες, καθὰ καὶ οἱ Σπαρτιατῶν ἔφηβοι παρὰ τῇ Ὀρθίᾳ.*

Münzen: Journ. of Hell. stud. VII 103: Head of Artemis. R. Strung bow. vgl. Imhoof-Blumer Choix T. III. 82. Cat. of gr. coins in the Brit. Mus. Pelop. XXXIII 3.

Alorion.

Strabo VIII 350: *Ἕλος δ' οἱ μὲν περὶ τον Ἀλφειὸν χώραν τινά φασιν, οἱ δὲ καὶ πόλιν, ὡς τὴν Λακωνικήν „Ἕλος τ' ἔφαλον πτολίεθρον.“ οἱ δὲ περὶ τὸ Ἀλώριον ἕλος, οὗ τὸ τῆς Ἑλείας Ἀρτέμιδος ἱερὸν τῆς ὑπὸ τοῖς Ἀρκάσιν· ἐκεῖνοι γὰρ ἔσχον τὴν ἱερωσύνην.*

Artemision.

Paus. II 25, 3: *ὑπὲρ δὲ τῆς Οἰνόης ὄρος ἐστὶν Ἀρτεμίσιον, καὶ ἱερὸν Ἀρτέμιδος ἐπὶ κορυφῇ τοῦ ὄρους.*[1])

Paus. VIII 6, 6: *τούτου δὲ ἐπεμνήσθην καὶ ἔτι πρότερον τοῦ ὄρους, ὡς ἔχοι μὲν ναὸν καὶ ἄγαλμα Ἀρτέμιδος, ἔχοι δὲ καὶ τοῦ Ἰνάχου τὰς πηγάς.*

---

1) Der die Grenze zwischen Argolis und Arkadien bildende Berg ist geographisch von Arkadien nicht zu trennen.

Bronzestatuette mit der Inschrift: *Ἄρτεμις Κλεινίας ἀνέθηκε.* vgl. *Δελτίον* 1888 p. 116.

Bronzestatuette vgl. *Δελτίον* 1889 p. 154.

Apd. II 5, 3: *τρίτον ἆθλον ἐπέταξεν αὐτῷ τὴν Κερυνῖτιν ἔλαφον εἰς Μυκήνας ἔμπνουν ἐνεγκεῖν. ἦν δὲ ἡ ἔλαφος ἐν Οἰνόῃ, χρυσόκερως, Ἀρτέμιδος ἱερά. διὸ καὶ βουλόμενος αὐτὴν Ἡρακλῆς μήτε ἀνελεῖν μήτε τρῶσαι, συνεδίωκεν ὅλον ἐνιαυτόν. ἐπεὶ δὲ καμὸν τὸ θηρίον τῇ διώξει συνέφυγεν εἰς ὄρος τὸ λεγόμενον Ἀρτεμίσιον κἀκεῖθεν ἐπὶ ποταμὸν Λάδωνα, τοῦτον διαβαίνειν μέλλουσαν τοξεύσας συνέλαβε καὶ θέμενος ἐπὶ τῶν ὤμων διὰ τῆς Ἀρκαδίας ἠπείγετο.*

Asea.

Marmortorso mit der Inschrift: *Ἁγημώ·* vgl. Arch. Z. XXXI p. 10.[1])

Heraia.

Münzen: Journ. of Hell. stud. VII 107: Head of Artemis. Artemis kneeling discharging arrow. Cat.Brit.Mus.XXXIV 12: Head of Artemis l. hair rolled. R. Pan. XXXIV 13: Artemis kneeling r. clad in short chiton; holds in l. hand strung bow; r. rests on ground. XXXIV 12: Head of Artemis r. hair in knot, bow and quiver at shoulder. R. Athena.

Kaphyai.

Paus. VIII 23, 3: *Καφυάταις δὲ ἱερὰ θεῶν Ποσειδῶνός ἐστι καὶ ἐπίκλησιν Κνακαλησίας Ἀρτέμιδος. ἔστι δὲ αὐτοῖς καὶ ὄρος Κνάκαλος ἔνθα ἐπέτειον τελετὴν ἄγουσι τῇ Ἀρτέμιδι.*

Paus. VIII 23, 6: *Καφυῶν δὲ ἀφέστηκεν ὅσον στάδιον Κονδυλέα χωρίον καὶ Ἀρτέμιδος ἄλσος· καὶ ναός ἐστιν ἐνταῦθα καλουμένης Κονδυλεάτιδος τὸ ἀρχαῖον· μετονομασθῆναι δὲ ἐπὶ αἰτίᾳ τὴν θεόν φασι τοιαύτῃ· παιδία περὶ τὸ ἱερὸν παίζοντα (ἀριθμὸν δὲ αὐτῶν οὐ μνημονεύουσιν) ἐπέ-*

---

1) vgl. die Artemis Hegemone von Tegea (Paus. VIII 47, 6) und Lykosura (Paus. VIII 37, 1), ferner Hesych. s. v. *Ἡγεμόνη*. Callim. Dian. 226. Nicand. fr. 38. Roehl. I. G. A. 92.

τυχε καλωδίῳ, δήσαντα δὲ τὸ καλωδίον τοῦ ἀγάλματος περὶ τὸν τράχηλον ἐπέλεγεν ὡς ἀπάγχοιτο ἡ Ἄρτεμις. φωράσαντες δὲ οἱ Καφυεῖς τὰ ποιηθέντα ὑπὸ τῶν παιδίων καταλεύουσιν αὐτά· καί σφισι ταῦτα ἐργασαμένοις ἐσέπεσεν ἐς τὰς γυναῖκας νόσος, τὰ ἐν τῇ γαστρὶ πρὸ τοκετοῦ τεθνεῶτα ἐκβάλλεσθαι, ἐς ὃ ἡ Πυθία θάψαι τε τὰ παιδία ἀνεῖπε καὶ ἐναγίζειν αὐτοῖς κατὰ ἔτος· ἀποθανεῖν γὰρ αὐτὰ οὐ σὺν δίκῃ. Καφυεῖς δὲ ποιοῦσι τά τε ἄλλα ἔτι καὶ νῦν κατ' ἐκεῖνο τὸ μάντευμα καὶ την ἐν ταῖς Κονδυλέαις θεὸν (προσεῖναι γὰρ καὶ τόδε ἐπὶ τῷ χρησμῷ φασι) καλοῦσιν Ἀπαγχομένην ἐξ ἐκείνου.

Callim. bei Clem. Al. Protr. p. 32: *Ἄρτεμιν Ἀρκάδες Ἀπαγχομένην καλουμένην προστρέπονται ὥς φησι Καλλίμαχος ἐν Αἰτίοις.*

Münzen: Mionnet Suppl. IV 275 n. 25. Sept. Sev. Diane chasseresse avec un croissant sur le sommet de la tête, prenant une flèche dans son carquois de la main dr. et tenant un arc dans la gauche. *ΚΑΦΥΑΤ.* n. 29. Julia Domna. *ΚΑΦΥΙΑΤΩΝ* Diane en habit court debout tenant dans chaque main un flambeau. vgl. Journ. of Hell. stud. VII 104. Cat. Brit. Mus. XXXIII 6. Head. h. n. 374.

Krathis.

Paus. VIII 15, 9: *ἐν δὲ τῇ Κράθιδι τῷ ὄρει Πυρωνίας ἱερόν ἐστιν Ἀρτέμιδος, καὶ τὰ ἔτι ἀρχαιότερα παρὰ τῆς θεοῦ ταύτης ἐπήγοντο Ἀργεῖοι πῦρ ἐς τὰ Λερναῖα.*

Lusoi.

Callim. Dian. 233:

ἦ μέν τοι Προῖτός γε δύω ἐκαθίσσατο νηούς,
ἄλλον μὲν Κορίης, ὅτι οἱ συνελέξαο κούρας
οὔρεα πλαζομένας Ἀζήνια, τὸν δ' ἐνὶ Λούσοις
Ἡμέρῃ· οὕνεκα θυμὸν ἀπ' ἄγριον εἵλεο παίδων.

Schol. Callim. Dian. 236: *Μανεῖσαι γὰρ αἱ τρεῖς αὐτοῦ θυγατέρες πάλιν διὰ τῆς Ἀρτέμιδος ἡμερώθησαν· ὁ δὲ κτίζει ἱερὰ δύο. ἓν μὲν Κορίης, ἓν δὲ Ἡμέρης, διότι καὶ τὰς κόρας ἡμέρωσεν.*

Paus. VIII 18, 8: *τὰς δὲ θυγατέρας τοῦ Προίτου κατήγαγεν ο Μελάμπους ἐς τοὺς Λουσοὺς καὶ ἠκέσατο τῆς μανίας ἐν Ἀρτέμιδος ἱερῷ, καὶ ἀπ' ἐκείνου τὴν Ἄρτεμιν ταύτην Ἡμερασίαν καλοῦσιν οἱ Κλειτόριοι.*[1])

Hesych. s. v. *Ἡμέρα· Ἀρτέμιδος ἐπίθετον.*[2])

Polyb. IV 18, 10: *Καὶ προῆγον ὡς ἐπὶ Λουσῶν· καὶ παραγενόμενοι πρὸς τὸ τῆς Ἀρτέμιδος ἱερὸν, ὃ κεῖται μὲν μεταξὺ Κλείτορος καὶ Κυναίθης, ἄσυλον δὲ νενόμισται παρὰ τοῖς Ἕλλησιν, ἀνετείνοντο διαρπάσειν τὰ θρέμματα τῆς θεοῦ καὶ τἄλλα τὰ περὶ τὸν ναόν. οἱ δὲ Λουσιᾶται νουνεχῶς δόντες τινὰ τῶν κατασκευασμένων τῆς θεοῦ παρῃτήσαντο τὴν τῶν Αἰτωλῶν ἀσέβειαν καὶ τὸ μηδὲν παθεῖν ἀνήκεστον. οἱ δὲ δεξάμενοι παραχρῆμα ἀναζεύξαντες προσεστρατοπέδευσαν τῇ τῶν Κλειτωρίων πόλει.* (vgl. IV 19, 4.)

Polyb. IV 25, 4: *διαρπάσαιεν δὲ Κύναιθαν, συλήσαιεν δὲ τὸ τῆς ἐν Λούσοις Ἀρτέμιδος ἱερόν.*

Polyb. IX 34, 9: *Ὧν Τίμαιος μὲν τό τε ἐπὶ Ταινάρου τοῦ Ποσειδῶνος καὶ τὸ τῆς ἐν Λούσοις ἱερὸν Ἀρτέμιδος ἐσύλησε.*

Arch. Z. 1877 S. 47. Inschr. aus Olympia: *καὶ μὰν καὶ Λοῦσοί με κατέστεφον.*

Lykoa.

Paus. VIII 36, 7: *τοῦ δὲ ὄρους ὑπὸ τοῖς καταλήγουσι πόλεως σημεῖα Λυκόας καὶ Ἀρτέμιδος ἱερὸν καὶ ἄγαλμά ἐστι χαλκοῦν Λυκοάτιδος.*

Lykosura.

Paus. VIII 37, 1: *Ἀπὸ δὲ Ἀκακησίου τέσσαρας σταδίους ἀπέχει τὸ ἱερὸν τῆς Δεσποίνης. πρῶτα μὲν δὴ αὐτόθι Ἡγε-*

---

1) vgl. Vitruv. de arch. VIII 3, 21.

2) Eine Darstellung der Artemis Hemerasia glaubt de Witte auf einer den Proitidenmythos behandelnden Neapler Vase (Heydemann 1760) zu erkennen. (Gaz. Arch. 1879 p. 126. Müller-Wieseler D. d. a. K. I 44.) Die Sage war natürlich griechisches Gemeingut, da sie schon von Hesiod behandelt worden ist (vgl. Apd. II 2, 2), während sie die hier vorliegende Form allerdings erst durch Kallimachos erhalten zu haben scheint.

μόνης ναός ἐστιν Ἀρτέμιδος καὶ χαλκοῦν ἄγαλμα ἔχον δᾷδας· ποδῶν ἓξ εἶναι μάλιστα αὐτὸ εἰκάζομεν.

Paus. VIII 37, 4: *τοῦ θρόνου δὲ ἑκατέρωθεν Ἄρτεμις μὲν παρὰ τὴν Δήμητρα ἕστηκεν ἀμπεχομένη δέρμα ἐλάφου καὶ ἐπὶ τῶν ὤμων φαρέτραν ἔχουσα, ἐν δὲ ταῖς χερσὶ τῇ μὲν λαμπάδα ἔχει, τῇ δὲ δράκοντας*[1] *δύο· παρὰ δὲ τὴν Ἄρτεμιν κατάκειται κύων, οἷαι θηρεύειν εἰσὶν ἐπιτήδειοι.*

Mantineia.

Paus. VIII 9, 1: *Ἔστι δὲ Μαντινεῦσι ναὸς διπλοῦς μάλιστά που κατὰ μέσον τοίχῳ διειργόμενος· τοῦ ναοῦ δε τῇ μὲν ἄγαλμά ἐστιν Ἀσκληπιοῦ, τέχνη Ἀλκαμένους, τὸ δὲ ἕτερον Λητοῦς ἐστὶν ἱερὸν καὶ τῶν παίδων. Πραξιτέλης δὲ τὰ ἀγάλματα εἰργάσατο τρίτῃ μετὰ Ἀλκαμένην ὕστερον γενεᾷ.*

Paus. VIII 12, 5: *Ἐπὶ δὲ ὁδοῖς ταῖς κατειλεγμέναις δύο ἐς Ὀρχομενόν εἰσιν ἄλλαι, καὶ τῇ μέν ἐστι καλούμενον Λάδα στάδιον, ἐς ὃ ἐποιεῖτο Λάδας μελέτην δρόμου, καὶ παρ' αὐτὸ ἱερὸν Ἀρτέμιδος καὶ ἐν δεξιᾷ τῆς ὁδοῦ γῆς χῶμα ὑψηλόν· Πηνελόπης δὲ εἶναι τάφον φασίν.*

Paus. VIII 13, 1: Artemis Hymnia vgl. Orchomenos.

Münzen: Mionnet Suppl. IV 280 n. 47: Sept. Sev. Diane chasseresse marchant, accompagnée de son chien. n. 52: Plautilla. Diane chasseresse debout. n. 53: Plautilla. Diane Lucifera en habit court tournée à droite, tenant dans chaque main un flambeau. vgl. Leake Eur. Sup. p. 132. Sestini Mus. Fontana 71.

Megalopolis.

Paus. VIII 30, 6: *Μεγαλοπολίταις δὲ αὐτόθι ᾠκοδομημένα ἐστὶ τὰ ἀρχεῖα, ἀριθμὸν οἰκήματα ἕξ· ἐν ἑνὶ δέ ἐστιν αὐτῶν Ἐφεσίας ἄγαλμα Ἀρτέμιδος.*

Paus. VIII 30, 10: *ταύτης τῆς στοᾶς ἐστὶν ἐγγυτάτω ὡς πρὸς ἥλιον ἀνίσχοντα ἱερὸν Σωτῆρος ἐπίκλησιν Διός· κεκόσμηται δὲ πέριξ κίοσι. καθεζομένῳ δὲ τῷ Διὶ ἐν θρόνῳ παρεστήκασι τῇ μὲν ἡ Μεγάλη πόλις, ἐν ἀριστερᾷ δὲ Ἀρτέ-*

---

1) *ἀκόντας* Blümner, Jahrb. f. cl. Phil. 105 p. 390.

μιδος Σωτείρας ἄγαλμα· ταῦτα μὲν λίθου τοῦ Πεντελησίου Ἀθηναῖοι Κηφισόδοτος καὶ Ξενοφῶν εἰργάσαντο.

Paus. VIII 31, 1: ἐπειργασμένοι δὲ ἐπὶ τύπων πρὸ τῆς ἐσόδου[1]) τῇ μὲν Ἄρτεμις, τῇ δὲ Ἀσκληπιός ἐστι καὶ Ὑγίεια.

Paus. VIII 32, 4: Ἔστι δὲ ἐν τῇ μοίρᾳ ταύτῃ λόφος πρὸς ἀνίσχοντα ἥλιον καὶ Ἀγροτέρας ἐν αὐτῷ ναὸς Ἀρτέμιδος, ἀνάθημα Ἀριστοδήμου καὶ τοῦτο· τῆς δὲ Ἀγροτέρας ἐστὶν ἐν δεξιᾷ τέμενος.

Paus. VIII 35, 5: Εἰσὶ δὲ ἐκ Μεγάλης πόλεως καὶ ἐς τὰ χωρία ὁδοὶ τὰ ἐντὸς Ἀρκαδίας, ἐς μὲν Μεθύδριον ἑβδομήκοντα στάδιοι καὶ ἑκατὸν, τρισὶ δὲ ἀπὸ Μεγάλης πόλεως ἀπωτέρω σταδίοις καὶ δέκα Σκιάς[1]) τε καλούμενον χωρίον καὶ Ἀρτέμιδος Σκιάτιδος[2]) ἐρείπιά ἐστιν ἱεροῦ· ποιῆσαι δὲ αὐτὸ ἐλέγετο Ἀριστόδημος ὁ τυραννήσας.[3])

Münzen: Mionnet Suppl. IV 282 n. 59: Julia Domna. Diane succincte debout à gauche, la main droite levée sur la haste et tenant de la gauche son vêtement retroussé. n. 62: Ebenso, aber in der Linken Bogen. Geta. vgl. Sestini Mus. Font. IV 72. n. 1 u. 2.

Methydrion.

Münzen: Wiener num. Zeitschr. IX 25: Artemis die Kallisto erschiefsend. R. getroffene Kallisto. vgl. Weil, Zeitschr. f. Num. IX 34 A. 3.

Orchomenos.

Paus. VIII 13, 1: Ἐν δὲ τῇ χώρᾳ τῇ Ὀρχομενίων ἐν ἀριστερᾷ τῆς ὁδοῦ τῆς ἀπὸ Ἀγχισιῶν, ἐν ὑπτίῳ τοῦ ὄρους τὸ ἱερόν ἐστι τῆς Ὑμνίας Ἀρτέμιδος· μέτεστι δὲ αὐτοῦ καὶ Μαντινεῦσι * * καὶ ἱέρειαν καὶ ἄνδρα ἱερέα· τούτοις οὐ μόνον τὰ ἐς τὰς μίξεις ἀλλὰ καὶ ἐς τὰ ἄλλα ἁγιστεύειν καθέστηκε τὸν χρόνον τοῦ βίου πάντα, καὶ οὔτε λουτρὰ οὔτε

---

1) des Peribolos der Θεαὶ μεγάλαι.

2) Andere Lesart: Σκιάδις — Σκιαδίτιδος.

3) Die Worte bei Tatian adv. Gr. 46: „Ἄρτεμιν δὲ οὐ μακρὰν τῆς μεγάλης πόλεως τῶν αὐτῶν πράξεων ἐπανῃρημένην τὸ εἶδος" beziehen sich nicht auf Megalopolis, sondern auf Rom. vgl. Tatian l. l. 32. Scaliger in Euseb. p. 56 u. A.

δίαιτα λοιπὴ κατὰ τὰ αὐτὰ σφίσι καθὰ καὶ τοῖς πολλοῖς ἐστιν, οὐδὲ ἐς οἰκίαν παρίασιν ἀνδρὸς ἰδιώτου. τοιαῦτα οἶδα ἕτερα ἐνιαυτὸν καὶ οὐ πρόσω Ἐφεσίων ἐπιτηδεύοντας τοὺς τῇ Ἀρτέμιδι ἱστιάτορας τῇ Ἐφεσίᾳ γενομένους, καλουμένους δὲ ὑπὸ τῶν πολιτῶν Ἐσσῆνας.[1]) τῇ δὲ Ἀρτέμιδι τῇ Ὑμνίᾳ καὶ ἑορτὴν ἄγουσιν ἐπέτειον.

Paus. VIII 5, 11: Ἀριστοκράτης δὲ ὁ Αἴχμιδος τάχα μέν που καὶ ἄλλα ἐς τοὺς Ἀρκάδας ὕβρισεν· ἃ δὲ ἀνοσιώτατα ἔργων ἐς θεοὺς ἐργασάμενον οἶδα αὐτὸν ἐπέξεισί μοι ταῦτα ὁ λόγος. ἔστιν Ἀρτέμιδος ἱερὸν Ὑμνίας ἐπίκλησιν· τοῦτο ἐν ὅροις μέν ἐστιν Ὀρχομενίων, πρὸς δὲ τῇ Μαντινικῇ· σέβουσιν ἐκ παλαιοτάτου καὶ οἱ πάντες Ἀρκάδες Ὑμνίαν Ἄρτεμιν. ἐλάμβανε δὲ τὴν ἱερωσύνην τῆς θεοῦ τότε ἔτι κόρη παρθένος. Ἀριστοκράτης δὲ, ὡς οἱ πειρῶντι τὴν παρθένον ἀντέβαινεν ἀεὶ τὰ παρ' αὐτῆς, τέλος καταφυγοῦσαν ἐς τὸ ἱερὸν παρὰ τῇ Ἀρτέμιδι ᾔσχυνεν. ὡς δὲ ἐς ἅπαντας ἐξηγγέλθη τὸ τόλμημα τὸν μὲν καταλιθοῦσιν οἱ Ἀρκάδες, μετεβλήθη δὲ ἐξ ἐκείνου καὶ ὁ νόμος· ἀντὶ γὰρ παρθένου διδόασι τῇ Ἀρτέμιδι ἱέρειαν γυναῖκα ὁμιλίας ἀνδρῶν ἀποχρώντως ἔχουσαν.

Paus. VIII 13, 5: Κατὰ δὲ τὴν ὁδὸν ταύτην πρῶτον μὲν μνῆμά ἐστιν Ἀριστοκράτους, ὃς βίᾳ ποτὲ ᾔσχυνε τὴν ἱερουμένην τῇ Ὑμνίᾳ θεῷ παρθένον.

Diod. XIX 63: ἑξῆς δὲ τῇ τῶν Ὀρχομενίων πόλει προσβολὰς ποιησάμενος καὶ παρεισαχθεὶς ὑπὸ τῶν ἀλλοτρίως ἐχόντων πρὸς Ἀλέξανδρον, τῆς μὲν πόλεως φυλακὴν ἀπέλιπε[2]), τῶν δὲ φίλων τῶν Ἀλεξάνδρου καταφυγόντων εἰς τὸ τῆς Ἀρτέμιδος ἱερὸν ἔδωκε τὴν ἐξουσίαν τοῖς πολίταις ὃ βούλοιντο πρᾶξαι. οἱ μὲν οὖν Ὀρχομένιοι τοὺς ἱκέτας βιαίως ἀναστήσαντες ἅπαντας ἀνεῖλον παρὰ τὰ κοινὰ τῶν Ἑλλήνων νόμιμα.

Paus. VIII 13, 2: πρὸς δὲ τῇ πόλει ξόανόν ἐστιν Ἀρτέμιδος· ἵδρυται δὲ ἐν κέδρῳ μεγάλῃ καὶ τὴν θεὸν ὀνομάζουσιν ἀπὸ τοῦ κέδρου Κεδρεᾶτιν.

1) vgl. Spanheim zu Callim. h. in Iov. 66.
2) Kassandros.

Münzen: Mionnet Suppl. IV 283 n. 65: Sept. Sev. Figure de Diane debout à gauche, les deux mains élevées, à ses pieds un chien ou une brebis. 284 n. 73: Julia Domna. Diane succincte debout à droite, tenant dans chaque main un flambeau ardent. Journ. of Hell. stud. VII 100: Artemis standing clad in long chiton, shooting arrow from bow. — Artemis wearing petasus and short chiton, kneeling, right rests on the ground, in left hand bow, from which she has just discharged an arrow; behind her dog seated. R. Callisto. vgl. Imhoof-Blumer M. gr. 203, E 10. Leake Numism. Hell. Eur. 38. E. Curtius bei Pinder u. Friedländer Beitr. 89. Head h. n. 377.

Oresthasion.

Paus. VIII 44, 2: *μετὰ δὲ Αἱμονιὰς ἐν δεξιᾷ τῆς ὁδοῦ πόλεώς ἐστιν Ὀρεσθασίου καὶ ἄλλα ὑπολειπόμενα ἐς μνήμην καὶ Ἀρτέμιδος ἱεροῦ κίονες ἔτι· ἐπίκλησις δὲ Ἱέρεια τῇ Ἀρτέμιδί ἐστι.*

Pherekydes im Schol. Eur. Or. 1645: *ὁ δὲ Φερεκύδης, ὅτι καὶ ἔπειτα τὸν Ὀρέστην αἱ Ἐρινύες διώκουσιν, ὁ δὲ καταφεύγει εἰς τὸ ἱερὸν τῆς Ἀρτέμιδος, καὶ ἵζει ἱκέτης πρὸς τῷ βωμῷ, αἱ δὲ Ἐρινύες ἔρχονται ἐπ' αὐτὸν θέλουσαι ἀποκτεῖναι, καὶ ἐρύκει αὐτὰς ἡ Ἄρτεμις· ἐξ οὗ καὶ ἡ πόλις αὕτη Ὀρέστειον καλεῖται ἀπὸ Ὀρέστου. τὸ δὲ Ὀρέστειον τῆς Παρρασίας κεχώρισται καὶ αὕτη πόλις οὖσα τῆς Ἀρκαδίας, καὶ ἐκλήθη ἀπὸ Ὀρέστου.*

Orthosion.

Pind. Ol. III 27:

ἔνθα Λατοῦς ἱπποσόα θυγάτηρ
δέξατ' ἐλθόντ' Ἀρκαδίας ἀπὸ δειρᾶν καὶ πολυγνάμπτων μυχῶν
εὖτέ μιν ἀγγελίαις Εὐρυσθέος ἔντυ' ἀνάγκα πατρόθεν
χρυσόκερων ἔλαφον θήλειαν ἄξονθ',
ἅν ποτε Ταϋγέτα
ἀντιθεῖσ' Ὀρθωσίᾳ ἔγραψεν ἱράν.

Schol. Pind. Ol. III 54: *Ὀρθωσία ἡ Ἄρτεμις παρὰ τὸ Ὀρθώσιον, ὅπερ ἐστὶν ὄρος Ἀρκαδίας. ἔστι δὲ καὶ ὄρος Ἀρκαδίας Ὄρθιον, ἀφ' οὗ καὶ ἡ θεὸς Ὀρθία καὶ Ὀρθωσία* καλεῖται. ἤτοι τῇ ὀρθούσῃ τὰς γυναῖκας καὶ εἰς σωτηρίαν ἐκ τῶν τοκετῶν ἀγούσῃ.

Hesych. s. v. Ὀρθία Ἄρτεμις· οὕτως εἴρηται ἀπὸ τοῦ ἐν Ἀρκαδίᾳ χωρίου, ἔνθα ἱερὸν Ἀρτέμιδος ἱδρῦσθαι ...[1])

Pheneos.

Paus. VIII 15, 5: Ἐς δὲ Πελλήνην ἐκ Φενεοῦ καὶ ἐς Αἴγειραν ἰόντι Ἀχαιῶν πόλιν, πέντε που προεληλυθότι καὶ δέκα σταδίους Ἀπόλλωνός ἐστι Πυθίου ναός· ἐρείπια δὲ ἐλείπετο αὐτοῦ μόνα καὶ βωμὸς μέγας λίθου λευκοῦ. ἐνταῦθα ἔτι καὶ νῦν Ἀπόλλωνι Φενεᾶται καὶ Ἀρτέμιδι θύουσιν, Ἡρακλέα ἑλόντα Ἦλιν τὸ ἱερὸν λέγοντες ποιῆσαι.[2])

Paus. VIII 14, 5: καὶ Ποσειδῶν χαλκοῦς ἕστηκεν ἐπωνυμίαν Ἵππιος· ἀναθεῖναι δὲ τὸ ἄγαλμα τοῦ Ποσειδῶνος Ὀδυσσέα ἔφασαν· ἀπολέσθαι γὰρ ἵππους τῷ Ὀδυσσεῖ, καὶ αὐτὸν γῆν τὴν Ἑλλάδα κατὰ ζήτησιν ἐπιόντα τῶν ἵππων ἱδρύσασθαι μὲν ἱερὸν ἐνταῦθα Ἀρτέμιδος καὶ Εὑρίππαν ὀνομάσαι τὴν θεὸν ἔνθα τῆς Φενεατικῆς χώρας εὗρε τὰς ἵππους, ἀναθεῖναι δὲ καὶ τοῦ Ποσειδῶνος τὸ ἄγαλμα τοῦ Ἱππίου. τῷ δὲ Ὀδυσσεῖ λέγουσιν εὑρόντι τὰς ἵππους γενέσθαι οἱ κατὰ γνώμην ἐν χώρᾳ τῇ Φενεατῶν ἔχειν ἵππους, καθάπερ γε καὶ τὰς βοῦς ἐν τῇ ἠπείρῳ τῆς Ἰθάκης ἀπαντικρὺ τρέφειν αὐτόν. καί μοι καὶ γράμματα οἱ Φενεᾶται παρείχοντο ἐπὶ τοῦ ἀγάλματος γεγραμμένα τῷ βάθρῳ, τοῦ Ὀδυσσέως δή τι πρόσταγμα τοῖς ποιμαίνουσι τὰς ἵππους.

Polyaen. VIII 34: Θεόπομπος τῷ στρατηγήματι τῆς γυναικὸς διασωθεὶς καὶ αὐτὸς τὴν ἱέρειαν τῆς Ἀρτέμιδος εἰς Φενεὸν πομπεύουσαν ἥρπασε· Τεγεᾶται ταύτην ἀπολαβεῖν θέλοντες ἀπέδωκαν αὐτῷ τὴν Χειλωνίδα.

Münzen: Mionnet Suppl. IV 285 n. 76: Tête de Diane; derrière un carquois. R. weidendes Pferd. Cat. of gr. coins in the Brit. Mus. Pelop. 195: Bust of Artemis r. bound with wreath; behind at shoulder bow and quiver. R. Caduceus. vgl. Eckhel D. N. I 105. Zeitschr. f. Num. IX Tf. II 10. Journ. of Hell. stud. VII 101.

---

1) vgl. Paus. II 24, 5.

2) vgl. Plut. ser. num. vind. 12.

Phigalia.

Paus. VIII 39, 5: *Κεῖται δὲ ἡ Φιγαλία ἐπὶ μετεώρου μὲν καὶ ἀποτόμου τὰ πλέονα, καὶ ἐπὶ τῶν κρημνῶν ᾠκοδομημένα ἐστὶ τείχη σφίσιν, ἀνελθόντι δὲ ὁμαλής ἐστιν ὁ λόφος ἤδη καὶ ἐπίπεδος. ἔστι δὲ Σωτείρας τε ἱερὸν ἐνταῦθα Ἀρτέμιδος καὶ ἄγαλμα ὀρθὸν λίθου. ἐκ τούτου δὲ τοῦ ἱεροῦ καὶ τὰς πομπάς σφισι πέμπειν κατέστη.*

Paus. VIII 41, 4: *Σταδίοις δὲ ὅσον δώδεκα ἀνωτέρω Φιγαλίας θερμά τέ ἐστι λουτρὰ καὶ τούτων οὐ πόρρω κάτεισιν ὁ Λύμαξ ἐς τὴν Νέδαν· ᾗ δὲ συμβάλλουσι τὰ ῥεύματα ἔστι τῆς Εὐρυνόμης τὸ ἱερὸν ἅγιόν τε ἐκ παλαιοῦ καὶ ὑπὸ τραχύτητος τοῦ χωρίου δυσπρόσοδον· περὶ αὐτὸ καὶ κυπάρισσοι πεφύκασι πολλαί τε καὶ ἀλλήλαις συνεχεῖς. τὴν δὲ Εὐρυνόμην ὁ μὲν τῶν Φιγαλέων δῆμος ἐπίκλησιν εἶναι πεπίστευκεν Ἀρτέμιδος· ὅσοι δὲ αὐτῶν παρειλήφασιν ὑπομνήματα ἀρχαῖα, θυγατέρα Ὠκεανοῦ φασιν εἶναι τὴν Εὐρυνόμην, ἧς δὴ καὶ Ὅμηρος ἐν Ἰλιάδι ἐποιήσατο μνήμην, ὡς ὁμοῦ Θέτιδι ὑποδέξαιτο Ἥφαιστον. ἡμέρᾳ δὲ τῇ αὐτῇ κατὰ ἔτος ἕκαστον τὸ ἱερὸν ἀνοιγνύουσι τῆς Εὐρυνόμης, τὸν δὲ ἄλλον χρόνον οὔ σφισιν ἀνοιγνύναι καθέστηκε, [καὶ] τηνικαῦτα δὲ καὶ θυσίας δημοσίᾳ τε καὶ ἰδιῶται θύουσιν. ἀφικέσθαι μὲν δή μοι τῆς ἑορτῆς οὐκ ἐξεγένετο ἐς καιρὸν, οὐδὲ τῆς Εὐρυνόμης τὸ ἄγαλμα εἶδον· τῶν Φιγαλέων δὲ ἤκουσα, ὡς χρυσαῖ τε τὸ ξόανον συνδέουσιν ἁλύσεις καὶ εἰκὼν γυναικὸς τὰ ἄχρι τῶν γλουτῶν, τὸ ἀπὸ τούτου δέ ἐστιν ἰχθύς· θυγατρὶ μὲν δὴ Ὠκεανοῦ καὶ ἐν βυθῷ τῆς θαλάσσης ὁμοῦ Θέτιδι οἰκούσῃ παρέχοιτο ἄν τι ἐς γνώρισμα αὐτῆς ὁ ἰχθύς. Ἀρτέμιδι δὲ οὐκ ἔστιν ὅπως ἂν μετά γε τοῦ εἰκότος λόγου μετείη τοιούτου σχήματος.*

Artemis und Apollon auf einem Hirschgespann im Friese des Tempels des Apollon Epikurios. vgl. v. Stackelberg: Der Apollontempel von Bassae.

Münzen: Mionnet Suppl. IV 288 n. 91: Diane en habit court à dr. la main dr. sur une haste et une flèche dans la g. Sept. Sever. 290 n. 102: Plautilla. Femme debout, tenant de la main dr. un flambeau. (?) Journ. of Hell. stud. VII 110:

Artemis standing, clad in short chiton with diplois, holds bipennis and lance.

Psophis.

Münzen: Mionnet Suppl. IV 291 n. 105: Sept. Sev. Diane en habit court tournée à g., la main dr. posée sur le côté et la g. sur une haste, un carquois derrière les épaules. vgl. Journ. of Hell. stud. VII 105. Cat. of gr. coins in the Brit. Mus. Pelop. XXXV 16: Caracalla. Artemis l. clad in short chiton; holds in r. hand bipennis, in l. spear.

Stymphalos.

Paus. VIII 22, 7: *Ἐν Στυμφάλῳ δὲ καὶ ἱερὸν Ἀρτέμιδός ἐστιν ἀρχαῖον Στυμφαλίας· τὸ δὲ ἄγαλμα ξόανόν ἐστι τὰ πολλὰ ἐπίχρυσον. πρὸς δὲ τοῦ ναοῦ τῷ ὀρόφῳ πεποιημέναι καὶ αἱ Στυμφαλίδες εἰσὶν ὄρνιθες. σαφῶς μὲν οὖν χαλεπὸν ἦν διαγνῶναι, πότερον ξύλου ποίημα ἦν ἢ γύψου, τεκμαιρομένοις δὲ ἡμῖν ἐφαίνετο εἶναι ξύλου μᾶλλον ἢ γύψου. εἰσὶ δὲ αὐτόθι καὶ παρθένοι λίθου λευκοῦ, σκέλη δέ σφισίν ἐστιν ὀρνίθων, ἑστᾶσι δὲ ὄπισθε τοῦ ναοῦ. Λέγεται δὲ καὶ ἐφ' ἡμῶν γενέσθαι θαῦμα τοιόνδε· ἐν Στυμφάλῳ τῆς Ἀρτέμιδος τῆς Στυμφαλίας τὴν ἑορτὴν τά τε ἄλλα ἦγον οὐ σπουδῇ καὶ τὰ ἐς αὐτὴν καθεστηκότα ὑπερέβαινον τὰ πολλά. ἐσπεσοῦσα οὖν ὕλη κατὰ τοῦ βαράθρου τὸ στόμα ᾗ κάτεισιν ὁ ποταμὸς [ὁ Στύμφαλος] ἀνεῖργε μὴ καταδύεσθαι τὸ ὕδωρ, λίμνην τε ὅσον ἐπὶ τετρακοσίους σταδίους τὸ πεδίον σφίσι γενέσθαι λέγουσι. φασὶ δὲ ἕπεσθαι θηρευτὴν ἄνδρα ἐλάφῳ φευγούσῃ, καὶ τὴν μὲν ἐς τὸ τέλμα ἵεσθαι, τὸν δὲ ἄνδρα τὸν θηρευτὴν ἐπακολουθοῦντα ὑπὸ τοῦ θυμοῦ κατόπιν τῆς ἐλάφου νήχεσθαι· καὶ οὕτω τὸ βάραθρον τήν τε ἔλαφον καὶ ἐπ' αὐτῇ τὸν ἄνδρα ὑπεδέξατο· τούτοις δὲ τοῦ ποταμοῦ τὸ ὕδωρ ἐπακολουθῆσαί φασιν, ὥστε ἐς ἡμέραν Στυμφαλίοις ἐξήραντο ἅπαν τοῦ πεδίου τὸ λιμνάζον· καὶ ἀπὸ τούτου τῇ Ἀρτέμιδι τὴν ἑορτὴν φιλοτιμίᾳ πλέονι ἄγουσι.*

Steph. Byz. s. v. *Στύμφαλος, πόλις Ἀρκαδίας καὶ πεδίον ὁμώνυμον καὶ πηγή. ἡ πόλις ἀρσενικῶς καὶ θηλυκῶς. τὸ ἐθνικὸν Στυμφάλιος καὶ Στυμφαλία Ἄρτεμις καὶ λίμνη καὶ γυνή.*

Eust. Il. II 608 p. 302, 11: ἐξ οὗ καὶ Στυμφαλία Ἄρτεμις. Bull. de corr. Hell. VII 486 f. Stele aus Stymphalos; darauf u. A. τὸ δ[ὲ ψ]ά[φ]ι[σ]μα θ[έσ]θαι [ἐ]ν τõι Ἀρτεμισίοι. Münzen: Journ. of Hell. stud. VII 103: Head of Artemis Stymphalia crowned with laurel. R. Herakles. Cat. Brit. Mus. XXXVII 5. R. strung bow and quiver. vgl. Head h. n. 380.

Tegea.

Paus. VIII 47, 6: ἐς δὲ τὴν Ἄρτεμιν τὴν Ἡγεμόνην τὴν αὐτὴν τοιάδε λέγουσιν. Ὀρχομενίων τῶν ἐν Ἀρκαδίᾳ τυραννίδα ἔσχεν Ἀριστομηλίδας· ἐρασθεὶς δὲ Τεγεάτιδος παρθένου καὶ ἐγκρατὴς ὅτῳ δὴ τρόπῳ γενόμενος ἐπιτρέπει τὴν φρουρὰν αὐτῆς Χρονίῳ· καὶ ἡ μὲν πρὶν ἀναχθῆναι παρὰ τὸν τύραννον ἀποκτίννυσιν ἑαυτὴν ὑπὸ δείματός τε καὶ αἰδοῦς, Χρόνιον δὲ Ἀρτέμιδος ἐπήγειρεν ὄψις ἐπὶ Ἀριστομηλίδαν· φονεύσας δὲ ἐκεῖνον καὶ ἐς Τεγέαν φυγὼν ἐποίησεν ἱερὸν τῇ Ἀρτέμιδι.

Paus. VIII 53, 1: Τῷ δὲ Ἀπόλλωνι οἱ Τεγεᾶται τῷ Ἀγυιεῖ τὰ ἀγάλματα ἐπ' αἰτίᾳ φασὶν ἱδρύσασθαι τοιᾷδε· Ἀπόλλωνα καὶ Ἄρτεμιν ἐπὶ πᾶσαν λέγουσι χώραν τιμωρεῖσθαι τῶν τότε ἀνθρώπων ὅσοι Λητοῦς, ἡνίκα εἶχεν ἐν τῇ γαστρί, πλανωμένης καὶ ἀφικομένης ἐς τὴν γῆν ἐκείνην οὐδένα ἐποιήσαντο αὐτῆς λόγον.· ὡς δὲ ἄρα καὶ ἐς τὴν Τεγεατῶν ἐληλυθέναι τοὺς θεούς, ἐνταῦθα υἱὸν Τεγεάτου Σκέφρον προσελθόντα τῷ Ἀπόλλωνι ἐν ἀπορρήτῳ διαλέγεσθαι πρὸς αὐτόν· Λειμὼν δὲ (ἦν δὲ καὶ ὁ Λειμὼν οὗτος Τεγεάτου τῶν παίδων) ὑπονοήσας ἔγκλημα ἔχειν ἐς ἑαυτὸν τὰ ὑπὸ Σκέφρου λεγόμενα ἀποκτίννυσιν ἐπιδραμὼν τὸν ἀδελφόν. Καὶ Λειμῶνα μὲν τοξευθέντα ὑπὸ Ἀρτέμιδος περιῆλθεν αὐτίκα ἡ δίκη τοῦ φόνου, Τεγεάτης δὲ καὶ Μαιρὰ τὸ μὲν παραυτίκα Ἀπόλλωνι καὶ Ἀρτέμιδι θύουσιν· ὕστερον δὲ ἐπιλαβούσης ἀκαρπίας ἰσχυρᾶς ἦλθε μάντευμα ἐκ Δελφῶν Σκέφρον θρηνεῖν. καὶ ἄλλα τε ἐν τοῦ Ἀγυιέως τῇ ἑορτῇ δρῶσιν ἐς τιμὴν τοῦ Σκέφρου, καὶ ἡ τῆς Ἀρτέμιδος ἱέρεια διώκει τινὰ ἅτε αὐτὴ τὸν Λειμῶνα ἡ Ἄρτεμις.[1])

---

1) vgl. Ovid. Fast. I 620 ff.

Polyaen. VIII 34: *Θεόπομπος τῷ στρατηγήματι τῆς γυναικὸς διασωθεὶς καὶ αὐτὸς τὴν ἱέρειαν τῆς Ἀρτέμιδος εἰς Φενεὸν πομπεύουσαν ἥρπασε· Τεγεᾶται ταύτην ἀπολαβεῖν θέλοντες ἀπέδωκαν αὐτῷ τὴν Χειλωνίδα.*

Paus. VIII 53, 11: *οὗτοι μὲν δή εἰσιν οἱ βωμοὶ σταδίοις δύο ἀπωτέρω τοῦ τείχους· προελθόντι δὲ ἀπ' αὐτῶν μάλιστά που σταδίους ἑπτὰ ἱερὸν Ἀρτέμιδος ἐπίκλησιν Λιμνάτιδος καὶ ἄγαλμά ἐστιν ἐβένου ξύλου· τρόπος δὲ τῆς ἐργασίας ὁ Αἰγιναῖος καλούμενος ὑπὸ Ἑλλήνων.*

Paus. VIII 53, 11: *τούτου δὲ ὅσον δέκα ἀπωτέρω σταδίοις Ἀρτέμιδος Κνακεάτιδός ἐστι ναοῦ τὰ ἐρείπια.*

Xen. Hell. VI 5, 9: *οἱ δὲ περὶ τὸν Στάσιππον ὡς ᾔσθοντο τὸ γιγνόμενον ἐκπίπτουσι κατὰ τὰς ἐπὶ τὸ Παλλάντιον φερούσας πύλας καὶ φθάνουσι πρὶν καταληφθῆναι ὑπὸ τῶν διωκόντων εἰς τὸν τῆς Ἀρτέμιδος νεὼν καταφυγόντες, καὶ ἐγκλεισάμενοι ἡσυχίαν εἶχον. οἱ δὲ μεταδιώξαντες ἐχθροὶ αὐτῶν ἀναβάντες ἐπὶ τὸν νεὼν καὶ τὴν ὀροφὴν διελόντες ἔπαιον ταῖς κεραμῖσιν. οἱ δὲ ἐπεὶ ἔγνωσαν τὴν ἀνάγκην, παύεσθαί τε ἐκέλευον καὶ ἐξιέναι ἔφασαν. οἱ δὲ ἐναντίοι ὡς ὑποχειρίους ἔλαβον αὐτοὺς δήσαντες καὶ ἀναλαβόντες ἐπὶ τὴν ἁρμάμαξαν ἐπήγαγον εἰς Τεγέαν. ἐκεῖ δὲ μετὰ τῶν Μαντινέων καταγνόντες ἀπέκτειναν.*

Mitt. d. arch. Inst. z. Athen IV 137: Stele; zwei Frauen und die Inschr.

ΘΑΛΙ . . ΕΦΙΕΡΕΙΑΣ
ΑΡΤΕΜΙΔΙ ΑΘΗΝΑΙΙΙ

Münze: Mionnet II 255 n. 68: Tête de Diane à g. carquois derrière le dos. R. Athena.

Artemis (?) Bronzemaske aus Tegea im Berliner Museum (Füllungsstück einer Tempelthür ?). vgl. Benndorf Gesichtshelme T. 17. Milchhöfer Arch. Z. 1881 S. 287.

Teuthis.

Paus. VIII 28, 6: *καὶ ἄλλα ἐν Τεύθιδι Ἀφροδίτης τε ἱερὸν καὶ Ἀρτέμιδός ἐστι.*

Thelpusa.

Münzen: Mionnet II 257 n. 77: Geta. Diane chasseresse marchant, tenant dans la main dr. un javelot et dans la g. un arc. vgl. Suppl. IV 295 n. 126.

Trikolonos.

Paus. VIII 35, 8: *Τρικολώνων δέ ἐστιν ἐν δεξιᾷ πρῶτα μὲν ἀνάντης ὁδὸς ἐπὶ πηγὴν καλουμένους Κρουνούς· σταδίους δὲ ὡς τριάκοντα καταβάντι ἐκ Κρουνῶν τάφος ἐστὶ Καλλιστοῦς, χῶμα γῆς ὑψηλὸν, δένδρα ἔχων πολλὰ μὲν τῶν ἀκάρπων, πολλὰ δὲ καὶ ἥμερα· ἐπὶ δὲ ἄκρῳ τῷ χώματι ἱερόν ἐστιν Ἀρτέμιδος ἐπίκλησιν Καλλίστης· δοκεῖν δέ μοι καὶ Πάμφως μαθών τι παρὰ Ἀρκάδων πρῶτος Ἄρτεμιν ἐν τοῖς ἔπεσιν ὠνόμασε Καλλίστην.*

Zoitia.

Paus. VIII 35, 7: *μένει δὲ ἐν Ζοιτίᾳ Δήμητρος ναὸς καὶ Ἀρτέμιδος.*

Gesammtarkadisch.

C. I. G. 3052: *Ἐ]ψαφίσθη ἐπὶ δαμιου[ρ]γοῦ Φίλωνος, μηνὸς Ἀρταμιτίου νευμηνίᾳ Ἀρκάδων. Ἔδοξεν Ἀρκάδων τοῖς Κοσμίοις καὶ τῇ πόλει κ. τ. λ.*

Während der Kult des Apollon in Arkadien zu einer nur oberflächlichen Ausbildung gelangt war, treffen wir den der Artemis allenthalben aufs engste verbunden mit altem Brauch und hergebrachter Volkssitte an. Allerdings ist es nicht die Letoide, die Schwester des Apollon, der diese Verehrung gilt, sondern der alte Genosse der arkadischen Artemis ist Poseidon; die Träger ihres Kults sind die Lapithen unter ihrem König Elatos. Es geht dies klar aus der Kultverbindung hervor, in welcher wir Poseidon Hippios und Artemis Heurippa in Pheneos treffen. Denn Elatos ist Herrscher im Kyllenegebiet.[1]) In Pheneos werden

1) Paus. VIII 4, 4. vgl. die Ausführungen zum Poseidonkult S. 19 ff.

uns Lapithen ausdrücklich bezeugt.[1]) Der Lapithe Elatos von Larissa aber wird durch seinen Sohn Polyphemos deutlich als Poseidonischer Heros gekennzeichnet.[2]) Dieser Polyphemos wird Gemahl der Laonome, der Schwester des Herakles, genannt.[3]) Diese Laonome aber ist in Pheneos lokalisirt.[4]) An der Identität des Larissaiers und des Arkaders Elatos kann also kein Zweifel bestehen.

Ueber den Ursprung des Wesens der Artemis Betrachtungen anzustellen, wäre nach den Ausführungen von Ernst Curtius[5]) überflüssig. Beschränken wir uns daher auf die Untersuchung ihrer Wirksamkeit in Arkadien.

Artemis ist die Naturgöttin des rauhen Berglandes mit seinen Felsen, Quellen, Wäldern und Sümpfen, deren Kult uns in jeder Ortschaft, an jedem in die Augen springenden Punkte der Landschaft entgegentritt. Ueberall da, wo die schaffende Natur in selbsttätiger Kraft, unbezwungen durch Menschenhand zu Tage tritt, dort ist ihr Reich.

So wird sie vor Allem auf zahlreichen Berggipfeln verehrt. Ihre Tempel fanden wir auf dem Artemision an der argivischen Grenze, auf dem Knakalos bei Kaphyai, dem Krathis bei Pheneos, dem von Pindar erwähnten Orthosion, unter dem vielleicht die von Pausanias[6]) genannte Lykone zu verstehen ist, am Lykaion und Mainalos.

Hierzu sind die Fälle zu rechnen, in denen Artemis einfach den Namen der Landschaft, des Ortes, trägt, wo sie verehrt wird: Die Lykoatis von Lykoa, die Skiaditis im Gebiet von Megalopolis, die Knakeatis bei Tegea, die Stymphalia von Stymphalos.

Vertritt Artemis hier gewissermafsen die Landschaft selbst, so ist sie nicht minder in den einzelnen Teilen der-

1) Diod. IV 70.
2) Socrat. u. Euphor. im Schol. Ap. Rh. I 40.
3) Schol. Ap. Rh. I 1241.
4) Paus. VIII 14, 2.
5) Studien z. Gesch. der Artemis. Sitzungsber. d. Berl. Ak. 1887 S. 1167 ff.
6) II 24, 5.

selben zu finden. So beschirmt die Göttin vegetativer Fruchtbarkeit die Bäume als Kedreatis bei Orchomenos. Hauptsächlich aber sind es die zahllosen Bäche und Quellen des wasserreichen Arkadiens, mit denen der Kult der Artemis verknüpft ist. So finden wir die Artemis Limnatis in Tegea, und auch die Tegeatische Skephrossage hat E. Curtius in geistvoller Weise auf die Entwässerung der Ebene zu deuten gesucht. Dieser Deutung ist insofern zuzustimmen, als die Verbindung mit dem Letomythos, in welcher Pausanias die Sage vorführt, eine durchaus willkürliche und unorganische ist. Andererseits läfst sich nicht verkennen, dafs die Verfolgung des Leimon durch die Priesterin beim Artemisfest nach dem Beispiele der Dionysischen Agrionien in Boiotien und Argos auf frühere Menschenopfer schliefsen läfst, die allein aus der erwähnten Deutung heraus schwer eine befriedigende Erklärung finden dürften.[1]) Der Kult, wie er uns berichtet wird, hat sich jedenfalls erst durch Zusammenwirken ziemlich heterogener Bestandteile zu der vorliegenden Form herausgebildet. Derartige Conglomerate des alten Kults mit später importirten Götterdiensten werden wir noch mehrfach antreffen. Ebenfalls als Limnatis charakterisirt sich die dem Pausanias so unverständliche Eurynome von Phigalia durch die warmen Quellen, an denen ihr Heiligtum sich befindet. Für die merkwürdige Bildung des Kultbildes liefse sich vielleicht — wenn man nicht an der Richtigkeit der Ueberlieferung bei Pausanias zweifeln will — als Vergleich der Diktynnamythos heranziehen.[2])

Besonders aber sind es die unter ihrem Wasserreichtum oft schwer leidenden nordarkadischen Landschaften von Stymphalos und Pheneos, welche die Artemis als Wassergöttin verehren, und deren Kult wohl seine nächste Analogie in der Brimo vom Boibeischen See findet.[3]) In Stymphalos ist der Kult der Wasser-Artemis aus der Pausaniaserzählung

1) vgl. Plut. quaest. rom. 112. graec. 36. symp. 8. Hesych s. v. ἀγριάνια.

2) vgl. Callim. Dian. 189 ff. Paus. II 30, 2.

3) vgl. v. Wilamowitz-Moellendorf: Isyllos. 71.

unverkennbar, in Pheneos hat E. Curtius diese Bedeutung im Kulte der Artemis Heurippa gefunden, indem er die Pferde als die in den Katabothren verschwindenden, dann wieder auftauchenden Gewässer deutet. Diese durch die Verbindung mit dem Poseidon Hippios als sicher richtig erwiesene Deutung erschöpft jedoch den Kult von Pheneos nicht, ebensowenig wie die ähnliche Deutung der Skephrossage den von Tegea. Wenn auch ursprünglich dem Bilde des Wassers entnommen, mufs doch das Pferd in Pheneos schliefslich eine selbstständige Rolle gespielt haben, wie seine Verbindung mit dem Heerdengotte Hermes und die Münzen beweisen.

Damit kommen wir zu einer neuen Form der Naturgöttin, der Pflegerin von Wild und Vieh. Diese Bedeutung verknüpft sich in Pheneos sicher mit der der Limnatis. Denn mit dem Pferd treffen wir die Artemis auch im stammverwandten thessalischen Pherai.[1]) Auch die Beinamen Knakalesia und Knakeatis sind vielleicht als von *κνάξ* abgeleitet hierherzuziehen[2]), doch sahen wir, dafs sie auch als blofse Lokalnamen der Bedeutung der Göttin gerecht werden. Von der Artemis Hemerasia in Lusoi endlich nimmt Schreiber[3]) an, dafs ihre ursprüngliche Bedeutung die der Zähmerin wilder Tiere gewesen sei, doch haben wir bereits beim Demeterkult gesehen, dafs an der Stelle dieser Artemis, die der Demeter Lusia von Thelpusa entspricht, ursprünglich wohl ein Erinyskult bestanden hat.

Die Auffassung der Artemis als Naturgottheit ist also die ursprüngliche; alle übrigen Kultformen, die wir in Arkadien vorfinden, sind teils Weiterbildungen dieser Auffassung, teils fremden Ursprungs, teils Mischungen verschiedener Kultformen.

Aus der Pflegerin des Wildes entsteht leicht die Jagdgöttin, die mit den der Herrin der Vegetation und der

1) vgl. Stephani: Compte rend. 1860 T. II p. 46. D. d. a. K. II 16 n. 173. Paus. II 10, 6. 23, 5.

2) vgl. Welcker: Götterl. I 591.

3) Roschers Lex. d. gr. u. r. Myth. I. 565.

Quellen so nahestehenden Nymphen dies herrlichste Jagdrevier Griechenlands durchstreift. Hier setzen vor Allem zahlreiche Mythen ein und mit ihnen die reichste dichterische Behandlung. Directe Kulte finden sich verhältnismäſsig seltener. So haben wir in Megalopolis die Artemis Agrotera, welche als Jägerin schon die Ilias behandelt.[1]) Wie aber der Jäger auch den gefährlichen Raubtieren des Gebirges gegenüber treten muſs[2]), so wird der Göttin allmählich auch ein kriegerischer Zug eigen, wie wir ihn beispielsweise im Kulte der Agrotera von Aigeira[3]) ausgeprägt finden. So wird dann die Göttin zur Hegemone, die wir in Asea, Lykosura und Tegea fanden, und für deren von Claus[4]) mit Recht hervorgehobenen kriegerischen Charakter besonders der Kult von Tegea spricht. Doch ist mit dieser kriegerischen Form die Bedeutung der Hegemone natürlich nicht erschöpft. Den Kult von Lykosura beispielsweise, wo Welcker[5]) in der Hegemone die „Hochzeiterin" in Beziehung auf das nahe gelegene Despoinaheiligtum und den Mythos der Vereinigung des Poseidon Hippios und der Demeter erkennen wollte, scheint mir C. Robert[6]) richtiger als den der Schützerin der Thore zu erklären[7]), als welche wir die Artemis im Kult von Eleusis[8]), Halikarnassos[9]), Epidauros[10]) und ähnlich auch in Megalopolis finden. Besonders gestützt wird diese Anschauung durch Orph. Arg. 905

1) Il. XXI 470 vgl. V 52. Xen. Cyn. VI 13. Arrian. de ven. 32. Eur. Heracl. 378. Arist. Lys. 1262. C. I. G. 2117.

2) Vgl. den Kult der Artemis Agrotera in Megara. Paus. I 41, 3.

3) Paus. VII 26, 3.

4) Claus: De Dianae antiquissima apud Graec. figura Diss. Breslau 1881 p. 98. vgl. auch den Kult von Ambrakia Antonin. Lib. 4. Polyaen. VIII 52.

5) Alte Denkm. II 167.

6) in Prellers gr. Myth. I[4] 322 A. 5.

7) vgl. Hesych. s. v. Προκυλαία· ἡ Ἑκάτη.

8) Paus. I 38, 6.

9) C. I. G. 2661.

10) Ἐφ. ἀρχ. 1884 p. 27.

bez. 911, wo die Artemis Hegemone direct als die *ἐμπυλίη* von Kolchis bezeichnet wird.

Die Führerin in der Gefahr wird dann in Vereinigung mit der allerhaltenden Naturgöttin zur Retterin, zur Soteira, die wir in Megalopolis und Phigalia antrafen. Aus den bei allen diesen Tätigkeiten unentbehrlichen körperlichen Uebungen entwickelt sich schliefslich ein agonistischer Zug. Wie sich in Olympia beim Gymnasion ein Altar der Artemis Agrotera befand[1]), so finden wir ihr Heiligtum am Stadion des Ladas bei Mantineia, und auch die Spiele von Lusoi sind hierher zu beziehen.

Von den später eingeführten Kulten ist an erster Stelle der der Letoide zu nennen. Derselbe findet sich zumeist gemeinschaftlich mit dem, wie früher gezeigt, von Argos abhängigen Kulte des Apollon Pythios im östlichen Arkadien, so besonders in Mantineia, Pheneos und Tegea. Ob die Artemis Koria von Lusoi nicht auf einer Verwechselung des Kallimachos beruht, da Pausanias im Gebiet von Kleitor eine Athena Koria nennt[2]), mufs dahingestellt bleiben; sonst ist sie natürlich ebenfalls hierhergehörig. Und ebenhierher ist denn auch die vielumstrittene Artemis Hymnia von Orchomenos-Mantineia zu rechnen. Denn sowohl in Orchomenos, wie in Mantineia finden sich Apollonkulte, und sowohl die Musikliebe, wie die Keuschheit passen gut zur Letoide. Andrerseits liegt absolut kein Grund vor, auf die doch recht verdächtiger Quelle entlehnte Anekdote vom Aristokrates bei Pausanias[3]) hin in der Artemis Hymnia wirklich eine alteinheimische, durch ganz Arkadien verehrte Göttin zu sehn, da doch im ganzen übrigen Arkadien nirgends eine Spur von ihr zu finden ist. Die betreffenden Worte bei Pausanias dienen offenbar nur zum Aufputz, um die Erzählung wichtiger erscheinen zu lassen.

---

1) Paus. V 15, 8.

2) Paus. VIII 21, 8.

3) vgl. jetzt darüber Hiller v. Gärtringen: Zur arkadischen Königsliste des Pausanias. Festschr. d. Gymn. zu Jauer 1890 S. 62 ff.

Fremde Einflüsse sind ferner im Kult der Artemis Hiereia von Oresthasion zu suchen. Dieselbe ergiebt sich durch die Verbindung mit der Orestessage als zusammengehörig mit der Artemis Iphigeneia von Hermione.[1]) Dasselbe ist der Fall bei der Artemis Apanchomene oder Kondyleatis von Kaphyai. Denn als Kondylitis wurde Artemis in Methymna verehrt[2]), und eine Ephesische Sage kennt eine Hekate Apanchomene: Eust. Od. XII 85 p. 1714, 43: *καὶ Καλλίμαχος οὖν ἐν ὑπομνήμασι τὴν Ἄρτεμιν ἐπιξενωθῆναί φησιν Ἐφέσῳ υἱῷ Καΰστρου, ἐκβαλλομένην δὲ ὑπὸ τῆς γυναικὸς τὸ μὲν πρῶτον μεταβαλεῖν αὐτὴν εἰς κύνα, εἶτ' αὖθις ἐλεήσασαν ἀποκαταστῆσαι εἰς ἄνθρωπον, καὶ αὐτὴν μὲν αἰσχυνθεῖσαν ἐπὶ τῷ συμβεβηκότι ἀπάγξασθαι, τὴν δὲ θεὸν περιθεῖσαν αὐτῇ τὸν οἰκεῖον κόσμον Ἑκάτην ὀνομάσαι.* Als Parallele dazu würde sich dann die von Antoninus Liberalis 13 berichtete Sage von der Aspalis stellen, in welcher der Name Tartaros für den Räuber äufserst bezeichnend ist. Denn aus der Ephesischen Sage ergiebt sich mit Deutlichkeit, dafs wir es hier mit der Mondgöttin zu tun haben: die Hekate wird zum Hunde, und Hundswürger (*κύναγχα*) wird der Lichträuber Hermes bei Hipponax genannt.[3]) Dafs wir schliefslich grade in Kaphyai diesen fremdländischen Kult finden, kann uns nicht Wunder nehmen, wenn wir bedenken, dafs die Kaphyaten aus Attika stammen wollen, und dafs Aineias dort besonders heimisch ist.[4])

Als Mondgöttin ist ferner die sich zunächst besonders in ihrer Hypostase als Kallisto als eine Vermengung der keuschen Letoide mit der arkadischen Jägerin gebende Ar-

---

1) Paus. V 35, 2. Hesych. s. v. *Ἰφιγένεια*. vgl. Bursian Quaest. Euboic. Leipzig 1856 p. 29.

2) Clem. Al. Protr. 32.

3) Hippon. fr. 1. vgl. Usener Rhein. Mus. XXIII 336. Robert (bei Preller gr. M. I⁴ S. 305 A. 2) weist hingegen auf den Strick in Verbindung mit dem Geifseln der Götterbilder und dem Erhängen der Erigone und anderer Heroinen hin, und glaubt in der Kondyleatis eine Beziehung zur vegetativen Fruchtbarkeit zu sehn.

4) vgl. Strabo XIII 608. Dion. Hal. I 49. Steph. B. s. v. *Καφύαι*.

temis Kalliste von Trikolonos aufzufassen. Dies ist jedoch erst die Umgestaltung der Dichtung. Dafs grade der Mondgöttin das Praedicat der Schönheit zukommt, hat Usener in seinem eben erwähnten Aufsatze über Kallone nachgewiesen.[1])

Fremdländisch ist natürlich auch die Artemis Ephesia von Megalopolis und Alea. Da bei letzterer jedoch gewisse Beziehungen zum Dionysoskult vorhanden zu sein scheinen — Pausanias vergleicht die Weibergeifselung beim Dionysosfeste der Skiereia mit der Ephebengeifselung zu Ehren der Artemis Orthia —, so wäre nicht ausgeschlossen, dafs auch in den Hemerasiakult von Lusoi Dionysische Elemente eingedrungen sind, da ja doch der Wahnsinn der Proitiden, dessen Heilung den Kultanlafs abgab, von Dionysos stammte.[2]) Aehnliche Verbindungen des Artemiskults mit dem Dionysoskulte finden sich in Patrai[3]), auf Aigina[4]) und vielleicht auch in Epidauros.[5])

Schliefslich ist noch auf die Vermengung des Artemiskults mit dem der Demeter und Kore, resp. Despoina hinzuweisen, wie wir sie aufser der schon erwähnten Artemis Hegemone von Lykosura in Megalopolis finden. Bei der Einführung des Kultes der chthonischen Göttinnen verschmolz Artemis mit der Despoina.[6]) Für ihre dienende

---

1) vgl. die Artemis Kalliste in Athen (Paus. I 29, 2. Hesych. s. v. *Καλλίστη*), die Io *Καλλιθύια* von Argos (Plut. bei Euseb. pr. ev. III 8 p. 99), Thera = Kalliste (Herod. IV 147. Pind. Pyth. IV 258. Paus. III 1, 7. IX 40, 5. Rofs Inscr. ined. II 86 n. 215 u. A.), ferner Eur. Hippol. 64. C. I. G. 4445. Die Zusammenstellung mit Zeus, wie im Kallistomythos, findet sich in Sikyon Paus. II 9, 6. Megalopolis Paus. VIII 30, 10. Argos Paus. II 22, 2. Gleichzeitig sei auf das überaus seltene Vorkommen der Hera in Arkadien hingewiesen.

2) Hesiod bei Apd. II 2, 2.

3) Paus. VII 19, 1—20, 2.

4) Paus. II 30, 1.

5) Paus. II 29, 1. vgl. Wide: De sacris Troezeniorum, Hermionensium, Epidauriorum. Upsala 1888 p. 31.

6) Artemis als Tochter der Demeter Aischylos bei Herod. II 156. vgl. Paus. VIII 37, 6. Schol. Theocr. II 12. Hekate Tochter der Deo

Stellung den grofsen Göttinnen gegenüber, die sich in Megalopolis und im Despoinaheiligtum von Lykosura offenbart, ist an den Mythos zu erinnern, nach welchem Hekate zuerst der Demeter den Koreraub anzeigte.[1])

Schol. Ap. Rh. III 467. Artemis Tochter des Eubuleus Orph. hymn. 72, 3. vgl. ferner die Mysterien der Artemis in Troizen, die Paus. II 31, 4 andeutet, die Hindin der Despoina Paus. VIII 10, 10, endlich Paus. V 15, 4 u. A. m.

1) Hom. hymn. V 51 ff. Schol. Theocr. II 12 u. A.

Ares.

Lykosura.

Paus. VIII 37, 12: *ἐνταῦθα ἔστι μὲν βωμὸς Ἄρεως, ἔστι δὲ ἀγάλματα Ἀφροδίτης ἐν ναῷ, λίθου τὸ ἕτερον λευκοῦ, τὸ δὲ ἀρχαιότερον αὐτῶν ξύλου.*

Mantineia.

Bull. de l'école française d'Athènes 1868 p. 5: Phylenname *Ἐνυαλίας.*

Megalopolis.

Paus. VIII 32, 2: *ἐρείπια δὲ καὶ τῆς Ἀφροδίτης ἦν τὸ ἱερὸν, πλὴν ὅσον πρόναός τε ἐλείπετο ἔτι καὶ ἀγάλματα ἀριθμὸν τρία, ἐπίκλησιν δὲ Οὐρανία, τῇ δ' ἔστι Πάνδημος, τῇ τρίτῃ δὲ οὐδὲν ἐτίθεντο. ἀπέχει δὲ οὐ πολὺ Ἄρεως βωμός· ἐλέγετο δὲ ὡς καὶ ἱερὸν ἐξ ἀρχῆς ᾠκοδομήθη τῷ θεῷ.*

Tegea.

Paus. VIII 48, 4: *Ἔστι δὲ καὶ Ἄρεως ἄγαλμα ἐν τῇ Τεγεατῶν ἀγορᾷ· τοῦτο ἐκτετύπωται μὲν ἐπὶ στήλῃ, Γυναικοθοίναν δὲ ὀνομάζουσιν αὐτόν. ἐπὶ γὰρ τὸν Λακωνικὸν πόλεμον καὶ Χαρίλλου τοῦ Λακεδαιμονίων βασιλέως τὴν πρώτην ἐπιστρατείαν λαβοῦσαι αἱ γυναῖκές σφισιν ὅπλα ἐλόχων ὑπὸ τὸν λόφον ὃν Φυλακτρίδα ἐφ' ἡμῶν ὀνομάζουσι· συνελθόντων δὲ τῶν στρατοπέδων καὶ τολμήματα ἀποδεικνυμένων ἑκατέρωθεν τῶν ἀνδρῶν πολλά τε καὶ ἄξια μνήμης, οὕτω φασὶν ἐπιφανῆναί σφισι τὰς γυναῖκας καὶ εἶναι τὰς ἐργασαμένας ταύτας τῶν Λακεδαιμονίων τὴν τροπὴν, Μαρπήσσαν δὲ τὴν Χήραν ἐπονομαζομένην ὑπερβαλέσθαι τῇ τόλμῃ τὰς ἄλλας γυναῖκας, ἁλῶναι δὲ ἐν τοῖς Σπαρ-*

τιάταις καὶ αὐτὸν Χάριλλον· καὶ τὸν μὲν ἀφεθέντα ἄνευ λύτρων καὶ ὅρκον Τεγεάταις δόντα μήποτε Λακεδαιμονίους στρατεύσειν ἔτι ἐπὶ Τεγέαν, παραβῆναι τὸν ὅρκον, τὰς γυναῖκας δὲ τῷ Ἄρει θῦσαί τε ἄνευ τῶν ἀνδρῶν ἰδίᾳ τε ἐπινίκια καὶ τοῦ ἱερείου τῶν κρεῶν οὐ μεταδοῦναι σφᾶς τοῖς ἀνδράσιν· ἀντὶ τούτων μὲν τῷ Ἄρει γέγονεν ἐπίκλησις.[1])

Paus. VIII 44, 7: ἔστι δὲ ὄρος οὐ μέγα ἐν δεξιᾷ τῆς ὁδοῦ καλούμενον Κρήσιον· ἐν δὲ αὐτῷ τὸ ἱερὸν τοῦ Ἀφνειοῦ πεποίηται· Ἀερόπῃ γὰρ τοῦ Κηφέως τοῦ Ἀλεοῦ συνεγένετο Ἄρης, καθὰ οἱ Τεγεᾶται λέγουσι· καὶ ἡ μὲν ἀφίησιν ἐν ταῖς ὠδῖσι τὴν ψυχήν, ὁ δὲ παῖς καὶ τεθνηκυίας εἴχετο ἔτι τῆς μητρὸς καὶ ἐκ τῶν μαστῶν εἷλκεν αὐτῆς γάλα πολὺ καὶ ἄφθονον· καί, ἦν γὰρ τοῦ Ἄρεως γνώμῃ τὰ γενόμενα, τούτων εἵνεκα Ἀφνειὸν θεὸν ὀνομάζουσι· τῷ δὲ παιδίῳ ὄνομα τεθῆναί φασιν Ἀέροπον.[2])

Münze: Mionnet II 256 n. 72: Mars et Pallas debout se donnant la main; au milieu d'eux une petite figure présentant une vase à Pallas. R. Aleos. (?)

Ohne Ortsangabe.

Clem. Al. Protr. 25 P.: Ἄρης γοῦν ὁ καὶ παρὰ τοῖς ποιηταῖς ὡς οἷόν τε τετιμημένος·

„Ἆρες Ἄρες βροτολοιγὲ μιαιφόνε τειχεσιπλῆτα“

ὁ ἀλλοπρόσαλλος οὗτος καὶ ἀνάρσιος, ὡς μὲν Ἐπίχαρμός φησι Σπαρτιάτης ἦν· Σοφοκλῆς δὲ Θρᾷκα οἶδεν αὐτόν· ἄλλοι δὲ Ἀρκάδα.

Auf Spuren des Ares in Arkadien sind wir schon gelegentlich der Demeterkulte gestoſsen. Im Kulte von Thelpusa fanden wir die drei Götterpaare Ares-Erinys, Poseidon-Artemis, Hermes-Demeter vertreten. Und zwar wurden Erinys, Poseidon und Demeter durch ausdrückliche Zeugnisse gesichert, während die Spuren der fehlenden drei Partner für Ares im Rosse Areion, für Artemis in der Roſsverwand-

1) vgl. Herod. I 65 ff. Paus. III 3, 5 ff. Polyaen. VIII 34.
2) vgl. Leake Morea 46. Ross Reisen 59 n. 8.

lung der Demeter und dem rosseköpfigen Idol von Phigalia, für Hermes in seiner Verbindung mit der Ladontochter Themis, aus der Euandros hervorgeht, erkennbar waren. Dies ist aber auch der einzige Rest, den wir im Azanengebiet von Ares noch vorfinden. Denn die Kulte von Lykosura und Megalopolis, die sonst hierher zu rechnen wären, charakterisiren sich durch die Verbindung des Ares mit Aphrodite als Thebanischen, also jüngeren Ursprungs. Wie nämlich in Theben Ares der Gemahl der Aphrodite und als Vater der Harmonia Stammvater der Dynastie wird[1]), und wie er dort mit den drei Aphroditen Urania, Pandemos und Apostrophia vereint erscheint[2]), so finden wir ihn auch in Megalopolis mit einer Urania, einer Pandemos und einer dritten unbenannten Aphrodite zusammengestellt. Und auch in Lykosura wird die fehlende dritte Aphrodite wohl in diesem Sinne zu ergänzen sein.[3])

Weit stärkeren Areskult aber treffen wir ganz abseits vom Azanengebiet an, nämlich in Tegea. Derselbe zeigt sich in seinem ganzen Wesen untrennbar von dem Hauptkulte Tegeas, dem der Athena Alea. Erstens zeigt die oben angeführte Münze beide Götter vereint. Dann lassen die beiden von Pausanias überlieferten aitiologischen Sagen die Verbindung des Ares mit der Athena deutlich erkennen. Denn das Bild eben der Marpessa Chera, welche die Weiber in der Gynaikothoinaserzählung anführte, befand sich als Weihgeschenk im Tempel der Athena Alea[4]), und Aerope, die Geliebte des Ares, ist die Tochter des Aleossohnes Kepheus, des Gründers von Kaphyai, der, wie wir früher sahen, unlösbar mit dem Aleakult verknüpft ist. Ferner finden wir in Olympia zusammengehörige Altäre des Ares Hippios und der Athena Hippia.[5]) Athena Hippia aber war,

1) Aesch. Sept. 135 ff. u. A.

2) Paus. IX 16, 4.

3) vgl. darüber Tümpel: Ares und Aphrodite. Jahrb. f. cl. Phil. 11. Suppl. Bd. 639 ff.

4) Paus. VIII 47, 2.

5) Paus. V 15, 6.

wie wir ebenfalls bei der Besprechung des Aleakultes sahen, eine altursprüngliche Figur des Tegeatischen Kults. Aehnlich erzeugt im Mythos von Tritaia in Achaia, das ursprünglich zu Arkadien gehört haben soll[1]), Ares mit der Athenapriesterin Tritaia den Melanippos.[2]) Der Schützerin des Ackerbaues ist in Tegea der Aphneios an die Seite gestellt, welchen H. D. Müller[3]) mit Unrecht dem Pluton identificirt; denn Ares als Gott der reifen Feldfrucht ist eine aus dem thrakischen wie dem boiotischen Kult wohlbekannte Figur. Der Parallelismus beider Gottheiten zeigt sich schliefslich auch in dem der Telephossage doch offenbar nachgebildeten Mythos.[4])

Den Ursprung des Tegeatischen Areskults hat nun Voigt[5]) als aitolisch bezeichnet. Das heifst einen von Hause aus richtigen Gedanken an der falschen Stelle anfassen. Denn wenn auch aitolische Einflüsse in der Peloponnes — speciell beim Areskulte, ich erinnere an die Hochzeit des Azan in Olenos, welches in Aitolien wie in Achaja zu finden ist — in starkem Mafse nachweisbar sind, so ist doch das directe Ursprungsland für den Tegeatischen Kult sicher nicht Aitolien. Voigt stützt sich auf die Beziehungen der Atalante zu Aitolien, deren Siegesbeute, Haut und Kopf des kalydonischen Ebers, im Tempel der Alea verwahrt wurden, ebenso wie der Tempelgiebel die Darstellung der Jagd zeigte. Das Verhältnis der Athena zum Ares wird dabei richtig betont. Atalante ist doch nun aber ebenso gut in Boiotien zu Hause, wie in Arkadien[6]), und diese Form des Mythos scheint sogar die ältere zu sein, da sie bereits von Hesiod vorgetragen wurde. Ferner ist ihr dortiger Besieger im Wettlauf, Hippo-

1) Paus. VI 12, 8.

2) Paus. VII 22, 8.

3) Ares Braunschweig 1848.

4) vgl. Aehnliches auch in der Phylonomesage. Zopyros bei Plut. parall. 36.

5) Beiträge zur Mythologie des Ares und der Athena. Leipziger Studien IV 248 ff.

6) vgl. Apd. III 9, 2. Schol. Il. II 764. Schol. Eur. Phoen. 150.

menes, Sohn des Ares.[1]) Den Uebergang des Areskultes von Boiotien nach Aitolien hat aber Voigt selbst in scharfsinniger Weise nachgewiesen. Der Aleakult von Tegea stammt nun ebenfalls nicht aus Aitolien, sondern, wie seiner Zeit gezeigt worden ist, aus Argolis. Und wir sind denn auch in der glücklichen Lage, auch für die specielle Form des Tegeatischen Areskults die Parallele in Argos aufweisen zu können. Dem Gynaikothoinas entspricht nämlich, was über einen argivischen Kult Lukian amor. 30 berichtet: *οὐχ ἡ Σπαρτιάταις ἀνθωπλισμένη Τελέσιλλα, δι' ἣν ἐν Ἄργει θεὸς ἀριθμεῖται γυναικῶν Ἄρης.* Der erklärende Mythos knüpft hier an eine Heldentat der Telesilla gegen die Spartaner an[2]), wie der Tegeatische an eine solche der Marpessa. Dafs diese Form des Kultes aber eine durchaus eigenartige ist, beweist der Umstand, dafs anderswo den Frauen der Zutritt beim Aresfeste im Gegenteil direct verboten war.[3])

Da nun, wie Otfried Müller[4]) sehr wahrscheinlich gemacht hat, der argivische Diomedes-Athenakult aus Aitolien stammt, so würde dies die Versöhnung des Voigtschen Standpunktes mit dem hier gewonnenen Ansatze bedeuten. Wenn aber, wie Voigt nach H. D. Müllers Vorgang nachzuweisen sucht, Perseus wirklich eine Hypostase des Ares ist, so würde, da die Athena Alea, wie wir gesehen haben, viel engere Beziehungen zum argivischen Perseus-Athenakult hat, der argivische Ursprung des Tegeatischen Areskults dadurch über jeden Zweifel erhoben werden. Dafs schliefslich all diese Phasen in letzter Linie auf eine boiotische Vereinigung des thrakischen Ares mit der ektenischen Athena hindeuten, bedarf keiner Erörterung.

Dem Tegeatischen Kult ist der von Mantineia beizuordnen, da dort ebenfalls die Athena Alea verehrt wurde.

---

1) Schol. Theocr. III 40.

2) vgl. Plut. mul. virt. 5. Paus. II 20, 7. Polyaen. VIII 33. Suid. s. v. Τελέσιλλα Clem. Al. Strom. 3.

3) So in Geronthrai in Lakonien Paus. III 22, 7.

4) bei Ersch u. Gruber III 10 S. 91.

Aphrodite.

Lykosura.

Paus. VIII 37, 12: *Ἐνταῦθα ἔστι μὲν βωμὸς Ἄρεως, ἔστι δὲ ἀγάλματα Ἀφροδίτης ἐν ναῷ, λίθου τὸ ἕτερον λευκοῦ, τὸ δὲ ἀρχαιότερον αὐτῶν ξύλου.*

Mantineia.

Paus. VIII 12, 8: *Λείπεται δὲ ἔτι τῶν ὁδῶν ἡ ἐς Ὀρχομενὸν καθ' ἥντινα Ἀγχισία τε τὸ ὄρος καὶ Ἀγχίσου μνῆμά ἐστιν ὑπὸ τοῦ ὄρους τοῖς ποσίν. ὡς γὰρ δὴ ἐκομίζετο εἰς Σικελίαν ὁ Αἰνείας, ἔσχε ταῖς ναυσὶν ἐς τὴν Λακωνικὴν, καὶ πόλεων τε Ἀφροδισιάδος καὶ Ἤτιδος ἐγένετο οἰκιστὴς*[1]*), καὶ τὸν πατέρα Ἀγχίσην κατὰ πρόφασιν δή τινα παραγενόμενον ἐς τοῦτο τὸ χωρίον καὶ αὐτόθι τοῦ βίου τῇ τελευτῇ χρησάμενον ἔθαψεν ἐνταῦθα· καὶ τὸ ὄρος τοῦτο ἀπὸ τοῦ Ἀγχίσου καλοῦσιν Ἀγχισίαν· τούτου δὲ συντελοῦσιν ἐς πίστιν Αἰολέων οἱ Ἴλιον ἐφ' ἡμῶν ἔχοντες, οὐδαμοῦ τῆς σφετέρας ἀποφαίνοντες μνῆμα Ἀγχίσου. Πρὸς δὲ τοῦ Ἀγχίσου τῷ τάφῳ ἐρείπιά ἐστιν Ἀφροδίτης ἱεροῦ, καὶ Μαντινέων ὅροι πρὸς Ὀρχομενίους καὶ ἐν ταῖς Ἀγχισίαις εἰσίν.*

Paus. VIII 9, 6: *Τοῦ θεάτρου δὲ ὄπισθεν ναοῦ τε Ἀφροδίτης ἐπίκλησιν Συμμαχίας ἐρείπια καὶ ἀγάλματος ἐλείπετο· τὸ δὲ ἐπίγραμμα ἐπὶ τῷ βάθρῳ τὴν ἀναθεῖσαν τὸ ἄγαλμα ἐδήλου θυγατέρα εἶναι Πασέου Νικίππην. τὸ δὲ ἱερὸν κατεσκευάσαντο τοῦτο οἱ Μαντινεῖς ὑπόμνημα ἐς τοὺς ἔπειτα τῆς ὁμοῦ Ῥωμαίοις ἐπ' Ἀκτίῳ ναυμαχίας.*

---

1) vgl. Paus. III 22, 11.

Megalopolis.

Paus. VIII 31, 5: *Ἔστι δὲ ἐντὸς τοῦ περιβόλου τῶν μεγάλων θεῶν καὶ Ἀφροδίτης ἱερόν· πρὸ μὲν δὴ τῆς ἐσόδου ξόανά ἐστιν ἀρχαῖα Ἥρα καὶ Ἀπόλλων τε καὶ Μοῦσαι· ταῦτα κομισθῆναί φασιν ἐκ Τραπεζοῦντος. ἀγάλματα δὲ ἐν τῷ ναῷ Δαμοφῶν ἐποίησεν Ἑρμῆν ξύλου καὶ Ἀφροδίτης ξόανον· καὶ ταύτης χεῖρές εἰσι λίθου καὶ πρόσωπόν τε καὶ ἄκροι πόδες. τὴν δὲ ἐπίκλησιν τῇ θεῷ Μαχανῖτιν ὀρθότατα ἔθεντο, ἐμοὶ δοκεῖν· Ἀφροδίτης τε εἵνεκα καὶ ἔργων τῶν ταύτης πλεῖσται μὲν ἐπιτεχνήσεις, παντοῖα δὲ ἀνθρώποις ἀνευρημένα ἐς λόγους ἐστίν.*

Paus. VIII 32, 2: *ἐρείπια δὲ καὶ τῆς Ἀφροδίτης ἦν το ἱερὸν, πλὴν ὅσον πρόναός τε ἐλείπετο ἔτι καὶ ἀγάλματα ἀριθμὸν τρία, ἐπίκλησιν δὲ Οὐρανία, τῇ δ' ἔστι Πάνδημος, τῇ τρίτῃ δὲ οὐδὲν ἐπέθεντο. Ἀπέχει δὲ οὐ πολὺ Ἄρεως βωμός· ἐλέγετο δὲ ὡς καὶ ἱερὸν ἐξ ἀρχῆς ᾠκοδομήθη τῷ θεῷ.*

Bull. d. I. 1873 p. 218 (Lebas-Foucart 331 a):

Ἀρκὰς ἐτήτυμον] εὐόπλου Φιλοποίμενος αἷμα
τάνδ]ε Μεγακλείας αἴνεσον εὐσεβίαν.
ἅ]ν ἀπὸ Δαμοκράτους λέκτρων ἠνέγκατο μ[άτηρ
Οὐρ]ανίας [ἁγ]ν[ὰν] Κύπριδος ἱροπόλον.
Τέρ]μονι γὰρ ναοῖο πέριξ εὐεργέα θριγκὸν
Θήκετο καὶ ξούνοις [θαῦμ]α [καὶ ἀ]γεμόσι.
Εἰ δὲ γυνὰ π[λούτ]οιο κλ[έος . . .] ξατο φάμα
Οὐ θαυμα[στὸν . . . .

Münzen: Journ. of Hell. stud. VII 199: Sept. Sever. Aphrodite naked facing in attitude of Mediceau Venus; beside her dolphin. vgl. Bull. d. I. 1846 p. 51.

Melangeia.

Paus. VIII 6, 5: *προελθόντι δὲ ἐκ τῶν Μελαγγείων, ἀπέχοντι τῆς πόλεως στάδια ὡς ἑπτὰ ἔστι κρήνη καλουμένη Μελιαστῶν· οἱ Μελιασταὶ δὲ οὗτοι δρῶσι τὰ ὄργια τοῦ Διονύσου, καὶ Διονύσου τε μέγαρον πρὸς τῇ κρήνῃ καὶ Ἀφροδίτης ἐστὶν ἱερὸν Μελαινίδος. ἐπίκλησιν δὲ ἡ θεὸς ταύτην κατ' ἄλλο μὲν ἔσχεν οὐδὲν, ὅτι δὲ ἀνθρώπων μὴ τὰ πάντα αἱ μίξεις ὥσπερ τοῖς κτήνεσι μεθ' ἡμέραν, τὰ πλείω δέ εἰσιν ἐν νυκτί.*

Orchomenos.

Paus. VIII 13, 2: *θέας δὲ αὐτόθι ἄξια πηγή τε ἀφ' ης ὑδρεύονται, καὶ Ποσειδῶνός ἐστι καὶ 'Αφροδίτης ἱερα, λίθου δὲ τα ἀγάλματα.*

Münzen: Mionnet Suppl. IV 284 n. 69: Julia Domna. Femme debout, la main droite appuyée sur une colonne et portant un globe sur la gauche. vgl. Sestini Descr. num. vet. 218 n. 3. Rathgeber bei Ersch u. Gruber III 4 p. 443.

Phigalia.

Paus. VIII 41, 10: *ἔστι δὲ ὑπὲρ τὸ ἱερὸν τοῦ 'Απόλλωνος τοῦ 'Επικουρίου Κώτιλον μὲν ἐπίκλησιν· 'Αφροδίτη δέ ἐστιν ἐν τῷ Κωτίλῳ· καὶ αὐτῇ ναός τε ἦν οὐκ ἔχων ἔτι ὄροφον καὶ ἄγαλμα ἐπεποίητο.*

Münze: Journ. of Hell. stud. VII 111: Plautilla. Aphrodite naked, leans her right elbow on a pillar, with left hand grasps her hair; head turned to left.

Psophis.

Paus. VIII 24, 6: *Ψωφιδίοις δὲ ἐν τῇ πόλει τοῦτο μὲν 'Αφροδίτης ἱερὸν 'Ερυκίνης ἐστὶν ἐπίκλησιν ἧς ἐρείπια ἐφ' ἡμῶν ἐλείπετο αὐτοῦ μόνα· ἐλέγετο δὲ ἡ Ψωφὶς "Ερυκος αὐτὸ ἱδρύσασθαι παῖς, καὶ τῷ λόγῳ τὸ εἰκὸς πρόσεστι· ἔστι γὰρ καὶ ἐν Σικελίᾳ τῆς 'Ερυκίνης ἱερὸν ἐν τῇ χώρᾳ τῇ "Ερυκος ἁγιώτατόν τε ἐκ παλαιοτάτου καὶ οὐκ ἀποδέον πλούτῳ τοῦ ἱεροῦ τοῦ ἐν Πάφῳ.*

Tegea.

Paus. VIII 48, 1: *Τῆς ἀγορᾶς δὲ μάλιστα ἐοικυίας πλίνθῳ κατὰ τὸ σχῆμα, 'Αφροδίτης ἐστὶν ἐν αὐτῇ ναὸς καλούμενος ἐν πλινθίῳ, καὶ ἄγαλμα λίθου.*

Paus. VIII 53, 7: *ἔστι δὲ καὶ Δήμητρος ἐν Τεγέᾳ καὶ Κόρης ναὸς ἃς ἐπονομάζουσι Καρποφόρους, πλησίον δὲ 'Αφροδίτης καλουμένης Παφίας· ἱδρύσατο αὐτὴν Λαοδίκη, γεγο-*

νυῖα μὲν, ὡς καὶ πρότερον ἐδήλωσα, ἀπο Ἀγαπήνορος, ὃς ἐς Τροίαν ἡγήσατο Ἀρκάσιν, οἰκοῦσα δ' ἐν Πάφῳ.

Paus. VIII 5, 2: Ἰλίου δὲ ἁλούσης ὁ τοῖς Ἕλλησι κατὰ τὸν πλοῦν τὸν οἴκαδε ἐπιγενόμενος χειμὼν Ἀγαπήνορα καὶ τὸ Ἀρκάδων ναυτικὸν κατήνεγκεν ἐς Κύπρον, καὶ Πάφου τε Ἀγαπήνωρ ἐγένετο οἰκιστὴς καὶ τῆς Ἀφροδίτης κατεσκευάσατο ἐν Παλαιπάφῳ τὸ ἱερόν· τέως δὲ ἡ θεὸς παρὰ Κυπρίων τιμὰς εἶχεν ἐν Γολγοῖς καλουμένῳ χωρίῳ. χρόνῳ δὲ ὕστερον Λαοδίκη γεγονυῖα ἀπὸ Ἀγαπήνορος ἔπεμψεν ἐς Τεγέαν τῇ Ἀθηνᾷ τῇ Ἀλέᾳ πέπλον κ. τ. λ.[1])

Teuthis.

Paus. VIII 28, 6: καὶ ἄλλα ἐν Τεύθιδι Ἀφροδίτης τε ἱερὸν καὶ Ἀρτέμιδός ἐστι.

Thelpusa.

Paus. VIII 25, 1: Ἐς δὲ Θέλπουσαν ἰόντι ἐκ Ψώφιδος πρῶτα μὲν χωρίον Τρόπαιά ἐστι ὀνομαζόμενον ἐν ἀριστερᾷ τοῦ Λάδωνος· Τροπαίων δὲ ἔχεται δρυμὸς Ἀφροδίσιον.

Hesych. s. v. Λαδωγενὴς· ἡ Ἀφροδίτη· ὅτι ἐπὶ τῷ ἐν Ἀρκαδίᾳ ποταμῷ Λάδωνι ἐγεννήθη.

Dafs der Kult der Aphrodite in Arkadien von aufserhalb eingeführt ist, wurde schon im Altertum angenommen. Bei einem der Kulte finden wir den Ort seines Ursprungs sogar direct vermerkt: in Tegea. Und zwar soll er aus Kypros stammen und von Laodike, der Tochter des Agapenor, des arkadischen Colonisten auf Kypros, eingeführt worden sein. Andrerseits wird Agapenor selbst erst als Begründer des Paphischen Kultes genannt. Vor Agapenors Ankunft habe nämlich auf Kypros nur der Kult von Golgoi bestanden, der durch die Paphische Neugründung ins Hintertreffen geraten sei. Nun wissen wir durch die Untersuchungen Enmanns[2]), dafs ein altursprünglicher Aphroditekult in

1) vgl. Strabo XIV 683. Arist. Pepl. 30.

2) Kypros u. d. Ursprung d. Aphroditekultus. Mémoires de l'acad. de St. Pétersbourg XXXIV 1886.

Kypros überhaupt nicht bestand, und dafs keinesfalls Kypros als Ursprungsland für die hellenischen Kulte zu betrachten ist. Dafür liefert auch der Tegeatische Kult eine Bestätigung. Denn Golgoi ist eine Sikyonische Colonie[1]), und in Sikyon bestand ein bedeutender Aphroditekult.[2]) Beachtenswert ist nun, dafs Apollodor[3]) Laodike, die Tochter des Kinyras, den als König von Kypros schon die Ilias erwähnt[4]), als Gemahlin des Arkassohnes Elatos, des Bruders des Apheidas, nennt, während Agapenor Urenkel des Aleos, des Sohnes des Apheidas, ist. Auf die richtige Spur aber bringt uns der Umstand, dafs Hygin[5]) Laodike, die Tochter des Priamos, als Gemahlin des Telephos nennt. Hier ist die Beziehung zu Tegea gegeben. Die vielgestaltige Laodike ist also in Wirklichkeit wohl die Priamostochter, die Geliebte des Akamas[6]), der Colonist in Kypros wurde.[7]) Das Charakteristische ist demnach die Verbindung mit dem Trojanischen Kriege, die wir schon bei den Athenakulten als Merkmal der Zusammengehörigkeit einzelner Kulte fanden. Der Kult von Tegea ist daher nicht zu trennen von den mit der Aineiassage verbundenen Aphroditekulten, wie wir ja auch den Aineias auf den Münzen des in gleicher Weise mit Kypros verbundenen Sikyon antreffen.

In diese Rubrik gehören die Kulte von Mantineia, Orchomenos und Psophis. Das ältere Heiligtum von Mantineia lag an der Grenze gegen Orchomenos und scheint beiden Landschaften gemeinsam gewesen zu sein. Bei demselben befand sich das Grab des Anchises, nach welchem der Berg heifst, und der in dieser Gegend überhaupt heimisch ist.[8]) Das jüngere Heiligtum der Symmachia wurde in

1) Steph. B. s. v.

2) vgl. Paus. II 10, 4. Die Taube und *Αἰνείας* auf d. Münzen Mionnet Suppl. IV 162 u. 1065. 1099—1101.

3) III 9, 1.

4) Il. XI 20.

5) f. 101.

6) vgl. Parthen. am. narr. 16.

7) vgl. Strabo XIV 683. Schol. Lyc. 496 u. A.

8) Anchises in Pheneos: Verg. Aen. VIII 162 ff. Dion. Hal.

gleicher Weise dem Wesen des älteren Kults gerecht, wie es eine Huldigung für den Sieger von Aktion bedeutete, dessen Partei allein Mantineia von den arkadischen Städten ergriffen hatte. Denn auch zu Aktion befand sich ein Heiligtum der Aphrodite *Αἰνειάς*.[1]) In Orchomenos, wo Aineias längere Zeit gewohnt haben soll[2]), wurde Aphrodite gemeinsam mit Poseidon verehrt; für die Bedeutung des Kults spricht der Umstand, dafs in einem Vertrage der Orchomenier mit dem achaiischen Bunde[3]) die Schwurformel lautet: *Ὀμνύω Δία Ἀμάριον Ἀθάναν Ἀμαρίαν Ἀφροδίταν καὶ τοὺς θεοὺς πάντας*, wo die neben den beiden achaiischen Amarioi allein genannte Aphrodite doch wohl als die Göttin von Orchomenos aufzufassen ist.

In Psophis bestand eine ähnliche Version über die Begründung des Kults wie in Tegea. Während auf der einen Seite die Aineiassage berichtet, dafs dieser Heros von Arkadien auf seinem ferneren Wege über Zakynthos u. s. w. nach Sicilien kam und dort den Kult der Aphrodite begründete, lesen wir bei Paus. VIII 24, 2: *ὁ δὲ ἀληθέστατος τῶν λόγων ἐστὶν Ἔρυκος τοῦ ἐν Σικανίᾳ δυναστεύσαντος παῖδα εἶναι τὴν Ψωφίδα, ἣ * * * ἐς τὸν οἶκον οὐκ ἠξίου, καταλείπει δὲ ἔχουσαν ἐν τῇ γαστρὶ παρὰ Λυκόρτᾳ ξένῳ μὲν ὄντι αὐτοῦ κατοικοῦντι δὲ ἐν πόλει Φηγίᾳ, πρὸ δὲ τοῦ Φηγέως τῆς βασιλείας Ἐρυμάνθῳ καλουμένῃ. ἐπιτραφέντες δὲ αὐτόθι Ἐχέφρων καὶ Πρόμαχος Ἡρακλέους τε ὄντες καὶ τῆς γυναικὸς τῆς Σικάνης μετέθεντο τῇ Φηγίᾳ τὸ ὄνομα Ψωφίδα ἀπὸ τῆς μητρός.* Wir haben also hier, wie in Tegea, die doppelte Form erst von der Errichtung des Kults im Ausland von Arkadien aus, dann die Rückbringung und eigentliche Begründung des Kults in Arkadien selbst von demselben Orte her. Denn dafs Aineias auch in Psophis heimisch war, beweist der Umstand, dafs in der Psophidi-

I 42 u. 60. in Kaphyai: Strabo XIII 608. Dion. Hal. I 49. Steph. B. s. v.

1) Dion. Hal. I 50 u. 53.

2) Dion. Hal. I 49.

3) Lebas 353.

schen Colonie Zakynthos — die Burg von Zakynthos hiefs Psophis[1]) — ein hervorragender Kult der Aphrodite Aineias bestand.[2]) Der Oikist aber, der Psophidier Zakynthos, war Sohn des Dardanos, den wir gelegentlich der Athenakulte in Pheneos antrafen. Somit ist die Verbindung mit dem arkadischen Aineiasgebiet hergestellt und Psophis als Glied in der Kette der Aineiaswanderung gesichert. Da nun Dardanos eine Hauptrolle im Kultcomplex von Samothrake spielt, da die Insel Paros, welche die gleichen Kultelemente aufzuweisen hat, wie Samothrake, auch den Namen Zakynthos führte[3]), da Eryx, die Vaterstadt der Psophis, die Hauptstadt der Elymer ist[4]), Elymos aber als Tyrsenerkönig bekannt ist[5]), so kann kein Zweifel daran bestehen, dafs in Arkadien die Träger des Aphroditekults gradeso die tyrsenischen Pelasger waren, wie dies für Boiotien, Attika und die Inseln von Crusius nachgewiesen ist.[6])

Jüngeren, nämlich Thebanischen Ursprung müssen wir für eine andere Reihe von Kulten voraussetzen. Am deutlichsten tritt derselbe in der Thebanischen Gründung Megalopolis hervor, wo der gleiche Aphrodisische Dreiverein: Urania, Pandemos und Apostrophia in Gemeinschaft mit Ares bestand, wie in Theben.[7]) Der Name Apostrophia wird zwar in Megalopolis von Pausanias nicht direct genannt, doch ist er für die dritte, unbenannte Aphrodite zweifellos einzusetzen. Ebenso hat für den Kult von Lykosura wegen der Vereinigung von Aphrodite und Ares[8]) Thebanischen Ursprung Tümpel sehr wahrscheinlich gemacht.[9])

1) Paus. VIII 24, 3.

2) Dion. Hal. I 50.

3) Nikanor bei Steph. B. s. v. Πάρος.

4) Thuc. VI 2, 3.

5) Steph. B. s. v. Αἰάνη.

6) vgl. Crusius: Progr. d. Leipziger Thomasschule 1886 u. den Artikel „Kabiren" bei Ersch u. Gruber.

7) Paus. IX 16, 3.

8) vgl. Aesch. sept. 135 ff.

9) Jahrb. f. cl. Phil. 11. Suppl.-Bd. 658 ff.

Ferner scheint hierher der Kult von Melangeia zu gehören, für den Pausanias eine rein erotische Erklärung giebt. Damit würde ja allerdings stimmen, was über die Kulte von Korinth und Thespiai berichtet wird, wo Aphrodite ebenfalls als Melainis verehrt wurde: Paus. II 2, 4: (Korinth) *ἐνταῦθα Βελλεροφόντου τέ ἐστι τέμενος καὶ Ἀφροδίτης ναὸς Μελαινίδος καὶ τάφος Λαΐδος*. vgl. Athen. XIII 588 J.: *ᾗ* (der Lais) *καὶ Ἀφροδίτη ἡ ἐν Κορίνθῳ ἡ Μελαινὶς καλουμένη νυκτὸς ἐπιφαινομένη ἐμήνυεν ἐραστῶν ἔφοδον πολυταλάντων*. Paus. IX 27, 5: (Thespiai) *Ἐνταῦθα καὶ αὐτοῦ Πραξιτέλους Ἀφροδίτη καὶ Φρύνης ἐστὶν εἰκών, λίθου καὶ ἡ Φρύνη καὶ ἡ θεός. ἔστι δὲ καὶ ἑτέρωθι Ἀφροδίτης Μελαινίδος ἱερὸν κ. τ. λ.* Dafs diese Deutung jedoch sehr jungen Ursprungs ist, liegt auf der Hand. Den Schlüssel zur eigentlichen Erkenntnis des Kults von Melangeia liefert die Zusammenstellung der Aphrodite mit Dionysos. Eine solche finden wir auch im Kulte von Megara, Paus. I 40, 6: *Μετὰ δὲ τοῦ Διὸς τὸ τέμενος ἐς τὴν ἀκρόπολιν ἀνελθοῦσι καλουμένην ἀπὸ Καρὸς τοῦ Φορωνέως καὶ ἐς ἡμᾶς ἔτι Καρίαν ἔστι μὲν Διονύσου ναὸς Νυκτελίου, πεποίηται δὲ Ἀφροδίτης Ἐπιστροφίας ἱερὸν καὶ Νυκτὸς καλούμενόν ἐστι μαντεῖον καὶ Διὸς Κονίου ναὸς οὐκ ἔχων ὄροφον.* Die Zusammenstellung mit dem nächtlichen Dionysos, dem Nachtorakel und dem Zeus Konios beweist den chthonischen Charakter dieser Aphrodite, und Tümpel hat in dem Beinamen Epistrophia mit Recht einen Euphemismus für die aus der Erinys Tilphossa hervorgegangene Aphrodite Apostrophia von Theben erkannt.[1]) Der Kult von Melangeia wird nun wohl ebenfalls auf diese Form des Thebanischen Kults zurückzuführen sein. Die Melanis würde alsdann der Delphischen Aphrodite Epitymbia[2]) und der Höhlen-Aphrodite von Naupaktos[3]) entsprechen und durch ihr Epitheton ebenso wie die Demeter Melaina von Phigalia ihren Erinyscharakter verraten. Finden

1) vgl. Otfr. Müller Eumen. 168 ff.
2) Plut. qu. Rom. 23.
3) Paus. X 38, 12.

wir doch auch eine rein erotische Erklärung für die Aphrodite Migonitis von Gythion[1]); neben dieser aber wird eine Göttin Praxidika verehrt, und den Kult der Praxidikai treffen wir am Thilphossion bei Haliartos.[2]) Also auch hier ist der Erinyscharakter erwiesen.

Ueber die Aphrodite ἐν Κωτίλῳ, sowie über die Kulte von Teuthis und Thelpusa sind wir zu wenig unterrichtet, um über Vermutungen hinaus kommen zu können. Was schliefslich die mit Hermes zusammen verehrte Aphrodite Machanitis von Megalopolis anbelangt, so ist die Erklärung Plutarchs praec. conjug. 1: καὶ γὰρ οἱ παλαιοὶ τῇ Ἀφροδίτῃ τὸν Ἑρμῆν συγκατίδρυσαν, ὡς τῆς περὶ τὸν γάμον ἡδονῆς μάλιστα λόγου δεομένης zwar geistreich, sonst aber mit Schweigen zu übergehen. Ich habe diesen Kult bereits bei Besprechung der Hermeskulte behandelt und verweise daher hier nur auf die dortigen Darlegungen.[3])

1) Paus. III 22, 1—2.
2) Paus. IX 33, 3.
3) vgl. oben S. 96 f.

Asklepios und Hygieia.

Aliphera.

Paus. VIII 26, 6: *Ἀλιφηρεῦσι δὲ τὸ μὲν ὄνομα τῇ πόλει γέγονεν ἀπὸ Ἀλιφήρου Λυκάονος παιδὸς, ἱερὰ δὲ Ἀσκληπιοῦ τέ ἐστι καὶ Ἀθηνᾶς, ἣν θεῶν σέβονται μάλιστα κ. τ. λ.*

Gortys.

Paus. VIII 28, 1: *Ἰόντα δὲ ἀπὸ τοῦ ποταμοῦ τῶν πηγῶν πρῶτα μέν σε ἐκδέξεται Μάραθα χωρίον, μετὰ δὲ αὐτὸ Γόρτυς κώμη τὰ ἐπ' ἐμοῦ, τὰ δὲ ἔτι ἀρχαιότερα πόλις. ἔστι δὲ αὐτόθι ναὸς Ἀσκληπιοῦ λίθου Πεντελησίου· καὶ αὐτός τε οὐκ ἔχων πω γένεια καὶ Ὑγιείας ἄγαλμα· Σκόπα δὲ ἦν ἔργα. λέγουσι δὲ οἱ ἐπιχώριοι καὶ τάδε, ὡς Ἀλέξανδρος ὁ Φιλίππου τὸν θώρακα καὶ δόρυ ἀναθείη τῷ Ἀσκληπιῷ· καὶ ἐς ἐμέ γε ἔτι ὁ θώραξ καὶ τοῦ δόρατος ἦν ἡ αἰχμή.*

Paus. V 7, 1: *παρὰ δὲ Γόρτυναν, ἔνθα ἱερὸν Ἀσκληπιοῦ, παρὰ δὲ ταῦτα Γορτύνιος ῥέων.*

Heraia.

Bull. de corr. Hell. III 190: *Τιμαρχὶς Ἀσκλαπιοῦ παισὶν ἀνέθηκε.*

Kaphyai.

Münze: Journ. of Hell. stud. VII 104: Gela. Asklepios standing.

Kleitor.

Paus. VIII 21, 3: *Κλειτορίοις δὲ τὰ ἱερὰ τὰ ἐπιφανέστατα Δήμητρος, τό τε Ἀσκληπιοῦ, τρίτον δέ ἐστιν Εἰλειθυίας.*

Münzen: Mionnet Suppl. IV 277 n. 35: Julia Domna. Aesculape debout à droite, la m. dr. sur le côté, la g. sur son bâton, autour duquel est un serpent. vgl. Sestini Lett. Num. Cont. VII 21 T. 1, 8. Head h. n. 374.

Mantineia.

Paus. VIII 9, 1: *Ἔστι δὲ Μαντινεῦσι ναὸς διπλοῦς μάλιστά που κατὰ μέσον τοίχῳ διειργόμενος· τοῦ ναοῦ δὲ τῇ μὲν ἄγαλμά ἐστιν Ἀσκληπιοῦ, τέχνη Ἀλκαμένους, τὸ δὲ ἕτερον Λητοῦς ἐστὶν ἱερὸν καὶ τῶν παίδων.*

Lebas-Foucart 352 j:

Ἀγαθᾶι τύχαι
Ἐπειδὴ Ἰουλία Εὐ[δία Εὐτελείνου θυγάτηρ,
γυνὴ καλὴ καὶ ἀγ[α]θ[ὴ ὑπάρχουσα μήτηρ δὲ
νέων τῶν ἀ[ρ]ίστων, αὐτή τε [ἐν πᾶσιν μεγαλό-
ψυχος πᾶσαν [τὴν] σ[ύ]νοδον τε[τίμηκεν καὶ
κατατιθεμένου τ . . . . .
καὶ Γαΐου Ἰουλίου Στροβείλου τ[ο]ῦ ἀν-
δρὸς αὐτῆς το[ῖ]ς . . . . . . [ἀνα-
τέθεικεν δὲ καὶ τοῖς ἱερε[ῦσ]ι το[ῦ Ἀσκ]λ[η-
πιοῦ ἀμπέλων πλέθρα ἓξ [αὐτὴ οὐδ]ὲν [ἐλ-
λείπουσα τῆς ἰδίας μεγαλ[οψυ]χίας καὶ χ[ρη-
στότητος. δι' ἃ καὶ πάντα, δεδόχθαι τοῖ[ς
ἱερεῦσι τοῦ Ἀσκληπιοῦ ἐπαινέσαι [Ἰου]λίαν Εὐ-
δίαν Εὐτελείνου θυγατέρα καὶ ἀναθεῖναι
αὐτῆς εἰκόνα γραπτὴν ἐν τῶι ναῶι τοῦ Ἀσκλ[η-
πιοῦ ἐν ὅπλωι ἐπιχρύσωι, ἐπιγραφὴν ἔχουσαν·
οἱ ἱερεῖς τοῦ Ἀσκληπιοῦ Ἰουλίαν Εὐδίαν Εὐτε-
λείνου θυγατέρα τὰν ἑαυτῶν εὐεργέτιν.
ἄγειν δὲ αὐτῆς καὶ γενέθλιον ἡμέραν ἀεὶ τοῦ
πέμπτου μηνὸς θύοντας τῶι Ἀσκληπιῶι καὶ
τῆι Ὑγιείαι ὑπὲρ τῆς σωτηρίας αὐτῆς τε καὶ
Γαΐου Ἰουλίου Στροβείλου, καλεῖν δὲ καὶ αὐτὴν κα[ὶ
ἐπὶ τὰ γέρα δι' αἰῶνος καὶ τοὺς ἐκγόνους αὐ-
τῆς καθ' ὃ ἂν δειπνῶσι οἱ ἱερεῖς, ἔν τε τοῖς ἰσι-
κοῖς καὶ πυροφορικοῖς δείπνοις ἀποστέλ-
λειν αὐτῆι αἶσαν, καλεῖν δὲ ἐπὶ τὰ γέρα καὶ Γάϊον

Ἰούλιον Στρόβειλον. Ἐὰν δέ τις μὴ καλέσῃ, εἰ μ[ὴ ἀποστείλῃ τὴν αἶσαν οἷς ἐπιβάλλον ἐστίν ὑπόδικος ἔστω δραχμαῖς πεντήκοντα αὐτῆι τε Εὐδίαι καὶ τοῖς ἱερεῦσι καὶ τοῖς ἐκγόνοις αὐτῆς, τὴν ἐπιμέλειαν ἔχοντος ἀεὶ τοῦ ἐπιγνώμα· ἀναγράψαι δὲ καὶ τόδε τὸ [ψήφισμα εἰς στήλην ἐνχαράξαντας καὶ [ἀναθεῖναι εἰς τὸ ἱερὸν τοῦ Ἀσκληπιοῦ ὅπως [πᾶσι ἧι ἐπίδηλο]ν ὅτι καὶ ἡ σύνοδος τῶν Ἀ[σκληπιοῦ ἱερέων εὐχά]ριστος φανερὰν [ποιεῖ τὴν τῶν εὐεργετημάτων μνή]μην.

Münzen: Mionnet II 249 n. 33: Sept. Sev. Asklepios stehend. n. 35. Caracalla. desgl. n. 34. Julia Domna. Hygieia stehend. vgl. Journ. of Hell. stud. VII 97. Cat. Brit. Mus. XXXV 9.

Telesphoros; Marmorstatuette aus Mantineia vgl. *Δελτίον* 1888 p. 220. 1889 p. 21.

Megalopolis.

Paus. VIII 32, 5: *ἔστι δὲ καὶ ἄλλο ὑπὸ τὸν λόφον τοῦτον Ἀσκληπιοῦ παιδὸς ἱερόν· τούτου μὲν δὴ τὸ ἄγαλμα ὀρθὸν πεποίηται πηχυαῖον μάλιστα, Ἀπόλλωνος δὲ ἐν θρόνῳ κάθηται ποδῶν ἓξ οὐκ ἀποδέον μέγεθος.*

Paus. VIII 31, 1: *ἐπιειργασμένοι δὲ ἐπὶ τύπων πρὸ τῆς ἐσόδου*[1]) *τῇ μὲν Ἄρτεμις, τῇ δὲ Ἀσκληπιός ἐστι καὶ Ὑγίεια.*

Bull. de corr. Hell. VI 194:

ΙΣΑΣΚΛΗΠ · ΩΙΥΓΙΕΙΑΙ
ΠΑΣΑΙΣ.

Orchomenos.

Münzen: Mionnet II 251 n. 48. Sept. Sev. Asklepios stehend mit d. r. Hand auf seinen Schlangenstab gestützt. vgl. Suppl. IV 283 n. 66. Journ. of Hell. stud. VII 100. Cat. Brit. Mus. XXXV 18.

---

1) des Peribolos der *Θεαὶ μεγάλαι.*

Pheneos.

Münze: Mionnet: Suppl. IV 286 n. 79. Buste d'Aesculape à dr. avec le pallium. R. Schlange.[1])

Phigalia.

Münzen: Mionnet II 253 n. 56: Sept. Sev. Asklepios stehend. n. 60 desgl. auf Stock gestützt. vgl. Suppl. IV 289 n. 94 u. 98.

Tegea.

Paus. VIII 47, 1: *τῷ δὲ ἀγάλματι τῆς Ἀθηνᾶς τῇ μὲν Ἀσκληπιὸς, τῇ δὲ Ὑγίεια παρεστῶσά ἐστι λίθου τοῦ Πεντελησίου, Σκόπα δὲ ἔργα Παρίου.*

Paus. VIII 54, 5: *Ἡ δὲ ἐς Ἄργος ἐκ Τεγέας ὀχήματι ἐπιτηδειοτάτη καὶ τὰ μάλιστά ἐστι λεωφόρος. ἔστι δὲ ἐπὶ τῆς ὁδοῦ πρῶτα μὲν ναὸς καὶ ἄγαλμα Ἀσκληπιοῦ· μετὰ δὲ ἐκτραπεῖσιν ἐς ἀριστερὰν ὅσον στάδιον Ἀπόλλωνος ἐπίκλησιν Πυθίου καταλελυμένον ἐστὶν ἱερὸν κ. τ. λ.*

Asklepios, Reliefstatue. Mitt. d. arch. Inst. z. Athen IV 137 n. 35.

Thelpusa.

Paus. VIII 25, 3: *Ἔστι δὲ ἐν Θελπούσῃ ναὸς Ἀσκληπιοῦ καὶ θεῶν ἱερὸν τῶν δώδεκα· τούτου τὰ πολλὰ ἐς ἔδαφος ἔκειτο ἤδη.*

Paus. VIII 25, 11: *Ὁ δὲ Λάδων τῆς Ἐρινύος τὸ ἱερὸν ἀπολιπὼν ἐν ἀριστερᾷ παρέξεισιν ἐν ἀριστερᾷ μὲν τοῦ Ἀπόλλωνος τοῦ Ὀγκαιάτου τὸν ναὸν, τὰ δὲ ἐν δεξιᾷ παρὰ Ἀσκληπιοῦ Παιδὸς ἱερὸν, ἔνθα ἐστὶ Τρυγόνος μνῆμα τροφοῦ· τροφὸν δὲ Ἀσκληπιοῦ τὴν Τρυγόνα εἶναι λέγουσιν. ἐν γὰρ τῇ Θελπούσῃ τῷ Ἀσκληπιῷ παιδὶ ἐκκειμένῳ φασὶν ἐπιτυχόντα Αὐτόλαον Ἀρκάδος υἱὸν νόθον ἀναθέσθαι τὸ παιδίον. καὶ ἐπὶ τούτῳ παῖδα Ἀσκληπιὸν * * εἰκότα εἶναι μᾶλλον ἡγούμην, ὃ καὶ ἐδήλωσα ἐν τοῖς Ἐπιδαυρίων.*

Paus. VIII 25, 1: *ἐν δὲ τῇ γῇ τῇ Θελπουσίᾳ ποταμός ἐστιν Ἄρσην καλούμενος· τοῦτον οὖν διαβήσῃ, καὶ ὅσον*

1) vgl. aber Cat. Brit. Mus. a. a. O.

πέντε ἀπ' αὐτοῦ σταδίους ἀφίξῃ καὶ εἴκοσιν ἐπὶ ἐρείπια Καοῦντος κώμης καὶ ἱερὸν Ἀσκληπιοῦ Καουσίου πεποιημένον ἐν τῇ ὁδῷ.[1])

Ohne Ortsangabe.

Cic. de nat. deor. III 22, 57: Aesculapiorum primus Apollinis, quem Arcades colunt, qui specillum invenisse primusque volnus dicitur obligavisse, secundus secundi Mercurii frater; is fulmine percussus dicitur humatus esse Cynosuris; tertius Arsippi et Arsinoae, qui primus purgationem alvi dentisque evolsionem, ut ferunt, invenit, cuius in Arcadia non longe a Lusio flumine sepulcrum et lucus ostenditur.[2])

Lyd. de mens. IV 90: *Ἀσκληπιοὶ τρεῖς λέγονται γενέσθαι, πρῶτος Ἀπόλλωνος τοῦ Ἡφαίστου, ὃς ἐξεῦρε μήλην· δεύτερος Ἰσχύος τοῦ Ἐλάτου καὶ Κορωνίδος, ὃς ἐν τοῖς Κυνοσουρίδος ὁρίοις ἐτάφη· τρίτος Ἀρσίππου καὶ Ἀρσινόης τῆς Λευκίππου. οὗτος εὗρε τομὴν καὶ ὀδοντάγραν, καὶ τάφος αὐτῷ ἐν Ἀρκαδίᾳ.*

Der Kult des Asklepios findet sich, wie das bei der grofsen Beliebtheit dieses Gottes in späterer Zeit nicht anders zu erwarten ist, in Arkadien ziemlich häufig, ohne dafs wir jedoch über das Wesen der einzelnen Kulte selbst genauer unterrichtet würden. Denn auch aus der grofsen Inschrift von Mantineia läfst sich nichts weiter ersehen, als dafs ein Priestercollegium bestand, welches regelmäfsige Mahlzeiten veranstaltete. Dafs der arkadische Asklepioskult sehr alt, sicher älter als der von Epidauros und nicht etwa nur ein Abglanz dieses letzteren ist, dafs ferner sein Ursprung direct auf Einwanderung von im späteren Thessalien ansässigen Stämmen zurückzuführen ist, darüber noch ein Wort zu verlieren, ist nach den umfassenden Ausführungen, welche U. v. Wilamowitz im Isyllos gegeben hat, überflüssig.

Diesen altthessalischen Kult finden wir besonders in

1) vgl. Steph. B. s. v. *Καοῦς*.

2) vgl. den Kult von Gortys am Lusios.

den Felsthälern des westlichen Arkadiens noch fast unverfälscht vor. So zum Beispiel in dem anscheinend besonderen Ansehns sich erfreuenden Kult von Gortys. Denn der Asklepios Gortynios wird auch in dem ebenso weltabgeschiedenen Titane verehrt, wo die Beziehungen zum thessalischen Titanos und Gyrton[1]) klar zu Tage liegen. Hierher gehört ferner Thelpusa, welches eine eigene Geburtssage des Asklepios zu berichten weiſs. Daſs die Aussetzungssage, die auch im Kulte von Epidauros vorkommt[2]), auf eine gute alte Kulttradition zurückgeht, welche allerdings durch „plattesten Rationalismus" entstellt ist, hat v. Wilamowitz[3]) nachgewiesen. Die Asklepiosdiener werden hier durch einen νόθος des Arkas mit der arkadischen Genealogie verbunden, während diesen Platz sonst Ischys, der Sohn des Elatos, einnimmt.

Weniger klar sind die ostarkadischen Kulte. In Tegea finden wir die Statuen des Asklepios und der Hygieia neben der Athena Alea. Nun sahen wir, daſs im argivischen Athenakulte Asklepios von Athena das Gorgonenblut erhält. Andrerseits finden wir Vereinigung von Asklepios und Athena auch in Titane[4]), in Aliphera und Kleitor. Vereinigung mit Demeter, wie im Asklepioskult von Kleitor und Megalopolis, treffen wir auch in Epidauros[5]) und Hermione.[6])

Sicher von Epidauros resp. Delphoi abhängig sind dann die Kulte von Megalopolis, Mantineia und Tegea, die den Asklepios mit dem Apollon Pythios verbinden. Warum der Kult des Asklepios Pais in Megalopolis wegen dieses auf eine Geburtssage deutenden Beinamens besonders alten Ursprungs sein soll, wie Thrämer[7]) meint, vermag ich nicht einzusehen, da wir hier ebensowohl Epidaurischen Einfluſs,

1) Paus. II 11, 8. vgl. v. Wilamowitz a. a. O. 55.
2) Paus. II 26, 11.
3) a. a. O. 84 ff.
4) Paus. II 11, 9.
5) Ἐφ. ἀρχ. 1884 p. 21.
6) C. I. G. 1198.
7) in Roschers Lex. d. gr. u. r. Myth. I 625.

wie auch durch den Synoikismos übertragene Thelpusaiische Anschauung annehmen können.

Für die Söhne des Asklepios, die wir in Heraia fanden, sowie für die Sagen vom Grabe des Asklepios am Lusios oder in Kynosura ist wohl messenischer Einflufs als mafsgebend zu betrachten, wie auch die Arsinoegenealogie der betreffenden Mythen bestätigt.

Alle weitergehenden Vermutungen würden bei der geringen Ausbeute, die das vorhandene Material gewährt, in der Luft schweben.

Dionysos.

Alea.

Paus. VIII 23, 1: *Μετὰ δὲ Στύμφαλόν ἐστιν Ἀλέα συνεδρίου μὲν τοῦ Ἀργολικοῦ μετέχουσα καὶ αὕτη, Ἀλεὸν δὲ τὸν Ἀφείδαντος γενέσθαι σφίσιν ἀποφαίνουσιν οἰκιστήν. θεῶν δὲ ἱερὰ αὐτόθι Ἀρτέμιδός ἐστιν Ἐφεσίας καὶ Ἀθηνᾶς Ἀλέας καὶ Διονύσου ναὸς καὶ ἄγαλμα. τούτῳ παρὰ ἔτος Σκιέρειαν ἑορτὴν ἄγουσι, καὶ ἐν Διονύσου τῇ ἑορτῇ κατὰ μάντευμα ἐκ Δελφῶν μαστιγοῦνται γυναῖκες, καθὰ καὶ οἱ Σπαρτιατῶν ἔφηβοι παρὰ τῇ Ὀρθίᾳ.*

Heraia.

Paus. VIII 26, 1: *Ἡραιεῦσι δὲ οἰκιστὴς μὲν γέγονεν Ἡραιεὺς ὁ Λυκάονος, κεῖται δὲ ἡ πόλις ἐν δεξιᾷ τοῦ Ἀλφειοῦ, τὰ μὲν πολλὰ ἐν ἠρέμα προσάντει, τὰ δὲ καὶ ἐπ' αὐτὸν καθήκει τὸν Ἀλφειόν. δρόμοι δὲ παρὰ τῷ ποταμῷ πεποίηνται μυρσίναις καὶ ἄλλοις ἡμέροις διακεκριμένοι δένδροις· καὶ τὰ λουτρὰ αὐτόθι· Εἰσὶ δὲ καὶ Διονύσῳ ναοί, τὸν μὲν καλοῦσιν αὐτῶν Πολίτην, τὸν δὲ Αὐξίτην· καὶ οἴκημά ἐστί σφισιν, ἔνθα τῷ Διονύσῳ τὰ ὄργια ἄγουσιν.*

Theophr. h. pl. IX 18, 10: *ἐν Ἡραίᾳ*[1]) *δὲ ὥς φασι τῆς Ἀρκαδίας οἶνός ἐστιν ὃς τοὺς μὲν ἄνδρας πινόμενος ἐξίστησι, τὰς δὲ γυναῖκας ἀτέκνους*[2]) *ποιεῖ.*

Münzen: Journ. of Hell. stud. VII 107: Caracalla. Dionysos standing; in both hands grapes, left elbow resting on column; beside him panther. vgl. Leake Eur. sup. 128.

---

1) *Ἡρακλείᾳ* Codd. vgl. aber Athen. I 31 F: *Θεόφραστος δὲ ἐν τῇ περὶ φυτῶν ἱστορίᾳ φησὶν ἐν Ἡραίᾳ τῆς Ἀρκαδίας γίγνεσθαι οἶνον κ. τ. λ.* vgl. noch Ael. v. h. XIII 6. Plin. XIV 116.

2) *τεκνούσσας* Athen. a. a. O.

Kynaitha.

Paus. VIII 19, 2: τὰ δὲ μάλιστα ἥκοντα ἐς μνήμην Διονύσου ἐστὶν ἐνταῦθα ἱερὸν, καὶ ἑορτὴν ὥρᾳ ἄγουσι χειμῶνος, ἐν ᾗ λίπα ἀληλιμμένοι ἄνδρες ἐξ ἀγέλης βοῶν ταῦρον, ὃν ἂν σφισιν ἐπὶ νοῦν αὐτὸς ὁ θεὸς ποιήσῃ, ἀράμενοι κομίζουσι πρὸς τὸ ἱερόν· θυσία μὲν τοιαύτη σφίσι καθέστηκε.[1])

Mantineia.

Münze: Mionnet Suppl. IV 279 n. 46: Bacchus Méliaste debout, la tête couverte du pileus, vêtu d'un habit court et armé de deux lances. (? ?) R. Athena.

Megalopolis.

Paus. VIII 32, 3: πεποίηται δὲ καὶ στάδιον ὑπὲρ τῆς Ἀφροδίτης τῇ μὲν ἐπὶ τὸ θέατρον καθῆκον, καὶ κρήνη σφίσιν ἐστὶν αὐτόθι ἣν ἱερὰν Διονύσου νομίζουσι, κατὰ δὲ τὸ ἕτερον τοῦ σταδίου πέρας Διονύσου ναὸς ἐλέγετο ὑπὸ τοῦ θεοῦ κεραυνωθῆναι γενεαῖς δύο ἐμοῦ πρότερον· καὶ ἐρείπια οὐ πολλὰ ἔτι ἐς ἐμὲ ἦν αὐτοῦ.

Melangeia.

Paus. VIII 6, 5: προελθόντι δὲ ἐκ τῶν Μελαγγείων ἀπέχοντι τῆς πόλεως στάδια ὡς ἑπτὰ ἔστι κρήνη καλουμένη Μελιαστῶν· οἱ Μελιασταὶ δὲ οὗτοι δρῶσι τὰ ὄργια τοῦ Διονύσου, καὶ Διονύσου τε μέγαρον πρὸς τῇ κρήνῃ καὶ Ἀφροδίτης ἐστὶν ἱερὸν Μελανίδος.

Orchomenos.

Münzen: Mionnet II 251 n. 47: Sept. Sev. Bacchus debout, nu, près d'un rocher tenant de la m. dr. un vase, penché sur une panthère accroupie à ses pieds. Journ. of Hell. stud. VII 100: Dionysos naked holds in r. kantharos in l. thyrsos transversely; under l. elbow stump of tree. vgl. Cat. Brit. Mus. XXXV 19.

---

1) vgl. Polyb. IV 20—21.

Pheneos.

Münzen: Mionnet II 252 n. 54: M. Aurel. Bacchus debout tenant dans la m. dr. le cantharum et dans la g. un thyrse; à ses pieds panthère. vgl. Suppl. IV 286 n. 81. Julia Domna. n. 85 Caracalla. n. 89 Geta. n. 84: Caracalla. Bacchus nu debout tenant le cantharum incliné de la main droite et une grappe de raisin de la gauche; à ses pieds d'un côté une panthère accroupie; de l'autre un candelabre autour duquel est un cep de vigne chargé de raisins. vgl. Journ. of Hell. stud. VII 102. Cat. Brit. Mus. XXXVI 14.

Phigalia.

Paus. VIII 39, 6: *πεποίηται δὲ καὶ Διονύσου ναός· ἐπίκλησις μέν ἐστιν αὐτῷ παρὰ τῶν ἐπιχωρίων Ἀκρατοφόρος, τὰ κάτω δὲ οὐκ ἔστι σύνοπτα τοῦ ἀγάλματος ὑπὸ δάφνης τε φύλλων καὶ κισσῶν· ὁπόσον δὲ αὐτοῦ καθορᾶν ἔστιν, ἐπαλήλιπται * * κιννάβαρι ἐκλάμπειν.*

Diod. XV 40: *ἐκ ταύτης δὲ ὁρμηθέντες παρεισέπεσον εἰς τὴν Φιγάλειαν καὶ Διονυσίων κατὰ τύχην ὄντων ἐπιπεσόντες ἀπροσδοκήτως τοῖς ἐν τῷ θεάτρῳ καθημένοις καὶ πολλοὺς ἀποσφάξαντες, οὐκ ὀλίγους δὲ καὶ συναπονοήσασθαι πείσαντες ἀνεχώρησαν εἰς τὴν Σπάρτην.*

Harmodios bei Athen. IV 148 F: *Ἁρμόδιος δὲ ὁ Λεπρεάτης ἐν τῷ περὶ τῶν κατὰ Φιγάλειαν νομίμων, ὁ κατασταθείς φησι παρὰ Φιγαλεῦσι σίταρχος ἔφερε τῆς ἡμέρας οἴνου τρεῖς χόας καὶ ἀλφίτων μέδιμνον καὶ τυροῦ πεντάμνουν καὶ τἄλλα τὰ πρὸς τὴν ἄρτυσιν τῶν ἱερείων ἁρμόττοντα. ἡ δὲ πόλις παρεῖχεν ἑκατέρῳ τῶν χορῶν τρία πρόβατα καὶ μάγειρον ὑδριαφόρον τε καὶ τραπέζας καὶ βάθρα πρὸς τὴν καθέδραν καὶ τὴν τοιαύτην ἅπασαν παρασκευήν, τὴν δὲ τῶν περὶ τὸν μάγειρον σκευῶν ὁ χορηγός. τὸ δὲ δεῖπνον ἦν τοιοῦτο· τυρὸς καὶ φυστὴ μᾶζα νόμου χάριν ἐπὶ χαλκῶν κανῶν τῶν παρά τισι καλουμένων μαζονόμων, ἀπὸ τῆς χρείας εἰληφότων τὴν ἐπωνυμίαν· ὁμοῦ δὲ τῇ μάζῃ καὶ τῷ τυρῷ σπλάγχνον καὶ ἅλες προσφαγεῖν. καθαγισάντων δὲ ταῦτα ἐν κεραμέᾳ κοτταβίδι πιεῖν ἑκάστῳ μικρὸν, καὶ ὁ προσφέρων* ἂν εἶπεν 'εὐδειπνείας'. εἶτα δὲ εἰς τὸ κοινὸν ζωμὸς καὶ περίκομμα, πρόσχερα δὲ ἑκάστῳ δύο κρέα. ἐνόμιζον δὲ ἐν ἅπασι τοῖς δείπνοις, μάλιστα δὲ τοῖς λεγομένοις μαζῶσι — τοῦτο γὰρ ἔτι καὶ νῦν ἡ Διονυσιακὴ σύνοδος ἔχει τοὔνομα — τοῖς ἐσθίουσι τῶν νέων ἀνδρικώτερον ζωμόν τ' ἐγχεῖν πλείω καὶ μάζας καὶ ἄρτους παραβάλλειν. γενναῖος γὰρ ὁ τοιοῦτος ἐκρίνετο καὶ ἀνδρώδης ὑπάρχειν· θαυμαστὸν γὰρ ἦν καὶ περιβόητον παρ' αὐτοῖς ἡ πολυφαγία. μετὰ δὲ τὸ δεῖπνον σπονδὰς ἐποιοῦντο οὐκ ἀπονιψάμενοι τὰς χεῖρας, ἀλλ' ἀποματτόμενοι τοῖς ψωμοῖς καὶ τὴν ἀπομαγδαλίαν ἕκαστος ἀπέφερε, τοῦτο ποιοῦντες ἕνεκα τῶν ἐν ταῖς ἀμφόδοις γενομένων νυκτερινῶν φόβων. ἀπὸ δὲ τῶν σπονδῶν παιὰν ᾄδεται.[1])

Dittenberger Sylloge II 392: . . ωπας, ἂν [δὲ ποιῆι] ἁ πύλις τὰ Διονύσια ἐν τῶι ἐνιαντῶι ἐν ὧι δεῖ τὰ Ἀνδρίνεα γίνεσθαι, γινέσθω παρὰ τρία.

Münze: Journ. of Hell. stud. VII 110: Sept. Sev. Dionysos standing, holds wine-cup and thyrsus.

Psophis.

Münzen: Journ. of Hell. stud. VII 105: Sept. Sev. Dionysos clad in short chiton holds wine-cup and long thyrsos. desgl. Julia Domna.

Tegea.

Paus. VIII 54, 5: κατὰ δὲ τὴν εὐθεῖαν αἵ τε δρῦς εἰσι πολλαὶ καὶ Δήμητρος ἐν τῶι ἄλσει τῶν δρυῶν ναὸς ἐν Κορυθεῦσι καλουμένης· πλησίον δὲ ἄλλο ἐστὶν ἱερὸν Διονύσου Μύστου.

Paus. VIII 53, 7; τούτου δέ ἐστιν οὐ πόρρω Διονύσου τε ἱερὰ δύο καὶ Κόρης βωμὸς καὶ Ἀπόλλωνος ναὸς καὶ ἄγαλμα ἐπίχρυσον.

Dionysosstatue vgl. Arch. Anz. XII 479. Ann. d. I. XXXIII 31.

---

1) vgl. Athen. X 422 B. XI 466 E. 479 J.

Thelpusa.

Paus. VIII 25, 3: *καὶ ἐπὶ Δήμητρος ἱερὸν κάτεισιν Ἐλευσινίας. τὸ δὲ ἱερὸν τοῦτο ἔστι μὲν Θελπουσίων ἐν ὅροις, ἀγάλματα δὲ ἐν αὐτῷ ποδῶν ἑπτὰ οὐκ ἀποδέον ἕκαστον, Δήμητρός ἐστι καὶ ἡ παῖς καὶ ὁ Διόνυσος τὰ πάντα ὁμοίως λίθου.*

Münzen: Ztschr. f. Num. I 134: Dionysos n. l. stehend mit Kantharos und Thyrsos. vgl. Journ. of Hell. stud. VII 106.

Ohne Ortsangabe.

Polyb. IV 20, 8: *Ταῦτα γὰρ πᾶσίν ἐστι γνώριμα καὶ συνήθη, διότι σχεδὸν παρὰ μόνοις Ἀρκάσι, πρῶτον μὲν οἱ παῖδες ἐκ νηπίων ᾄδειν ἐθίζονται κατὰ νόμους τοὺς ὕμνους καὶ παιᾶνας, οἷς ἕκαστοι κατὰ τὰ πάτρια τοὺς ἐπιχωρίους ἥρωας καὶ θεοὺς ὑμνοῦσι· μετὰ δὲ ταῦτα τοὺς Φιλοξένου καὶ Τιμοθέου νόμους μανθάνοντες, πολλῇ φιλοτιμίᾳ χορεύουσι κατ' ἐνιαυτὸν τοῖς Διονυσιακοῖς αὐλήταις ἐν τοῖς θεάτροις, οἱ μὲν παῖδες τοὺς παιδικοὺς ἀγῶνας, οἱ δὲ νεανίσκοι τοὺς τῶν ἀνδρῶν λεγομένους. .... καὶ μὴν ἐμβατήρια μετ' αὐλοῦ καὶ τάξεως ἀσκοῦντες, ἔτι δὲ ὀρχήσεις ἐκπονοῦντες, μετὰ κοινῆς ἐπιστροφῆς καὶ δαπάνης κατ' ἐνιαυτὸν ἐν τοῖς θεάτροις ἐπιδείκνυνται τοῖς αὐτῶν πολίταις οἱ νέοι.*

Anth. gr. VI 154:

Ἀγρονόμῳ τάδε Πανὶ καὶ εὐαστῆρι Λυαίῳ
πρέσβυς, καὶ Νύμφαις Ἀρκὰς ἔθηκε Βίτων.
Πανὶ μὲν ἀρτίτοκον χίμαρον συμπαίστορα ματρός,
κισσοῦ δὲ Βρομίῳ κλῶνα πολυπλανέος.
Νύμφαις δὲ σκιερῆς εὐποίκιλον ἄνθος ὀπώρης
φύλλα δὲ πεπταμένων αἱματόεντα ῥόδων.
ἀνθ' ὧν εὔϋδρον, Νύμφαι, τόδε δῶμα γέροντος
αὔξετε· Πάν, γλαγερόν· Βάκχε, πολυστάφυλον.[1])

Es kann nicht Wunder nehmen, dafs in dem rauhen arkadischen Bergland der Kult des Dionysos nur geringe Ausdehnung gefunden hat. Denn wenn die Notiz des Polybios von

1) vgl. Anth. VI 158.

allgemein arkadischen Bräuchen bei den Dionysien berichtet, so sind die musischen und theatralischen Wettkämpfe gemeint, die eben in späterer Zeit Gemeingut ganz Griechenlands waren, deren ursprüngliche Kultbedeutung sich aber mehr und mehr verwischte.

Die ersten Pflegstätten des Dionysoskults im eigentlichen Hellas waren bekanntlich Boiotien und Delphoi. Von hier aus verbreitete sich der Kult über die übrigen Landschaften. So finden wir denn auch in Arkadien beim Kulte von Alea ausdrücklich vermerkt, dafs er *κατὰ μάντευμα ἐκ Δελφῶν* gefeiert wurde. Dafs jedoch eine directe Einwirkung von Delphoi auf Arkadien bei der Einführung des Dionysoskults stattgefunden habe, ist kaum anzunehmen. Wir haben bereits mehrfach, beim Athena- sowohl wie beim Apollonkult, wahrnehmen können, dafs das Bindeglied zwischen Boiotien resp. Delphoi und Arkadien Argos war. Besonders für den Apollon *Πυθαεύς* wurde die Abhängigkeit fast sämmtlicher peloponnesischer Kulte von Argos constatirt. Da nun der Apollon Pythios der Genosse des Dionysos im Delphischen Kult ist, und in Argos einer der bedeutendsten Dionysoskulte der Peloponnes bestand, da ferner die argivische Melampussage, wie wir gelegentlich der Artemiskulte sahen, in Arkadien verbreitet war, so dürfen wir zunächst diejenigen Kultstätten des Dionysos, an denen sich auch ein Kult des Apollon Pythios befand, als von Argos abhängig betrachten.

Dies würde also in Pheneos, Orchomenos, Mantineia und Tegea der Fall sein. Ferner gehört hierher der Kult von Kynaitha, in welchem die Feier des Festes im Winter auf die ursprünglich Delphische Herkunft deutet, während das Stieropfer uns berechtigt, auch hier den directen Ursprung näher, in Argos zu suchen.[1]) Aber auch der Eingangs erwähnte Kult von Alea, auf dessen Delphische Beziehungen schon hingewiesen wurde, ist wohl in diese

1) vgl. den *Διόνυσος βουγενής* der Argiver bei Paus. II 19, 3 u. 6. Plut. de Is. et Os. 35. quaest. conv. 4. Poll. IV 86.

Klasse zu zählen, denn die Hauptgöttin von Alea, die Athena Alea, war, wie seiner Zeit gezeigt worden ist, auf argivischen Ursprung zurückzuführen. Das dortige Fest der Skiereia scheint mir Gail[1]) gegenüber einer Vermutung Millins mit Recht auf die Verhüllung des Gottes oder seiner Priesterinnen gedeutet zu haben.[2]) Dem würden die Dionysischen Beinamen Σκιανθίας[3]) und Κρύφιος[4]) entsprechen, welch letzterer allerdings wohl durch die offenbar gleichbedeutende Form Κρυφίγονος[5]) auf die Geburt des Dionysos aus dem Schenkel des Zeus zu beziehen ist. Aber Verhüllung des Götterbildes durch Epheu und Lorbeer fanden wir auch in Phigalia, während auf Vasenbildern die auffällige Verhüllung der Frauen charakteristisches Element des Dionysoskultes ist.[6])

Im westlichen Arkadien zeichnet sich besonders das reiche Heraia durch Dionysoskult aus. Hier sind es weniger die orgiastischen Elemente, welche den Kult beherrschen, sondern der Name Auxites spricht dafür, dafs in dem fruchtbaren Alpheiosthale der Vegetationsgott, der Dendrites[7]), seine Stätte hatte. Der Kult von Heraia ist nun offenbar von dem zweiten Hauptsitze des peloponnesischen Dionysoskultes, von Elis, abhängig. Es wird dies bewiesen durch die Vereinigung des Hera- und Dionysoskultes in beiden Orten. Denn in Elis dient dasselbe Collegium der 16 Frauen[8]) sowohl der Hera, wie dem Dionysos.[9])

Jünger ist die Verbindung des Dionysos mit den Eleu-

---

1) Recherches sur le culte de Bacchus Paris 1821 p. 191 ff.

2) vgl. Athen. V 198 D f.

3) Gori Inscr. Ant. I 3.

4) Orph. h. 30, 3. 52, 5.

5) Orph. h. 50, 3.

6) vgl. darüber Rapp Rhein. Mus. XXVII 579 f.

7) Eine Zusammenstellung der bezügl. Kulte giebt Voigt in Roschers Lex. d. gr. u. r. Myth. I 1059 ff.

8) vgl. Weniger: Collegium d. 16 Frauen und Dionysoskult in Elis. Progr. Weimar 1883.

9) vgl. Paus. V 16, 2 ff. VI 26, 1. Plut. mul. virt. p. 251. Arist. mir. ausc. 123. Theopomp. bei Athen. I p. 34 A.

sinischen Gottheiten, wie wir sie in Thelpusa und in dem Dionysos Mystes von Tegea antreffen.

Weniger klar erscheinen die hier noch verbleibenden Kulte von Phigalia, Megalopolis, Melangeia und Psophis. An allen vier Kultstätten findet sich auch Aphroditeverehrung. Und zwar sind in Megalopolis und Melangeia Dionysos- und Aphroditekult direct benachbart, während der Hauptkult von Psophis der der Aphrodite Erykine ist, und auch in Phigalia sich ein Kult der Aphrodite ἐν Κωτίλῳ befand. Besondere Aehnlichkeit zeigen die Kulte von Phigalia und Melangeia. In diesen Orten scheinen Männer den Dienst des Gottes zu verrichten im Gegensatz zu dem Delphischen, eleischen, attischen Thyiadencollegium. In Melangeia verehren den Dionysos die Meliasten neben der Aphrodite Melanis. In Phigalia finden wir als Hauptkult den der Demeter Melaina. In beiden Gottheiten steckt, wie wir gesehen haben, eine Erinys. Merkwürdigerweise finden sich zu beiden Kulten Parallelen im attischen Kult. So wird bei den Apaturien ein Dionysos Melanthides oder Melanaigis verehrt[1]), und dem Akratophoros von Phigalia entspricht ein Dionysischer Heros Akratopotes von Munychia.[2])

Es wäre jedoch übereilt, aus diesen zufälligen Uebereinstimmungen etwa auf attische Einflüsse schliefsen zu wollen.[3]) Wir haben schon beim Aphroditekult die beiden Kulte von Megalopolis und Melangeia als wahrscheinlich Thebanischen Ursprungs charakterisirt. Bei der bekannten Kultverwandtschaft von Phigalia und Thelpusa möchte man geneigt sein, den gleichen Kult auch für Thelpusa in Anspruch zu nehmen, wo Dionysos mit der Demeter Eleusinia vereint auftritt. Ist doch auch in Pheneos nach einer sehr ansprechenden Vermutung Tümpels[4]) eine Demeter Eleusinia an die Stelle einer Erinys getreten. Da jedoch die

1) Schol. Arist. Acharn. 146. Conon. narr. 39.

2) Polemon bei Athen. II p. 396. Akratos bei Paus. I 2, 5.

3) vgl. die Ausführungen zur Demeter Eleusinia. S. 122.

4) a. a. O. vgl. S. 119 f. vgl. auch die Quelle im Kult von Megalopolis und Melangeia.

Verbindung des Dionysos mit den Eleusinischen Gottheiten sich auf die einfachste Weise erklärt, so bleiben derartige Hypothesen besser unerörtert. Für den ebenfalls mit den Eleusinierinnen vereinten Dionysos Mystes von Tegea werden wir schliefslich die gleiche Kultverbindung im argivischen Lerna zu berücksichtigen haben.[1])

1) Paus. II 37, 2. Kaibel epigr. 821. 822.

Pan.

Aule.

Ael. n. a. XI 6: Ἐν Ἀρκαδίᾳ δὲ χώρᾳ ἐστὶν ἱερὸν Πανός· Αὐλὴ τῷ χώρῳ τὸ ὄνομα. Οὐκοῦν ὅσα ἂν ἐνταυθοῖ τῶν ζώων καταφύγῃ ὥσπερ οὖν ἱκέτας ὁ θεὸς δι' αἰδοῦς ἄγων [τὰ ζῶα] εἶτα μέντοι σώζει τὴν μεγίστην σωτηρίαν αὐτά. Οἵ γάρ τοι λύκοι οἵ διώκοντες παρελθεῖν εἴσω πεφρίκασιν καὶ ἀναστέλλονται μόνον θεασάμενοι οἷ κατέφυγον. Ἴδια δὴ καὶ τούτων τῶν ζώων ἔοικε πρὸς σωτηρίαν ἀγαθά.

Heraia.

Paus. VIII 26, 2: ἔστι καὶ ναὸς ἐν τῇ Ἡραίᾳ Πανὸς ἅτε τοῖς Ἀρκάσιν ἐπιχωρίου.

Münzen: Journ. of Hell. stud. VII 107: Pan standing, left foot resting on rock; holds in left hand spear, chlamys over shoulder. R. Artemis. vgl. Cat. Brit. Mus. XXXIV 12.

Kyllene.

Soph. Ai. 695:

ὦ Πὰν Πὰν ἁλίπλαγκτε, Κυλλανίας χιονοκτύπου
πετραίας ἀπὸ δειράδος φάνηθ' κ. τ. λ.

Anth. VI 96 (Eryc.):

Γλαύκων καὶ Κορύδων, οἵ ἐν οὔρεσι βουκολέοντες
Ἀρκάδες ἀμφότεροι, τὰν κεραὰν δαμάλην
Πανὶ φιλωρείτᾳ Κυλληνίῳ αὐερύσαντες
ἔῤῥεξαν καί οἱ δωδεκάδωρα κέρα
ἅλῳ μακροτένοντι ποτὶ πλατάνιστον ἔπαξαν
εὐρεῖαν, νομίῳ καλὸν ἄγαλμα θεῷ.

Lampeia.

Paus. VIII 24, 4: ἔχει δὲ τὰς πηγὰς ὁ Ἐρύμανθος ἐν ὄρει Λαμπείᾳ· τὸ δὲ ὄρος τοῦτο ἱερὸν εἶναι Πανὸς λέγεται. Münze: Journ. of Hell. stud. VII 105 siehe unter Psophis.

Lykaion.

Paus. VIII 38, 5: Ἔστι δὲ ἐν τῷ Λυκαίῳ Πανός τε ἱερὸν καὶ περὶ αὐτὸ ἄλσος δένδρων, καὶ ἱππόδρομός τε καὶ πρὸ αὐτοῦ στάδιον· τὸ δὲ ἀρχαῖον τῶν Λυκαίων ἦγον τὸν ἀγῶνα ἐνταῦθα.

Theocr. I 123:

ὦ Πὰν Πάν, εἴτ' ἐσσὶ κατ' ὤρεα μακρὰ Λυκαίω,
εἴτε τύγ' ἀμφιπολεῖς μέγα Μαίναλον, ἔνθ' ἐπὶ νᾶσον
τὰν Σικελάν, Ἑλίνας δὲ λιπὲ ῥίον αἰπύ τε σᾶμα,
τῆνο Λυκαονίδαο, τὸ καὶ μακάρεσσιν ἀγατόν.

Anth. VI 188 (Leonid. Par.):

Ὁ Κρὴς Θηρίμαχος τὰ λαγωβόλα Πανὶ Λυκαίῳ
ταῦτα πρὸς Ἀρκαδικοῖς ἐκρέμασε σκοπέλοις.
ἀλλὰ σὺ Θηριμάχῳ δώρων χάριν, ἀγρότα δαῖμον,
χεῖρα κατιθύνοις τοξότιν ἐν πολέμῳ,
ἔν τε συναγκείαισι παρίστασο δεξιτερῇσ',
πρῶτα διδοὺς ἄγρης δῶρα καὶ ἀντιπάλων.

Hor. Od. I 17, 1:

Velox amoenum saepe Lucretilem
Mutat Lycaeo Faunus.

Verg. Aen. VIII 343:

Lupercal
Parrhasio dictum Panos de more Lycaei.

Verg. Georg. I 16:

Ipse nemus linquens patrium saltumque Lycaei
Pan ovium custos.

Stat. Theb. III 479:

et undosae qui rusticus accola Pisae
Pana Lycaonia nocturnum exaudit in umbra.

Calpurn. IV 133:

Lycaeus Pan recolit silvas.

Nonn. XXIII 151:

αἰγείοις δὲ πόδεσσι διέτρεχε Παῤῥάσιος Πάν.[1])

Porph. de antr. 20: *Σπήλαια τοίνυν καὶ ἄντρα τῶν παλαιοτάτων πρὶν καὶ ναοὺς ἐπινοῆσαι θεοῖς ἀφοσιούντων, καὶ ἐν Κρήτῃ μὲν Κουρήτων Διί, ἐν Ἀρκαδίᾳ δὲ Σελήνῃ καὶ Πανὶ Λυκαίῳ κ. τ. λ.*

Serv. Verg. Georg. I 16: Pana Pindarus ex Apolline et Penelope in Lycaeo monte editum scribit, qui a Lycaone rege Arcadiae Lycaeus mons dicitur.[2]) .... ideo Lycus Pan ovium custos, quod lupos ab ovium gregibus repellat.

Myth. vat. III 8, 1: Hinc et Pan, qui ovium dicitur deus, quod lupos ab ovili arceat, Lycaeus appellatur.

Dion. Hal. I 32: *οἱ δ' οὖν Ἀρκάδες ὑπὸ τῷ λόφῳ συνοικισθέντες τά τε ἄλλα διεκόσμουν τὸ κτίσμα τοῖς οἴκοθεν νομίμοις χρώμενοι καὶ ἱερὰ ἱδρύονται, πρῶτον μὲν τῷ Λυκαίῳ Πανὶ τῆς Θέμιδος ἐξηγουμένης — Ἀρκάσι γὰρ θεῶν ἀρχαιότατός τε καὶ τιμιώτατος ὁ Πάν — χωρίον ἐξευρόντες ἐπιτήδειον, ὃ καλοῦσι Ῥωμαῖοι Λουπερκάλιον, ἡμεῖς δ' ἂν εἴποιμεν Λύκαιον.*

Dion. Hal. I 80: *προειδότες οἱ τοῦ Νεμέτορος θύσοντας τὰ Λύκαια τοὺς νεανίσκους τῷ Πανὶ τὴν Ἀρκαδικὴν ὡς Εὔανδρος κατεστήσατο θυσίαν.*

Plut. Caes. 61: *Ἦν μὲν γὰρ ἡ τῶν Λουπερκαλίων ἑορτή, περὶ ἧς πολλοὶ γράφουσιν, ὡς ποιμένων τὸ παλαιὸν εἴη, καί τι καὶ προσήκει τοῖς Ἀρκαδικοῖς Λυκαίοις.*

Plut. qu. rom. 68: *Διὰ τί κύνα θύουσιν οἱ Λουπέρκοι; .... Ἢ λύκος μὲν ὁ λοῦπός ἐστι καὶ Λύκαια τὰ Λουπερκάλια. λύκῳ δὲ κύων πολέμιος, καὶ διὰ τοῦτο θύεται τοῖς Λυκαίοις ... Ἢ Πανὶ μὲν ἡ θυσία γίνεται, Πανὶ δὲ κύων προσφιλὲς διὰ τὰ αἰπόλια.*

Schol. Dion. Per. 348: *Ἀγαμήδου τοῦ Στυμφάλου ἄρχοντος Ἀρκαδίας Εὔανδρος υἱὸς Χάρμαντος θεοφορουμένῃ τῇ μητρὶ πεισθεὶς λαὸν ἀθροίσας ἧκεν εἰς Ἰταλίαν, κατέσχε*

---

1) vgl. Nonn. XXXII 237.

2) vgl. Boeckh zu Pindar fr. 68.

δὲ λόφον Κέρμαλον, ὃν ἀπὸ τοῦ παιδὸς Παλλάντιον ἐκάλεσε, καὶ ὑπὲρ αὐτοῦ νεὼν εἵσατο Πανί.[1])

Liv. I 5: Ibi Evandrum, qui ex eo genere Arcadum multis ante tempestatibus ea tenuerat loca, sollemne allatum ex Arcadia instituisse, ubi nudi iuvenes Lyceum Pana venerantes per lusum atque lasciviam currerent, quem Romani deinde vocarunt Inuum.

Iustin. 43, 1, 6: Post hunc tertio loco regnasse Faunum ferunt, sub quo Euander ab Arcadiae urbe Pallantio in Italiam cum mediocri turba popularium venit, cui Faunus et agros et montem, quem ille postea Palatium appellavit, denique adsignavit. In huius radicibus templum Lycaeo, quem Graeci Pana, Romani Lupercum appellant, constituit: ipsum dei simulacrum nudum caprina pelle amictum est, quo habitu nunc Romae Lupercalibus decurritur.

Lykosura.

Paus. VIII 37, 11: *Ἐντεῦθεν δὲ ἀναβήσῃ διὰ κλίμακος ἐς ἱερὸν Πανός· πεποίηται δὲ καὶ στοὰ ἐς τὸ ἱερὸν καὶ ἄγαλμα οὐ μέγα· θεῶν δὲ ὁμοίως τοῖς δυνατωτάτοις καὶ τούτῳ μέτεστι τῷ Πανὶ ἀνθρώπων τε αὐχὰς ἄγειν ἐς τέλος καὶ ὁποῖα ἔοικεν ἀποδοῦναι πονηροῖς. παρὰ τούτῳ τῷ Πανὶ πῦρ οὔ ποτε ἀποσβεννύμενον καίεται. λέγεται δὲ ὡς τὰ ἔτι παλαιότερα καὶ μαντεύοιτο οὗτος ὁ θεός, προφῆτιν δὲ Ἐρατὼ νύμφην αὐτῷ γενέσθαι ταύτην ἣ Ἀρκάδι τῷ Καλλιστοῦς συνῴκησε· μνημονεύουσι δὲ καὶ ἔπη τῆς Ἐρατοῦς, ἃ δὴ καὶ αὐτὸς ἐπελεξάμην.*

Mainalos.

Paus. VIII 36, 8: *τὸ δὲ ὄρος τὸ Μαινάλιον ἱερὸν μάλιστα εἶναι Πανὸς νομίζουσιν, ὥστε οἱ περὶ αὐτὸ καὶ ἀκροᾶσθαι συρίζοντος τοῦ Πανὸς λέγουσι.*

C. I. G. I 1540: *Πανός.*

Theocr. I 123 siehe oben unter Lykaion.

---

1) vgl. Eust. zu Dion. Per. 348.

Anth. Plan. IV 305 v. 5 u. 6:

μάρτυς ὁ Μαινάλιος κερόεις θεός, ὕμνον ἀείσας
τὸν σέο, καὶ νομίων λησάμενος δονάκων.

Ovid. Fast. IV 649:

Silva vetus nullaque diu violata securi
Stabat Maenalio sacra relicta deo.

Verg. Ecl. VIII 22:

Maenalus argutumque nemus pinosque loquentes
Semper habet, semper pastorum ille audit amores
Panaque, qui primus calamos non passus inertes.

Rutil. 333:

seu Pan Tyrrhenis mutavit Maenala silvis.

Auson. Technopaegn. de Dis 8:

nec cultu nemorum reticebere Maenalide Pan.

Megalopolis.

Paus. VIII 30, 3: *καὶ ἄγαλμα Πανὸς λίθου πεποιημένον.*[1]) *ἐπίκλησις δὲ Οἰνόεις ἐστὶν αὐτῷ, τήν τε ἐπίκλησιν γενέσθαι τῷ Πανὶ ἀπὸ νύμφης Οἰνόης λέγουσι, ταύτην δὲ σὺν ἄλλαις τῶν νυμφῶν καὶ ἰδίᾳ γενέσθαι τροφὸν τοῦ Πανός.*[2])

Paus. VIII 30, 7: *καὶ ἐν ἑτέρῳ χαλκοῦς Πὰν πηχυαῖος ἐπίκλησιν Σκολείτας. μετεκομίσθη δὲ ἀπὸ λόφου τοῦ Σκολείτα· καὶ ὁ λόφος οὗτος τοῦ τείχους ἐστὶν ἐκτὸς κ. τ. λ.*

Paus. VIII 31, 3: *κεῖται δὲ τράπεζα ἔμπροσθεν*[3]) *ἐπειργασμέναι δὲ ἐπ' αὐτῇ δύο τέ εἰσιν Ὧραι καὶ ἔχων Πὰν σύριγγα καὶ Ἀπόλλων κιθαρίζων.*

Relief: Pan und Horen. Ann. d. I. 1863 Tav. d'agg. L 2. p. 292.

Münzen: Mionnet II 250 n. 37—42: Pan assis sur un rocher à gauche la main dr. élevée au dessus d'un aigle et tenant dans la main g. le pédum. R. Zeus. n. 44: Pan

1) Im Peribolos des Zeus Lykaios.

2) vgl. Aristippos im Schol. Theocr. I 3 a. Ariaithos im Schol. Eur. Rhes. 36. Schol. Theocr. 121.

3) Im Tempel der *Θεαὶ μεγάλαι.*

assis sur un rocher à g. devant aigle; le tout dans une couronne de chêne. R. Zeus. Suppl. IV 281 n. 55: Pan assis sur un rocher, le pédum dans la m. dr. un aigle sur son genou; le tout dans une couronne de chêne. R. Zeus.[1]) n. 58: Sept. Sev. Pan marchant à droite la m. dr. sur une haste et le pédum dans la g. Zeitschr. f. Num. IX Tf. II 5: Panskopf jugendl. gehörnt n. l. R. Syrinx. Bull. d. I. 1846 p. 51: Pan stehend.[2]) Journ. of Hell. stud. VII 108: Pan horned naked seated on rock, over which is spread his garment, holds in r. hand pedum; below syrinx. vgl. Cat. Brit. Mus. XXXV 10. 11. 13. Head. h. n. 373.

Nomia.

Paus. VIII 38, 11: *Τῆς Λυκοσούρας δέ ἐστιν ἐν δεξιᾷ Νόμια ὄρη καλούμενα, καὶ Πανός τε ἱερὸν ἐν αὐτοῖς ἐστι Νομίου, καὶ τὸ χωρίον ὀνομάζουσι Μέλπειαν, τὸ ἀπὸ τῆς σύριγγος μέλος ἐνταῦθα Πανὸς εὑρεθῆναι λέγοντες· κληθῆναι δὲ τὰ ὄρη Νόμια προχειρότατον μέν ἐστιν εἰκάζειν ἐπὶ τοῦ Πανὸς ταῖς νομαῖς, αὐτοὶ δὲ οἱ Ἀρκάδες νύμφης εἶναί φασιν ὄνομα.*

Orchomenos.

Anth. VI 109 (Antipatr.):

Γηραλέον νεφέλας τρῦχος τόδε, καὶ τριέλικτον
ἰχνοπέδαν, καὶ τὰς νευροτενεῖς παγίδας,
κλωβούς τ' ἀμφιῤῥῶγας, ἀνασπαστούς τε δεράγχας,
καὶ πυρὶ θηγαλέους ὀξυπαγεῖς στάλικας,
καὶ τὰν εὔκολλον δρυὸς ἰκμάδα, τόν.τε πετηνῶν
ἀγρευτὰν ἰξῷ μυδαλέον δόνακα,
καὶ κρυφίου τρίκλωστον ἐπισπαστῆρα βόλοιο,
ἄρκυν τε κλαγερῶν λαιμοπέδαν γεράνων,
σοί, Πὰν ὦ σκοπιῆτα, γέρας θέτο παῖς Νεολᾴδα
Κραῦβις, ὁ θηρεύτας, Ἀρκὰς ἀπ' Ὀρχομενοῦ.

---

1) vgl. Sestini. Descr. num. vet. 218.

2) Rathgeber (a. a. O.) hält den hier stehend dargestellten Pan für den Skoleitas, weil der durch den Zeus Lykaios der Rückseite als Oinoeis bezeugte Pan der anderen Münzen sitzend dargestellt ist.

Parthenion.

Herod. VI 105: *Καὶ πρῶτα μὲν ἐόντες ἔτι ἐν τῷ ἄστει οἱ στρατηγοὶ ἀποπέμπουσι ἐς Σπάρτην κήρυκα Φειδιππίδην, Ἀθηναῖον μὲν ἄνδρα, ἄλλως δὲ ἡμεροδρόμον τε καὶ τοῦτο μελετέοντα· τῷ δὲ ὡς αὐτός τε ἔλεγε Φειδιππίδης καὶ Ἀθηναίοισι ἀπήγγελλε, περὶ τὸ Παρθένιον οὖρος τὸ ὑπὲρ Τεγέης ὁ Πὰν περιπίπτει κ. τ. λ.*

Eurip. fr. 62 N: *ὅς τε πέτρον Ἀρκάδων δυσχειμερῶν Πὰν ἐμβατεύεις .... ξύνοιδ' ὄρος Παρθένιον.*

Simonid. Anth. IV 232:

τὸν τραγόπουν ἐμὲ Πᾶνα, τὸν Ἀρκάδα, τὸν κατὰ Μήδων,
τὸν μετ' Ἀθηναίων στήσατο Μιλτιάδης.

Paus. VIII 54, 6: *ἀπωτέρω δὲ ὀλίγον Πανός ἐστιν ἱερόν, ἔνθα Φιλιππίδῃ φανῆναι τὸν Πᾶνα καὶ εἰπεῖν τὰ πρὸς αὐτὸν Ἀθηναῖοί τε καὶ κατὰ ταὐτὰ Τεγεᾶται λέγουσι. Παρέχεται δὲ τὸ Παρθένιον καὶ ἐς λύρας ποίησιν χελώνας ἐπιτηδειοτάτας, ἃς οἱ περὶ τὸ ὄρος ἄνθρωποι καὶ αὐτοὶ λαμβάνειν δεδοίκασι καὶ ξένους οὐ περιορῶσιν αἱροῦντας· ἱερὰς γὰρ σφᾶς εἶναι τοῦ Πανὸς ἥγηνται.*[1])

Lucian. dial. deor. 22, 3: *καὶ τὰ ποίμνια δὲ εἰ θεάσαιό μου, ὁπόσα περὶ Τεγέαν καὶ ἀνὰ τὸ Παρθένιον ἔχω, πάνυ ἡσθήσῃ.*

Lucian. bis accus. 9: *οὗτος ᾤκει μὲν τὸ πρόσθεν ἀνὰ τὸ Παρθένιον, ὑπὸ δὲ τὸν Δάτιδος ἐπίπλουν καὶ τὴν Μαραθωνάδε τῶν βαρβάρων ἀπόβασιν ἧκεν ἄκλητος τοῖς Ἀθηναίοις ξύμμαχος.*[2])

Suidas s. v. *Ἱππίας· τῷ Φιλιππίδῃ δὲ ἐπανιόντι κατὰ τὸ Παρθένιον ὄρος τῆς Ἀρκαδίας ὁ Πὰν ἐντυχὼν ἐμέμψατο μὲν Ἀθηναίοις κ. τ. λ.*

Reste des Heiligtums: Roſs, Reisen 148.

Peraitheis.

Paus. VIII 36, 7: *καὶ προελθόντι ὅσον εἴκοσι σταδίους ἄλλα τε ἐρείπια Περαιθέων καὶ ἱερὸν λείπεται Πανός.*

---

1) vgl. Paus. I 28, 4.
2) vgl. Lucian. Philopseud. 3.

Psophis.

Münzen: Mionnet Suppl. IV 291 n. 107: Geta. Pan avec la partie supérieure d'un homme et la partie inférieure d'un cheval tenant dans la main dr. une tête humaine. vgl. Journ. of Hell. stud. VII 105 (mask or syrinx?). Neapel Cat. n. 7578. siehe auch Lampeia.

Tegea.

Paus. VIII 53, 11: *Ἐκ Τεγέας δὲ ἰόντι ἐς τὴν Λακωνικὴν ἔστι μὲν βωμὸς ἐν ἀριστερᾷ τῆς ὁδοῦ Πανός, ἔστι δὲ καὶ Λυκαίου Διός· λείπεται δὲ καὶ θεμέλια ἱερῶν.*

Paus. VIII 54, 4: *διαβάντι δὲ τὸν Γαράτην καὶ προελθόντι σταδίους δέκα Πανός ἐστιν ἱερὸν καὶ πρὸς αὐτῷ δρῦς ἱερὰ καὶ αὕτη τοῦ Πανός.*

Lucian. dial. deor. 22, 3 siehe unter Parthenion.

Myth. vat. I 89: Post mortem Ulixis Mercurius cum uxore eius Penelope concubuit; quae sibi iuxta oppidum Tegeam peperit filium Pan nomine. Unde et Tegeeus dicitur.

Relief: Pan. Curtius Pelop. I 273. Ann. d. I. XXXIII 31. vgl. Rofs Reisen 70.

Thelpusa.

Münzen: Journ. of Hell. stud. VII 106: Geta. Pan horned wearing nebris over shoulders and holding pedum, touching with his left hand the top of a reed (Syrinx). Zeitschr. f. Num. I 134 Tf. IV 8: Jugendl. Pan nackt n. l. stehend, die l. Hand auf Hirtenstab gestützt u. den r. Arm, über welchen ein Tierfell herabhängt, gegen einen vor ihm stehenden Strauch ausstreckend. vgl. Head h. n. 382.

Ohne Ortsangabe.

Hom. hymn. XIX 28 ff.:

οἷον δ' Ἑρμείην ἐριούνιον ἔξοχον ἄλλων
ἔννεπον, ὡς ὅγ' ἅπασι θεοῖς θεὸς ἄγγελός ἐστιν.
καί ῥ' ὅγ' Ἀρκαδίην πολυπίδακα μητέρα μήλων
ἐξίκετ' ἔνθα τέ οἱ τέμενος Κυλληνίου ἐστίν.
ἔνθ' ὅγε καὶ θεὸς ὢν, ψαφαρότριχα μῆλ' ἐνόμευεν

ἀνδρὶ παρὰ θνητῷ· λάθε γὰρ πόθος ὑγρὸς ἐπελθὼν
κούρῃ εὐπλοκάμῳ Δρύοπος φιλότητι μιγῆναι·
ἐκ δ' ἐτέλεσσε γάμον θαλερόν, τέκε δ' ἐν μεγάροισιν
Ἑρμείᾳ φίλον υἱόν, ἄφαρ τερατωπὸν ἰδέσθαι,
αἰγιπόδην, δικέρωτα, φιλόκροτον, ἡδυγέλωτα·
φεῦγε δ' ἀναΐξασα, λίπεν δ' ἄρα παῖδ' ἀτίθηνον·
δεῖσε γὰρ ὡς ἴδεν ὄψιν ἀμείλιχον, ἠυγένειον.
τὸν δ' αἶψ' Ἑρμείας ἐριούνιος ἐς χέρα θῆκε
δεξάμενος, χαῖρεν δὲ νόῳ περιώσια δαίμων.
ῥίμφα δ' ἐς ἀθανάτων ἕδρας κίε παῖδα καλύψας
δέρμασιν ἐν πυκινοῖσιν ὀρεσκῴοιο λαγωοῦ·
πὰρ δὲ Ζηνὶ κάθιζε καὶ ἄλλοις ἀθανάτοισι,
δεῖξε δὲ κοῦρον ἑόν· πάντες δ' ἄρα θυμὸν ἔτερφθεν
ἀθάνατοι, περίαλλα δ' ὁ Βάκχειος Διόνυσος·
Πᾶνα δέ μιν καλέεσκον, ὅτι φρένα πᾶσιν ἔτερψε.

Lucian. dial. deor. 22:

Πάν· Χαῖρε ὦ πάτερ Ἑρμῆ.

Ἑρμ. Νὴ καὶ σύ γε. Ἀλλὰ πῶς ἐγὼ σὸς πατήρ;

Π. Οὐχ ὁ Κυλλήνιος Ἑρμῆς ὢν τυγχάνεις;

Ἑρμ. Καὶ μάλα. Πῶς οὖν υἱὸς ἐμὸς εἶ;

Π. Μοιχίδιός εἰμι, ἐξ ἐρωτός σοι γενόμενος.

Ἑρμ. Νὴ Δία, τράγου ἴσως τινὸς μοιχεύσαντος αἶγα. Ἐμὸς γὰρ πῶς, κέρατα ἔχων καὶ ῥῖνα τοιαύτην καὶ πώγωνα λάσιον καὶ σκέλη δίχηλα καὶ τραγικὰ καὶ οὐρὰν ὑπὲρ τὰς πυγάς;

Π. Ὁπόσα ἂν ἀποσκώψῃς εἰς ἐμὲ, τὸν σεαυτοῦ υἱόν, ὦ πάτερ, ἐπονείδιστον ἀποφαίνεις· μᾶλλον δὲ σεαυτόν, ὃς τοιαῦτα γεννᾷς καὶ παιδοποιεῖς· ἐγὼ δὲ ἀναίτιος.

Ἑρμ. Τίνα δὲ καὶ φῂς σου μητέρα; Ἤ που ἔλαθον αἶγα μοιχεύσας ἔγωγε;

Π. Οὐκ αἶγα ἐμοίχευσας, ἀλλ' ἀνάμνησον σεαυτὸν εἴποτε ἐν Ἀρκαδίᾳ παῖδα ἐλευθέραν ἐβιάσω. Τί, δακὼν τὸν δάκτυλον ζητεῖς καὶ ἐπιπολὺ ἀπορεῖς; Τὴν Ἰκαρίου λέγω Πηνελόπην.

Ἑρμ. Εἶτα τί παθοῦσα ἐκείνη ἀντ' ἐμοῦ τράγῳ σε ὅμοιον ἔτεκεν;

Π. Αὐτῆς ἐκείνης λόγον σοι ἐρῶ. Ὅτε γάρ με ἐξέπεμψεν ἐπὶ τὴν Ἀρκαδίαν, ὦ παῖ, μήτηρ μέν σοι, ἔφη, ἐγώ εἰμι, Πηνελόπη ἡ Σπαρτιᾶτις· τὸν πατέρα δὲ γίνωσκε θεὸν ἔχων Ἑρμῆν τὸν Μαίας καὶ Διός. Εἰ δὲ κερασφόρος καὶ τραγοσκελὴς εἶ, μὴ λυπείτω σε· ὁπότε γάρ μοι συνῆν ὁ πατὴρ ὁ σός, τράγῳ ἑαυτὸν ἀπείκασεν, ὡς λάθοι· καὶ διὰ τοῦτο ὅμοιος ἀπέβης τῷ τράγῳ.[1])

Lucian. de salt. 48: Πολλὴ δὲ καὶ ἡ κατ' Ἀρκαδίαν μυθολογία, Δάφνης φυγή, Καλλιστοῦς θηρίωσις, Κενταύρων παροινία καὶ Πανὸς γοναὶ κ. τ. λ.

Epimenides im Schol. Theocr. I 3 a: Ἐπιμενίδης δὲ ἐν τοῖς ποιήμασιν αὐτοῦ Διὸς καὶ Καλλιστοῦς Πᾶνα καὶ Ἀρκάδα διδύμους.[2])

Anth. VI 315 (Nicod. Heracl.):

Τὸν τραγόπουν ἐμὲ Πᾶνα φίλον Βρομίοιο καὶ υἱὸν
Ἀρκάδος, ἀντ' ἀλκᾶς ἔγραψεν Ὠφελίων.

Aristippos im Schol. Theocr. I 3 a: Ἀρίστιππος δὲ ἐν τῷ Ἀρκαδικῷ Διὸς καὶ Νύμφης Οἰνηίδος.[3])

Ariaithos im Schol. Eur. Rhes. 36: Ἀρίαιθος δὲ ὁ Τεγεάτης Αἰθέρος αὐτὸν καὶ νύμφης Οἰνόης γενεαλογεῖ.[4])

Pind. fr. 63:

Ὦ Πὰν, Ἀρκαδίας μεδέων, καὶ σεμνῶν ἀδύτων φύλαξ
Ματρὸς μεγάλας ὀπαδὲ, σεμνᾶν Χαρίτων μέλημα τερπνόν.

---

1) vgl. Herod. II 145. Plato Cratyl. 408 B. Plut. de def. or. 17. Aristid. or. 46 p. 173 (Dind.). Nonn. Dion. XXIV 87. Marin. Procl. 33. Cicero de nat. deor. III 22, 5. Hygin. f. 224. Serv. z. Verg. Aen. II 44. z. Verg. Georg. I 16. Philargyr. z. Verg. Ecl. II 32 u. A. Dagegen aber Duris von Samos bei Tzetz. Lyc. 772. vgl. Schol. Theocr. I 3 a. Etym. magn. 654. Serv. Verg. Aen. II 44. Greg. Naz. or. III 1 p. 8.

2) vgl. Schol. Eur. Or. 36. Schol. Theocr. I 121.

3) vgl. Schol. Theocr. I 121. Paus. VIII 30, 3.

4) Bei den obigen, die Geburt des Pan behandelnden Zeugnissen ist so verfahren worden, daſs nur diejenigen Stellen, in welchen Arkadien als Geburtsland direct genannt wird, im Wortlaut wiedergegeben sind, auf die übrigen aber nur verwiesen ist. Versionen, die von Arkadien ganz absehen, finden sich Schol. Theocr. I 3 a. I 121. Schol. Eur. Rhes. 36. Apd. I 4, 1. Tzetz. Lyc. 772. Lyd. de mens. IV 77.

Theocr. VII 106:

κἢν μὲν ταῦτ' ἔρδῃς, ὦ Πὰν φίλε, μή τί τυ παῖδες
Ἀρκαδικοὶ σκίλλαισιν ὑπὸ πλευράς τε καὶ ὤμους
τανίκα μαστίσδοιεν, ὅτε κρέα τυτθὰ παρείη.

Callim. hymn. III 87:

ἵκεο δ' αὖλιν
Ἀρκαδικὴν ἐπὶ Πανός.

Anth. VI 108 (Myrin.):

Ὑψηλῶν ὀρέων ἔφοροι, κεραοὶ χοροπαῖκται
Πᾶνες, βουχίλου κράντορες Ἀρκαδίης,
εὔαρνον δείητε καὶ εὐχίμαρον Διότιμον
δεξάμενοι λαμπρῆς δῶρα θυηπολίης.

Anth. VI 154:

Ἀγρονόμῳ τάδε Πανί, καὶ εὐαστῆρι Λυαίῳ
πρέσβυς, καὶ Νύμφαις Ἀρκὰς ἔθηκε Βίτων.
Πανὶ μὲν ἀρτίτοκον χίμαρον συμπαίστορα ματρός,
κισσοῦ δὲ Βρομίῳ κλῶνα πολυπλανέος·
Νύμφαις δὲ σκιερῆς εὐποίκιλον ἄνθος ὀπώρης,
φύλλα τε πεπταμένων αἱματόεντα ῥόδων.
ἀνθ' ὧν εὔϋδρον, Νύμφαι, τόδε δῶμα γέροντος
αὔξετε· Πάν, γλαγερόν· Βάκχε, πολυστάφυλον.

Castorio bei Athen. X 454 F:

Σὲ τὸν βολαῖς νιφοκτύποις δυσχείμερον
ναίονθ' ἕδραν, θηρονόμε Πάν, χθόν' Ἀρκάδων
κλῄσω κ. τ. λ.

Athen. XV 694 D:

Ὦ Πὰν Ἀρκαδίας μέδων κλεεννᾶς κ. τ. λ.

Ovid. Fast. II 271:

Pana deum pecoris veteres coluisse feruntur
Arcades: Arcadiis plurimus ille iugis.
Testis erit Pholoe, testes Stymphalides undae
Quique citis Ladon in mare currit aquis,
Cinctaque pinetis nemoris iuga Nonacrini
Altaque Cyllene, Parrhasiaeque nives.

Verg. Ecl. X 26:

Pan, deus Arcadiae, venit.

Verg. Georg. III 391:[1])
Munere sic niveo lanae, si credere dignum est,
Pan, deus Arcadiae, captam te Luna fefellit;
in nemora alta vocans, nec tu adspernata vocantem.

Dion. Hal. I 32: Ἀρκάσι γὰρ θεῶν ἀρχαιότατός τε καὶ τιμιώτατος ὁ Πάν.

Lucian. dial. deor. 22: ἄρχω δὲ καὶ τῆς Ἀρκαδίας ἁπάσης.

Argum. Pind. Pyth.: ἔμαθε δὲ καὶ τὴν μαντικὴν τέχνην ὑπὸ τοῦ Πανός· οὗτος γὰρ τοῖς Ἀρκάσι θεμιστεύει πᾶσιν ἐπιμελῶς.[2])

Steph. Byz. s. v. Ἀρκαδία· οἱ δὲ καὶ Γιγαντίδα φασὶ καὶ Ἀζανίαν καὶ Πανίαν.

Suidas s. v. πηκτίς· καὶ Πᾶνα τὸν Ἀρκάδα.

Macrob. Sat. I 22: Hunc deum (Pana) Arcades colunt appellantes τον τῆς ὕλης κύριον.

Gesammtarkadische Münzen: vgl. beim Zeus Lykaios, ferner Arch. Z. 1851 S. 383 X 20. Arcadia. Jugendl. Panskopf. R. *APK* in Monogr. mit Syrinx darunter u. *AΘE* daneben, mehrfach auf ein Bündnis mit Athen gedeutet.

Es kann nicht die Aufgabe dieser Untersuchung sein, die Figur des Pan, weil sie unzweifelhaft arkadischen Ursprungs ist und erst in historischer Zeit hellenisches Gemeingut wurde, nun in allen ihren Wandlungen zu beleuchten. Es handelt sich hier vielmehr nur darum, eben diese arkadische Urgestalt des Gottes zu fixiren. Denn in späterer Zeit kann von einem bestimmten Lokalcolorit im Kultus des Gottes nicht mehr die Rede sein. Von der Besprechung ausgeschlossen müssen daher die erotischen Züge im Wesen des Pan sowie seine Beziehungen zum Thiasos bleiben.

Unter den oben aufgezählten Kulten des Pan spielen die Heiligtümer in den Städten eine nur untergeordnete Rolle. Hauptsächlich findet der Gott seine Verehrung auf

1) nach Nikander vgl. Macrob. V 22, 9. Dilthey A. Z. 1873 S. 73. siehe auch Philargyr. u. Valer. Prob. z. d. angef. Stelle.

2) vgl. Paus. VIII 37, 11.

den zahlreichen Berggipfeln Arkadiens. Hier heben sich besonders zwei Kultstätten von den übrigen ab: Das Parthenion bei Tegea und vor allem das Lykaion. Von diesen beiden scheint der Kult auf dem Parthenion der jüngere zu sein. Denn abgesehen davon, dafs das Heiligtum auf dem Lykaion bei weitem das berühmtere war, und dafs sich die gemeinschaftliche Verehrung von Pan Lykaios und Zeus Lykaios überall findet, wo Arkader wohnen, so ist im Parthenionkult der Gott nur als Schützer der Heerden und Herrscher in der Waldeinsamkeit gekennzeichnet. Dies ist aber nur ein Teil seines Wesens und durchaus nicht sein ursprünglicher Charakter, wie beispielsweise Preller-Plew und neuerdings Roscher[1]) annehmen. Der arkadische Pan und vor allem der Pan Lykaios ist, wie Schröter[2]) und Welcker[3]) richtig erkannt haben, durchaus dem Helios gleichzusetzen.

Von der Etymologie des Namens Pan will ich absehen, denn diese Wissenschaft ist für den Mythologen ein Danaergeschenk. Man findet das Nötige darüber bei Schröter und Welcker. Und wem die Ableitung der Lichtbedeutung des Pan aus Worten wie Lykaios, Lykosura, Lykurgos recht ist, dem mufs auch die seiner Zeit abgewiesene Auffassung des Zeus Lykaios als Lichtgott billig sein. Auch auf den Namen Lampeia und das ewige Feuer im Heiligtum von Lykosura verzichte ich, da derartige Dinge meines Erachtens nichts beweisen. Wohl aber sprechen andere, gewichtige Gründe für die Auffassung des Pan als Helios.

Zunächst ist der Bock des Pan als Symbol der Fruchtbarkeit dem Stier des Helios gleichzustellen. Wie Pan in Arkadien, so hat Helios in Italien und Spanien seine Heerden. Denn dafs es sich bei dem Geryoneusabenteuer des Herakles nur um eine Hypostase des Helios handelt, ergiebt sich aus

1) Selene 148 ff.

2) Beiträge zur Erklärung der Mythen des Altertums. Progr. Saarbrücken 1838.

3) Götterl. I 453. vgl. Welzel: De Iove et Pane dis Arcadicis. Diss. Breslau 1873.

der Becherfahrt. Für die Lichtnatur des Pan spricht ferner die Bezeichnung als Sohn des Aither bei Mnaseas und die Anrede des Helios als *Πὰν αἰολε* bei Macrob. Sat. I 23.

Wie Helios der Demeter die Entführung der Kore meldet, so verrät Pan nach dem Mythos von Phigalia dem Zeus den Aufenthalt der sich in ihrer Betrübnis verborgen haltenden Demeter.[1]) Auffällig ist ferner der fast gänzliche Mangel des Helioskultes in Arkadien. Abgesehen von Münzen der Kaiserzeit findet sich ein solcher nur in Megalopolis, und dies kann als späte Gründung nicht in Betracht kommen. Doch auch bei Mantineia existirt eine Lokalität Namens *Ἡλίου βωμοί.*[2]) Dieselbe enthält das Grab des Arkas. Arkas aber wird nicht nur in der ältesten Ueberlieferung (Epimenides) Bruder des Pan genannt, sondern seine Gattin Erato ist im Kult von Lykosura direct als Prophetin des Pan bezeugt.

Auch aufserhalb Arkadiens findet sich die Zusammenstellung von Helios und Pan. So befinden sich in Sikyon die Altäre des Helios und des Pan als Gegenstücke hinter dem Heraion.[3])

Ausschlaggebend aber ist die Verbindung des Pan mit Selene in Arkadien. Hier fallen vor allem die Nachricht des Porphyrios von der dem Pan Lykaios und der Selene gemeinsam geweihten Höhle und die Erzählung bei Vergil resp. Nikander von dem Liebesverhältnisse beider ins Gewicht. Besonders die letztere Stelle, die Pan durch die weifse Wolle seiner Lämmer Selene zu sich locken läfst, ist äufserst charakteristisch. Auch auf Monumenten finden sich endlich Gruppirungen von Pan und Selene. So auf einer Spiegelkapsel (Arch. Ztg. 1873 T. 7, 1), einer Lampe (Arch. Ztg. 1846 S. 215, 1850 T. 15 n. 2), einer Münze von Patrai (Gerhard Ak. Abh. T. 8, 5).

Im Pan, dem ältesten Gotte Arkadiens, ist also ursprünglich der Sonnengott zu erkennen. Erst aus dieser Auf-

1) Paus. VIII 42, 3.
2) Paus. VIII 9, 4.
3) Paus. II 11, 1.

fassung heraus entwickelte sich der dem Charakter des Landes entsprechende Heerdengott. Dieser ist also nichts Ursprüngliches, sondern nur eine Etappe auf dem Wege dieses unter dem Gesichtspunkte der Fruchtbarkeit in steter Wandelung begriffenen Göttertypus.

Es erübrigen noch einige Anmerkungen zu den einzelnen Kulten. Die Vermutung, dafs es sich bei dem sonst unbekannten Aule um das Lykaion handelt[1]), liegt zwar nahe — man denke an das Abaton des Zeus Lykaios — kann aber bei dem Mangel jeder sonstigen Ueberlieferung nicht bewiesen werden.

Die Bezeichnung Kyllenios gilt wohl nicht nur dem Pan, als dem Sohne des Hermes Kyllenios, sondern es ist kein Grund vorhanden, einen wirklichen Kult, wie er auf so vielen anderen Berggipfeln zu finden ist, zu bezweifeln.

Was endlich den Berg Nomia anbelangt, so ist, wenn auch die Ansicht des Pausanias, der Berg verdanke dem Pan seinen Namen, keinen Glauben verdient, doch auch andererseits nicht anzunehmen, dafs der Beiname *Νόμιος*, den Pan so häufig führt[2]), von diesem Berg herstammt, zumal dieser nur ein Teil des Lykaion ist.[3])

---

1) vgl. Mannhardt Wald- u. Feldk. II 338.

2) vgl. Hom. hymn. XIX 5. Orph. h. XI 1. Nonn. Dion. XV 416 öfter. Anth. VI 96. IX 217.

3) Heute *Τετράζι*. Darstellungen des Pan Nomios auf röm. Odysseelandschaft. vgl. Matranga: La città di Lan. stab. in Terrac. Rom 1853 T. II u. V; auf einer Miniatur der Pariser Nikanderhandschr. Gaz. Arch. 1875 pl. 18.

Helios.

Kleitor.

Münze: Journ. of Hell. stud. VII 103: Head of Helios facing with rays around, alternately longer and shorter. R. Bull. r. butting. vgl. Cat. Brit. Mus. XXXIII 10.

Mantineia.

Paus. VIII 9, 4: *Τὸ δὲ χωρίον τοῦτο, ἔνθα ὁ τάφος ἐστὶ τοῦ Ἀρκάδος, καλοῦσιν Ἡλίου βωμούς.*

Megalopolis.

Paus. VIII 31, 7: *κεῖται δὲ ἐντὸς τοῦ περιβόλου θεῶν τοσάδε ἄλλων ἀγάλματα τὸ τετράγωνον παρεχόμενα σχῆμα, Ἑρμῆς τε ἐπίκλησιν Ἀγήτωρ καὶ Ἀπόλλων καὶ Ἀθηνᾶ τε καὶ Ποσειδῶν, ἔτι δὲ Ἥλιος ἐπωνυμίαν ἔχων Σωτήρ τε εἶναι καὶ Ἡρακλῆς.*

Thelpusa.

Münzen: Zeitschr. f. Num. I 132: Helioskopf mit Strahlenkranz n. r. vgl. Mionnet Suppl. IV 294 n. 122.

Die geringfügige Bedeutung des arkadischen Helioskultes erklärt sich daraus, dafs, wie wir gesehen haben, in Arkadien Pan ursprünglich die Gestalt des Helios repraesentirte. Die Verwandtschaft zwischen Pan und Helios zeigt sich deutlich im Kult von Mantineia, wo die Grabstätte des Arkas *Ἡλίου βωμοί* genannt wird. Denn Arkas ist nach Epimenides[1]) Zwillingsbruder des Pan, und seine

1) im Schol. Theocr. I 3 a.

Gemahlin, die Nymphe Erato, erscheint im Kult von Lykosura als Prophetin des Pan.[1]) Aufserdem finden wir nur noch eine Herme des Helios Soter in Megalopolis, dem vielleicht der Helios Eleutherios von Troizen, ein zur Erinnerung an die Perserkriege gestifteter Kult[2]), zu vergleichen wäre. Sehr möglich ist jedoch, dafs Helios Soter in bestimmter Beziehung zu dem neben ihm genannten Herakles steht.

---

1) Paus. VIII 37, 11.
2) Paus. II 31, 4.

Selene.

Lykaion.

Porphyr. de antr. 20: *Σπήλαια τοίνυν καὶ ἄντρα τῶν παλαιοτάτων πρὶν καὶ ναοὺς ἐπινοῆσαι θεοῖς ἀφοσιούντων, καὶ ἐν Κρήτῃ μὲν Κουρήτων Διί, ἐν Ἀρκαδίᾳ δὲ Σελήνῃ καὶ Πανὶ Λυκαίῳ κ. τ. λ.*

Verg. Georg. III 391:[1])

Munere sic niveo lanae, si credere dignum est,
Pan deus Arcadiae captam te Luna fefellit,
In nemora alta vocans nec tu adspernata vocantem.

Ueber die Vereinigung von Pan und Selene haben wir bereits beim Pankult gesprochen. Die Verehrung der Selene am Lykaion erscheint um so glaubwürdiger, als dort Kallisto, die Hypostase der als Mondgöttin ihrer Zeit nachgewiesenen Artemis Kalliste, lokalisirt ist.

1) nach Nikander vgl. Dilthey Arch. Ztg. 1873 S. 73.

Hekate.

Methydrion.

Theopomp. bei Porphyr. de abst. II 16: *τὴν δὲ ἱέρειαν ἀποκρίνασθαι πάντων ἄριστα θεραπεύειν τοὺς θεοὺς Κλέαρχον, κατοικοῦντα ἐν Μεθυδρίῳ τῆς Ἀρκαδίας. . . . Τὸν δὲ Κλέαρχον φάναι ἐπιτελεῖν καὶ σπουδαίως θύειν ἐν τοῖς προσήκουσι χρόνοις, κατὰ μῆνα ἕκαστον ταῖς νουμηνίαις στεφανοῦντα καὶ φαιδρύνοντα τὸν Ἑρμῆν καὶ τὴν Ἑκάτην καὶ τὰ λοιπὰ τῶν ἱερῶν, ἃ δὴ τοὺς προγόνους καταλιπεῖν, καὶ τιμᾶν λιβανωτοῖς καὶ ψαιστοῖς καὶ ποπάνοις· κατ' ἐνιαυτὸν δὲ θυσίας δημοτελεῖς ποιεῖσθαι, παραλείποντα οὐδεμίαν ἑορτήν. ἐν αὐταῖς δὲ ταύταις θεραπεύειν τοὺς θεοὺς οὐ βουθυτοῦντα οὐδὲ ἱερεῖα κατακόπτοντα, ἀλλ' ὅ τι ἂν παρατύχῃ ἐπιθύοντα, σπουδάζειν μέντοι ἀπὸ πάντων τῶν περιγιγνομένων καρπῶν, καὶ τῶν ὡραίων, ἃ ἐκ τῆς γῆς λαμβάνεται, τοῖς θεοῖς τὰς ἀπαρχὰς ἀπονέμειν, καὶ τὰ μὲν παρατιθέναι, τὰ δὲ καθαγιάζειν αὐτοῖς, αὐτὸν δὲ τῇ αὐταρκείᾳ προσεσχηκότα τοῦ θῦσαι βοῦς προνοεῖσθαι.*

Gemeinsame Verehrung von Hekate und Hermes finden wir beispielsweise auch in Athen.[1]) Verehrung am Neumond war allenthalben üblich.[2]) Eine speciell arkadische Landessitte liegt also nicht vor, wie es denn überhaupt äufserst zweifelhaft ist, ob in dem angeführten Theopomposfragment wirklich bestehende Kulte von Methydrion

1) C. I. A. II 208. vgl. Soph. Oed. Col. 1548. Stat. Theb. IV 481.
2) vgl. Schol. Ar. Plut. 594 u. A.

ins Auge gefafst sind, oder ob es sich nicht vielmehr darum handelt, ein Muster von Frömmigkeit nach allgemein hellenischer Anschauung aufzustellen, dessen Lokalisirung in dem arkadischen Bergstädtchen sehr gut zur Absicht des Autors passt.[1])

1) vgl. Polyb. IV 20, 1.

Ge.

Tegea.

Paus. VIII 48, 8: *Πρὸς δὲ τῷ ἱερῷ τῆς Εἰλειθυίας ἐστὶ Γῆς βωμός.*

Da wir nur diesen einzigen Kult der Ge in Arkadien kennen und über diesen einen nur den dürftigen Bericht des Pausanias besitzen, so ist es aussichtslos, Vermutungen über das Wesen desselben anzustellen. Da der Kultcomplex von Tegea im wesentlichen argivisch ist, und in Sparta das Heiligtum der Ge mit dem Tempel des argivischen Apollon Maleates verbunden war[1]), so wird wohl auch das Heiligtum von Tegea auf argivischen Ursprung zurückgehen.

1) Paus. III 12, 8.

Rhea.[1]

Asea.

Paus. VIII 44, 3: *Σταδίους δὲ ὅσον πέντε ἀπὸ Ἀσέας τοῦ Ἀλφειοῦ μὲν ὀλίγον ἀπὸ τῆς ὁδοῦ, τοῦ δὲ Εὐρώτα παρ' αὐτήν ἐστιν ἡ πηγὴ τὴν ὁδόν· πρὸς δὲ τοῦ Ἀλφειοῦ τῇ πηγῇ ναός τε Μητρὸς θεῶν ἐστιν οὐκ ἔχων ὄροφον καὶ λέοντες δύο λίθου πεποιημένοι.*

Lykaion.

Callim. hymn. in Iov. 4 ff.:

πῶς καί νιν, Δικταῖον ἀείσομεν, ἠὲ Λύκαιον;
ἐν δοιῇ μάλα θυμός· ἐπεὶ γένος ἀμφήριστον.
Ζεῦ, σὲ μὲν Ἰδαίοισιν ἐν οὔρεσι φασὶ γενέσθαι,
Ζεῦ, σὲ δ' ἐν Ἀρκαδίῃ. πότεροι, πάτερ, ἐψεύσαντο;
Κρῆτες ἀεὶ ψεῦσται· καὶ γὰρ τάφον, ὦ ἄνα, σεῖο,
Κρῆτες ἐτεκτήναντο, σὺ δ' οὐ θάνες· ἐσσὶ γὰρ αἰεί.
Ἐν δέ σε Παῤῥασίῃ Ῥείη τέκεν, ἧχι μάλιστα
ἔσκεν ὄρος θάμνοισι περισκεπές· ἔνθεν ὁ χῶρος
ἱερός· οὐδέ τί μιν κεχρημένον Εἰλειθυίης
ἑρπετὸν, οὐδὲ γυνὴ ἐπινίσσεται. ἀλλά ἑ Ῥείης
ὠγύγιον καλέουσι λεχώϊον Ἀπιδανῆες.
ἔνθα σ' ἐπεὶ μήτηρ μεγάλων ἀπεθήκατο κόλπων,
αὐτίκα δίζητο ῥόον ὕδατος, ᾧ κε τόκοιο
λύματα χυτλώσαιτο, τεὸν δ' ἐνὶ χρῶτα λοέσσαι.
Λάδων ἀλλ' οὔπω μέγας ἔῤῥεεν, οὐδ' Ἐρύμανθος
λευκότατος ποταμῶν. ἔτι δ' ἄβροχος ἦεν ἅπασα
Ἀρκαδίη· μέλλεν δὲ μάλ' εὔυδρος καλέεσθαι
αὖτις ἐπεὶ τημόσδε, Ῥέη ὅτ' ἐλύσατο μίτρην,

---

1) Vgl. Immerwahr: Rheasage und Rheakult in Arkadien. Bonner Studien für R. Kekulé Berlin 1890 S. 188 ff.

ἢ πολλὰς ἐφύπερθε σαρωνίδας ὑγρὸς Ἰάων
ἤειρεν, πολλὰς δὲ Μέλας ὤχησεν ἁμάξας,
πολλὰ δὲ Καρνίωνος ἄνω, διεροῦ περ ἐόντος,
ἰλυοὺς ἐβάλοντο κινώπετα· νίσσετο δ' ἀνὴρ
πεζὸς ὑπὲρ Κρᾶθίν τε, πολύστειόν τε Μετώπην
διψαλέος· τὸ δὲ πολλὸν ὕδωρ ὑπὸ ποσσὶν ἔκειτο.
καί ῥ' ὑπ' ἀμηχανίης σχομένη φάτο πότνια Ῥείη·
Γαῖα φίλη, τέκε καὶ σύ· τεαὶ δ' ὠδῖνες ἐλαφραί.
εἶπε, καὶ ἀντανύσασα θεὰ μέγαν ὑψόθι πῆχυν,
πλῆξεν ὄρος σκήπτρῳ· τὸ δέ οἱ δίχα πουλὺ διέστη,
ἐκ δ' ἔχεεν μέγα χεῦμα. τόθι χρόα φαιδρύνασα,
ὦνα, τεὸν σπείρωσε, Νέδῃ δέ σε δῶκε κομίσσαι
κευθμῶν' ἐς Κρηταῖον, ἵνα κρύφα παιδεύοιο
πρεσβυτάτῃ νυμφέων, αἵ μιν τότε μαιώσαντο,
πρωτίστῃ γενεῇ, μετά γε Στύγα τε, Φιλύρην τε.
οὐδ' ἁλίην ἀπέτισε θεὴ χάριν· ἀλλὰ τὸ χεῦμα
κεῖνο Νέδην ὀνόμηνε τὸ μέν ποθι πουλὺ κατ' αὐτὸ
Καυκώνων πτολίεθρον, ὃ Λέπρειον πεφάτισται,
συμφέρεται Νηρῆϊ· παλαιότατον δέ μιν ὕδωρ
υἱωνοὶ πίνουσι Λυκαονίης ἄρκτοιο.[1])

Strabo VIII 348: νυνὶ μὲν οὖν τῇ Τριφυλίᾳ πρὸς τὴν Μεσσηνίαν ὅριόν ἐστι τὸ τῆς Νέδας ῥεῦμα λάβρον ἐκ τοῦ Λυκαίου κατιὸν Ἀρκαδικοῦ ὄρους, ἐκ πηγῆς, ἣν ἀναῤῥῆξαι τεκοῦσαν τὸν Δία μυθεύεται Ῥέαν νίπτρων χάριν.

Lykosura.

Paus. VIII 37, 2: πρὸ δὲ τοῦ ναοῦ Δήμητρί τέ ἐστι βωμὸς καὶ ἕτερος Δεσποίνῃ, μετ' αὐτὸν δὲ μεγάλης Μητρός.

Mantineia.

Paus. VIII 10, 1: ὑπὲρ δὲ τοῦ σταδίου τὸ ὄρος ἐστὶ τὸ Ἀλήσιον, διὰ τὴν ἄλην, ὥς φασι, καλούμενον τὴν Ῥέας, καὶ Δήμητρος ἄλσος ἐν τῷ ὄρει, παρὰ δὲ τοῦ ὄρους τὰ ἔσχατα τοῦ Ποσειδῶνός ἐστι τοῦ Ἱππίου τὸ ἱερὸν οὐ πρόσω σταδίου Μαντινείας.

---

1) vgl. Paus. VIII 38, 2—3.

Paus. VIII 8, 2: ὑπερβὰς δὲ οὐ πολὺ ἐς ἕτερον καταβήσῃ πεδίον· ἐν τούτῳ δὲ παρὰ τὴν λεωφόρον ἐστὶν Ἄρνη καλουμένη κρήνη. λέγεται δὲ καὶ τοιάδε ὑπὸ Ἀρκάδων. Ῥέα ἡνίκα Ποσειδῶνα ἔτεκε τὸν μὲν ἐς ποίμνην καταθέσθαι δίαιταν ἐνταῦθα ἕξοντα μετὰ τῶν ἀρνῶν, ἐπὶ τούτῳ δὲ ὀνομασθῆναι καὶ τὴν πηγήν, ὅτι περὶ αὐτὴν ἐποιμαίνοντο οἱ ἄρνες· φάναι δὲ αὐτὴν πρὸς τὸν Κρόνον τεκεῖν ἵππον, καί οἱ πῶλον ἵππου καταπιεῖν ἀντὶ τοῦ παιδὸς δοῦναι, καθα καὶ ὕστερον ἀντὶ τοῦ Διὸς λίθον ἔδωκεν αὐτῷ κατειλημένον σπαργάνοις.

Megalopolis.

Paus. VIII 30, 4: ἔστι δὲ ἐν δεξιᾷ τοῦ Ἀπόλλωνος ἄγαλμα οὐ μέγα Μητρὸς θεῶν, τοῦ ναοῦ δὲ ὅτι μὴ οἱ κίονες ἄλλο ὑπόλοιπον οὐδέν.

Methydrion.

Paus. VIII 36, 2: τὸ δὲ ὄρος τὸ Θαυμάσιον καλούμενον κεῖται μὲν ὑπὲρ τὸν ποταμὸν τὸν Μαλοίταν, ἐθέλουσι δὲ οἱ Μεθυδριεῖς τὴν Ῥέαν, ἡνίκα τὸν Δία εἶχεν ἐν τῇ γαστρί, ἐς τοῦτο ἀφικέσθαι τὸ ὄρος, παρασκευάσασθαι δὲ αὐτῇ καὶ βοήθειαν, ἢν ὁ Κρόνος ἐπ' αὐτὴν ἴῃ, τόν τε Ὁπλάδαμον καὶ ἄλλους ὅσοι περὶ ἐκεῖνον ἦσαν Γίγαντες· καὶ τεκεῖν μὲν συγχωροῦσιν αὐτὴν ἐν μοίρᾳ τινὶ τοῦ Λυκαίου, τὴν δὲ ἐς τὸν Κρόνον ἀπάτην καὶ ἀντὶ τοῦ παιδὸς τὴν λεγομένην ὑπὸ Ἑλλήνων ἀντίδοσιν τοῦ λίθου γενέσθαι φασὶν ἐνταῦθα· ἔστι δὲ πρὸς τῇ κορυφῇ τοῦ ὄρους σπήλαιον τῆς Ῥέας, καὶ ἐς αὐτὸ ὅτι μὴ γυναιξὶ μόνοις ἱεραῖς τῆς θεοῦ, ἀνθρώπων γε οὐδενὶ ἐσελθεῖν ἔστι τῶν ἄλλων.

Phigalia.

Paus. VIII 41, 2: Ποταμὸς δὲ ὁ καλούμενος Λύμαξ ἐκδίδωσι μὲν ἐς τὴν Νέδαν παρ' αὐτὴν ῥέων Φιγαλίαν, γενέσθαι δὲ τοὔνομά φασι τῷ ποταμῷ καθαρσίων τῶν Ῥέας εἵνεκα. ὡς γὰρ δὴ τεκοῦσαν τὸν Δία ἐκάθηραν ἐπὶ ταῖς ὠδῖσιν αἱ Νύμφαι, τὰ καθάρματα ἐς τοῦτον ἐμβάλλουσι τὸν ποταμόν· ὠνόμαζον δὲ ἄρα οἱ ἀρχαῖοι αὐτὰ λύματα.

Tegea.

Paus. VIII 47, 3: εἰργασμέναι δὲ ἐπὶ τῷ βωμῷ[1]) Ῥέα μὲν καὶ Οἰνόη νύμφη παῖδα ἔτι νήπιον Δία ἔχουσιν· ἑκατέρωθεν δέ εἰσι τέσσαρες ἀριθμὸν, Γλαύκη καὶ Νέδα καὶ Θεισόα καὶ Ἀνθρακία, τῇ δὲ Ἴδη καὶ Ἁγνὼ καὶ Ἀλκινόη τε καὶ Φρίξα.

Rhea ist nicht als reingriechische Gottheit zu betrachten, die allgemeine Ansicht geht vielmehr dahin, daſs ihr Kult aus Kleinasien in nicht allzu früher Zeit nach dem eigentlichen Hellas, vielleicht über Kreta, gelangt ist. In Blüte finden wir den Rheakult, und zwar den älteren, von orgiastischen Elementen freien[2]), in der zweiten Hälfte des fünften Jahrhunderts in Athen, Boiotien und auch in der Peloponnes.

Eigentümlich aber muſs es erscheinen, daſs sich die meisten lokalen Beziehungen zum Rheamythos nicht in einer der dem Seeverkehr geöffneten oder durch die Wanderungen bevorzugten Landschaften finden, sondern grade in dem „autochthonen" Arkadien. Zunächst haben wir es mit einer Anzahl von Kulten zu tun, die sich um den Mythos der Zeusgeburt gruppiren und demgemäſs im Lykaiongebiet ihre Stätte haben. Die älteste Quelle für die Zeusgeburt ist Hesiod[3]), welcher als ihren Schauplatz Kreta nennt, und ihm folgen die meisten Berichterstatter.[4]) Nach Arkadien verlegt die Zeusgeburt Kallimachos im Hymnos auf Zeus, und zwar unter Bekämpfung der üblichen Ueberlieferung. Haben wir nun hier eine wirklich alte, gleichberechtigte Form des Mythos, oder handelt es sich um eine Umgestaltung desselben durch den hellenistischen Dichter? In der ganzen Erzählung des Kallimachos spielt die eigentliche Zeusgeburt eine nur nebensächliche Rolle, während

1) der Athena Alea.

2) vgl. Conze: Arch. Z. 1880 S. 9.

3) Theog. 453 ff.

4) Diod. V 66. Apollod. I 1, 6. Plut. prov. 127. Lucian. de sacrif. 5. Zen. II 48. Apost. II 63 u. A.

den Kernpunkt der Darstellung die Entstehung des arkadischen Wasserreichtums[1]), speciell die des Flusses Neda abgiebt. Diesen Eindruck vervollständigen die oben angeführte Strabostelle und Paus. VIII 38, 2—3: *ἐν ἀριστερᾷ δὲ τοῦ ἱεροῦ τῆς Δεσποίνης τὸ ὄρος ἐστὶ τὸ Λύκαιον . . . τραφῆναι δὲ τὸν Δία φασὶν ἐν τῷ ὄρει τούτῳ καὶ χώρα τέ ἐστιν ἐν τῷ Λυκαίῳ Κρητέα καλουμένη . . . καὶ τὴν Κρήτην, ἔνθα ὁ Κρητῶν ἔχει λόγος τραφῆναι Δία, τὸ χωρίον τοῦτο εἶναι καὶ οὐ τὴν νῆσον ἀμφισβητοῦσιν οἱ Ἀρκάδες. ταῖς Νύμφαις δὲ ὀνόματα, ὑφ' ὧν τὸν Δία τραφῆναι λέγουσι, τίθενται Θεισόαν καὶ Νέδαν καὶ Ἁγνώ. καὶ ἀπὸ μὲν τῆς Θεισόας πόλις ᾤκεῖτο ἐν τῇ Παῤῥασίᾳ . . . τῆς Νέδας δὲ ὁ ποταμὸς τὸ ὄνομα ἔσχηκε, τῆς δὲ Ἁγνοῦς ἡ ἐν τῷ ὄρει τῷ Λυκαίῳ πηγὴ ἣ κατὰ τὰ αὐτὰ ποταμῷ τῷ Ἴστρῳ πέφυκεν ἴσον παρέχεσθαι τὸ ὕδωρ ἐν χειμῶνι ὁμοίως καὶ ἐν ὥρᾳ θέρους.*[2]) Die Angabe des Pausanias fliefst zwar aus trüber Quelle, wie die gekünstelte Contamination der beiden Versionen zeigt, dennoch geht auch aus ihr hervor, dafs eine allgemein übliche Verbindung zwischen Rhea, beziehungsweise dem Mythos der Zeusgeburt, und der Neda bestand. Dies wird bestätigt durch die Anwesenheit der Neda auf bildlichen Darstellungen der Kindheit des Zeus, so auf einem Tisch im Tempel der *Θεαὶ μεγάλαι* in Megalopolis[3]) und auf dem Altar der Athena Alea in Tegea.

Die Rheakulte des Lykaiongebiets scheinen also unter dem Einflusse eines verhältnismäfsig jungen Mythos der Zeusgeburt aus einem alten Nymphenkulte hervorgegangen zu sein. Wir werden dabei die Einwirkung des starken eleischen Kronos-Rheakults[4]) mit veranschlagen müssen.

Der Vorort des Lykaiondistricts ist Phigalia. Hier finden wir zunächst keinen eigentlichen Kult, doch aber eine Rheasage. Die Pausaniasnotiz, die den Stempel später Er-

1) vgl. Eust. ad Dion. Per. 415.

2) vgl. auch Cic. de nat. deor. III 21.

3) Paus. VIII 31, 4.

4) vgl. Herodor. bei Schol. Pind. Ol. V 10. Furtwängler Bronzefunde v. Ol. 104 ff. E. Curtius Altäre v. Ol. 31 ff.

findung trägt, läfst auf eine ziemliche Verbreitung derselben in dieser Gegend schliefsen. Nun bestand in Phigalia aber auch ein zweifellos uralter Kult des Flusses Neda, denn es heifst bei Pausanias VIII 41, 3: *καθότι ἐγγύτατα ἡ Νέδα Φιγαλέων τῆς πόλεως γίνεται, κατὰ τοῦτο οἱ Φιγαλέων παῖδες ἀποκείρονται τῷ ποταμῷ τὰς κόμας.* Ja, wir können auch einen Rheakult voraussetzen, wenn wir den Bericht des Pausanias über den Kult von Megalopolis berücksichtigen. Der Apollon, von dem dort die Rede ist, ist die eherne Bildsäule des Apollon Epikurios, die von Phigalia nach Megalopolis gebracht worden war. Da nun die Megalopolitanischen Kulte gröfstenteils übernommene Götterdienste der arkadischen synoikisirten Städte sind, so liegt die Annahme nahe, dafs auch die Göttermutter, deren Mythos in Phigalia, wie wir sahen, verbreitet war, ebenfalls aus Phigalia stammte.

Ebenfalls der Rhea, als der Göttin des fliefsenden Wassers, gilt der Kult von Asea. In den beiden Löwen, die ja an und für sich als die Tiere der asiatischen Göttermutter keine Schwierigkeiten bieten würden, sieht E. Curtius[1]) die Symbolisirung der Doppelquelle mit Berufung auf Hesych. s. v. *Λεόντειος πόρος· ὁ Ἀλφειός· καθότι ἐπὶ ταῖς πηγαῖς αὐτοῦ λεόντων εἴδωλα ἐφίδρυται.* Keinesfalls ist ein höheres Alter für diesen Kult anzunehmen, sondern er fällt in dieselbe Rubrik wie die Kallimachoserzählung resp. die Lykaionkulte.

Mit der Zeusgeburt beschäftigt sich endlich noch eine Sage, die uns in ein anderes Gebiet führt: Paus. VIII 28, 2: *Τὴν δὲ Γόρτυνα ποταμὸς διέξεισιν ὑπὸ μὲν τῶν περὶ τὰς πηγὰς ὀνομαζόμενος Λούσιος, ἐπὶ λουτροῖς δὴ τοῖς Διὸς τεχθέντος, οἱ δὲ ἀπωτέρω τῶν πηγῶν καλοῦσιν ἀπὸ τῆς κώμης Γορτύνιον.* Hier wäre es nun sehr wertvoll, wenn wir wüfsten, ob der Flufs bei Gortys selbst noch Lusios hiefs, oder dort schon Gortynios genannt wurde, das will sagen, ob wir es hier mit einem Mythos von Gortys selbst zu tun haben. Dann würde sich nämlich mit grofser Wahr-

1) Pelop. I 266.

scheinlichkeit kretischer Ursprung für denselben ergeben. Denn abgesehen davon, dafs Pausanias[1]) eine Erzählung bringt, wonach Gortys, des Tegeates Sohn, mit seinen Brüdern nach Kreta ausgewandert sein und dort die Städte Kydonia und Gortys gegründet haben soll, was allerdings die Kreter bestritten, so bestand sowohl im arkadischen wie im kretischen Gortys ein namhafter Asklepiosdienst, den für Arkadien Pausanias[2]) bezeugt, für Kreta E. Curtius[3]) nachgewiesen hat. Allein die Sache liegt anders. Spricht schon der Umstand, dafs Pausanias[4]) gelegentlich der Gründungslegende von Gortys den Flufs einfach Gortynios nennt, nicht dafür, dafs derselbe dort noch Lusios genannt wurde, wie an der Quelle, so heifst er an der Mündung in den Alpheios schon wieder Rhaiteai.[5]) Grade die Quelle aber führt uns in ein Gebiet ureigentlichsten Rheakults, nämlich in die Nähe von Methydrion; denn es heifst bei Paus. VIII 28, 3: ἔχει μὲν δὴ τὰς πηγὰς ἐν Θεισόᾳ τῇ Μεθυδριεῦσιν ὁμόρᾳ. In Gortys also ist kein Rheakult nachzuweisen, dorthin kann daher auch keiner aus Kreta importirt sein, sondern der Lusios gehört ins Gebiet von Methydrion und Theisoa, welch letztere wir ja schon als Nymphe der Zeusgeburt kennen gelernt haben. Bevor wir jedoch zu diesen Kulten übergehen, erscheint es zweckmäfsig, eine andere Reihe ins Auge zu fassen.

Im Gebiet von Mantineia liegt die Quelle Arne. Die ganz aufserordentlich klingende Erzählung, welche Pausanias an diese Quelle knüpft, ist Unicum, läfst sich aber in ihren einzelnen Bestandteilen auf ihren Ursprung zurückführen. Der Name Arne ist zunächst ein mit dem Poseidonkulte eng verwachsener.[6]) Und zwar führt er uns nach Boiotien.

1) VIII 53, 3.
2) V 7, 1. VIII 28, 1.
3) Arch. Z. X 419.
4) VIII 4, 8.
5) vgl. Paus. VIII 28, 3.
6) vgl. über den Widder im Poseidonmythos Panofka Arch. Z. 1845 S. 38. Hygin. f. 3 u. 188.

Aus dem Liebesverhältnis des Poseidon zur Aiolostochter Arne geht der Stammesheros Boiotos hervor;[1]) nach der Arne selbst aber wurde die boiotische Stadt Arne benannt, das spätere Chaironeia.[2]) In Chaironeia nun gab es eine Rheasage: Paus. IX 41, 6: *Ἔστι δὲ ὑπὲρ τὴν πόλιν κρημνὸς Πετραχὸς καλούμενος· Κρόνον δὲ ἐθέλουσιν ἐνταῦθα ἀπατηθῆναι δεξάμενον ἀντὶ Διὸς πέτραν παρὰ τῆς Ῥέας, καὶ ἄγαλμα Διὸς οὐ μέγα ἐστὶν ἐπὶ κορυφῇ τοῦ ὄρους.* Eine directe Vermengung des Poseidon- und Rheakults im boiotischen Arne beweist aber Theseus bei Tzetz. Lyc. 644: *Ἄρνη πόλις ἐστὶ Βοιωτίας ἀπὸ Ἄρνης τῆς Ποσειδῶνος τροφοῦ, ἥτις Κρόνου ζητοῦντος Ποσειδῶνα ἀπηρνήσατο μὴ ἔχειν αὐτόν. ὅθεν ἡ πόλις ἐκλήθη Ἄρνη, πρότερον Σινόεσσα λεγομένη, ὥς φησι Θησεὺς ἐν τρίτῃ Κορινθιακῶν.*[3]) Es kann also gar kein Zweifel darüber bestehen, dafs unsere arkadische Quelle Arne ihre Rheasage aus Boiotien erhalten hat.

Einen bemerkenswerten neuen Zug hat aber die Sage bei ihrer Uebertragung nach Arkadien erhalten. Rhea behauptet dem Kronos gegenüber, ein Füllen zur Welt gebracht zu haben, und giebt ihm ein solches zum Verschlingen. Es ist leicht ersichtlich, dafs diese Zutat dem Kulte des Poseidon Hippios entnommen ist. Nun ist aber die Gottheit, die in Arkadien regelmäfsig dem Poseidon Hippios gesellt ist, nicht Rhea, sondern Demeter. Contaminirung von Demeter und Rhea ist aber durchaus nichts Ungewöhnliches: so in der Orphischen Theogonie, wo Zeus mit Rhea die Kore zeugt[4]), so im Kult von Samothrake, der doch auch boiotische Einflüsse aufweist[5]), so vor allem in dem bekannten Chorlied Eurip. Hel. 1301 ff. Es ist also sehr wahrscheinlich, dafs hier der Rhea-Poseidonkult

1) vgl. Schol. Il. II 494. Diod. IV 67.

2) Paus. IX 40, 5. vgl. Hecat. bei Steph. B. s. v. *Χαιρώνεια*. Thuc. I 12. Schol. Il. II 507; dagegen Strabo IX 413.

3) vgl. Et. M. p. 145, 47.

4) vgl. Athenag. XX 292. Lobeck Agl. 548.

5) Lucian. de dea Syr. XV 97. Schol. Aristid. ed. Fromm. p. 106.

die Metastase eines früheren Demeter-Poseidon Hippioskults ist.

Bestätigung erhält diese Vermutung durch die Rheasage vom Alesion bei Mantineia. Eine ἄλη der Rhea ist nicht bekannt; wohl eine des Kronos[1]), diese kann jedoch hier nicht in Frage kommen, vor allem aber die der Demeter. Dafs diese hier gemeint ist, beweisen die Heiligtümer der Demeter und des Poseidon Hippios an demselben Berg.[2]) Der Kult des Poseidon Hippios aber ist der älteste von Mantineia, wie die Erzählungen bei Paus. VIII 5, 5, und 10, 2—4, 8 beweisen.

Kommen wir nun zu den vorhin zurückgestellten Kulten von Methydrion. Aus der ziemlich verworrenen Pausaniaserzählung müssen wir zunächst die Geschichte vom Hopladamos und seinen Giganten ausscheiden. Die Zeusgeburt ist anscheinend Nebensache: es wird offen zugestanden, dafs sie nicht hier, sondern auf dem Lykaion stattgefunden hat. Wie soll dann der Lusios dazu kommen, zum Bade des Zeuskindes zu dienen? Aber die ἀπάτη soll auf dem Thaumasion stattgefunden haben; eine ἀπάτη gab es aber auch bei der Arne. Den Zeus können wir also hier ausscheiden, wohl aber existirte in Methydrion ein Tempel des Poseidon Hippios.[3]) Und das hilft uns zur Erklärung des Lusios weiter. Denn wir finden den Namen im Demeterkult wieder, und zwar in Thelpusa am Ladon, dessen Nebenflufs der Maloitas ist, an dem Methydrion liegt. Dort heifst Demeter Lusia wegen ihres sühnenden Bades im Ladon.[4]) Sollte da nicht auch der Name Lusios in der Rheasage ähnlichen Ursprungs sein? Die Kulte von Methydrion würden demnach denen von Mantineia anzureihen sein.

---

1) Erat. cat. 2 p. 56. 62 Rob. Schol. Od. V 272. Schol. Apoll. Rh. I 544. II 1231. Hygin. f. 138. 139.

2) Directe Vereinigung des Demeter- und des Rheakults finden wir in Lykosura.

3) Paus. VIII 36, 2.

4) Paus. VIII 25, 6.

Zwei Arten des Rheakults sind also in Arkadien zu unterscheiden: Erstens die Kulte des Lykaiongebiets, welche aus altem Nymphenkult hervorgegangen in Verbindung mit der Zeusgeburt Rhea als Göttin des fliefsenden Wassers verehren, und die jedenfalls erst jungen Ursprungs sind. Zweitens die Kulte im Gebiet von Mantineia und Methydrion, welche sich mit der ἀπάτη und ἄλη beschäftigen, boiotischen Ursprungs sind und eigentlich nur eine Metastase der Demeter darstellen. Kretische Einflüsse wurden nirgends ermittelt.

Leto.

Mantineia.

Paus. VIII 9, 1: *Ἔστι δὲ Μαντινεῦσι ναὸς διπλοῦς μάλιστά που κατὰ μέσον τοίχῳ διειργόμενος· τοῦ ναοῦ δὲ τῇ μὲν ἄγαλμά ἐστιν Ἀσκληπιοῦ, τέχνη Ἀλκαμένους, τὸ δὲ ἕτερον Λητοῦς ἐστιν ἱερὸν καὶ τῶν παίδων· Πραξιτέλης δὲ τὰ ἀγάλματα εἰργάσατο τρίτῃ μετὰ Ἀλκαμένην ὕστερον γενεᾷ· τούτων πεποιημένα ἐστὶν ἐπὶ τῷ βάθρῳ Μοῦσα καὶ Μαρσύας αὐλῶν.*

Tegea.

Paus. VIII 53, 1: *Τῷ δὲ Ἀπόλλωνι οἱ Τεγεᾶται τῷ Ἀγυιεῖ τὰ ἀγάλματα ἐπ' αἰτίᾳ φασὶν ἱδρύσασθαι τοιᾷδε· Ἀπόλλωνα καὶ Ἄρτεμιν ἐπὶ πᾶσαν λέγουσι χώραν τιμωρεῖσθαι τῶν τότε ἀνθρώπων, ὅσοι Λητοῦς ἡνίκα εἶχεν ἐν τῇ γαστρὶ πλανωμένης καὶ ἀφικομένης ἐς τὴν γῆν ἐκείνην οὐδένα ἐποιήσαντο αὐτῆς λόγον. ὡς δὲ ἄρα καὶ ἐς τὴν Τεγεατῶν ἐληλυθέναι τοὺς θεοὺς, ἐνταῦθα υἱὸν Τεγεάτου Σκέφρον προσελθόντα κ. τ. λ.*

Der Letokult ist in Arkadien recht jungen Ursprungs und hat feste Wurzeln anscheinend überhaupt nicht schlagen können. Er stammt natürlich wie die Kulte des pythischen Apollon überhaupt aus Argos. Die Verbindung der Leto und der Letoiden mit Asklepios findet sich in Argos[1]) sowohl, wie in Epidauros.[2]) Dafs die Letosage mit dem Skephrosmythos nur unorganisch verknüpft ist, wurde schon betont. Diese ganze Tempellegende, die sich als eine dem Apollonkult entstammende Tendenzsage gegenüber dem Kulte der Athena Alea charakterisirt, dürfte recht jungen Ursprungs sein.

1) Paus. II 24, 5.

2) Lebas-Foucart 144 a. C. I. G. 1173.

Hebe.

Mantineia.

Paus. VIII 9, 3: *καὶ Ἥρας πρὸς τῷ θεάτρῳ ναὸν ἐθεασάμην. Πραξιτέλης δὲ τὰ ἀγάλματα αὐτήν τε καθημένην ἐν θρόνῳ καὶ παρεστώσας ἐποίησεν Ἀθηνᾶν καὶ Ἥβην παῖδα Ἥρας.*

Dafs diese vereinzelte Hebeverehrung ebenso wie der Herakult auf argivischen Ursprung zurückgeht, wo im berühmten Heraion ebenfalls Hebe neben Hera verehrt wurde[1]), braucht nicht erst betont zu werden.

1) Paus. II 17, 5.

Nike.

Mantineia.

Paus. V 26, 6: παρὰ δὲ τὴν Ἀθηνᾶν πεποίηται Νίκη. ταύτην Μαντινεῖς ἀνέθεσαν, τὸν πόλεμον δὲ οὐ δηλοῦσιν ἐν τῷ ἐπιγράμματι. Κάλαμις δὲ οὐκ ἔχουσαν πτερὰ ποιῆσαι λέγεται ἀπομιμούμενος τὸ Ἀθήνῃσι τῆς ἀπτέρου καλουμένης ξόανον.

Münze: Journ. of Hell. stud. VII 99: Plautilla. Nike running holds wreath.

Pallantion.

Dion. Hal. I 32: ἐπὶ δὲ τῇ κορυφῇ τοῦ λόφου τὸ τῆς Νίκης τέμενος ἐξελόντες θυσίας καὶ ταύτῃ κατεστήσαντο διετησίους, ἃς καὶ ἐπ' ἐμοῦ Ῥωμαῖοι ἔθυον. Ταύτην δὲ Ἀρκάδες μυθολογοῦσι Πάλλαντος εἶναι θυγατέρα τοῦ Λυκάονος· τιμὰς δὲ παρ' ἀνθρώπων ἃς ἔχει νῦν Ἀθηνᾶς βουλήσει λαβεῖν, γενομένην τῆς θεοῦ σύντροφον· δοθῆναι γὰρ εὐθὺς ἀπὸ γονῆς τὴν Ἀθηνᾶν Πάλλαντι ὑπὸ Διὸς καὶ παρ' ἐκείνῳ τέως εἰς ὥραν ἀφίκετο τραφῆναι.

Tegea.

Paus. X 9, 5: Ἐφεξῆς δὲ Τεγεατῶν ἀναθήματα ἀπὸ Λακεδαιμονίων Ἀπόλλων ἐστὶ καὶ Νίκη, καὶ οἱ ἐπιχώριοι τῶν ἡρώων κ. τ. λ.

Mitt. d. arch. Inst. z. Athen XIV 17:

Πύθι' Ἄπολλον [ἄν]αξ, τά[δ' ἀγάλματ' ἔ]δω[κεν ἀπαρχὰς
αὐτόχθων ἱερᾶς λαὸς ἀ[π' Ἀρκαδί[ας.
Νίκην Καλλιστώ τε κ. τ. λ.

Dafs wir die Verehrung der Nike, die ja nur eine Form der Athena ist, besonders an den Hauptstätten des arkadischen Athenakults, in Tegea, Mantineia und Pallantion finden, ist begreiflich. Die Kulte von Tegea und Mantineia reichen, wie die Inschrift von Delphoi und die Erwähnung des Kalamis beweisen, mindestens bis in 4. resp. 5. Jahrhundert zurück. Dafs auch der Kult von Pallantion schon in früherer Zeit bestand und nicht erst in römischer Zeit aus der Angabe des Hesiod[1]), Nike sei die Tochter des Pallas, zurecht gemacht ist, beweist das Epigramm des Bakchylides, Anth. VI 313:

Κούρα Πάλλαντος πολυώνυμε, πότνια Νίκα
πρόφρων Κραναίων ἱμερόεντα χορὸν
αἰὲν ἐποπτεύοις, πολέας δ' ἐν ἀθύρμασι Μουσᾶν
Κηΐῳ ἀμφιτίθει Βακχυλίδῃ στεφάνους.

Denn Keos war arkadische Colonie.[2]) Damit steht im Einklang, wenn für die Mutter des Euandros der Name Nikostrate angegeben wird.[3])

1) Theog. 583.

2) vgl. Apoll. Rh. II 528. Schol. Ap. Rh. II 498. Serv. Georg. I 14.

3) Plut. Romul. 21. Qu. Rom. 21. Strabo V 230. Solin I 10. Serv. Verg. Aen. VIII 51.

Eileithyia.

Kleitor.

Paus. VIII 21, 3: *Κλειτορίοις δὲ τὰ ἱερὰ τὰ ἐπιφανέστατα Δήμητρος τό τε Ἀσκληπιοῦ, τρίτον δέ ἐστιν Εἰλειθυίας.*

Megalopolis.

Paus. VIII 32, 4: *εἰσὶ δὲ ὑποκαταβάντι ὀλίγον θεοί, παρέχονται δὲ καὶ οὗτοι σχῆμα τετράγωνον, Ἐργάται δέ ἐστιν αὐτοῖς ἐπίκλησις, Ἀθηνᾶ τε Ἐργάνη καὶ Ἀπόλλων Ἀγυιεύς· τῷ τε Ἑρμῇ καὶ Ἡρακλεῖ καὶ Εἰλειθυίᾳ πρόσεστιν ἐξ ἐπῶν τῶν Ὁμήρου φήμη, τῷ μὲν Διός τε αὐτὸν διάκονον εἶναι, καὶ ὑπὸ τὸν Ἅιδην ἄγειν τῶν ἀπογενομένων τὰς ψυχάς, Ἡρακλεῖ δὲ ὡς πολλούς τε καὶ χαλεποὺς τελέσειεν ἄθλους· Εἰλειθυίᾳ δὲ ἐποίησεν ἐν Ἰλιάδι ὠδῖνας γυναικῶν μέλειν.*

Tegea.

Paus. VIII 48, 7: *Τὴν δὲ Εἰλείθυιαν οἱ Τεγεᾶται — καὶ γὰρ ταύτης ἔχουσιν ἐν τῇ ἀγορᾷ ναὸν καὶ ἄγαλμα — ἐπονομάζουσιν αὐτὴν* (*Αὔγην* Valck.) *ἐν γόνασι, λέγοντες ὡς Ναυπλίῳ παραδοίη τὴν θυγατέρα Ἀλεὸς ἐντειλάμενος ἐπαναγαγόντα αὐτὴν ἐς θάλασσαν καταποντῶσαι· τὴν δὲ ὡς ἤγετο πεσεῖν τε ἐς γόνατα καὶ οὕτω τεκεῖν τὸν παῖδα ἔνθα τῆς Εἰλειθυίας ἐστὶ τὸ ἱερόν.*

Münze: Journ. of Hell. stud. VII 113: Head of Eileithyia (?), torch over shoulder. vgl. Cat. Brit. Mus. XXXVII 18.

Der Eileithyiakult wird, wie es beim übrigen Kultcomplex von Tegea der Fall war, dort und auch wohl in Kleitor auf argivischen Ursprung zurückgehen. Denn wir finden Eileithyiakult mit gleichzeitiger Demeter- und Dioskurenverehrung wie in Kleitor auch in Argos[1]) und Hermione.[2]) Was es mit der „Αὔγη ἐν γόνασι“ auf sich hat, daſs nämlich die knieende Stellung der Geburtsgöttin zukommt, hat Marx[3]) nachgewiesen. Verfehlt ist nur seine Schluſsfolgerung, daſs die Geburtsgöttin von Tegea ursprünglich Auge geheiſsen habe. Die Verquickung mit dem Augemythos erklärt sich daraus, daſs die spätere Zeit die Figur nicht mehr verstand und nun die Deutung in dem populären Augemythos suchte, was aus dem Zwiespalt der Ueberlieferung, der dem Pausanias Bedenken einflöſst, deutlich hervorgeht.

---

1) Paus. II 18, 3. 22, 6.

2) Paus. II 34, 10. 35, 11. Lebas-Foucart 159 d.

3) Mitt. d. arch. Inst. z. Athen X 185.

Dioskuren.

Kleitor.

Paus. VIII 21, 4: *Κλειτορίοις δὲ καὶ Διοσκούρων καλουμένων δὲ θεῶν μεγάλων ἐστὶν ἱερὸν ὅσον τέσσαρα ἀπέχον στάδια ἀπὸ τῆς πόλεως, καὶ ἀγάλματά ἐστιν αὐτοῖς χαλκᾶ.*

Herod. VI 127: *καὶ Ἀζὴν ἐκ Παίου πόλιος Λαφάνης Εὐφορίωνος τοῦ δεξαμένου τε, ὡς λόγος ἐν Ἀρκαδίῃ λέγεται τοὺς Διοσκούρους οἰκίοισι καὶ ἀπὸ τούτου ξεινοδοκέοντος πάντας ἀνθρώπους.*

Münze: Journ. of Hell. stud. VII 102: Naked horseman on horse galloping (5. Jahrh.).

Mantineia.

Paus. VIII 9, 2: *ἔστι δὲ καὶ Διοσκούρων καὶ ἑτέρωθι Δήμητρος καὶ Κόρης ἱερόν.*

Bull. de l'école française d'Athènes 1868 p. 5: Phyle *Ϝανακισίας.*

Münzen: Journ. of Hell. stud. VII 98: Altar or edifice, over the top of which appear the heads and shoulders of the Dioscuri wearing pilei, one hand raised, spears over shoulders. vgl. Cat. Brit. Mus. XXXIV 23. Imhoof-Blumer Mon. gr. 199. Head h. n. 376.

Ohne Ortsangabe.

Mitt. d. arch. Inst. z. Athen. IV 144, 2: Relief aus Tripolitza: Die Dioskuren mit spitzen Hüten und der Chlamys bekleidet stehen sich zugekehrt; in den nach aufsen gewandten Händen Geifseln. Sie halten jeder ein Pferd am Zaum, welche je einen Vorderfufs auf einen in der Mitte stehenden mit Bukranien verzierten Altar gestellt haben (Milchhöfer).

Im Berichte des Pausanias finden wir die Dioskuren mit dem Demeterkult vereint. In Kleitor sind sie als θεοὶ μεγάλοι bereits mit den Kabiren identificirt. Dafs jedoch auch der altpeloponnesische Kult der Tyndariden in Arkadien Eingang gefunden hatte, beweist der Phylenname von Mantineia und die Herodotstelle, deren Paion doch offenbar in dem im Gebiet von Kleitor gelegenen Dorfe Paon oder Paos[1]) wiederzuerkennen ist, zumal der bei Herodot genannte Azan der Vater des Kleitor ist. Denn dafs Herodot noch scharf Dioskuren und Kabiren schied, hat Lobeck richtig erkannt.[2]) Der Name Anakes und die Verbindung der Dioskuren mit Asklepios, welcher in Kleitor wie in Mantineia verehrt wurde, findet sich in Argolis[3]), Sparta[4]) und Messenien.[5])

1) Paus. VIII 23, 9.
2) Aglaoph. 1212. vgl. Her. III 37. II 43, 50.
3) Ἐφ. ἀρχ. 1883 p. 156.
4) Paus. III 14, 7.
5) Paus. IV 31, 9—12.

Katharoi.

Pallantion.

Paus. VIII 44, 5: τῷ λόφῳ δὲ τῷ ὑπὲρ τῆς πόλεως ὅσα ἀκροπόλει τὸ ἀρχαῖον ἐχρῶντο· λείπεται δὲ καὶ ἐς ἡμᾶς ἔτι ἐπὶ κορυφῇ τοῦ λόφου θεῶν ἱερόν· ἐπίκλησις μὲν δή ἐστι αὐτοῖς Καθαροί, περὶ μεγίστων δὲ αὐτόθι καθεστήκασιν οἱ ὅρκοι· καὶ ὀνόματα μὲν τῶν θεῶν οὐκ ἴσασιν, ἢ καὶ εἰδότες οὐκ ἐθέλουσιν ἐξαγορεύειν· Καθαροὺς δὲ ἐπὶ τοιῷδε ἄν τις κληθῆναι τεκμαίροιτο, ὅτι αὐτοῖς οὐ κατὰ ταὐτὰ ὁ Πάλλας ἔθυσε, καθὰ καὶ ὁ πατήρ οἱ τῷ Λυκαίῳ Διί.

Dafs der Kult der Katharoi einen Zug der in Pallantion zu besonderem Ansehn gelangten Demeter-Erinys-Verehrung bildet, und dafs er seine nächste Analogie in der Verehrung der Praxidikai am Tilphosion bei Haliartos findet[1]), ist bereits hervorgehoben worden.[2]) Der Kult giebt sich als eine der geringen Spuren der Kabirenreligion in Arkadien zu erkennen.

---

1) Paus. IX 33, 3.
2) vgl. S. 68. 91. 104. 119.

Musen.

Mantineia.

Relief: Marsyas und die Musen. Bull. de corr. Hell. XII pl. 1—3.[1])

Megalopolis.

Paus. VIII 31, 5: *πρὸ μὲν δὴ τῆς ἐσόδου*[2]) *ξόανά ἐστιν ἀρχαῖα Ἥρα καὶ Ἀπόλλων τε καὶ Μοῦσαι· ταῦτα κομισθῆναί φασιν ἐκ Τραπεζοῦντος.*

Paus. VIII 32, 2: *τὸ δὲ τῶν Μουσῶν Ἀπόλλωνός τε ἱερὸν καὶ Ἑρμοῦ κατασκευασθέν σφισιν ἐν κοινῷ παρείχετο ἐς μνήμην θεμέλια οὐ πολλά· ἦν δὲ καὶ τῶν Μουσῶν μία ἔτι καὶ Ἀπόλλωνος ἄγαλμα κατὰ τοὺς Ἑρμᾶς τοὺς τετραγώνους τέχνην.*

Tegea.

Paus VIII 47, 3: *πεποίηται δὲ καὶ Μουσῶν καὶ Μνημοσύνης ἀγάλματα.*[3])

Trapezus.

Paus. VIII 31, 5: siehe Megalopolis.

Nach der bekannten, die Musikliebe der Arkader preisenden Stelle bei Polybios IV 20 sollte man eigentlich eine stärkere Verehrung der Musen erwarten, als wir vorgefunden haben. Der Grund für das Gegenteil wird einerseits in der geringen Ausdehnung liegen, welche der Apollinische Kult überhaupt in Arkadien gefunden hat, dann aber darin zu suchen sein, dafs arkadische Schutzgötter der Musik bereits in Pan und Hermes verehrt wurden.

1) vgl. Ravaisson: Compte rend. des séances de l'acad. des inscr. et belles lettres 1888 p. 83. Löschcke Jahrb. d. I. III 192. Furtwängler Berl. phil. Wschr. 1888 Sp. 1482. Overbeck sächs. Ber. 1888 S. 284 ff.

2) des Aphroditetempels.

3) Am Altar der Athena Alea.

Horen.

Megalopolis.

Paus. VIII 31, 3: *κεῖται δὲ τράπεζα ἔμπροσθεν*[1]), *ἐπειργασμέναι δὲ ἐπ' αὐτῇ δύο τέ εἰσιν Ὧραι καὶ ἔχων Πὰν σύριγγα καὶ Ἀπόλλων κιθαρίζων. ἔστι δὲ καὶ ἐπίγραμμα ἐπ' αὐτοῖς εἶναι σφᾶς θεῶν τῶν πρώτων.*

Relief: Pan und Horen. Ann. d. I. 1863 Tav. d'agg. L. 2.[2])

Pan und die Horen finden wir auf Monumenten zahlreich dargestellt[3]); mit Apollon vereint sehen wir die Horen auch in Sparta[4]) und Tenos.[5]) Kulte der Horen werden aus der Peloponnes noch überliefert in Olympia[6]), Argos[7]) und Korinth.[8])

1) im Tempel der *θεαὶ μεγάλαι.*

2) vgl. Michaelis a. a. O. 292. Furtwängler: Mitt. d. arch. Inst. z. Athen III 201. Conze: Heroen u. Göttergest. 22. Heydemann Ant. Marmorb. z. Athen 779. Dressel u. Milchhöfer Mitt. d. arch. Inst. z. Athen II 379.

3) vgl. die beiden Reliefs des Lateran Benndorf u. Schöne 202 u. 511; ein Relief in Verona Dütschke IV 579.

4) Paus. III 18, 10 (Amyklai).

5) C. I. G. 2342. vgl. Callim. hymn. II 87. Welcker: Alte Denkm. II 52.

6) Paus. V 15, 3.

7) Paus. II 20, 4.

8) Pind. Ol. XIII.

Chariten.

Megalopolis.

Paus. VIII 34, 3: *ὁμοῦ δὲ αὐταῖς*[1]) *καὶ Χάρισι θύειν νομίζουσι.*

Tegea.

Roehl: I. G. A. 94: [*Π*]*οσοιδᾶνος Ἑρμ*[*ᾶνο*]*ς Ἡρακλέ*[*ο*]*ς Χαρ*[*ί*]*τ*[*ων*].

Ob in Megalopolis wirklich ein Charitenkult an der betreffenden Stelle bestand, und es sich nicht vielmehr nur um eine Form der daselbst in mannigfacher Gestalt verehrten Eumeniden handelt, ist mindestens zweifelhaft. Für die Zusammenstellung von Erinyen und Chariten im Kult ist mir kein weiteres Beispiel bekannt.

1) den Eumeniden.

Eumeniden.

Megalopolis.

Paus. VIII 34, 1—3: *Ἐκ δὲ Μεγάλης πόλεως ἰόντι ἐς Μεσσήνην καὶ σταδίους μάλιστα προελθόντι ἑπτὰ ἔστιν ἐν ἀριστερᾷ τῆς λεωφόρου θεῶν ἱερόν· καλοῦσι δὲ καὶ αὐτὰς τὰς θεὰς καὶ τὴν χώραν τὴν περὶ τὸ ἱερὸν Μανίας· δοκεῖν δέ μοι θεῶν τῶν Εὐμενίδων ἐστὶν ἐπίκλησις, καὶ Ὀρέστην ἐπὶ τῷ φόνῳ τῆς μητρός φασιν αὐτόθι μανῆναι. Οὐ πόρρω δὲ τοῦ ἱεροῦ γῆς χῶμά ἐστιν οὐ μέγα, ἐπίθημα ἔχον λίθου πεποιημένον δάκτυλον, καὶ δὴ καὶ ὄνομα τῷ χώματί ἐστι Δακτύλου μνῆμα, ἐνταῦθα ἔκφρονα Ὀρέστην γενόμενον λέγουσιν ἕνα τῆς ἑτέρας τῶν χειρῶν ἀποφαγεῖν δάκτυλον. τούτῳ δέ ἐστιν ἕτερον συνεχὲς χωρίον Ἄκη καλούμενον, ὅτι ἐγένετο ἐν αὐτῷ τῆς νόσου τῷ Ὀρέστῃ τὰ ἰάματα· πεποίηται δὲ Εὐμενίσι καὶ αὐτόθι ἱερόν. ταύτας τὰς θεὰς ἡνίκα τὸν Ὀρέστην ἔκφρονα ἔμελλον ποιήσειν φασὶν αὐτῷ φανῆναι μελαίνας, ὡς δὲ ἀπέφαγε τὸν δάκτυλον τὰς δὲ αὖθις δοκεῖν οἱ λευκὰς εἶναι, καὶ αὐτὸν σωφρονῆσαί τε ἐπὶ τῇ θέᾳ καὶ οὕτω ταῖς μὲν ἐνήγισεν ἀποτρέπων τὸ μήνιμα αὐτῶν, ταῖς δὲ ἔθυσε ταῖς λευκαῖς· ὁμοῦ δὲ αὐταῖς καὶ Χάρισι θύειν νομίζουσι, πρὸς δὲ τῷ χωρίῳ τοῖς Ἄκεσιν ἕτερόν ἐστιν * * ὀνομαζόμενον ἱερὸν, ὅτι Ὀρέστης ἐνταῦθα ἐκείρατο τὴν κόμην ἐπειδὴ ἐντὸς ἐγένετο αὐτοῦ.*

Der im Vorstehenden beschriebene Eumenidenkult ist zu eng mit der Orestessage verknüpft, um von dieser gesondert behandelt zu werden. Es wird daher bei der Untersuchung der letzteren auf ihn zurückzukommen sein.

Nymphen.

Lykaion.

Paus. VIII 38, 3: *Ταῖς Νύμφαις δὲ ὀνόματα, ὑφ' ὧν τὸν Δία τραφῆναι λέγουσι, τίθενται Θεισόαν καὶ Νέδαν καὶ Ἁγνώ· καὶ ἀπὸ μὲν τῆς Θεισόας πόλις ᾠκεῖτο ἐν τῇ Παῤῥασίᾳ ... τῆς Νέδας δὲ ὁ ποταμὸς τὸ ὄνομα ἔσχηκε, τῆς δὲ Ἁγνοῦς ἡ ἐν τῷ ὄρει τῷ Λυκαίῳ πηγὴ ἣ κατὰ τὰ αὐτὰ ποταμῷ τῷ Ἴστρῳ πέφυκεν ἴσον παρέχεσθαι τὸ ὕδωρ ἐν χειμῶνι ὁμοίως καὶ ἐν ὥρᾳ θέρους.*

Callim. h. I 33:

Νέδῃ δέ σε δῶκε κομίζειν
κευθμὸν ἔσω Κρηταῖον, ἵνα κρύφα παιδεύοιο
πρεσβυτάτῃ νυμφέων αἵ μιν τότε μαιώσαντο
πρωτίστῃ γενεῇ μετά γε Στύγα τε Φιλύρην τε.
οὐδ' ἁλίην ἀπέτισε θεὴ χάριν· ἀλλὰ τὸ χεῦμα
κεῖνο Νέδην ὀνόμηνε· τὸ μέν ποθι πουλὺ κατ' αὐτὸ
συμφέρεται Νηρῆϊ· παλαιότατον δέ μιν ὕδωρ
υἱωνοὶ πίνουσι Λυκαονίης ἄρκτοιο.[1])

Lykosura.

Paus. VIII 37, 11: *Λέγεται δὲ ὡς τὰ ἔτι παλαιότερα καὶ μαντεύοιτο οὗτος ὁ θεὸς*[2]), *προφῆτιν δὲ Ἐρατὼ νύμφην αὐτῷ γενέσθαι ταύτην, ἣ Ἀρκάδι τῷ Καλλιστοῦς συνῴκησε. μνημονεύουσι δὲ καὶ ἔπη τῆς Ἐρατοῦς ἃ δὴ καὶ αὐτὸς ἐπελεξάμην.*

Paus. VIII 4, 2: *συνοικῆσαι δὲ οὐ θνητῇ γυναικὶ αὐτὸν*[3]),

---

1) vgl. Strabo VIII 348.
2) Pan.
3) Arkas.

ἀλλὰ νύμφῃ Δρυάδι ἔλεγον· Δρυάδας γὰρ δὴ καὶ Ἐπιμηλιάδας τὰς δὲ αὐτῶν ἐκάλουν Ναΐδας καὶ Ὁμήρῳ γε ἐν τοῖς ἔπεσι Ναΐδων Νυμφῶν μάλιστά ἐστι μνήμη. τὴν δὲ νύμφην ταύτην καλοῦσιν Ἐρατὼ καὶ ἐκ ταύτης φασὶν Ἀρκάδι Ἀζᾶνα καὶ Ἀφείδαντα γενέσθαι καὶ Ἔλατον.

Megalopolis.

Paus. VIII 31, 4: Πεποίηνται δὲ ἐπὶ τραπέζῃ καὶ Νύμφαι· Νέδα μὲν Δία φέρουσά ἐστι νήπιον παῖδα, Ἀνθρακία δὲ νύμφη τῶν Ἀρκαδικῶν καὶ αὕτη δᾷδα ἔχουσά ἐστιν, Ἁγνὼ δὲ τῇ μὲν ὑδρίαν, ἐν δὲ τῇ ἑτέρᾳ χειρὶ φιάλην· Ἀρχιρόης δὲ καὶ Μυρτωέσσης εἰσὶν ὑδρίαι τὰ φορήματα, καὶ ὕδωρ δῆθεν ἀπ' αὐτῶν κάτεισιν.[1])

Nomia.

Paus. VIII 38, 11: κληθῆναι δὲ τὰ ὄρη Νόμια προχειρότατον μέν ἐστιν εἰκάζειν ἐπὶ τοῦ Πανὸς ταῖς νομαῖς, αὐτοὶ δὲ οἱ Ἀρκάδες νύμφης εἶναί φασιν ὄνομα.

Paus. X 31, 10: τῶν γυναικῶν ἀνωτέρω τούτων ἐστὶν ἡ Λυκάονος Καλλιστὼ καὶ Νομία τε καὶ Νηλέως Πηρώ· ταύτης ἕδνα τῶν γάμων βοῦς ὁ Νηλεὺς ᾔτει τὰς Ἰφίκλου. τῇ Καλλιστοῖ δὲ ἀντὶ μὲν στρωμνῆς ἐστιν αὐτῇ δέρμα ἄρκτου, τοὺς πόδας δὲ ἐν τοῖς Νομίας γόνασιν ἔχει κειμένους. ἐδήλωσε δέ μοι τὰ πρότερα τοῦ λόγου, φάναι τοὺς Ἀρκάδας Νομίαν εἶναί σφισιν ἐπιχώριον Νύμφην.

Phigalia.

Paus. VIII 39, 2: τοῖς δὲ εἰρημένον ἐστὶν ὡς ἡ Φιγαλία νύμφη τῶν καλουμένων εἴη Δρυάδων.

Paus. VIII 41, 2: Ποταμὸς δὲ ὁ καλούμενος Λύμαξ ἐκδίδωσι μὲν ἐς τὴν Νέδαν παρ' αὐτὴν ῥέων Φιγαλίαν· γενέσθαι δὲ τοὔνομά φασι τῷ ποταμῷ καθαρσίων τῶν Ῥέας εἵνεκα. ὡς γὰρ δὴ τεκοῦσαν τὸν Δία ἐκάθηραν ἐπὶ ταῖς ὠδῖσιν αἱ Νύμφαι, τὰ καθάρματα ἐς τοῦτον ἐμβάλλουσι τὸν ποταμόν· ὠνόμαζον δὲ ἄρα οἱ ἀρχαῖοι αὐτὰ λύματα.[2])

1) vgl. Anth. gr. IX 258.

2) Einen ferneren Nedakult vgl. im Capitel „Flufsgötter". S. 239.

Tegea.

Paus. VIII 47, 3: *εἰργασμένοι δὲ ἐπὶ τῷ βωμῷ[1]) Ῥέα μὲν καὶ Οἰνόη νύμφη παῖδα ἔτι νήπιον Δία ἔχουσιν· ἑκατέρωθεν δέ εἰσι τέσσαρες ἀριθμὸν Γλαύκη καὶ Νέδα καὶ Θεισόα καὶ Ἀνθρακία, τῇ δὲ Ἴδη καὶ Ἁγνὼ καὶ Ἀλκινόη τε καὶ Φρίξα.*

Mitt. d. arch. Inst. z. Athen XIV 17 (vgl. Paus. X 9, 5): *τοὺς δ' Ἐρατὼ νύμφα γείνατ' ἐν Ἀρκαδίζαι.*

Theisoa.

Paus. VIII 38, 9: *Τοῦ Λυκαίου δὲ τὰ πρὸς τῆς ἄρκτου γῆ ἡ Θεισοαία· οἱ δὲ ἄνθρωποι μάλιστα οἱ ταύτῃ νύμφην τὴν Θεισόαν ἄγουσιν ἐν τιμῇ.*

Ohne Ortsangabe.

Anth. gr. VI 154:

Ἀγρονόμῳ τάδε Πανί, καὶ εὐαστῆρι Λυαίῳ
πρέσβυς καὶ Νύμφαις Ἀρκὰς ἔθηκε Βίτων,
Πανὶ μὲν ἀρτίτοκον χίμαρον συμπαίστορα ματρός,
κισσοῦ δὲ Βρομίῳ κλῶνα πολυπλανέος·
Νύμφαις δὲ σκιερῆς εὐποίκιλον ἄνθος ὀπώρης,
φύλλα τε πεπταμένων αἱμαρόεντα ῥόδων.
ἀνθ' ὧν εὔυδρον, Νύμφαι, τόδε δῶμα γέροντος
αὔξετε, Πὰν γλαγερόν· Βάκχε πολυστάφυλον.[2])

Der arkadische Nymphenkult lokalisirt sich, wie wir sehen, in dem wald- und wasserreichen Lykaiongebiet. Dafs erst aus ihm heraus der Rheakult und der Mythos der Zeusgeburt sich entwickelt hat, wurde gelegentlich der Besprechung der Rheakulte gezeigt. Dieser Vorgang findet seine Analogie im benachbarten Messenien, welches gleichfalls und aus denselben Ursachen Geburtsstätte des Zeus sein will. Durch die Verbindung mit dem Zeus Lykaios gewann der Nymphenkult auch im weiteren Arkadien Geltung, und so finden wir seine Spuren in den Hauptheiligtümern von Megalopolis und Tegea.

1) der Athena Alea.
2) vgl. Anth. VI 158.

Flufsgötter.

Asea.

Strabo VI 275: καὶ πάλιν τὸ πρὸς τὴν Ἀρκαδικὴν Ἀσέαν ὑποβρύχιον ὠσθὲν ὀψέ ποτε τόν τ' Εὐρώταν καὶ τὸν Ἀλφειὸν ἀναδίδωσιν, ὥστε καὶ πεπιστεῦσθαι μυθῶδές τι, ὅτι τῶν ἐπιφημισθέντων στεφάνων ἑκατέρῳ καὶ ῥιφέντων εἰς τὸ κοινὸν ῥεῦμα ἀναφαίνεται κατὰ τὸν ἐπιφημισμὸν ἑκάτερος ἐν τῷ οἰκείῳ ποταμῷ.

Heraia.

Aelian. v. h. II 33: Ἐν εἴδει δὲ ἀνδρῶν Ψωφίδιοι τὸν Ἐρύμανθον, τὸν δὲ Ἀλφειὸν Ἡραιεῖς.

Münze: Mionnet II 248 n. 30: Caracalla. Fleuve couché à gauche, tenant un roseau dans la main dr. la g. sur un vase renversé; devant un boeuf debout; au bas des poissons.

Phigalia.

Paus. VIII 41, 3: καθότι ἐγγύτατα ἡ Νέδα[1]) Φιγαλέων τῆς πόλεως γίνεται, κατὰ τοῦτο οἱ Φιγαλέων παῖδες ἀποκείρονται τῷ ποταμῷ τὰς κόμας.

Münzen: Mionnet II 253 n. 59. Plautilla. Figure virile (!)[2]) nue assise sur un rocher, versant de la main dr. de l'eau d'un vase et tenant dans la g. un roseau. vgl. Journ. of Hell. stud. VII 111. Head h. n. 379.

Psophis.

Paus. VIII 24, 12: Ψωφιδίοις δὲ καὶ παρὰ τῷ Ἐρυμάνθῳ ναός ἐστιν Ἐρυμάνθου καὶ ἄγαλμα.

1) vgl. auch „Nymphen".
2) Lymax? vgl. Paus. VIII 41, 2.

Aelian. v. h. II 33 vgl. Heraia.

Münze: Mionnet Suppl. IV 291 n. 106: Julia Domna. Fleuve couché, la main g. appuyée sur une urne et la dr. levée vers une fontaine; par derrière un arbre, au bas deux poissons.

Stymphalos.

Aelian. v. h. II 33: *Βουσὶ μὲν οὖν εἰκάζουσιν οἱ Στυμφάλιοι μὲν τὸν Ἐρασῖνον καὶ τὴν Μετώπην.*[1])

Es sind hier nur diejenigen Flüsse angeführt, von denen wirkliche Kulte berichtet sind; denn auf einen solchen lassen doch wohl auch die dem Alpheios und Eurotas gewidmeten Kränze schliefsen.[2]) Die grofse Anzahl der in rein genealogischer Verbindung überlieferten Personificationen von Flüssen kann hier natürlich keinen Platz finden, sondern gehört in die Behandlung der Mythen. Ueber die Kulte selbst ist wenig zu berichten. Besonders altertümlich ist jedenfalls der Nedakult, die wir ja auch schon unter den Nymphen des Lykaiongebietes angetroffen haben. Weihung des Haupthaares an Flufsgötter ist uralter griechischer Brauch, der schon Il. Ψ 146 erwähnt wird. Beispiele giebt Jacobs ad Philostr. p. 278.

1) vgl. Herod. VI 76. Pind. Ol. VI 83 ff. und die Scholien zu der Stelle.

2) Alpheioskult in Elis vgl. Paus. V 10, 7. VIII 20, 1; ferner Il. XI 725 ff. Pind. Ol. XI 48. Artemis Alpheiaia. Paus. VI 22, 5. Schol. Pind. Nem. I 3 u. A.

Boreas.

Megalopolis.

Paus. VIII 36, 6: *Πεποίηται δὲ ἐν δεξιᾷ τῆς ὁδοῦ Βορέᾳ τῷ ἀνέμῳ τέμενος, καὶ οἱ Μεγαλοπολῖται θυσίας θύουσιν ἀνὰ πᾶν ἔτος, καὶ θεῶν οὐδενὸς Βορέαν ὕστερον ἄγουσιν ἐς τιμὴν ἅτε σωτῆρα γενόμενόν σφισιν ἀπὸ Λακεδαιμονίων τε καὶ Ἄγιδος.*

Paus. VIII 27, 13: *Λακεδαιμόνιοι δὲ αὐτοί τε πανδημεῖ καὶ ὁ τῆς οἰκίας βασιλεὺς τῆς ἑτέρας Ἆγις ὁ Εὐδαμίδου στρατεύουσιν ἐπὶ Μεγάλην πόλιν παρασκευῇ μείζονι καὶ ἀξιολογωτέρᾳ τῆς ὑπὸ Ἀκροτάτου συναχθείσης· καὶ μάχῃ τε ἐπεξελθόντας τοὺς Μεγαλοπολίτας ἐνίκησαν καὶ μηχάνημα ἰσχυρὸν προσάγοντες τῷ τείχει τὸν πύργον τὸν ταύτῃ δι' αὐτοῦ σείουσι καὶ ἐς τὴν ὑστεραίαν καταῤῥίψειν τῷ μηχανήματι ἤλπιζον. ἔμελλε δὲ ἄρα οὐχ Ἕλλησιν ὁ Βορέας ἔσεσθαι μόνον τοῖς πᾶσιν ὄφελος τοῦ Μήδων ναυτικοῦ ταῖς Σηπιάσι προσράξας τὰς πολλάς, ἀλλὰ καὶ Μεγαλοπολίτας ὁ ἄνεμος οὗτος ἐῤῥύσατο μὴ ἁλῶναι· κατέλυσέ τε γὰρ τὸ μηχάνημα τοῦ Ἄγιδος καὶ διεφόρησεν ἐς ἀπώλειαν παντελῆ βιαίῳ τῷ πνεύματι ὁμοῦ καὶ συνεχεῖ.*

Den aus ähnlichem historischem Anlaſs begründeten Kult von Athen hat Pausanias bereits als Vergleichspunkt herangezogen.[1]) Ebenso wurde Boreas in Thurioi wegen der Vernichtung der Flotte des Dionysios verehrt.[2])

1) vgl. Herod. VII 189. Plato Phaedr. p. 229 C. Paus. I 19, 5.
2) Aelian. v. h. XII 61.

Ἀστραπαὶ Θύελλαι Βρονταί.

Trapezus.

Paus. VIII 29, 1: *Λέγουσι δὲ οἱ Ἀρκάδες τὴν λεγομένην Γιγάντων μάχην καὶ θεῶν ἐνταῦθα, καὶ οὐκ ἐν τῇ Θρᾳκίᾳ γενέσθαι Παλλήνῃ, καὶ θύουσιν ἀστραπαῖς αὐτόθι καὶ θυέλλαις τε καὶ βρονταῖς.*

Ueber die arkadische Gigantensage werden wir erst bei Behandlung der Mythen zu sprechen haben. Zu vergleichen ist der Kult des Zeus Astrapaios in Athen [1]) und Antandros. [2])

1) Strabo IX 404. vgl. Orph. h. XIV 9.

2) Revue Archéol. 1864 p. 49.

Myiagros.

Aliphera.

Paus. VIII 26, 7: *ἄγουσι δὲ καὶ πανήγυριν ὅτῳ δὴ θεῶν, δοκῶ δὲ σφᾶς ἄγειν τῇ Ἀθηνᾷ· ἐν ταύτῃ τῇ πανηγύρει Μυιάγρῳ προθύουσιν, ἐπευχόμενοί τε κατὰ τῶν ἱερείων τῷ ἥρωι καὶ ἐπικαλούμενοι τὸν Μυίαγρον· καί σφισι ταῦτα δράσασιν οὐδὲν ἔτι ἀνιαρόν εἰσιν αἱ μυῖαι.*

Einen ähnlichen Kult eines Fliegenverscheuchenden Daimon Myiacores oder Myiodes in Elis resp. Olympia erwähnt Plinius.[1]) Da nun Aliphera in unmittelbarer Nachbarschaft des völlig eleisirten Heraia hart an der Grenze von Elis liegt, so ist der Schlufs gestattet, dafs derselbe Kult wie in Olympia auch hier vorliegt.

1) N. H. X 75. XXIX 106. vgl. Aelian. n. a. XI 8.

Ἀγαθὸς Θεός.

Megalopolis.

Paus. VIII 36, 5: *Μεγαλοπολίταις δὲ διὰ τῶν ἐπὶ τὸ ἕλος ὀνομαζομένων πυλῶν διὰ τούτων ὁδεύουσιν ἐς Μαίναλον παρὰ τὸν ποταμὸν τὸν Ἑλισσόντα ἐστὶ τῆς ὁδοῦ ἐν ἀριστερᾷ Ἀγαθοῦ Θεοῦ ναός· εἰ δὲ ἀγαθῶν οἱ θεοὶ δοτῆρές εἰσιν ἀνθρώποις, Ζεὺς δὲ ὕπατος θεῶν ἐστιν, ἑπόμενος ἄν τις τῷ λόγῳ τὴν ἐπίκλησιν ταύτην Διὸς τεκμαίροιτο εἶναι.*

Die schriftstellerischen Gewohnheiten des Pausanias lassen darauf schliefsen, dafs hier wirklich ein Kult des Zeus bestand[1]), oder dafs doch wenigstens eine doppelte Ueberlieferung über den Namen des hier verehrten Gottes vorlag. Diese doppelte Ueberlieferung kleidete dann Pausanias in die Form seiner schönen Hypothese.

Meist wird allerdings der Agathodaimon mit Dionysos identificirt.[2]) Fernere Kulte des *Ἀγαθὸς Θεός* finden sich in Theben[3]), Lebadeia[4]), Syrakus.[5])

1) vgl. Welzel: de Iove et Pane dis Arcadicis Breslau 1879.
2) vgl. Athen. II 38 D u. XIII 675 B. Plut. qu. conv. VIII 10, 3.
3) Suidas s. v.
4) Paus. IX 39, 5.
5) Plut. de s. ips. laud. 11. vgl. Plin. XXXIV 77. XXXVI 23.

Moiren.

Lykosura.

Paus. VIII 37, 1: *ἰόντων δὲ ἐπὶ τὸν ναὸν στόα τέ ἐστιν ἐν δεξιᾷ καὶ ἐν τῷ τοίχῳ λίθου λευκοῦ τύποι πεποιημένοι, καὶ τῷ μέν εἰσιν ἐπειργασμέναι Μοῖραι καὶ Ζεὺς ἐπίκλησιν Μοιραγέτης.*

Im Mythos von Phigalia schickt Zeus die Moiren zur Demeter mit der Aufforderung, vom Zorne abzulassen. Da sich die oben beschriebene Darstellung im benachbarten Lykosura im Bezirk der Despoina befand, so verdankt sie wohl sicher diesem Zuge der Sage ihre Entstehung. Ueber die Zahl der dargestellten Moiren erfahren wir nichts. Von vornherein auf die übliche Dreizahl zu schliefsen, geht nicht an, da wir beispielsweise in Delphoi eine Gruppe von zwei Moiren, Zeus und Apollon kennen.[1])

1) Paus. X 24, 4.

Tyche.

Heraia.

Münzen: Journ. of Hell. stud. VII 107: Sept. Sev. Tyche holds patera and cornucopiae. vgl. Mionnet Suppl. IV 278 n. 37.

Kaphyai.

Münzen: Journ. of Hell. stud. VII 104: Sept. Sev. Tyche holds patera and cornucopiae at altar. vgl. Mionnet II 247 n. 29 u. 30. Suppl. IV 276 n. 32. Cat. Brit. Mus. 178 n. 4.

Kleitor.

Münzen: Journ. of Hell. stud. VII 103: Plautilla. Tyche standing at altar holds patera and cornucopiae. vgl. Cat. Brit. Mus. XXXIII 17.

Mantineia.

Lebas-Foucart 352 h u. j: *Ἀγαθᾶι Τύχαι.*

Münzen: Journ. of Hell. stud. VII 99: Plautilla. Tyche holds patera and cornucopiae at altar. vgl. Mionnet II 249 n. 36. Suppl. IV 280 n. 50.

Megalopolis.

Paus. VIII 30, 7: *τῶν ἀρχείων δὲ ὄπισθε ναὸς Τύχης καὶ ἄγαλμα λίθου πεποίηται ποδῶν πέντε οὐκ ἀποδέον.*

Münze: Journ. of Hell. stud. VII 109: Sept. Sev. Tyche holds rudder and cornucopiae.

Orchomenos.

Münzen: Mionnet Suppl. IV 284 n. 68: Sept. Sev. Femme deb. vêtue de la stola tenant à ce qu'il parait une patère de la m. dr. et une corne d'abondance de la g.; à ses pieds un petit autel. n. 71: Julia Domna. La Fortune debout tenant un gouvernail de la m. dr. et une corne d'abondance de la g. n. 72: desgl. La Fortune debout, la tête tutulée avec ses attributs ordinaires. vgl. Journ. of Hell. stud. VII 101.

Phigalia.

Münze: Cat. Brit. Mus. XXXVI 17: Tyche n. l. mit den üblichen Attributen.

Psophis.

Münze: Mionnet Suppl. IV 291 n. 108: La Fortune tutulée, debout, tenant un gouvernail de la m. dr. et une corne d'abond. de la g. vgl. II 254 n. 61.

Tegea.

Lebas-Foucart 340 a: *Ἀγαθᾶι Τύχαι.*

Thelpusa.

Münzen: Journ. of Hell. stud. VII 106: Geta. Tyche holds patera and cornucopiae.

Der Tychekult ist ein so gleichmäfsig über ganz Griechenland sich erstreckender, dafs über die arkadischen Kulte besonders bei der Dürftigkeit der Berichte nichts Bemerkenswertes anzuführen ist.

Kairos.

Tegea.

Δελτίον 1889 p. 172: Mosaik aus Tegea; drei allegorische Figuren. *Καλοὶ καιροί.*

Einen Altar des Kairos in Olympia erwähnt Pausanias[1]); gleichzeitig berichtet er von einem Hymnos des Ion von Chios auf den Gott. Bekannt ist die Darstellung des Kairos durch Lysippos.[2])

1) V 14, 9.

2) vgl. Anth. App. 66. Callistr. Stat. 6. Himer. Ecl. XIV 1. Tzetz. Chil. VIII 428. Cedren. comp. hist. p. 322 C. Relief aus Torcello Arch. Z. 1875 T. 1. Relief aus Turin ebenda u. Dütschke IV 117. Fragm. v. d. Akropolis Conze Arch. Z. 1867 p. 73* 1875 T. 2.

Mnemosyne.

Tegea.

Paus. VIII 47, 3: *πεποίηται δὲ καὶ Μουσῶν καὶ Μνημοσύνης ἀγάλματα.*[1])

Mnemosyne, die als Mutter der Musen galt[2]), wurde auch in Athen gemeinschaftlich mit diesen verehrt.[3])

1) Am Altar der Athena Alea.

2) Hes. Theog. 53; 915. Hom. hymn. in Merc. 429. C. I. G. 2037.

3) Paus. I 2, 5. Polemon im Schol. Soph. Oed. Col. 100.

Gesammtgötter.

Lykosura.

Paus. VIII 37, 10: *ὑπὲρ δὲ τὸ ἄλσος καὶ Ἱππίου Ποσειδῶνος ἅτε πατρὸς τῆς Δεσποίνης καὶ θεῶν ἄλλων εἰσὶ βωμοί· τῷ τελευταίῳ δὲ ἐπίγραμμά ἐστι θεοῖς αὐτὸν τοῖς πᾶσιν εἶναι κοινόν.*

Tegea.

Lebas-Foucart 337 f: *Πᾶσι θεοῖς.*

Thelpusa.

Paus. VIII 25, 3: *Ἔστι δὲ ἐν Θελπούσῃ ναὸς Ἀσκληπιοῦ καὶ θεῶν ἱερὸν τῶν δώδεκα· τούτου τὰ πολλὰ ἐς ἔδαφος ἔκειτο ἤδη.*

Verehrung der Gesammtgötter finden wir in der Peloponnes noch in Korinth[1]), Argos[2]), Epidauros[3]) und Olympia.[4]) Ferner besitzen wir zahlreiche Zeugnisse über diesen Kult aus Athen, Kleinasien und Aegypten. Bekannt sind die Monumente mit Darstellungen der Zwölfgötter.

1) Paus. II 2, 8.
2) Paus. II 25, 6.
3) Ἐφ. ἀρχ. 1883 p. 156 (57). 1884 p. 25 (66) u. 26 (68).
4) Arch. Z. 1878 S. 181.

— ——

Aristaios.

Ohne Ortsangabe.

Serv. Verg. Georg. I 14: Huic opinioni Pindarus refragatur, qui eum (Aristaeum) ait de Caea insula in Arcadiam emigrasse, ibique vitam coluisse. Nam apud Arcadas pro Iove colitur, quod primus ostenderit, qualiter apes debeant separari. Ut ait poeta de hoc ipso Aristaeo: Tempus et Arcadici memoranda inventa magistri pandere.[1])

Paus. VIII 4, 1: *Μετὰ δὲ Νύκτιμον ἀποθανόντα Ἀρκὰς ἐξεδέξατο ὁ Καλλιστοῦς τὴν ἀρχήν· καὶ τόν τε ἥμερον καρπὸν ἐσηγάγετο οὗτος παρὰ Τριπτολέμου καὶ τὴν ποίησιν ἐδίδαξε τοῦ ἄρτου καὶ ἐσθῆτα ὑφαίνεσθαι καὶ ἄλλα τὰ ἐς τὴν ταλασίαν μαθὼν παρ' Ἀρισταίου.*[2])

Die hier angeführten Zeugnisse müssen zunächst berechtigten Zweifel darüber erregen, ob überhaupt in Arkadien ein Kult des Aristaios bestanden hat. Servius giebt zwar den Pindar als seinen Gewährsmann an, in den uns bekannten Gedichten und Fragmenten steht jedoch nichts davon. Im Gegenteil wird Pyth. IX, wo der Aristaiosmythos ausführlich nach der Hesiodeischen Ehoie behandelt wird[3]), Arkadien mit keiner Silbe erwähnt. Ebenso verhält es sich mit dem umfänglichen Bericht bei Diodor IV 81 f. Geradezu albern ist die Motivirung der Aristaiosverehrung bei Servius. Auf sehr schwachen Füſsen steht ferner die Pausaniasnotiz, wo

1) Verg. Georg. IV 283 ff. vgl. Nonn. Dion. XIII 277 ff. Iustin. XIII 7. Myth. vat. II 44 u. 82.

2) Ἀρισταίου Sylb. παραδριστα Codd. παρ' Ἀδρίστα Schubart u. Walz.

3) vgl. Schol. Pind. Pyth. IX 6.

der Name Aristaios nur einer Conjectur sein Dasein verdankt. Dazu kommt, dafs für die Richtigkeit der Lesart *Ἀδρίστα* plausible Gründe angeführt werden.[1]) Auch die Bürgschaft der späten Zeugen Nonnos und Justin, die übrigens nur von einem Aufenthalte des heroisirten Aristaios in Arkadien berichten, fällt wenig ins Gewicht. Wenn schliefslich eine Lokalisirung des Kultes an irgend einem bestimmten Orte überhaupt nicht bezeugt ist, so liegt die Vermutung nahe, die ganze Versetzung des Aristaios nach Arkadien sei eine episodische Erfindung der späten Poesie.

Dennoch scheint es sich wirklich um einen uralten, aber frühzeitig erloschenen Kult zu handeln. Auf die Wanderung des Aristaios ist zwar nicht viel zu geben. Denn da Keos der Hauptsitz der Aristaiosverehrung war[2]), und seine Mutter Kyrene aus Thessalien stammte, so mufste Aristaios natürlich von Thessalien über Keos nach Arkadien oder umgekehrt gelangen. Ein auffälliger Zug ist es aber doch, dafs Aristaios zur Besiedelung von Keos auch Parrhasier mitnimmt[3]), wofür bei Apollonios wenigstens ein mythographisches Motiv nicht ersichtlich ist. Nun ist Kyrene die Tochter des Lapithenkönigs Hypseus; Lapithen aber haben wir in Arkadien vielfach angetroffen. Sie könnten also die Träger der Aristaiosverehrung sein. Für einen Lapithengott würde ja auch ein Apollonsohn nicht übel passen. Da nun aber Kyrene, wie Studniczka nachgewiesen hat[4]), eine Hypostase der Artemis ist, so mufs die Vaterschaft des Apollon ein ziemlich später Zug sein. Wenn wir daher sehen, dafs Aristaios nach der Serviusnotiz sowohl wie auf Keos als Zeus verehrt wurde, so scheint höchst wahrscheinlicherweise Zeus der ursprüngliche Vater gewesen zu sein[5]).

---

1) vgl. Roscher Jahrb. f. cl. Phil. 123 S. 670. Lex. d. gr. u. r. Myth. I 83.

2) vgl. die Belegstellen bei Schirmer in Roschers Lex. d. gr. u. röm. Myth. I 547 ff.

3) Apoll. Rh. II 520. vgl. Schol. II 498.

4) Kyrene Leipz. 1890.

5) vgl. Februarsitzung der arch. Ges. Berlin 1891.

Jetzt verstehen wir auch, warum Aristaios Parrhasier mit nach Keos nimmt. Die Parrhasier sind ja die Träger des arkadischen Zeuskults, des Zeus Lykaios. Der Vater ist also Parrhasier — Zeus Lykaios, die Mutter Lapithin — Kyrene-Artemis. Einen Sprösling der Ehe Zeus-Artemis haben wir aber bereits in Arkas kennen gelernt, denn Kallisto, die Mutter des Arkas, ist eine Hypostase der Artemis Kalliste. Kallisto und Kyrene, Arkas und Aristaios wären also Parallelen.

Nun ist Kalliste der frühere Name der Insel Thera.[1] Von Thera aus aber wurde das afrikanische Kyrene colonisirt. Wenn wir nun in Kyrene neben der eponymen Heroine den Aristaios und den Zeus Lykaios finden[2]), wenn die mannigfachsten Beziehungen zwischen Kyrene und Arkadien nachweisbar sind[3]), wenn endlich die ältesten Ansiedler Kyrenes von Studniczka als Thessaler nachgewiesen sind, so ist die Richtigkeit unserer Anschauung vom Aristaios erwiesen. Wie der Apollon Lykoreios den Zeus Lykoreios am Parnafs verdrängte, wie der Apollon Parrhasios sich neben dem Zeus Lykaios festsetzte, so wird auch Apollon der Vater des Zeussohnes Aristaios. Dafs der Kult des Aristaios in Arkadien kaum bemerkbar ist, erklärt sich einfach daraus, dafs hier Arkas seine Stelle einnahm. Beide Heroen sind der Ausdruck der Verschmelzung von Artemisverehrern (Lapithen) und Zeusverehrern (Parrhasiern).

1) Herod. IV 147 u. A.

2) Herod. IV 203. Den arkadischen Münztypus des Zeus Lykaios sucht Studniczka mit dem Zeus einer Kyrenaischen Schale zu identificiren.

3) Die Kyrenaier holen sich zur Schlichtung ihrer Streitigkeiten den Demonax von Mantineia (Herod. IV 16). Die Heroennamen Sterope, Lykaon, Atlas finden sich in Kyrene sowohl wie in Arkadien. (vgl. Apollod. II 7, 8. Schol. Pind. Pyth. IV 57. Schol. Ap. Rh. IV 1661. Tzetz. Lyc. 886). Diesen von Studniczka hervorgehobenen Zügen möchte ich hinzufügen, dafs nach Tzetzes Laonome, die Mutter des Amphitryon, Tochter des Euphemos, des Ahnherrn des Kyrenaiischen Herrschergeschlechts ist. Diese Laonome aber ist in Pheneos, dem Hauptsitze der arkadischen Lapithen lokalisirt. (Paus. VIII 14, 2).

Herakles.

Mantineia.

Thuc. V 64: *Λακεδαιμόνιοι δὲ ἀναλαβόντες τοὺς παρόντας Ἀρκάδων ξυμμάχους ἐσέβαλον ἐς τὴν Μαντινικὴν, καὶ στρατοπεδευσάμενοι πρὸς τῷ Ἡρακλείῳ ἐδῄουν τὴν γῆν.*

Megalopolis.

Paus. VIII 32, 3: *Ἡρακλέους δὲ κοινὸς καὶ Ἑρμοῦ πρὸς τῷ σταδίῳ ναὸς μὲν οὐκ ἔτι ἦν, μόνος δέ σφισι βωμὸς ἐλείπετο.*

Paus. VIII 31, 3: *ἔστι δὲ καὶ Ἡρακλῆς παρὰ τῇ Δήμητρι μέγεθος μάλιστα πῆχυν· τοῦτον τὸν Ἡρακλῆν εἶναι τῶν Ἰδαίων καλουμένων Δακτύλων Ὀνομάκριτός φησι ἐν τοῖς ἔπεσι.*

Paus. VIII 31, 7: *κεῖται δὲ ἐντὸς τοῦ περιβόλου θεῶν τοσάδε ἄλλων ἀγάλματα τὸ τετράγωνον παρεχόμενα σχῆμα, Ἑρμῆς τε ἐπίκλησιν Ἀγήτωρ . . . . καὶ Ἡρακλῆς.*

Paus. VIII 32, 4: *εἰσὶ δὲ ὑποκαταβάντι ὀλίγον θεοί, παρέχονται δὲ καὶ οὗτοι σχῆμα τετράγωνον, Ἐργάται δέ ἐστιν αὐτοῖς ἐπίκλησις, Ἀθηνᾶ τε Ἐργάνη καὶ Ἀπόλλων Ἀγυιεύς· τῷ δὲ Ἑρμῇ καὶ Ἡρακλεῖ καὶ Εἰλειθυίᾳ πρόσεστιν ἐξ ἐπῶν τῶν Ὁμήρου φήμη . . . . . Ἡρακλεῖ δὲ ὡς πολλούς τε καὶ χαλεποὺς τελέσειεν ἄθλους.*

Paus. VIII 35, 2: *Φαιδρίου δὲ ὡς πέντε ἀπέχει καὶ δέκα σταδίους κατὰ Δέσποιναν ὀνομαζόμενον Ἑρμαῖον· ὅροι Μεσσηνίων πρὸς Μεγαλοπολίτας καὶ οὗτοι, καὶ ἀγάλματα οὐ μεγάλα Δεσποίνης τε καὶ Δήμητρος, ἔτι δὲ καὶ Ἑρμοῦ πεποίηται καὶ Ἡρακλέους, δοκεῖν δέ μοι καὶ τὸ ὑπὸ Δαιδάλου ποιηθὲν τῷ Ἡρακλεῖ ξόανον ἐν μεθορίῳ τῆς Μεσσηνίας καὶ Ἀρκάδων ἐνταῦθα εἱστήκει.*

Münzen: Mionnet II 251 n. 46: Caracalla. Heraklesherme bärtig mit Löwenfell. vgl. Bull. d. I. 1846 p. 50. Journ. of Hell. stud. VII 109.

Orchomenos.

Münze: Head h. n. 378.

Pallantion.

Strabo V 230: τούτῳ[1]) δ' ἐπιξενωθῆναι τὸν Ἡρακλέα ἐλαύνοντα τὰς Γηρυόνου βοῦς· πυθόμενον δὲ τῆς μητρὸς Νικοστράτης τὸν Εὔανδρον, εἶναι δὲ αὐτὴν μαντικῆς ἔμπειρον, ὅτι τῷ Ἡρακλεῖ πεπρωμένον ἦν τελέσαντι τοὺς ἄθλους θεῷ γενέσθαι, φράσαι τε πρὸς τὸν Ἡρακλέα ταῦτα καὶ τέμενος ἀναδεῖξαι καὶ θῦσαι θυσίαν Ἑλληνικήν, ἣν καὶ νῦν ἔτι φυλάττεσθαι τῷ Ἡρακλεῖ.

Psophis.

Münzen: Mionnet Suppl. IV 290 n. 103: Bärtiger, lorbeerbekränzter Kopf n. r. (?). vgl. Sestini mus. Font. I 16.

Stymphalos.

Münzen: Mionnet II 254 n. 62: Tête d'Hercule jeune à dr. couverte d'une peau de lion. R. tête d'oiseau avec un long col à dr. n. 63 u. 64: Hercule jeune marchant à g. la main dr. armée de sa massue et tenant de la g. la dépouille d'un lion. Suppl. IV 292 n. 110: Hercule nu un genou en terre, la chlamyde sur le bras g. décochant une flèche à dr. R. oiseau volant à g. les pates armées d'ongles très longs. Journ. of Hell. stud. VII 103: Herakles naked striking with club, in his left hand bow and lion's skin. vgl. Ztschr. f. Num. IX T. II 7. Cat. Brit. Mus. XXXVII 1—3.

Tegea.

Paus. VIII 53, 9: καλοῦσι δὲ οἱ Τεγεᾶται καὶ ἑστίαν Ἀρκάδων κοινήν· ἐνταῦθά ἐστιν ἄγαλμα Ἡρακλέους· πεποίηται

1) Euandros.

δέ οἱ ἐπὶ τοῦ μηροῦ τραῦμα ἀπὸ τῆς μάχης ἣν πρῶτον Ἱπποκόωντος τοῖς παισὶν ἐμαχέσατο.

Roehl I. G. A. 94: [*Π*]*οσοιδᾶνος Ἑρμ*[*ᾶνο*]*ς Ἡρακλέ*[*ο*]*ς Χαρ*[*ί*]*τ*[*ων*].

C. I. G. 1531: Heraklesrelief mit stark verstümmelter Inschrift; davon lesbar: *βουλαῖς Ἥρακλες θηρόκτονε.*

Münze: Journ. of Hell. stud. VII 113: Herakles as term; lion's skin wrapped about him. vgl. Imhoof-Blumer Mon. gr. 29.

Herakles steht auf der Grenze zwischen Gott und Heros. Betrachten ihn auch die Kulte der späteren Zeit, die ihn gemeinsam mit Hermes als Schützer der athletischen Uebungen verehren, zweifellos als Gott, so ist doch grade die ältere, interessantere Auffassung seines Wesens so eng mit der Heldensage verknüpft, dafs die Hauptuntersuchung seiner Gestalt besser der Behandlung der arkadischen Mythen vorbehalten bleibt. Denn grade in den ältesten Stätten seiner Verehrung, wie in Tegea, steht seine Person in so engen Beziehungen zur heimischen Heldensage; dafs ihre Beurteilung ohne starke Uebergriffe in letztere nicht möglich ist. Begnügen wir uns also hier mit der Zusammenstellung der einzelnen Kulte; dafs an diesen Kultstätten auch reiche Heraklesmythen heimisch sind, ist überflüssig zu bemerken.

Heroen.

Mantineia.

Paus. VIII 9, 3: *Πρὸς δὲ τῆς Ἥρας τῷ βωμῷ καὶ Ἀρκάδος τάφος τοῦ Καλλιστοῦς ἐστί. τὰ δὲ ὀστᾶ τοῦ Ἀρκάδος ἐπηγάγοντο ἐκ Μαινάλου χρησμοῦ σφισιν ἐλθόντος ἐκ Δελφῶν·*

Ἔστι δὲ Μαιναλίη δυσχείμερος, ἔνθα τε κεῖται
Ἀρκὰς, ἀφ' οὗ δὴ πάντες ἐπίκλησιν καλέονται.
Ἔνθα σ' ἐγὼ κέλομαι στείχειν καὶ εὔφρονι θυμῷ
Ἀρκάδ' ἀειραμένους κατάγειν εἰς ἄστυ ἐραννὸν,
οὗ τρίοδος καὶ τετράοδος καὶ πεντακέλευθος,
ἔνθα τε δὴ τέμενός τε θυηλάς τ' Ἀρκάδι τεύχειν.

τὸ δὲ χωρίον τοῦτο ἔνθα ὁ τάφος ἐστὶ τοῦ Ἀρκάδος καλοῦσιν Ἡλίου βωμούς.

Münze: Journ. of Hell. stud. VII 98: Arcas as an infant seated.

Pallantion.

Paus. VIII 44, 5: *Ἐν δὲ Παλλαντίῳ ναός τε καὶ ἀγάλματα λίθου Πάλλαντος, τὸ δὲ ἕτερόν ἐστιν Εὐάνδρου.*

Parthenion.

Paus. VIII 54, 6: *Τὸ ἀπὸ τούτου δὲ ἄρχεται τὸ ὄρος τὸ Παρθένιον· ἐν δὲ αὐτῷ τέμενος δείκνυται Τηλέφου, καὶ ἐνταῦθα παῖδα ἐκκείμενόν φασιν αὐτὸν ὑπὸ ἐλάφου τραφῆναι.*

Pheneos.

Paus. VIII 14, 9: *Φενεατῶν δὲ ἐκ τῆς ἀκροπόλεως καταβαίνοντι ἔστι μὲν στάδιον, ἔστι δὲ ἐπὶ λόφου μνῆμα Ἰφικλέους ἀδελφοῦ τε Ἡρακλέους καὶ Ἰολάου πατρός. . . . Ἰφικλῆς δὲ ὁ Ἰολάου πατὴρ ἡνίκα ἐμαχέσατο Ἡρακλῆς πρὸς Ἠλείους τε καὶ Αὐγέαν τὴν προτέραν μάχην, τότε ὑπὸ τῶν παίδων ἐτρώθη τῶν Ἄκτορος καλουμένων δὲ ἀπὸ Μολίνης τῆς μητρός· καὶ ἤδη κάμνοντα κομίζουσιν οἱ προσήκοντες ἐς Φενεόν. ἐνταῦθα ἀνὴρ Φενεάτης αὐτὸν Βουφάγος καὶ ἡ τοῦ Βουφάγου γυνὴ Πρώμνη περιεῖπόν τε εὖ καὶ ἀποθανόντα ἐκ τοῦ τραύματος ἔθαψαν· Ἰφικλεῖ μὲν δὴ καὶ ἐς τόδε ἔτι ἐναγίζουσιν ὡς ἥρωϊ.*

Paus. VIII 14, 10: *Ὄπισθεν δέ ἐστι τοῦ ναοῦ τάφος Μυρτίλου, τοῦτον Ἑρμοῦ παῖδα εἶναι Μυρτίλον λέγουσιν Ἕλληνες, ἡνιοχεῖν δὲ αὐτὸν Οἰνομάῳ, καὶ ὁπότε ἀφίκοιτό τις μνώμενος τοῦ Οἰνομάου τὴν θυγατέρα ὁ μὲν ἠπείγετο ὁ Μυρτίλος σὺν τέχνῃ τοῦ Οἰνομάου τὰς ἵππους ..... τέλος δὲ καὶ ἀναφανῆναι τοῦ Οἰνομάου προδότην φασὶν αὐτὸν ὑπαχθέντα ὅρκοις, ὥς οἱ νύκτα ὁ Πέλοψ μίαν Ἱπποδαμείᾳ συγγενέσθαι παρήσει. ἀναμιμνήσκοντα οὖν τῶν ὅρκων ὁ Πέλοψ ἐξέβαλεν ἐκ τῆς νεώς· Φενεᾶται δὲ τοῦ Μυρτίλου τὸν νεκρὸν ἐκβληθέντα ὑπὸ τοῦ κλύδωνος λέγουσιν ἀνελόμενοι θάψαι, καὶ νύκτωρ κατὰ ἔτος ἐναγίζουσιν αὐτῷ.*

Phigalia.

Paus. VIII 41, 1: *Φιγαλεῦσι δὲ ἐπὶ τῆς ἀγορᾶς καὶ πολυάνδριον τῶν λογάδων τῶν Ὀρεσθασίων ἐστὶ καὶ ὡς ἥρωσιν αὐτοῖς ἐναγίζουσιν ἀνὰ πᾶν ἔτος.*

Paus. VIII 39, 4: *καί σφισιν ἡ Πυθία καθ' αὑτοὺς μὲν πειρωμένοις ἐς Φιγαλίαν κατελθεῖν οὐχ ὁρᾶν ἔφη κάθοδον, εἰ δὲ λογάδας ἑκατὸν ἐξ Ὀρεσθασίου προσλάβοιεν, τοὺς μὲν ἀποθανεῖσθαι παρὰ τὴν μάχην, Φιγαλεῦσι δὲ ἔσεσθαι δι' αὐτῶν κάθοδον. Ὀρεσθάσιοι δὲ ὡς τὴν γενομένην τοῖς Φιγαλεῦσιν ἐπύθοντο μαντείαν, ἄλλος ἔφθανεν ἄλλον σπουδῇ λογάδων τε τῶν ἑκατὸν αὐτὸς ἕκαστος γενέσθαι καὶ ἐξόδου τῆς ἐς Φιγαλίαν μετασχεῖν. παρελθόντες δὲ ἐπὶ τὴν Λακεδαιμονίων φρουρὰν ἄγουσιν ἐς πάντα ἐπὶ τέλος τὸν χρησμόν· καὶ γὰρ αὐτοῖς λόγου μαχεσαμένοις ἀξίως ἐπεγένετο ἡ τελευτὴ καὶ ἐξελάσαντες τοὺς Σπαρτιάτας παρέσχον Φιγαλεῦσιν ἀπολαβεῖν τὴν πατρίδα.*

Harmodios bei Athen. IV 149 C: *ὅταν δὲ τοῖς ἥρωσι θύωσι, βουθυσία μεγάλη γίνεται καὶ ἑστιῶνται πάντες μετὰ τῶν δούλων.*

Psophis.

Paus. VIII 24, 7: *Προμάχου δὲ καὶ Ἐχέφρονος τῶν Ψωφίδος οὐκ ἐπιφανῆ κατ' ἐμὲ ἔτι ἦν τὰ ἡρῶα.*

Paus. VIII 24, 7: *Τέθαπται δὲ καὶ Ἀλκμαίων ἐν Ψωφίδι ὁ Ἀμφιαράου, καί οἱ τὸ μνῆμά ἐστιν οἴκημα οὔτε μεγέθει οὔτε ἄλλως κεκοσμημένον· περὶ δὲ αὐτὸ κυπάρισσοι πεφύκασιν ἐς τοσοῦτον ὕψος ἀνήκουσαι, ὥστε καὶ τὸ ὄρος τὸ πρὸς τῇ Ψωφίδι κατεσκιάζετο ὑπ' αὐτῶν. ταύτας οὐκ ἐθέλουσιν ἐκκόπτειν ἱερὰς τοῦ Ἀλκμαίωνος νομίζοντες· καλοῦνται δὲ ὑπὸ τῶν ἐπιχωρίων παρθένοι.*

Tegea.

Münzen: Mionnet II 255 n. 69 u. 70. Suppl. IV 293 n. 117 u. 118: Telephos von einer Wölfin gesäugt. Journ. of Hell. stud. VII 113: desgl. von einer Hindin.

Ohne Ortsangabe.

Schol. Ap. Rh. I 164: *Λυκούργου καὶ Ἀντινόης Ἀγκαῖος καὶ Ἔποχος· τιμᾶται δὲ παρὰ Ἀρκάσιν, ὥς φησιν Ἀριστομένης· μνημονεύει καὶ Ὅμηρος τούτου τοῦ Λυκούργου, „τὸν Λυκόοργος ὑποφθὰς δουρὶ μέσον περόνησε.“ καὶ ἄγεται Μώλεια ἑορτὴ παρὰ Ἀρκάσιν, ἐπειδὴ Λυκοῦργος λοχήσας κατὰ τὴν μάχην εἷλεν Ἐρευθαλίωνα. μῶλος δὲ ἡ μάχη.*[1])

Der Vollständigkeit halber schien es geboten, auch die heroischen Kulte, soweit solche direct bezeugt sind, hier anzufügen. Auf die Gestalten der einzelnen Heroen selbst einzugehen, ist aber natürlich hier ausgeschlossen und mufs der Behandlung der Mythen vorbehalten bleiben. Es genüge daher die oben gegebene einfache Zusammenstellung. Für das Fest der Moleia sei schon hier angegeben, dafs es sich wahrscheinlich um einen versteckten Areskult handelt. Das Nähere wird die Besprechung der Figur des Lykurgos ergeben.

1) vgl. Il. VII 137 ff. Pherek. im Schol. Il. VII 8. Paus. VIII 4, 10. Apollod. I 7, 7. Gell. XIII 21.

Hadrian.

Kynaitha.

Paus. VIII 19, 1: *καί σφισιν ἐν ἀγορᾷ πεποίηται μὲν θεῶν βωμοί, πεποίηται δὲ Ἀδριανοῦ βασιλέως εἰκών.*

Mantineia.

Bull. de l'école française d'Athènes 1868 p. 7: [*Αὐτο-κράτορα Καίσαρα, θεοῖ Τρα*]*ιανοῦ Παρθικο*[*ῦ υἱὸν θεοῦ Νέρβα υἱωνόν, Τραϊανὸν Ἀδριανὸν Σεβαστὸν Ἀ. Μαίκιος Φαῖδρος ὑπὲρ γραμματείας σὺν τῷ ναῷ ἐν τῷ ἰδίῳ ἐνιαυτῷ ἐκ τῶν ἰδίων ἀνιέρωσε.*

Tegea.

Lebas 340: *Σ*]*ωτῆρι καὶ* [*κ*]*τίστῃ αὐτο*[*κ*]*ράτορι Ἀδριανῷ Ὀλυμπίῳ.*

Besonders Mantineia scheint sich der Gunst des Hadrian erfreut zu haben. Er gab der Stadt, die damals Antigoneia hieſs, ihren alten Namen zurück[1]), stellte den Tempel des Poseidon Hippios wieder her[2]) und errichtete einen prächtigen Tempel des Antinous.[3])

---

1) Paus. VIII 8, 12.
2) Paus. VIII 10, 2.
3) Paus. VIII 9, 7.

Antinous.

Mantineia.

Paus. VIII 9, 7: *ἐνομίσθη δὲ καὶ Ἀντίνους σφίσιν εἶναι θεός· ναῶν δὲ ἐν Μαντινείᾳ νεώτατός ἐστιν ὁ τοῦ Ἀντίνου ναός· οὗτος ἐσπουδάσθη περισσῶς δή τι ὑπὸ βασιλέως Ἀδριανοῦ.*

Münzen: Eckhel D. N. VI 531 u. 535: *Παυλ Ἀντινόῳ.* Journ. of Hell. stud. VII 99. Bust of Antinous (Caracalla). R. Free horse ΒΕΤΟΥΡΙΟΣ ΤΟΙΣ ΑΡΚΑΣΙ. vgl. Cat. Brit. Mus. XXXIII 1 u. 2.

Da, wie Pausanias des weiteren angiebt, Bithynion[1]), die Vaterstadt des Antinous, eine Pflanzstadt der Mantinenser sein soll, so erklärt sich daraus die Verehrung des Antinous in Mantineia und die Begünstigung dieser Stadt durch Hadrian.

---

1) Claudiopolis Dio Cass. 69, 11 u. A.

Verzeichnis der einzelnen Kultcomplexe.

Kynosura.

Lampeia.

Lusoi.

Lykaion.

Megalopolis.

Melangeia.

Methydrion.

Nomia.

Nonakris.

Orchomenos.

Phigalia.

Psophis.

Stymphalos.

Tegea.

Teuthis.

Theisoa.

Thelpusa.

Trapezus.

Trikolonos.

Zoitia.

Stellenregister.

Epigraphisches Register.

Sachregister.

www.ingramcontent.com/pod-product-compliance
Lightning Source LLC
Chambersburg PA
CBHW021037030726
47496CB00006B/1576
* 9 7 8 3 7 4 4 6 3 7 5 0 3 *